Peter Schütt

Von Basbeck am Moor über Moskau nach Mekka

Stationen einer Lebensreise

Peter Schütt

Von Basbeck am Moor über Moskau nach Mekka

Stationen einer Lebensreise

MUT-Verlag ASENDORF

Die Deutsche Bibliothek – CIP-Einheitsaufnahme

Schütt, Peter:
Von Basbeck am Moor über Moskau nach Mekka. / Stationen einer
Lebensreise / von Peter Schütt. – Asendorf : MUT-Verl., 2009
ISBN 978-3-89182-086-5

2009

D-27328 Asendorf * Tel.: 04253 / 566
Umschlagbild: Phago
Gefördert durch KulturKontor MUT e.V.

Druck und Bindearbeit:
Messedruck Leipzig GmbH
Printed in Germany
ISBN 978-3-89182-086-5

Für meine Kinder
Rubin und Daria

Inhalt

1. Station

Auf Mutters Schoß

Es war ein düsterer, nebliger und naßkalter Dezembertag, als ich bald nach dem frühen Sonnenuntergang und lang anhaltenden Wehen meiner Mutter in Basbeck an der Niederelbe mit einem ziemlich lauten, aus Jubel und Entsetzen gemischten Schrei das Licht dieser Welt erblickte. Weil das irdische Licht, das mich in meiner Geburtsstunde empfing, kaum sichtbar war, kam ich, Weltkriegskind des lieben Gottes, in dieses Leben mit einer ausgeprägten Sehnsucht heimwärts nach dem himmlischen Licht, aus dem ich hervorgegangen bin. Immerhin klarte es am späteren Abend, Stunden nach meiner Geburt, auf, und am Himmel leuchtete hell der Vollmond und machte mich noch in meiner ersten Nacht auf Erden anfällig für allerhand Anwandlungen der Mondsüchtigkeit. Vollmondkinder standen zu Haus auf dem Dorf nicht im besten Ruf, sie galten als Luftikusse, Traumtänzer und Schlafwandler und hatten eine Neigung zum Höhenflug. Meine Geburt fiel in das Ende des

Jahres 1939, des düstersten Jahres im zwanzigsten Jahrhundert, das Jahr, in dem die beiden bösesten Schurken der bisherigen Weltgeschichte, Hitler und Stalin, einen geheimen Vertrag miteinander schlossen, um die Erdkugel unter sich aufzuteilen. Wenige Monate vor meiner Geburt war der Zweite Weltkrieg ausgebrochen, und aus Sorge vor englischen Fliegerangriffen war in der heimischen Küstenregion bereits Verdunkelung angeordnet. Trotzdem war der Krieg von Basbeck aus noch in weiter Ferne und verschonte vorerst mein Elternhaus. Mein Vater verdankte es seiner geringen Körpergröße und seinem leicht verkürzten linken Bein, daß er nicht kriegsdienstverwendungsfähig geschrieben und nicht zur Front einberufen wurde. Statt dessen mußte er sich an der Heimatfront bewähren und sechs einklassige Zwergschulen in den Dörfern der Umgebung pädagogisch notversorgen. An jedem Wochentag erteilte er an einer anderen Schule Unterricht und gab dabei seinen Schülern so viele Hausaufgaben mit auf den Weg, daß sie für die schulfreien Tage genug zu tun hatten.

Meine Eltern waren ein sehr ungleiches Paar. Meine Mutter überragte meinen Vater um Kopfeslänge. Sie war eine stolze und stattliche Bauerntochter und führte zu Hause das Regiment. Meine Mutter war gegen Hitler, mein Vater für Hitler und sah in ihm eine Art Übervater. Auch später, als der Spuk längst vorbei war, haben sich beide immer noch über Hitler und die Folgen gestritten. Dabei lagen die Fronten klar auf dem Küchentisch. Mein Vater war der Verlierer, er hatte den Krieg verloren, auch wenn er gar nicht im Krieg war. Meine Mutter fühlte sich als Siegerin. Sie hatte den Krieg, der nicht der ihre war, zwar nicht gewonnen, aber sie hatte immer gewußt, daß die Sache mit Hitler schlimm enden mußte. Meine Eltern hatten ihre Gründe für ihre unterschiedlichen Ansichten. Die Eltern meines Vaters hatten einen kleinen Kaufmannsladen im Dorf. Sie wollten, daß ihr ältester Sohn es einmal besser haben sollte, und ermöglichten ihm eine Ausbildung zum Schulmeister. Bereits 1923 legte mein Vater trotz der Nachkriegswirren seine Lehramtsprüfung ab, und fortan war er fast ein Jahrzehnt lang arbeitslos. Er mußte sich mit Aushilfsarbeiten auf den Bauernhöfen und in der Cuxhavener Fischverwertung mühsam über Wasser halten. Die einzige Protestbewegung, die damals im Notstandsgebiet an der Niederelbe von sich reden machte, war die Nazipartei, und so nimmt es kein Wunder, daß mein sozial deklassierter Vater den braunen Demagogen früh in die Hände fiel, auch wenn seine körperlichen Merkmale nur schwer mit den nordischen Normen der Hitleranhänger in Einklang zu bringen waren. Vater und Mutter waren Nachbarskinder und kannten sich von früher Kindheit an. Meine Mutter war die Tochter des reichsten Bauern im Dorf. Er besaß außer einem Hof mit mehr als 100 Hektar Acker- und Weideland die einzige Windmühle am Ort und war Hauptanteilseigner der gemeindlichen Sparkasse, für die er mit seinem persönlichen Besitz haftete. Weil die Kasse aufgrund des verlorenen Ersten Weltkrieges und der verlorenen Kriegsanleihen in Zahlungsschwierigkeiten geriet, mußte mein Großvater 1922 die Mühle und den größten Teil seines Landbesitzes für stolze 120000 Goldmark verkaufen. Im Jahr darauf kam die Inflation, das ganze Geld floß innerhalb einer Woche restlos dahin. Die vorher wohlhabende Bauernfamilie mußte fortan am Rande des Existenzminimums leben. Zwei der sieben Geschwister wanderten nach Amerika aus, um sich auf der anderen Seite des Ozeans eine gesicherte Existenz aufzubauen und um die zu Hause gebliebenen Angehörigen, soweit es ihnen möglich war, finanziell zu unterstützen.

Meine Mutter kam ihr Leben lang nicht von ihrem gebrochenen Bauernstolz herunter. 1934 verließ sie selber ihr Elternhaus Richtung Amerika. Inzwischen war auch ihr ältester Bruder Alfred drüben, am anderen Ufer des Atlantiks, angekommen, wenn auch nicht freiwillig. Die Nazis hatten dem linken Schriftsteller und Politologen, der zuletzt am Institut für auswärtige Politik in Hamburg lehrte, die deutsche Staatsbürgerschaft aberkannt und ihn aus dem Lande gejagt. Meine Mutter blieb fast zwei Jahre bei ihren Geschwistern in New York und war drauf und dran, selbst in Amerika Fuß zu fassen, bis sie überstürzt nach Hause zurückgerufen wurde. Auf dem verbliebenen kleinen Hof war niemand mehr, der die Kühe melken konnte, und beide Eltern, die alt und krank geworden waren, bedurften dringend der Pflege. Meine Großeltern starben rasch, und danach bewirtschaftete meine Mutter zusammen mit ihrem jüngsten Bruder den zu gleichen Teilen ererbten Hof. Doch dann kam Hitlers Erbhofgesetz. Bruder Werner, strammer SA-Mann, ergriff seine Chance, ließ seine Geschwister enterben und übernahm den Besitz als Ganzes. Er überließ meiner Mutter eine Besenkammer und verlangte von ihr, daß sie für dreißig Mark im Monat das ganze Vieh versorgte. Eine Rückkehr zu ihren Geschwistern nach Amerika war ihr verwehrt, weil die

USA inzwischen eine totale Einreisesperre für deutsche Staatsbürger erlassen hatten.

In dieser Situation suchte meine Mutter nach Auswegen und fand meinen Vater. Es war für sie sicherlich nicht ganz leicht, den eigenbrötlerischen und einzelgängerischen Dorfschulmeister dafür zu gewinnen, sie zu seiner Frau zu nehmen. Es gelang ihr mit weiblicher List. Sie wurde – mit mir – schwanger und nötigte so meinen Erzeuger, sie zu ehelichen. Auf dem Hochzeitsfoto sitzt meine Mutter auf einem Stuhl, um ihre Schwangerschaft zu verbergen und um den Größenunterschied umzukehren. Beide lächeln, und ihr Lächeln erscheint mir ehrlich. Auch wenn es sicher keine Liebesheirat, sondern nach dörflichen Normen eine Mußheirat war – das Geläute zur Trauung kam deshalb nur von einer statt von zwei Glocken –, so waren meine Eltern vermutlich glücklich, als ich endlich bei ihnen war. Ich kam als Viermonatskind zur Welt, eine Frühgeburt, vier statt der gebotenen neun Monate nach dem Hochzeitstermin. Bei meiner Geburt war ich ziemlich klein geraten, und so erbte ich gleich von Anfang an den Spitznamen meines Vaters: Lütt Schütt. Ich war sicher meiner Mutter liebstes Kind. Warum, hat sie mir erst auf ihrem Sterbebett verraten. Du hast mir das Leben gerettet, seufzte sie. Wann? fragte ich. Als du noch in meinem Bauch warst. Damals, stammelte sie, mußte ich an einer Luftschutzübung teilnehmen. Ich mußte eine Gasmaske aufsetzen und bin dabei fast erstickt. Ich hab schon die Engel im Himmel singen gehört, aber dann hat mich eine Stimme zurückgerufen. Jetzt noch nicht, hat diese Stimme zu mir gesagt, geh zurück und bring erst mal dein Kind zur Welt. Und so bin ich langsam wieder zurück zu meinem Körper geschwebt. Jemand hat mir die Gasmaske vom Kopf gerissen, und ich bin wieder zu mir gekommen – bloß deinetwegen. Ich bin überzeugt, Gott hat sich etwas dabei gedacht, mich ausgerechnet diesem ungleichen und nicht unbedingt mustergültigen Elternpaar in den Schoß zu legen und ihnen meine Ernährung und meine Erziehung anzuvertrauen. Andere Eltern, andere gesellschaftliche und familiäre Verhältnisse, Reichtum, Wohlstand und heile Welt hätten vermutlich nicht zu mir gepaßt. So wurden mir die Solidarität mit den Mühseligen und Beladenen und der Hunger nach einer lichteren und gerechteren Welt mit in die Wiege gelegt.

Mit den Jahren kam der Krieg immer näher. Auf unser Dorf, das unter der Einflugschneise für die alliierten Bomber in Richtung Hamburg lag, fielen immer mehr Bomben. Von Januar 1943 an verbrachten unsere Eltern mit uns Kindern zusammen fast Nacht für Nacht im Luftschutzkeller unter dem Haus unserer Nachbarn. Wenn die Flugabwehrgeschütze dröhnten, wenn die Bomber über uns hinwegflogen und ihre tödliche Last abwarfen, hielt meine Mutter ihre drei Kinder fest umklammert auf ihrem Schoß und sprach ein Stoßgebet nach dem anderen. Auch andere Leute im Keller beteten oder sangen fromme Lieder wie „Befiehl du deine Wege“. Offensichtlich fanden sie darin Trost und Kraft, und wir Kinder spürten, wie allmählich die Angst von den Menschen wich und sich die düstere Stimmung aufhellte. Meine allererste Kindheitserinnerung steht mir bis heute vor Augen. Als wir im Juli 1943 nach einer langen Bombennacht aus dem Keller kletterten, sahen wir alle miteinander, daß statt des Morgenrotes am südöstlichen Himmel eine gewaltige, bis in die Himmelshöhe aufragende Wand aus Rauch und Feuer stand. Ganz Hamburg brennt, rief meine Mutter immer wieder, und alle, die mit uns im Keller ausgeharrt hatten, nahmen ihren Schreckensruf auf: Ganz Hamburg brennt! Die schwarzrot bleckende Feuerwand blieb auch am Tage himmelhoch über dem Horizont stehen, und als sich der Wind gedreht hatte, zogen mächtige düstere Rauchwolken über unser Dorf und verdunkelten selbst den Anblick der Sonne. Am nächsten Abend begann es, aus den aufgetürmten Rauchsäulen heraus gewaltig zu blitzen und zu donnern. Drei volle Tage überschatteten die Feuersbrünste der *Operation Gomorrha* das Land an der Niederelbe, und unser verrauchtes Dorf füllte sich allmählich mit Flüchtlingen, die dem Hamburger Inferno entkommen waren. Mit aufgerissenen Augen sah ich, wie der Pilot eines abgeschossenen Bombenflugzeuges mit seinem Fallschirm direkt in unserem Garten landete. Die Nachbarn stürzten herbei, um den Bombenwerfer mit Dreck und Steinen zu bewerfen, aber dann kam unser Dorfpolizist angerannt, beruhigte die aufgeregten Menschen und legte dem Gefangenen Handschellen an, um ihn schließlich wie einen Dieb abzuführen.

Der Krieg ging in seine letzte Phase, und immer mehr Flüchtlingstrecks schleppten sich mühselig über unsere Dorfstraße. Aus dem Küchenfenster beobachtete ich, wie ein Pferd, das einen vollbesetzten Planwagen hinter sich herzog, plötzlich umfiel. Die Deichsel zerbrach, der Wagen blieb stehen, und das zerschundene Tier lag mit einem Mal tot auf dem Kopfsteinpflaster und streckte die blutverschmierten

Beine von sich. Aus den Nachbarhäusern stürzten mehrere Frauen mit Küchenmessern auf die Straße und versuchten, für sich und ihre hungrigen Kinder ein Stück Pferdefleisch aus dem toten Körper herauszuschneiden. Der alte Mann, der den Planwagen gelenkt hatte, versuchte mit seiner Peitsche, die Frauen zu vertreiben. Dann kamen ihm andere, die mit ihm auf der Flucht waren und es eilig hatten, das Verkehrshindernis aus dem Weg zu räumen, zu Hilfe. Gemeinsam schleppten sie den Pferdekadaver und den unbrauchbaren Wagen an den Straßenrand. Der Treck konnte weiterziehen, aber die Familie, die jetzt außer ihrer Heimat auch noch Pferd und Wagen verloren hatte, wurde vom Bürgermeister in das Nachbarhaus eingewiesen. Sie hauste fortan in dem Luftschutzkeller, in dem wir vorher Nacht für Nacht Unterschlupf gesucht hatten. Es lohnte sich ohnehin nicht mehr, in den Keller zu gehen. Inzwischen kamen die Flugzeuge zu jeder Zeit, bei Tag und bei Nacht. Es waren Tiefflieger, die auf alles schossen, was sich am Boden bewegte.

Doch dann war der Krieg mit einem Mal vorbei. An den schönen Frühlingstag im April 1945, an dem die amerikanischen und britischen Panzer durch unser Dorf rollten, kann ich mich noch sehr genau erinnern. Wir hockten in unserem eigenen, nicht bombensicheren Keller und versuchten durch die Fensterluken nach draußen zu gucken. Wir sahen allerdings nur die mächtigen Panzerketten. Sie verursachten einen gewaltigen Lärm und ließen das ganze Kellergewölbe erzittern. Dann, gegen Mittag, trat eine große Stille ein. Unser Dorf hatte kampflos kapituliert, und die Panzer waren zum Halten gekommen. Die Soldaten kamen der Reihe nach aus den Ausstiegsluken herausgekrochen, zündeten sich Zigaretten an und machten Rast. Wir Kinder brannten vor Neugier. Wir wollten wissen, wie der Frieden schmeckt, rissen uns von unseren Eltern los und stürzten, als ob alle Kriegsangst wie weggeblasen war, ins Freie. Und wie wurden wir empfangen! Direkt vor unserem Haus hielt ein gewaltiger Tank, der von schwarzen Soldaten aus Amerika umringt wurde. Die fremden Soldaten nahmen uns auf ihre Arme, stopften uns den Mund mit Keksen, Schokoladenstücken und anderen Leckerbissen, wie wir sie vorher noch nie geschmeckt hatten. Einige nahmen uns sogar Huckepack und ließen uns in ihren Panzer hineinschauen. Fortan kannten wir Kinder keine Feinde mehr, die „Amis" und die „Tommys" wurden unsere Freunde und unsere heimlichen Verbündeten gegen die unbelehrbaren Erwachsenen, die immer noch nicht begreifen wollten, daß der Krieg aus und vorbei war.

Dennoch wurden die ersten Nachkriegsjahre für unsere Familie schlimmer als der Krieg selber. Drei Wochen nach Kriegsende wurde mein Vater, der sich bis dahin die ganze Zeit im Keller versteckt hatte, von zwei baumlangen afroamerikanischen Soldaten verhaftet und danach von der britischen Besatzungsmacht für zweieinhalb Jahre ohne Prozeß und ohne Urteil in einem Umerziehungslager interniert, aus dem einfachen Grund, weil er aufgrund seiner Parteimitgliedsnummer unter 100000 als schwer belastet galt. Im Lager von Fallingbostel waren die Nazis unter sich und haben sich gegenseitig in ihrer Unbelehrbarkeit bestärkt. Individuelle Schuld wurde nicht bemessen, es galt der kollektive Schuldverdacht.

Unter diesem Unrecht hat mein Vater sein Leben lang gelitten und hat über seinem eigenen Leid das ungezählte Leid all der anderen Opfer des Krieges und des Naziterrors vergessen.

In unserer Wohnung mußten wir eng zusammenrücken. Zwei Flüchtlingsfamilien, die eine aus Ostpreußen, die andere aus Schlesien, wurden bei uns eingewiesen, so daß sich unser Familienleben hauptsächlich in der Stube und der Gemeinschaftsküche abspielte. In der Scheune waren kriegsgefangene Soldaten einquartiert. Wir Kinder haben im Gegensatz zu den Erwachsenen kaum unter der Enge gelitten. Wir freuten uns über das volle Haus und die vielen Spielgefährten. Meine Mutter war in dieser Zeit – wie unzählige andere Frauen auch – allein auf sich gestellt. Das Konto meines Vaters war gesperrt, ein Großteil unserer Wohnungseinrichtung wurde konfisziert. Als ältestem und einzigem Sohn wuchs mir in dieser vaterlosen Zeit eine Mitverantwortung für das Überleben unserer Familie zu, die weit über meinen kindlichen Verstand hinausging. Aber ich war in dieser Rolle nicht allein. Zusammen mit anderen Dorf- und Flüchtlingskindern schlichen wir uns nachts hinaus, um entlang der Bahngleise nach heruntergefallenen oder -geworfenen Kohlestücken zu suchen, um in den Bauerngärten Obst, Wurzeln, Steckrüben oder Kohlköpfe zu stehlen oder um auf den abgeernteten Feldern nach Ähren, Kartoffeln und Rübenresten zu wühlen. Wir haben Zigarettenkippen gesammelt, aus denen meine Mutter neue, schwarzmarkttaugliche Glimmstengel drehte. Ich habe sogar als Liebesbote zum Unterhalt meiner Mutter und meiner Schwestern beigetragen. Die Soldaten gaben mir einen Zettel, den ich zu einer bestimmten Frau tragen mußte. Ich händigte ihr das Blatt Papier aus und wartete so lange, bis sie eine Antwort geschrieben hatte. Dann rannte ich zu meinem Tommy zurück, gab ihm die ersehnte Rückantwort und bekam dafür eine echte britische Münze, die zu unserem größten Erstaunen sechs Ecken hatte.

Am zweiten Pfingsttag im Jahr der Befreiung, drei Tage nach der Verhaftung meines Vaters, spielte ich mit meinen Schwestern und den Cousins und Cousinen im Sand unter der Mühle. Meine Cousine Hilke entdeckte eine metallene Gußform. Sie zeigte uns stolz, was sie gefunden hatte, versuchte danach, die Form sauber zu machen, und wollte damit Sandkuchen backen. Plötzlich gab es einen furchtbaren Knall, und wir wurden alle zu Boden gerissen. Erst allmählich begriffen wir, was geschehen war. Die Eierhandgranate war in Hilkes Hand explodiert und hatte ihr Arme und Beine vom Leib gerissen. Sie verblutete vor unseren Augen ohne einen einzigen Schmerzensschrei, und wir ahnten nicht, daß wir sie auf dieser Welt nicht mehr wiedersehen würden. Einige andere Kinder waren leicht verletzt, meine Schwestern und ich waren dank unserer Schutzengel unversehrt geblieben. Göttlicher Beistand war in jenen Jahren überlebenswichtig. Im kalten Winter 1946/47 erkrankte ich an einer bösen Mandelentzündung. Ich bekam fast 41 Grad Fieber, und mein Hals war bereits so zugeschnürt, daß ich kaum noch Luft bekam. Im Dorf gab es keinen Arzt, und wegen des hohen Schnees fuhren kein Zug und kein Krankenwagen, der mich ins Krankenhaus bringen konnte. In dieser Not wußte der Schlachter von nebenan Rat. Er schnitt mir ohne Betäubung mit seinem Messer den Hals und die entzündeten Mandeln auf, ließ den Eiter abfließen und rettete mir so das Leben. Eine Narbe ist mir von dieser Notoperation bis heute geblieben. Ich reagiere panisch, sobald mich jemand am Hals berührt, und habe es bis heute nicht fertiggebracht, mir eine Krawatte umzubinden. Aber schwerer wiegt eine andere Erfahrung, die mir bei meinem ersten Überlebnis unter die Seelenhaut gefahren ist: die elementare Erkenntnis meiner Gottesbedürftigkeit. Sooft ich der Geschichte von Abraham begegne, der um ein Haar seinen Sohn geschlachtet hätte, läuft es mir kalt den Rücken hinunter, und vor dem Auge meines Gedächtnisses blitzt das Messer auf, das mir der Schlachter sehenden Auges an die Kehle gesetzt hat, um mir auf Gottes Geheiß das Leben zu retten.

Zu Weihnachten 1947 trat eine plötzliche Wende zum Besseren ein. Innerhalb weniger Tage kamen drei große Care-Pakete von den Verwandten in Amerika bei uns an. Was wir selber nicht gegessen haben, das haben wir auf dem Schwarzen Markt gewinnbringend gegen andere Dinge, die wir lange vermißt hatten, eingetauscht. Noch heute habe ich den Geruch in der Nase, als meine Mutter vorsichtig die Dose mit den grünen Kaffeebohnen öffnete. Sie tat eine Messerspitze Butter in die Bratpfanne, schüttete eine Handvoll Bohnen hinein und ließ dann vorsichtig den Kaffee rösten, bis er dunkelbraun war und mit seinem betörenden Geruch die ganze Küche erfüllte. Dann tat meine Mutter die Bohnen einzeln in die jahrelang nicht mehr benutzte Kaffeemühle, und mit Freudentränen in den Augen zermahlte sie die knisternden schwarzbraunen Bohnen. Sie brühte sich zum ersten

Mal nach über fünf Jahren eine Tasse echten Bohnenkaffee auf, schlürfte genießerisch den schwarzen Saft und ließ uns Kinder wenigstens an der Köstlichkeit schnuppern, die sie so lange entbehrt hatte. Meine Mutter sang dazu ein lustiges Lied: C, A, F, F, E, E, trink nicht zu viel Kaffee! Sei doch kein Muselmann, der das nicht lassen kann! Nicht für Kinder ist der Türkentrank, schwächt die Nerven, macht dich krank ... Mutter, fragte ich, was ist ein Muselmann?

Ein Muselmann ist einer, der das nicht lassen kann! Was nicht lassen kann? Das Kaffeetrinken, das Singen und das Beten!

2. Station

Basbeck am Moor

Im Frühjahr 1948 kehrte mein Vater aus dem Lager zurück, entnazifiziert, wie es damals hieß, und schon wenige Wochen später bekam er eine neue Lehrerstelle zugewiesen, die einklassige Volksschule im Ortsteil Basbeck am Moor. Das war eine wunderbare Wendung für unsere ganze Familie. Nur für mich gab es ein Problem. Mein Vater war mir in den Jahren der Abwesenheit fast fremd geworden. Obwohl ich noch ein Kind und überdies ziemlich klein geraten war, hatte ich notgedrungen einen Teil von seiner Rolle übernommen und wollte mir diese Stellung nicht wieder streitig machen lassen. So kam es rasch zum Streit zwischen uns. Unsere Beziehung blieb bis zu seinem Tode gespannt. Dennoch gehören die sieben Jahre, die wir in der Dorfschule in Basbeck am Moor lebten, zum glücklichsten Zeitabschnitt meiner Kindheit und haben mich, meine Schwestern und meine Eltern für manche Entbehrung entschädigt, die wir in der Kriegs- und Nachkriegszeit erlitten haben.

Unter dem großen Strohdach der Moorschule wohnten wir unter beinahe vorindustriellen Bedingungen. Wir waren gleichsam in ein Zeitloch gefallen und lebten noch im Pferdezeitalter, ohne Maschinen und Traktoren, ohne Autos oder Telefon, Radio, Fernsehen und elektrische Beleuchtung. Da die entlegenen Ortsteile in den Nachkriegsjahren nicht elektrifiziert waren, haben wir unsere Abende zunächst noch im flackernden und anheimelnden Licht von Petroleumlampen und Kerzen verbracht. Wir haben ein großes Fest gefeiert, als unser Haus 1952 an das Stromnetz angeschlossen wurde, und haben dann eine tiefe Grube gegraben, um unsere ausgedienten Petroleumleuchter darin feierlich zu begraben.

Da das Schöpfwerk, das das Wasser aus dem vor dem Schulhaus verlaufenden Ihlbecker Moorkanal in die Oste pumpen mußte, aufgrund der Kriegsschäden und der unsicheren Stromversorgung nur eingeschränkt arbeiten konnte, hieß es für die Wiesen und Weiden rings um unser Schulhaus im Winter regelmäßig landunter. Wir Kinder fühlten uns wie Noah auf seiner Arche, und auf unserem aus Brettern, Balken und Benzinkanistern zusammengezimmerten Floß schipperten wir hinüber zu unseren Nachbarhöfen und holten dort Milch und Brot. Oder wir träumten davon, mit unserem Dampfer über den großen Ozean zu schippern, hinüber zu den reichen Onkeln und Tanten in Amerika.

Es waren, gemessen am Lärm der heutigen Zeit, aber auch am Lärm des erst vor ein paar Jahren zu Ende gegangenen Krieges, stille Jahre. Die Schalllandschaft wurde noch vom Wind und von Tier- und Menschenlauten geprägt. Sobald es aufklarte, leuchteten nachts am Himmel der ewig sich wandelnde Mond, die Planeten und die Fixsterne. Schon früh war ich bestrebt, mir ihre fremd klingenden, oft arabischen Namen einzuprägen. Die Milchstraße war noch nicht von der Lichtverschmutzung verschluckt. Die neuesten Nachrichten kamen nicht aus den Medien, sondern aus dem Munde der Nachbarn. Unser Fernsehprogramm lief vor dem Küchenfenster, das nach Nordwesten ausgerichtet war. Von dort kamen Wind und Wetter auf uns zu, und sie beeinflußten unser Leben ebenso stark wie alle Stürme der Weltpolitik.

Mein Vater unterrichtete alle acht Klassen in einer einzigen Schulstube, die direkt an unseren Hausflur und an die Küche grenzte. Die Küchentür stand immer einen Spaltbreit offen, so daß meine Mutter zu jeder Zeit am Unterricht beteiligt war und bei allzu großer Unruhe gegebenenfalls mit einem Machtwort eingreifen konnte. In der großen Pause kochte sie aus den Mitteln der amerikanischen Quäkerstiftung für alle Kinder im Waschkessel eine warme Suppe aus Haferflocken, Gries oder Pudding. Manchmal waren sogar Rosinen dabei. Es waren dürftige Zeiten. Im Sommer kamen viele Kinder barfuß in die Schule, im Winter trugen sie mit Stroh gefütterte Holzschuhe. An kalten Tagen mußte jedes Kind zwei Soden Torf mitbringen, damit der Kachelofen warm bleiben konnte. An unserer Schulkleidung waren noch die Spuren der großen Zeiten zu sehen, die wir gerade überstanden hatten. Wir hatten zwei Jungen, deren Anzüge aus Fallschirmspringeruniformen geschnitten waren, andere hatten Hosen aus Marinebeständen und Wolldecken der Wehrmacht. Mehrere Mädchen trugen knallrote Röcke und weiße Blusen, die aus Hakenkreuzfahnen genäht waren. Etliche Schulranzen waren ehedem Soldatentornister gewesen. Wenn mein Vater wieder einmal krank war – das kam wegen seines Magenleidens ziemlich oft vor –, dann übernahm meine Mutter selber das Lehramt und zog den Schulmeister, der nebenan das Bett hütete, nur im Notfall zu Rate. In der Schule war mein Vater mit mir und meinen Schwestern ausgesprochen streng. Um allen zu zeigen, wie gerecht er war und daß er niemanden bevorzugte, auch die eigenen Kinder nicht, wurden wir des öfteren vor den versammelten acht Klassen geohrfeigt oder in anderer Form zurechtgewiesen. Elke, Lisa und ich haben diese öffentliche Bestrafung als besonders erniedrigend erlebt. Mit Gewalt hatte mein Vater es endlich geschafft, mir, dem Linkshänder, das Schreiben mit der falschen Hand auszutreiben. Sobald er mich ertappt hatte, mußte ich meine linke Hand auf die Schulbank legen, und er erteilte mir dann mit seinen Stockschlägen auf die Fingerspitzen eine schmerzhafte Lektion. Ich habe dennoch keinen Grund, meinen Eltern besondere Grausamkeit vorzuwerfen. Schläge gehörten damals zum täglichen Brot fast aller Kinder, und die meisten Schläger waren davon überzeugt, sie handelten aus purer elterlicher Liebe und erzieherischer Notwendigkeit. Sie hatten es selbst nicht anders erfahren.

Mein Vater bekam sein kärgliches Gehalt nur zu zwei Dritteln bar von der Gemeinde ausbezahlt. Das letzte Drittel erhielt er von den Bauern in Gestalt von Naturalabgaben und Arbeitsleistungen. Die Hofbesitzer, die ihre Kinder in die Moorschule schickten, waren dem Lehrer zu Hand- und Spanndiensten verpflichtet. Das hatte für meine Schwestern und für mich den Vorteil, daß uns Bauer Jungclaus hin und wieder zu Kutschfahrten über das Land einlud. Wenn im Winter genügend Schnee lag, spannte er zwei Pferde vor seinen großen Schlitten und fuhr damit alle Schulkinder meines Vaters, die jünger als zehn Jahre waren, hinauf auf den Berg mit dem stolzen Namen „Deutscher Olymp", der mit seinen 66 Metern die höchste Erhebung im Zweistromland zwischen Elb- und Wesermündung war. Schnee war in meiner kindlichen Wahrnehmung das größte Wunder, das die Natur zu bieten hatte. Sobald der Schnee die Oberflächen überzog, alle Geräusche abgedämpft wurden und sich auf den Dächern, Bäumen und Zäunen weiße Hauben auftürmten, begann eine andere Welt über der alltäglichen zu wachsen. Dann spürten wir Kinder die äußere Kälte nicht mehr und waren erfüllt von innerer Wärme.

Andere Bauern halfen uns bei der Bestellung der Ackerfläche, die zum Moorschulhaus gehörte, und kamen mit ihren langen Leitern, um uns beim Pflücken unserer stattlichen dreißig Obstbäume zu unterstützen. Von Zeit zu Zeit trugen sie uns wahre Kostbarkeiten ins Haus. Zum Martinstag im November bekamen wir eine fette Gans, zu Weihnachten drei gefüllte Stollen, zu Ostern einen großen Korb mit Gänse-, Enten- und Hühnereiern. Unsere großherzigen Deputatgeber hofften sicher nicht ganz zu Unrecht, daß sich ihre Großzügigkeit positiv auf die Zensuren ihrer Kinder auswirken würde. Trotz der Düsternis waren die Wochen zwischen den Herbst- und den Winterferien für uns die schönste Jahreszeit. Spätestens nach den Herbstferien begann meine Mutter mit der Vorbereitung und der Inszenierung des Krippenspiels, das alljährlich am Nikolaustag im Dorfgasthof aufgeführt wurde. Wir hatten allen Grund zu der Annahme, das wundersame Geschehen der Heiligen Nacht habe sich in der unmittelbaren Umgebung zugetragen, hießen doch unsere nächsten Nachbarorte Sehtlerhemm, das wir Kinder mit dem Bethlehem der Bibel gleichsetzten, und Himmelpforten, der Stammsitz des Weihnachtspostamtes. In Mutters Inszenierung der Weihnachtsgeschichte wirkten alle Moorschulkinder mit, als Teil der Heiligen Familie, als Engel, Hirten und notfalls als blökende Schafe. Ich selbst gab dreimal den heiligen Josef und habe dabei meine Rolle durchaus ernst genommen. Der Text des Krippenspiels wurde jedes Jahr variiert und aktualisiert, und als heranwachsender Verseschmied durfte ich meiner Mutter bei ihrer Überarbeitung assistieren. Noch heute habe ich meine erste eigene Einfügung im Ohr: „Seht, wie die Meise / pickt am Eise! / Das ist des Winters Wundermacht, dort an das Fenster angebracht." Weihnachten, das war die Zeit der Wunder, die Jahreszeit, in der die Membrane zwischen dieser und der anderen Welt dünn und durchlässig wurde. Das Heilige lag gleichsam in der Luft – so wie Weihrauch.

Wir selbst hielten in unserer Scheune Hühner, Enten und Gänse, zwei Schafe und drei Schweine, und über alles wachte unser treuer Hund Senta. Auf den Nachbarhöfen standen Rinder und Pferde in großer Zahl, und ich kannte bald alle Tiere mit Namen. In den Ferien durfte ich manchmal auf den benachbarten Bauernhöfen zusammen mit meiner Senta im Heu, auf der Diele oder im Pferdestall übernachten. Diese Nähe zu den Hoftieren, ihre ruhigen, regelmäßigen Atemzüge, ihre Gerüche, ihre Geräusche, das Gurgeln in ihren Bäuchen, ihr Grunzen, ihr Muhen, ihr Wiehern: All das hat sich tief in mein Gedächtnis eingeprägt. Als Kind habe ich mit den Tieren auf gleicher Augenhöhe gelebt. Ich habe versucht, mich in sie hineinzuversetzen, und habe lebhaften Anteil an ihren Schmerzen, aber auch an ihren animalischen Genüssen genommen. Ich hatte keinen Zweifel, auch wir Menschen sind eine Art Tiere, wir sind wie sie Ausgeburten von Gottes Phantasie. Und wenn es hieß, daß wir Menschen Ebenbilder Gottes sind, dann galt das ebenso für unsere Mittiere. Ich habe versucht, den Kühen in ihre großen dunklen unergründlichen Augen zu schauen und auf diese Weise mit ihrer uns Menschenkindern so nahen und doch fremden Wesensart in Verbindung zu treten. Die Geburten der Ferkel, der Kälber und Fohlen waren in meinen kindlichen Augen Mysterien und bestärkten mich in meiner Ehrfurcht vor der göttlichen Schöpfung.

Im Dorf wurde ich wegen meiner Tiernarretei schon bald zum Gespött. Wenn daheim ein Schwein geschlachtet werden sollte, wurde ich zu Verwandten geschickt, weil ich mit meinem Jammern das Schlachtfest nicht stören sollte. Für meine Widerborstigkeit in Sachen Tierliebe mußte ich gelegentlich einen hohen Preis zahlen. Ich habe einen regelrechten Aufstand meiner Eltern ausgelöst, als ich zwei Weihnachtskarpfen, die mein Vater bei einem Bauern gekauft hatte, nachts heimlich zurück in den Wassergraben setzte, um ihnen das Geschlachtetwerden zu ersparen. Zur Strafe mußte ich auf alle Weihnachtsgeschenke verzichten und durfte nicht am Tannenbaum sitzen.

Einmal brachte mir ein Bauer einen Storch, der vom Dach gefallen war und sich einen Flügel gebrochen hatte. Ich sollte ihn gesundpflegen. Ich schaffte es irgendwie, den gebrochenen Flügel zu schienen, aber viel schwieriger war es für mich, das ausgehungerte Tier wieder hochzupäppeln. Der Storch verweigerte alle vegetarische Kost, Kuchen und Brot und zwang mich in meiner Gewissensnot schließlich, im Kanal vor dem Haus nach Fröschen zu jagen. Er fraß, was ich für ihn erbeutet hatte, mit sichtlichem Behagen, aber nach drei Tagen fand ich ihn dennoch im Stall verendet.

In meinem letzten Moorschuljahr hatte ich mehr Glück. Es gelang mir, eine aus dem Nest gefallene junge Dohle mit allerhand Gewürm und Essensresten großzuziehen. Fridohlin blieb unserer Hausgemeinschaft den ganzen Sommer hindurch verbunden. Durch das offene Küchenfenster kam er immer wieder hereingeschwirrt, um nach Freßbarem zu suchen. Als meine Mutter ihn wieder einmal vom gedeckten Tisch verscheuchen wollte, schnappte er sich, so schnell es eben ging, die Gabel der Hausherrin und flog mit dieser Beute auf Nimmerwiedersehen auf und davon.

Als Kind habe ich, seit wir am Moor wohnten, lebhaften Anteil am Naturgeschehen genommen, weit mehr als am Weltgeschehen, das sich noch in weiter Ferne abspielte. Ich habe von meinem Vater frühzeitig die Aufgabe übernommen, im Auftrage des Hamburger Seewetterdienstes täglich die Durchschnittstemperatur, die Niederschlagsmenge, die Bewölkungsdichte, die Windrichtung und die ungefähre Windstärke festzuhalten, auszuwerten und weiterzumelden. Ich habe mich nicht nur als Wetterfrosch betätigt, sondern auch die Ankunfts-, Brut- und Abflugzeiten vieler Zugvögel festgehalten und darüber hinaus Buch geführt über die Wachstumsphasen von mehr als dreihundert einheimischen Pflanzen. Mit meinen Wetterberichten und Naturbeobachtungen habe ich später sogar mein erstes Geld verdient. Für die „Niederelbe-Zeitung" in Otterndorf habe ich unter dem Pseudonym Petrus Scutius regelmäßig über die atmosphärischen Aktivitäten meines Namensvetters, des Wettermachers St. Petrus, berichtet und für jede Wetterprophetie Honorare in Höhe von fünf oder zehn Mark kassiert.

Da Basbeck am Moor weder eine Kirche noch ein Rathaus hatte, wurde unsere Schule zum Mittelpunkt des dörflichen Lebens. Mein Vater wurde selbst während des Unterrichts von den Bauern um Rat in allen erdenklichen Fragen gebeten, und da er einer der wenigen im Dorf war, der perfekt lesen und schreiben konnte, mußte er manches Mal für andere Leute einen Brief aufsetzen oder ein behördliches Schriftstück so auslegen, daß es auch ein Basbecker Bauer begreifen konnte. Sein Ehrenamt als Dorfschreiber erfüllte er gewissenhaft und vorbildlich, und er nahm dank seiner preußischen Tugenden auch keinen Pfennig Geld für seine Hilfsbereitschaft. An warmen Sommerabenden versammelten sich vor unserem Haus die Bauern von der Nachbarschaft mit Kind und Kegel, um sich nach getaner Arbeit gegenseitig ihre Geschichten zu erzählen. Ich habe am liebsten dem Bauern Jungclaus zugehört, der mit nur einem Bein aus dem Krieg und aus seiner britischen Gefangenschaft in Ägypten zurückgekommen war und sich nur mehr mit Krücken fortbewegen konnte. Onkel Jungclaus habe ich regelrechte Löcher in den Bauch gefragt. Es fing damit an, daß ich von ihm wissen wollte, wo er sein Bein gelassen habe. Das hab ich im Krieg verloren. Verloren? hakte ich nach. Warum hast du es dann nicht wieder gesucht? Junge, antwortete mein schlauer Bauer, versuch mal, auf einem Bein zu stehen, dich zu drehen und dich zu bücken, damit du dein anderes Bein wieder aufheben und ankleben kannst! Das kann höchstens ein Storch!

Und dann mimte Onkel Jungclaus tatsächlich einen Storchenvogel, breitete seine Arme wie Flügel aus und versuchte, auf einem Bein zu balancieren. Er war ein begnadeter analphabetischer Schriftsteller, ein Meister der mündlichen Erzählung. Hat so ein abbes Bein auch sein Gutes? fragte ich von neuem. Het dat! bekam ich zur Antwort. Du lernst besser fliegen. Du kommst leichter von der Erde hoch. Du kannst fliegen, Onkel Jungclaus? Ja, sagte mein erster Seelenfluglehrer, nicht mit diesem kaputten Körper, aber mit meiner Seele kann ich um die ganze Erde fliegen. Onkel Jungclaus hatte viel Sinn für Übersinnliches und weckte so mein kindliches Interesse für anderweltliche Phänomene. Mein Bein ist weg, erklärte er mir, aber trotzdem tut mir manchmal der linke Zeh weh. So ist das. Nicht bloß das ist wahr, was du siehst und was du mit Händen greifen kannst. Manches kannst du nicht sehen und nicht anfassen, aber es ist trotzdem da. Das ist wie mit dem Mond in dem Lied: Er ist nur halb zu sehen und ist doch rund und schön. Es gibt Sachen, die kannst du nur sehen, wenn du die Augen zukneifst und nach innen guckst. Was zum Beispiel? Daß ein Baum ein Empfinden hat. Daß es dem Baum verdammt wehtut, wenn du ihm einen Ast absägst. Du kannst es dem Baum nicht ansehen und nicht anhören, aber es tut ihm trotzdem weh. Alles fühlt, selbst der Stein friert und schwitzt. So sensibilisierte mich der kriegsversehrte Bauer für die Leiden der Schöpfung und schärfte meinen siebten Sinn. Fortan sah ich Dinge, die andere Leute nicht sahen oder nicht sehen wollten – wie das wundersame St. Elmsfeuer, das flackernden Kerzen gleich an feuchten Spätsommerabenden über den Tannen am Rande des Kleinwördener Moores aufleuchtete. Die Tannen, so hab ich mir dieses Mysterium zu erklären versucht, halten Andacht. Sie beten zu Gott, ihrem Schöpfer. Wenn Jungclaus vor versammelter Nachbarschaft von seinen Kriegserlebnissen erzählte, richtete er sich vor Begeisterung auf und benutzte seine Krücke als Zeigestock, sobald er auf die Pyramiden zu sprechen kam. Mit großen Armbewegungen versuchte er, seinen Zuhörern ihre enormen Ausmaße vor Augen zu führen. Lautmalerisch ahmte er den Klang der arabischen Sprache nach. Er raunte geheimnisvolle Worte wie Abrakadabra, um uns eine Vorstellung davon zu geben, mit welcher Art Lockruf die Ägypter zum Beten herbeigerufen werden.

Der berühmteste Mann im Dorf war unser Wunderdoktor August Grabbe. Er kurierte die Kranken auf seine Art, besprach Warzen, Furunkel und Gürtelrose mit alten Zaubersprüchen und befreite so manchen Leidgeprüften durch bloßes Handauflegen von seinen Gebresten. Es konnte vorkommen, daß die Leute vor seinem Hause regelrecht Schlange standen. Ich sah keinen Grund, an Onkel Grabbes Heilkünsten zu zweifeln, weil er mich selber mehrere Male im Handumdrehen von bösen Eiterbeulen in meinem Nacken erlöst hatte, und habe mir alle Mühe gegeben, ihm seine Betriebsgeheimnisse zu entlocken. Doch darüber ließ er nicht mit sich reden. „Davon, mein Jung, verstehst du nichts. Laß mir das Kurieren! Du tust besser studieren!"

Gelegentlich bekamen wir auch von auswärts Besuch. Fahrende Leute zogen von Dorf zu Dorf, von einer Schule zur nächsten, um Jung und Alt ihre Künste zu zeigen. Hans Westhoff, spätgeborener Bruder von Klara Rilke-Westhoff, seines Zeichens Glasbläser, verstand sich am besten darauf, uns Kinder zu verzaubern. Aus Feuer und Kristallwasser formte er gläserne Kugeln, die leicht wie Luftballons über seinem Zauberstab tanzten. Korl Luttkau kam einmal im Winter mit seinem leibhaftigen Esel in die Schulstube. Der Esel hatte gerade begonnen, das Lesen zu lernen, und wenn mein Vater die Buchstaben I und A an die Tafel schrieb, dann wieherte das kluge Tier stolz I-A, I-A. Doch das Aufregendste kam erst danach. Aus seiner Holzkiste holte unser Gastdompteur eine Riesenschlange. Sie zischte, sie fauchte und verschlang drei rohe Eier. Dann kroch sie dem geduldigen Esel das Hinterteil hoch und umschlang schließlich dreimal den Bauch des Tieres, ehe sie zu ihrem Besitzer hinüberglitt und sich ihm wie eine mächtige Krause um den Hals legte. Wir Kinder hielten alle miteinander den Atem an.

Einmal im Jahr kam Rudolf Kinau, der plattdeutsche Dichter von der Elbinsel Finkenwerder, zu Besuch. Er kam am Montagnachmittag mit dem Zug in Hechthausen an und wurde entweder vom Bauern

Jungclaus mit der Sonntagskutsche oder von einer ganzen Abordnung der Moorschulkinder zu Fuß abgeholt. Er nahm im Gasthof Quartier und las am Abend den erwachsenen Dorfbewohnern seine Geschichten vor. Am anderen Morgen hatte er seinen Auftritt vor der Moorschule und beglückte alle acht Klassen mit seinen Läuschen und Riemels. Er aß danach mit uns zu Mittag – sein Lieblingsessen waren Bohnen, Birnen und Speck – und zog dann weiter, zu Fuß den Kanal entlang bis nach Ihlbeck. Dort war er Gast in der Schänke, gab abends vor den Großen und am anderen Morgen vor den Kleinen Kostproben seiner Erzählkunst zum besten, um dann bald nach Mittag weiterzutippeln bis nach Hackemühlen. So, wie andere Reiseonkel mit Kurzwaren, Hüten oder Schmucksachen hausierend über die Dörfer zogen, schleppte Rudolf Kinau seine Bücher in einem Rucksack mit sich und war froh, wenn er auf seiner Litera-Tour einige davon verkaufen konnte. Genau so, wie es unser literarischer Wanderbursche vormachte, habe ich mir damals das Leben eines volksverbundenen Dichters ausgemalt. Ich konnte mir gut vorstellen, daß ich eines Tages selber von Dorf zu Dorf ziehen würde, um den Leuten die Hervorbringungen meiner Einbildungskunst vorzutragen. Mit solchen Lebensträumen hat mein eigener Bildungsroman begonnen. Trotz aller Nestwärme und Geborgenheit im Elternhaus und in der Nachbarschaft habe ich schon früh die Erfahrung der Fremdheit gemacht. Im Dorf galt ich bald als Außenseiter, als Spinner und Spökenkieker, und ich begann, eigene Wege zu gehen. Als einziges Kind aus Basbeck am Moor besuchte ich eine Höhere Schule, und ich mußte weite Wege mit dem Fahrrad und mit dem Zug zurücklegen, um zur Schule zu kommen, entweder nach Warstade zur Privaten Oberschule oder zum Athenäum in Stade. Im Winter war es morgens noch stockfinster, wenn ich mich auf meinen einsamen Weg zur Schule machte. Elektrisches Licht gab es nirgendwo. Wenn keine Gestirne zu sehen waren, konnte ich mich nur an den weißen Kalkstreifen orientieren, mit denen die Straßenbäume im Moor markiert waren. Ich hatte dann das leicht beklemmende Gefühl, als schliche ich mich durch die Beine einer Armee von Riesen hindurch, die allesamt nach Art britischer Offiziere Strumpfgamaschen trugen. Viel leichter fiel mir der Weg, wenn mein geliebter Mond am Himmel leuchtete und vor mir goldbeschienene Teppiche ausbreitete. Auf dem nur spärlich erleuchteten Bahnhof in Hechthausen war ich einer der wenigen, die frühmorgens in den Bummelzug stiegen. Man kannte sich, man kannte mich, den Benjamin. Bevor der Fahrdienstleiter die Pfeife pfiff, um den Befehl zur Weiterfahrt zu geben, fragte er laut: „Is Lütt Schütt all dor?" Und erst wenn sein Kollege an der Bahnsteigpforte so wie der Igel im heimischen Märchen vom Wettlauf zwischen Hasen und Swinegel gerufen hatte: „Lütt Schütt is all dor", fuhr mein Zug tatsächlich los.

Mein Problem war trotzdem, daß ich nirgendwo so recht dazugehörte. Die Moorschulkinder akzeptierten mich nicht, weil ich nicht mehr mit ihnen zusammen in Vaters Schule ging, und bei den Mitschülern in Stade blieb ich fremd, weil ich aus einem winzig kleinen Dorf kam und als Fahrschüler keine Gelegenheit hatte, an ihren Unternehmungen teilzunehmen. Am Athenäum hieß ich „Stippels", weil ich im Verdacht stand, daß bei mir zu Haus die Bratkartoffeln nicht mit Messer und Gabel von ordentlichen Tellern gegessen, sondern mit einem Spieß direkt aus der Bratpfanne in den Mund „gestippelt" wurden. Im Dorf wurde ich allerseits als „Peter Allerseits" verspottet. Mit diesem Ulknamen hatte es folgende Bewandtnis: Ich war ziemlich kurzsichtig und brauchte dringend eine Brille. Mein Vater war jedoch der Ansicht, ich wollte mit der Brille nur angeben und aussehen wie ein Professor. Im Dorf war es jedoch Pflicht der Kinder, jeden vorbeikommenden Erwachsenen zuerst zu grüßen. Da ich die Leute wegen meiner Kurzsichtigkeit nur schwer erkennen und nicht unterscheiden konnte, begrüßte ich, um nichts verkehrt zu machen, jeden, der mir entgegenkam, mit den Worten: „Guten Tag allerseits!" Ich habe es meinen Eltern mit meiner Eigensinnigkeit sicher nicht leicht gemacht. Vor allem meine Mutter zweifelte gelegentlich ernsthaft an meinem Verstand. Sie machte mir immer wieder Vorhaltungen wegen meines besten Schulfreundes, Wilhelm Glut. Er neigte schon damals zu extremen Verhaltensformen und schwankte ständig zwischen ausgelassener Freude und todtrauriger Niedergeschlagenheit. Er schaffte mit Mühe sein Abitur, wurde bald darauf in eine psychiatrische Klinik, aus der er mir sentimentalische Liebesgeschichten schickte, eingewiesen und avancierte schnell zum staatlich geprüften und anerkannten Geisteskranken. Mit 23 Jahren starb er an Schizophrenie, getrieben vom Heimweh nach der anderen Welt. Du darfst so einen verrückten Menschen nicht zum Freund haben, bedrängte mich meine Mutter.

Warum nicht? Weil man sich immer Freunde suchen muß, zu denen man aufschauen kann! Dann, habe ich meiner standesbewußten Mutter geantwortet, dann bin ich für Wilhelm genau der richtige Freund. Er guckt bestimmt zu mir hoch!

Auch mein leicht gerötetes Haar und vor allem meine in der warmen Jahreszeit üppig sprießenden Sommersprossen waren im Dorf, aber auch in der Kleinstadt der Anlaß zu manchem Spott. „Rote Haare, Sommersprossen sind des Teufels Artgenossen!" Vielleicht verdanke ich den braunen Farbtupfern auf meiner Haut die ersten Anfänge einer Empfindlichkeit für alle Formen rassistischer Diskriminierung. Viel mehr als ich hatten allerdings meine Schwestern Elke und Lisa unter ihren Sommersprossen zu leiden. Ich versuchte sie mit allerhand Lobgedichten auf die wilde Schönheit buntgesprenkelter Haut zu trösten, habe aber vermutlich nur das Gegenteil dessen bewirkt, was ich gewollt habe.

Basbeck am Moor zählte damals zusammen mit den Flüchtlingen keine hundert Einwohner. Das benachbarte Bornberg auf der anderen Kanalseite hatte etwas mehr als hundert. Trotz dieser Winzigkeit hatte der Ort meiner Kindheit in den Jahren nach dem Krieg Elemente eines globalen Dorfes. Als wir in die Moorschule einzogen, konnten wir Kinder im benachbarten Gasthaus der Witwe Dohrmann – sie trug ihren Witwentitel schon seit dem Ersten Weltkrieg – einen Schlüssellochblick in das Märchenreich der Tausendundeinen Nacht werfen. Auf dem Tanzsaal waren damals sechs turbantragende, aus Indien stammende Soldaten im Dienste der britischen Besatzungsarmee einquartiert. Sie gehörten zu einem bengalischen

Regiment, das in unserem Landkreis Hadeln stationiert war. Meine Schwestern und ich hielten sie allerdings eher für Abgesandte der Heiligen Drei Könige aus dem Morgenland als des Königs von England. Vom ersten Tag an erregten sie meine Neugier. Ich wagte mich täglich einen Schritt näher an sie heran, bis ich ihnen auf Tuchfühlung nahe kam. Auch wenn ich ihre Sprache nicht verstand, so waren sie doch ungemein liebenswürdig zu mir. Sie schenkten mir Schokolade, Sahnebonbons und die ersten Datteln meines Lebens. Als ich mich eines Abends heimlich herangeschlichen hatte, um die Märchensoldaten durch das Fenster bei ihrem Treiben zu beobachten, bestaunte ich sie bei einer geheimnisvollen Handlung. Sie standen eng beieinander, verbeugten sich gemeinsam, sanken in die Knie und fielen schließlich flach auf den Boden, um sich gleich danach wieder gerade aufzurichten und die Übung von neuem zu beginnen. Ohne den tieferen Sinn zu begreifen, war ich fasziniert von diesen rhythmischen Aufundabbewegungen. Heimlich habe ich versucht, es den fremden Männern gleichzutun. Ich fragte Witwe Dohrmann in ahnungsvoller Ahnungslosigkeit, was der ganze Zauber zu bedeuten hätte. Sie nahm den Finger vor den Mund und flüsterte mir zu: „Dat sünd Muselmanen ...“, und ich erinnerte mich plötzlich an Mutters Kaffeelied: „Sei doch kein Muselmann!“ Was machen die da?

Die beten, meinte die Dohrmannsche.

Ich dachte, die turnen.

Die turnen mit der Seele, die beten zu Allah.

Was ist Allah?

Das ist denen ihr lieber Gott.

Die haben einen anderen Gott?
Nee, die nennen ihn bloß anders.
Und was ist mit Jesus?
Denen ihr Jesus heißt Mohammed.
Hört sich an wie der Name von einem Stern.
Er soll ja auch vom Himmel kommen.
Wie Jesus, sagte ich.
Meinetwegen, murmelte die Dohrmannsche.
Und was sagen die beim Beten?
Simsalabim, Abrakadabra ...
Hört sich an wie Zaubersprüche.
Nee, meinte die Alte, eher wie Fröschequaken.

In meiner Neugier fand ich bald einen Weg zur Zigeunersippe von Domenikus Zyndikus, die in der Bornberger Sandgrube ihr provisorisches Lager aufgeschlagen hatte. Die vom Balkan vertriebenen Roma waren fromme Katholiken und verrichteten allabendlich vor einer Marienstatue ihre gemeinsamen Gebete und Gesänge. Sie sangen zu Herzen gehende Choräle und benutzten dabei eine feierliche Sprache, die ich nicht verstand. Dennoch spürte ich den Zauber und die Kraft ihrer Frömmigkeit. Im Sommer saß ich ohne Wissen meiner Eltern und Schwestern mit den fahrenden Leuten am Lagerfeuer, durfte von ihren gebrutzelten Leckereien essen und mit den Kindern Blindekuh spielen. Diese fremden Menschen mit den ungewöhnlichen Gerüchen, Gebräuchen und Gerichten besaßen eine Eigenschaft im Überfluß, die ich zu Hause schmerzlich vermißte: Gastfreundschaft. Meine Eltern waren eher gastfeindlich eingestellt und kannten viele Tricks, um sich ungebetene Gäste vom Leibe zu halten. Auch wenn es uns verboten war, mit der „Zigeunerbrut“ zu spielen, so hatte mein Vater doch für die große Sippe gewisse Sympathien. Solange ihre neun Kinder in Vaters Schule gingen, mußte er sich keine Sorgen machen, daß der Unterricht in Basbeck am Moor wegen zu geringer Schülerzahl eingestellt wurde. Als Domenikus Zyndikus und sein vielköpfiger Anhang weiterzogen, mußte bald danach auch mein Vater gehen. Die Zahl seiner Schüler war unter zehn gesunken, und zum Schuljahresende 1955 wurde die Schule am Moor geschlossen. Mein Vater wurde an die benachbarte Hauptschule in Osten an der Oste versetzt.

3. Station

Das nördliche Mesopotamien

Auch wenn mir der Abschied aus dem Moorschulhaus schwergefallen ist, so wurde ich durch unser neues Zuhause näher am Ortszentrum auf das beste entschädigt. Wir wohnten in der Hollenworth, nahe dem Friedhof der Evangelischen Kirche. Die Gestorbenen lebten jetzt ganz nahe bei uns, meine Verwandten und meine Großeltern, die ich nicht mehr kennengelernt hatte, und meine Cousine Hilke und die drei Tanten, die in den Jahren nach dem Krieg an Tuberkulose gestorben waren. Die Toten wohnten damals noch nicht abgeschieden von der Welt der Lebenden, sie waren noch nicht aus dem Gedächtnis verbannt, sondern gehörten als Nachbarn noch immer zur dörflichen Gemeinde. Die Gestorbenen machten mir keine Angst, und ich hatte keine Scheu, meinen Weg zu Fuß oder auf dem Fahrrad über den Totenacker zu nehmen, schon der Blumen wegen. In der wärmeren Jahreszeit, wenn wir uns draußen aufhielten, wurden wir Augen- und Ohrenzeugen fast jeder Beerdigung, und ich lernte die letzten Worte des Pastors am Grab rasch auswendig: „Von der Erde bist du genommen, zur Erde wirst du kommen. Erde zu Erde, Asche zu Asche, Staub zum Staube.“ Daß wir Menschen aus Lehm gebacken sind und am Ende unserer Erdentage dank der Würmer wieder zu Humus werden, habe ich aufgrund unserer Friedhofsnähe, aber auch aufgrund unserer immer noch naturverbundenen Lebensweise schon früh begriffen.

Auf nicht wenigen Gräbern war mehr geschrieben als nur die Namen und Daten der Toten. Sie waren wie der Findling des Vorsitzenden des Reichslandwirtebundes zur Kaiserzeit, Diedrich Hahn, mit Spruchweisheiten von Hermann Allmers und aus dem Alten Testament verziert. Der eindringlichste Basbecker Grabspruch ist mir bis heute in Erinnerung geblieben: „Oh Todt, Du tilgest Noth und Pein / Wie mußt Du koestlich seyn / Der Mensch muß Dich zu gewinnen / sein Leben lang nur rinnen, rinnen! / Welch Segen zu sterben, sterben / Dein Himmelreich zu erben.“ Mein Vater hatte, wenn die Rede auf den Tod kam, immer eine Redensart bereit: „So schlimm kann es im Totenreich gar nicht sein, denn sonst wäre bestimmt schon einmal jemand von da zurückgekommen.“ Wo die Toten sich genau aufhielten, konnte niemand mit Sicherheit sagen. Nur Korl Luttkau, der Esels- und Karussellbetreiber, wußte genau Bescheid. Eines Abends stürzte er atemlos in unsere Küche. Er kam geradenwegs vom Kirchhof. Er hatte am Grab seiner Vorfahren versucht, einen verdorrten Wacholderbusch mit bloßen Händen herauszureißen. Er hätte all seine Kraft angewandt, um die Wurzeln aus der Erde zu ziehen.

Alle Kraftanstrengung hätte nichts genutzt, bis er mit Schrecken bemerkt hätte: Da unten sitzt einer, der hält den Busch mit aller Gewalt fest. Mein Vater meinte: Korl, das ist doch kein Wunder. Du kommst aus einer Landstreichersippe, und solche Leute kommen nie zur Ruhe, nicht mal, wenn sie unter der Erde liegen. Mein Vater versuchte sein Bestes, um den verängstigten Mann zu beruhigen. Es gelang ihm am Ende nur mit etlichen Gläsern Kümmel und Korn. Die hatten meine Eltern für Notfälle immer zur Hand, selbstverständlich nur als Medizin.

An unser auf einer Wurt gelegenes Grundstück grenzte Beckmanns Gehölz, der ein Hektar große Gemeindewald, dessen alte Eichen schon damals unter Naturschutz standen und darum nicht einmal in der Notzeit nach dem Kriege gefällt worden waren. Der Ostefluß lag sogar noch näher, und ich brauchte nur wenige Minuten, um durch die Wiesen und Weiden zu laufen, um über den Deich zu schauen und mich nach dem Wasserstand zu erkundigen. Der Ebbe und Flut führende, bei auflaufendem Wasser tatsächlich rückwärts fließende Fluß, dessen gemächliche Mäander meinem engeren Heimatkreis das Gepräge geben, verdankt seinen Namen nicht etwa dem Satiriker Christian Morgenstern, der seinen Antihelden Palmström einmal verzweifelt nach seiner „Oste“ suchen ließ, weil er seine „Weste“ verloren hatte, sondern schlicht dem indogermanischen Wort für Wasser. Was anderen ihr Mississippi, ihr Nil oder ihr Stiller Don bedeutete, das war mir meine Oste.

Wenn wir von unserer Hollenworth, der „hohen Wurt“, hinunter auf das träge dahinfließende Wasser der Oste schauten, hatten wir die Schwebefähre vor

Augen. Die Schwebefähre über die Oste zwischen den Dörfern Basbeck und Osten – mein Vater unterrichtete fortan an der Volksschule in Osten – war und ist das erstaunlichste Bauwerk in meiner ganzen niederelbischen Heimatregion. Getragen von vier mächtigen, fast vierzig Meter hohen Stahlmasten, schwebt an einem quergespannten Eisengerüst eine Gondel langsam zwischen den beiden Ufern hin und her. Der Erbauer war ein Schüler des Eiffelturmkonstrukteurs. Er hat sich zu Beginn des zwanzigsten Jahrhunderts, als auf der Oste noch hochmastige Segelschiffe fuhren, eine so kühne Konstruktion zur Überbrückung des Flusses ausgedacht, daß sie mittlerweile gute Chancen hat, über die Anerkennung als nationales Kulturdenkmal hinaus in das Weltkulturerbe der Unesco aufgenommen zu werden. Mein Vater hatte zu diesem Raumgleiter eine besondere Beziehung. Als Kommandant des lokalen Volkssturmverbandes hatte er im April 1945 den Auftrag erhalten, die Fähre in die Luft zu sprengen, um den Feinden den Weg zu versperren. Er warf jedoch seine letzten Panzerfäuste gezielt daneben, so daß das magische Gefährt unversehrt blieb. Dieses Versagen, für das mein Vater in den ersten Jahren nach dem Krieg mit Hohn und Spott überschüttet wurde, erwies sich später als wahre Heldentat, denn einmal zerstört, wäre das technisch längst überholte Denkmal sicher nie wieder aufgebaut worden.

Ich bin als Jugendlicher unzählige Male mit der Schwebefähre über die Oste geschwebt, weil zu den Privilegien meines Vaters als Staatsbediensteter die freie Überfahrt für alle Familienangehörigen gehörte. Ich hatte bei meinen Gleitfahrten auf dem langsam dahinfliegenden Teppich der Gondel immer wieder das Gefühl, mich vermittels einer ebenso gewagten wie luftigen Konstruktion in eine Schwebe zwischen irdischem Leben und himmlischem Streben zu begeben, zu erheben und zu entschweben. Ich habe den Verdacht, daß meine weltenumspannende Seelenreise von Basbeck bis nach Mekka just auf diesem schwebenden Teppich ihren Anfang genommen haben könnte. Erlebnis und Erkenntnis fielen zusammen, und so gab mir die Schwebefähre auch den Anschub zu meinen ersten Ausflügen in die Poesie.

Weite Reisen konnten wir uns damals nicht leisten. Meine Eltern waren ausgesprochene Nesthocker. Sie besaßen weder Schwung noch Phantasie, um sich aus der Heimat fortzubewegen. So habe ich mich schon früh selbst auf die Reise gemacht, nicht in die weite Welt hinaus, sondern mit dem Fahrrad, zu Fuß oder mit dem Postbus in die Land-, Meer- und Himmelschaften der Niederelbe. Mein nördliches Mesopotamien im Zweistromland zwischen Elbe- und Wesermündung, der prägende Erlebnisraum in meiner Kindheit, liegt zum allergrößten Teil auf Meeresspiegelhöhe oder sogar knapp darunter. Aber dennoch ist mein Niederland kein kulturelles Niemandsland. Auch wenn die lokalen Genies nicht alle zum Kernbestand der deutschen Hochkultur gehören, so hab ich doch aus ihren Erinnerungsorten in meiner unmittelbaren Nähe meinen Honig gesaugt und meinen frühen Bildungshunger gestillt.

Meine ersten Fahrradausflüge führten mich an die Elbe und an das offene Meer. Am liebsten bin ich dabei, wenn die Wege- und Windverhältnisse es zuließen, hoch auf dem Ostedeich gefahren, durch

Oberndorf und Neuhaus und weiter bis zur Mündung, im Ohr das beständige Rascheln der Pappeln, das Schwappen, Schnalzen und Schnattern der Wellen und die Alarmrufe der Vögel. Am vorläufigen Ziel angekommen, konnte ich mich stundenlang auf dem Deich bei Otterndorf oder Altenbruch aufhalten, meinen fernsüchtigen Blick über die Nordsee schweifen lassen und dabei den Möwenflügen meiner Gedanken hinterhersinnen. Ein ozeanisches Gefühl der Unendlichkeit hat mich bewogen, nicht nur das Naheliegende im Blick zu haben, sondern weiter hinauszuschauen und in die Ferne zu sehen, dorthin, wo der meerblaugraue Himmel und das himmelblaugraue Meer ineinander verfließen. Wie von einem Höhenrausch emporgetragen, war ich jedesmal, wenn mir der Leuchtturmwärter von Belum die Erlaubnis gab, zu ihm die 77 gewundenen Stiegen hinaufzuklettern, um aus dieser lichten Höhe die Mündung der Oste in die Elbe und die Mündung der Elbe in die Nordsee zu überblicken. Von der Spitze dieses Minaretts hinab konnte ich mit meinen Augen Land und Meer und das zwischen beiden Elementen hin- und hergerissene Gelände, das Watt, in seiner ganzen Vielfalt ermessen, und wenn mir der Leuchtturmwärter sein Fernglas lieh, dann konnte ich im Nordwesten die roten Felsen von Helgoland und im Südosten die Kirchtürme von Hamburg erkennen. Von diesem erhabenen Blickpunkt aus kam ich zu meinem höchstfliegenden Berufswunsch: Ich wollte hoch hinaus, ich wollte Leuchtturmwärter werden und von dieser lichten Höhe hinab aller Welt die Herrlichkeiten der göttlichen Schöpfung verkünden. Trotz aller Heimatliebe packte mich in solchen Stunden ein unwiderstehliches Hinausweh. Ich wollte in meinem Leben hinter den Horizont schauen und aufbrechen zu neuen Ufern. Schon früh habe ich das Bedürfnis nach Entgrenzung empfunden, nach Öffnung und der Verschmelzung mit dem Universum. So habe ich die Schreie der Kiebitze gedeutet, die mir auf meinen Wegen und Abwegen vorausflogen. „Kiwitt, Kiwitt! Komm! Komm mit!"

Von ozeanischer Sehnsucht waren auch die Dichter getrieben, deren Spuren ich in meiner Heimat ausfindig machen konnte. Zu Anfang interessierte mich nicht sosehr ihr Werk, sondern vor allem ihre Lebensgeschichten. Vom Kreisarchivar, der mich in sein Herz geschlossen hatte, auf die Fährte gelockt, entdeckte ich in unserer Kreishauptstadt Otterndorf in der alten Lateinschule, im Kranichhaus und in der bescheidenen Lehrerwohnung die Fußstapfen des braven Johann Heinrich Voss. Der unerschrockene Mann hatte es zwar nur vier Jahre in unserer Heimat ausgehalten, aber er hatte in dieser Zeit zwei Werke der Weltliteratur ins Deutsche übersetzt, *Homers Odyssee* und die Märchen der *Tausendundeinen Nacht*.

Von Otterndorf war es nicht weit bis Lüdingworth. Die Kirche dort ist das altehrwürdigste Gotteshaus weit und breit, eine romanische Feldsteinkirche vom Ende des zwölften Jahrhunderts mit einer Orgel aus der Werkstatt von Arp Schnitger und mit alten plattdeutschen Inschriften. Im Schutz dieser Kirche ist vor mehr als einem Vierteljahrtausend ein Mann aufgewachsen, der anders als Johann Heinrich Voss die fernen Welten nicht nur in Gedanken, sondern in der Wirklichkeit erkundet hat, der Arabienreisende Carsten Niebuhr. Er war Sohn eines Hadler Bauern, lernte an der Otterndorfer Lateinschule die alten Sprachen und eignete sich dann im Selbststudium das Arabische an. Er schloß sich einem Forscherteam an, das im Auftrage des dänischen Königs den Orient bereisen sollte. Nachdem alle acht Reisegefährten unterwegs an Krankheiten gestorben waren, erforschte er als Alleinreisender die arabische Halbinsel. Er hielt sich fast ein Jahr in Dschidda auf und beschrieb als erster Deutscher die heiligen Stätten der Muslime in Mekka und Medina. Die Weimarer Klassiker nannten ihn deshalb den ersten deutschen Hadschi und hielten große Stücke auf seinen dreibändigen Reisebericht aus Arabien und den angrenzenden Ländern. Ich habe seine Bücher damals nicht zu Gesicht bekommen, aber in dem Lüdingworther Gemeindepastor fand ich einen Gewährsmann, der mir in seiner wuchtigen Bauernkirche und in seiner eigenen Studierstube stundenlang aus dem abenteuerlichen Leben des bemerkenswertesten unter den Söhnen meiner Heimat erzählen konnte. Warum, fragte ich den Lüdingworther Pastor, wollte Carsten Niebuhr unbedingt nach Arabien? Er war ein Träumer. Aber diese Antwort genügte mir nicht. Vielleicht war es die Musik unserer Orgel. Mein geistlicher Ratgeber schloß die Kirchentür auf, setzte sich an die Orgel und spielte für mich: *Geh aus, mein Herz, und suche Freud*. Ich verstand nicht viel von Orgelmusik, aber diese Klänge gingen mir durch Mark und Bein. „Diese Orgel hat Arp Schnitger gebaut, fünfzig Jahre, bevor Niebuhr geboren wurde. Der kleine Carsten hat sie als Kind jeden Sonntagmorgen gehört, und vielleicht hat diese Musik in ihm die Sehnsucht geweckt, nach dorthin zu reisen, wo die Sonne aufgeht."

Fortan wurde Carsten Niebuhr für mich zu einer Lichtgestalt, die mir wieder und wieder in meinem Leben über den Weg gelaufen ist. Es dauerte noch eine ganze Weile, bis ich seine Bücher studieren konnte. Aber wenigstens eine von Niebuhrs Entdeckungen hat mir der Lüdingworther Pastor schon damals verraten. Seiner Meinung nach hatte der Arabienreisende eine Erklärung für das Wunder gefunden, warum es den Israeliten gelungen war, trockenen Fußes das Rote Meer zu durchqueren. So, wie es möglich sei, bei Ebbe barfuß von Cuxhaven über das Watt zur Insel Neuwerk herüberzulaufen, so muß es den Juden ein leichtes gewesen sein, bei Niedrigwasser durch das Rote Meer zu waten und danach Zeuge zu werden, wie die auflaufende Flut die bösen Ägypter mit Mann und Maus im Meer ersäufte.

Der dritte im Bunde meiner heimischen Leitgestirne war der Marschendichter Hermann Allmers, zu dem es sogar eine kleine familiäre Verbindung gab. Zu den wenigen Kostbarkeiten im Bücherschrank meiner Mutter, die die Hungerjahre nach dem Krieg überstanden hatten, gehörte ein handsigniertes Exemplar des *Marschenbuches*. Allmers hatte es ihrem Großvater, dem Windmüller Johann Meyn aus Nordholz im Lande Wursten, persönlich gewidmet, als Dank für eine ihm zu Ehren gebratene Martinsgans. Mich faszinierten an Allmers nicht nur seine Heimatstudien, sondern auch seine religiösen Wanderungen und Wandlungen. Er war nach langer Gottsuche schließlich zum Katholizismus konvertiert und hatte lange Jahre in Rom gelebt. In Rechtenfleth an der Weser stand der Marschenhof des Dichters für Besichtigungen frei, aber da ich unangemeldet, unfrisiert und ungeniert an der Dielentür läutete, machte ich nur mit dem Hofhund eine ziemlich unangenehme Bekanntschaft.

Am südlichen Wendekreis des regionalen Kulturraums, den ich mir mit dem Fahrrad erschließen konnte, lag die Künstlerkolonie Worpswede. Mit Worpswede verbanden auch meine Eltern eigene Jugenderinnerungen. Mein Vater hatte während seiner Lehrerausbildung in Bad Bederkesa einen Zeichenkurs bei Carl Vinnen absolviert, einem der besten Landschaftszeichner aus der Worpsweder Schule. Seinem Meister zuliebe hatte Vater in einem Skizzenbuch Bleistiftzeichnungen von allen Basbecker Bauernhöfen angefertigt, das mit einer Eins benotet wurde. Meine Mutter war stolz auf ihr einziges richtiges Bild, das ihre Wände schmückte. Ihr ältester Bruder Alfred hatte es ihr zur Konfirmation geschenkt und auf die Rückseite geschrieben: „Zur Einsegnung für meine Schwester Erika, die in Wirklichkeit tausendmal schöner aussieht als die auf dem Bild ziemlich blaß geratene Martha Vogeler." Das Bild war eine bemerkenswert gute und jugendstilgerecht gerahmte Kopie der Frühlingsallegorie von Heinrich Vogeler. Auch ich habe dieses blaublumige Jungmädchenporträt früh in mein Herz geschlossen.

Es gab im Dorf mehrere Leute, die sich in Worpswede auskannten. Am besten wußte Mutter Rühmkorf Bescheid, unsere Heimatdichterin und Hüterin des literarischen Volksvermögens. Sie war wie mein Vater Lehrer, und da beide im Vorstand des lokalen Lehrervereins tätig waren, schaute sie gern bei uns vorbei. Zwischen beiden bestand ein Vertrauensverhältnis. Sie wahrten zumindest gegenüber der Dorfgemeinschaft ein Geheimnis, das ich erst viel später durchschaut habe. Mein Vater war nach Beendigung seiner Lehrerausbildung neun Jahre arbeitslos gewesen, bis auf eine Unterbrechung von fünfzehn Monaten ausgerechnet im Krisenjahr 1929. In dieser Zeit vertrat er seine Kollegin Rühmkorf, die während ihrer Abwesenheit, so lautete die amtliche Begründung, ein Praktikum in einem Kinderheim in Dortmund absolvierte. Dafür gab es einen triftigen Grund. Die Tochter des Superintendanten war unverheiratet von ihrem geliebten, aber bereits verehelichten Glasbläser Hans Westhoff schwanger geworden und wollte unter allen Umständen jeden Skandal vermeiden. Auf meinen Vater als Mitwisser konnte sie sich dabei immer verlassen. Er half ihr, den Fehltritt zu vertuschen und fromme Legenden zur Rettung ihres guten Leumunds als Pastorentochter zu stricken.

Nach rund einem Jahr kehrte Elisabeth Rühmkorf zu ihrer Familie und an ihre Schule zurück, jetzt nicht mehr allein, sondern mit einem adoptierten Findelkind, dem sie den Namen Peter gegeben hatte. Mutter Rühmkorf konnte emsig wie ein Wasserfall erzählen, und im Gegensatz zu meinen Eltern wurde ich nie müde, mich an ihre Lippen zu hängen. Sie war eine bemerkenswerte Persönlichkeit und hätte unter anderen sozialen und kulturellen Bedingungen vermutlich einen literarischen Salon geleitet. Doch in der niederelbischen Provinz konnte sich ihr Talent nur in der Stille entfalten, und sie mußte für ihre Bemühungen um die hoch- und plattdeutsche Regionalliteratur viel Spott über sich ergehen lassen, nicht zuletzt von ihrem halbwüchsigen Sohn Peter. Mutter Rühmkorf versammelte um sich einen Kreis streitbarer Frauen.

Drei plattdeutsche Dichterinnen gingen in ihrem Haus aus und ein: Hertha Borchert, die Mutter von Wolfgang Borchert, Wilhelmine Siefkes, eine zierliche Person aus Leer an der Ems, die als eine der wenigen aus ihrer Zunft Hitler widerstanden hatte, und Marie Ulfers aus Carolinensiel, von der ich viel später erfuhr, daß sie die ostfriesische Tante Annemarie Schimmels war und daß die Schimmelin bei ihr in der Nachkriegszeit oft Urlaub gemacht hat. Wenn diese drei in den großen Ferien bei Mutter Rühmkorf zu Besuch waren, dann kam das mundartliterarische Damenquartett nach dem Sonntagsgottesdienst von Pastor Peisker im Gemeindesaal der Warstader Kirche zusammen, um vor ausgewähltem Publikum aus seinen Werken vorzulesen. Ich war einige Male als Zaungast dabei und bekam außer literarischen Leckereien eine Extratasse Kakao serviert.

Alle vier waren Worpswede-Kennerinnen und -Schwärmerinnen. Aus ihrem berufenen Munde habe ich erfahren, daß die sagenhafte Martha Vogeler, die auf dem Bild meiner Mutter den Frühling verkörperte, noch immer am Leben war und in Worpswede wohnte. Also machte ich mich eines Tages im Sommer 1957 in aller Herrgottsfrühe mit meinem Fahrrad auf die Reise und kam kurz vor Mittag voller Aufregung und Vorfreude an meinem Sehnsuchtsort an. Ich brauchte nicht einmal lange zu suchen. Im Haus im Schluh fand ich tatsächlich meine Herzensdame; mir schien sie immer noch umflort von ihrer blauen worpswedischen Aura. Ich hatte sie mitten in ihrer Arbeit unterbrochen. Mitten im Raum stand ihr mechanischer Webstuhl, an dem sie einen Teppich mit üppigen Wasserpflanzen herstellte. Ehe sie sich um mich kümmerte, verknotete sie erst einmal ihren Faden, damit sie ihn nicht verlor. Ihre Haare waren nicht mehr rotblond, sondern schlohweiß, und wie die Haare meiner Mutter zu einem Vogelnest aufgestockt, das wie ein Heiligenschein über ihr leuchtete. Ihr Gesicht war voller Falten, aber ihre Augen leuchteten immer noch frühlingsblau. Martha Vogeler war sichtlich gerührt von meiner Schwärmerei und empfing mich mit großer Herzlichkeit. Sie bewirtete mich mit einer ganzen Kanne Milch und einem riesengroßen Stück Butterkuchen. Zum Abschied nahm sie mich in die Arme und strich mir so sanft über mein Haar, daß mir Tränen der Rührung kamen. Aber sie lachte herzlich. Ich sehe, sagte sie zu mir, du bist ein großer Träumer. Du bist so ein Hans-Flieg-in-den-Himmel. Paß bloß auf, mein Jung, daß du nicht wie mein guter Heinrich in dein Verderben rennst!

Ich war so überwältigt von dieser Begegnung, daß ich von dem Weltdorf Worpswede nicht loskommen konnte. Ich durchstreifte den Ort und fand die erstaunlichsten Spuren. Für mein Zehrgeld, das ich dank der großzügigen Versorgung im Haus im Schluh gespart hatte, kaufte ich mir in der Grabbelkiste einer Papierhandlung zwei zerlesene Hefte aus dem Insel-Verlag: Rilkes Monographie über die Worpsweder Künstler und sein *Stundenbuch*. Ich beschloß, die Nacht über in Worpswede zu bleiben, übernachtete aber nicht, wie ich es meinen Eltern versprochen hatte, in der Jugendherberge, sondern unter freiem Himmel am Fuße des Weyerberges. Dort ließ ich mir im lunaren Scheinwerferlicht der „Mecklenburger Sonne" meinen Rilke auf der Zunge zergehen und war durchdrungen von der Magie der Worte: „... Der Engel aber, herrisch, wies und wies / ihm, was geschrieben stand auf seinem Blatte / und gab nicht nach und wollte wieder: Lies! / Da las er: so, daß sich der Engel bog ..." Nicht weniger war ich verzaubert von der zarten Erotik des Mondscheins. Ich erkannte in der Mondfee eine weltraumferne Geliebte mit bloßer Brust, gehüllt in die wehenden Nachtgewänder einer durchsichtigen weißen Wolke. Bei meiner Rückfahrt am anderen Morgen hatte ich einen warmen Südwestwind im Rücken. Ich fühlte mich, als schwebte ich dahin. Ich habe meine Reise wohlverwahrt im Bernstein der Erinnerung: Sie war ein Höhepunkt in der sonst nicht sehr bewegten Erlebnislandschaft meiner Kindheit. Worpswede hat in mir Sehnsüchte erweckt, die weit über Worpswede hinausreichten. In der Zeit meiner Pubertät wurde dieser magische Ort zur ersten Zwischenstation auf meiner gerade begonnenen Seelenreise. Ich begann mich in die Gestalt Heinrich Vogelers hineinzuversetzen, jenes Malers, der von Worpswede aus dem Morgenrot entgegen bis nach Moskau und Samarkand zog und dessen Leben und Tod zu einer tragischen Parabel für die Wege und Irrwege kommunistischer Idealisten wurden.

Die wichtigsten intellektuellen Anstöße und Anregungen während meiner Jugendzeit verdanke ich jedoch meinem Onkel in Amerika, Mutters Bruder Alfred Vagts. Er war für mich lebenslang ein Vorbild, ein Ansporn und eine Ermutigung, weil er mir vorgelebt hatte, daß einem die große weite Welt auch dann offensteht, wenn man aus einem kleinen Dorf und aus beengten Verhältnissen kommt. Mein Onkel ist trotz seines sozialen Aufstiegs ein sehr bescheidener Mensch geblieben. Er war so gütig und geduldig, daß er von meinem zwölften Lebensjahr an fast jede Woche über den großen Teich hinweg mit mir einen Brief wechselte. Je inniger mein Verhältnis zu ihm wurde, desto dringlicher warnten mich meine Eltern: „Werd bloß nicht wie Onkel Alfred!“ Sie hatten ganz einfach die Sorge, daß ich eines Tages genauso wie er aus der Heimat verjagt werden könnte, wenn ich seinen Spuren folgte. Doch diese Warnungen bewirkten bei mir das genaue Gegenteil und bestärkten mich in meiner Hinwendung zu ihm. Den stärksten Einfluß auf meine geistige Entwicklung hat Alfred Vagts vermutlich dadurch auf mich ausgeübt, daß er vom Beginn meines Lesealters an mir nach und nach all die Bücher und Broschüren als printed matter zurückgeschickt hat, die ihn in den Jahren nach dem Weltkrieg selbst begeistert und geprägt hatten. Dazu gehörten frühe Gedichtbände von Bertolt Brecht, Johannes R. Becher und von Gottfried Benn, von Erich Mühsam und von Else Lasker-Schüler, Streitschriften von Kurt Hiller und Kurt Tucholsky und eine verstörende Liebeserklärung an die freie Liebe von keinem anderen als Heinrich Vogeler aus Worpswede. Aber was wußte ich damals schon von der Liebe!

Die Streitschriften des Expressionismus und des Aktionismus, in der Bundesrepublik der fünfziger Jahre fast vergessen, waren für mich gewiß keine leichte Lektüre. Mir schwirrte manches Mal der Kopf, aber ich war dennoch fasziniert von der Kraft der Worte und dem Radikalismus der Gedanken. In seinen Briefen beschrieb mein alter Onkel mir ausführlich die Stationen seines eigenen Lebensweges von Basbeck bis nach Sherman im US-Bundesstaat Connecticut und beschwor mich eindringlich, aber gänzlich vergeblich, die eigenen Irrtümer und Irrwege seiner jüngeren Jahre tunlichst zu vermeiden. Er bewirkte damit das genaue Gegenteil und beförderte so meine intellektuelle Abenteuerlust. Die Besuche unserer Verwandten aus Amerika zählten zu den glücklichsten Kapiteln meiner Jugendzeit. Schon ihre Ankunft war jedesmal ein Fest. Sie kamen mit einem großen Passagierdampfer, der mit Musik, mit dem Gedröhn der Schiffssirenen und dem Geläut der Kirchenglocken am Steubenhöft in Cuxhaven festmachte. Unsere Gäste winkten uns schon von weitem mit ihren Taschentüchern zu, und wir standen am Kai und versuchten uns mit allerhand Armverrenkungen für sie kenntlich zu machen. Es dauerte Stunden, bis sie endlich die Reling herabstiegen und uns der Reihe nach umarmten. Zusammen kletterten wir in den Sonderzug, der bereitstand, um die Passagiere nach Hamburg zu bringen. Aber wir brauchten nicht bis zur Endstation mitzufahren. Zu Ehren unserer Gäste legte der elegante Sonderzug auf dem Bahnhof Basbeck-Osten einen außerplanmäßigen Halt ein, damit unser hoher Besuch und wir mit ihm aussteigen konnten.

Meine Oberstufe absolvierte ich am Athenäum in Stade. Das Gymnasium, zu Zeiten der Reformation gegründet, ist eine der ältesten, altehrwürdigsten Knabenschulen in Deutschland, und entsprechend konservativ ging es im Unterricht zu. Das Athenäum war in einem düsteren Backsteinbau aus der wilhelminischen Epoche untergebracht, der nur im Herbst, wenn sich der russische Wein an seinen Wänden bunt verfärbte, ein heiteres Aussehen bekam. Die meisten literarischen Anregungen verdanke ich meinem Deutschlehrer Gottfried Höfer. Er stammte wirklich aus Weimar und war 1956 als DDR-Flüchtling ans Athenäum gekommen. Er schrieb selbst Theaterstücke für das Laienspiel und verstand es auf wunderbare Weise, seine Schüler für die Literatur der deutschen Klassik zu begeistern. Seit ich bei ihm meinen ersten Besinnungsaufsatz geschrieben hatte, schloß er mich in sein pädagogisches Herz und versuchte mich auf alle erdenkliche Weise zu fördern. Er gab mir wichtige Bücher zu lesen und begutachtete meine frühesten Schreibversuche. Er fuhr sogar zu meinen Eltern, um sie zu überzeugen, daß ich dringend eine Brille brauchte, und lud mich schließlich zum allerersten Theaterbesuch meines Lebens ein, zu Lessings *Nathan der Weise* im Jungen Theater in Hamburg mit Ernst Deutsch in der Hauptrolle. Die Aufführung wurde für mich zu einem überwältigenden, meinen weiteren Lebensweg mitbestimmenden Schlüsselerlebnis. Ich war zu Tränen gerührt und habe die Botschaft der Ringparabel wie eine Offenbarung aufgenommen. Ich glaubte Lessing aufs Wort und war mir fortan gewiß, daß es nicht nur eine von Gott gesandte Religion gibt, sondern mindestens drei. Eine jede von ihnen stammt von Gott und führt die Menschen auf ihrem Weg zu Gott.

Mit 17 Jahren wurde ich ernsthaft krank. Da die Ärzte nicht den Grund für meine Bauchschmerzen finden konnten, wurde ich zunächst am Blinddarm und an den Leisten operiert. Als sich keine Besserung einstellte, fanden die Doktoren endlich heraus, daß ich an einer Leberentzündung erkrankt war. Ich mußte elf Wochen im Krankenhaus bleiben. Während meine Eltern und Schwestern daheim sich ernste Sorgen um mein Leben machten, kommt mir der lange Krankenhausaufenthalt in der rückblickenden Erinnerung eher wie ein Erholungsurlaub vor. Eine herzensgute Krankenschwester, Schwester Elisabeth, nahm sich liebevoll meiner an. Sie gab mir jedesmal einen schmatzenden Gutenachtkuß, wie ich ihn vorher noch nie geschmeckt hatte, und weckte in mir bislang unbekannte Regungen und Gefühle. Einmal ertappte sie mich nachts, wie ich am Fenster stand und dem Monolog des Mondes lauschte.

Behutsam nahm sie mich in ihre Arme, drückte mich fest an ihre Brust und trug mich, eng an sich gepreßt, zurück ins Bett. Glaube und Liebe, Eros und Religion sind in meinen Augen Geschwister und in der Zeit unserer Pubertät vermutlich so eng verbunden wie siamesische Zwillinge. Darum habe ich die zärtliche Hand der Schwester Elisabeth wie eine Streicheleinheit des lieben Gottes erfahren. Meine Leib- und Seelenbraut sang mit mir meinen Lieblingschoral: *Befiehl Du Deine Wege* – ein Lied, das mich durchs ganze Leben begleitet hat. Es bleibt für immer mit meiner frühen untrüglichen Gotteserfahrung verbunden und rührt bis heute meine Seele an. Schwester Elisabeth faltete mir die Hände und sprach mit mir das Morgen- und Abendgebet, versorgte mich mit frischem Obst und stillte meinen Lesehunger mit Kostbarkeiten aus der Krankenhausbibliothek. Einmal, zweimal, dreimal las ich *Onkel Toms Hütte*, vergaß über dieser traurigen Geschichte vom Elend der schwarzen Sklaven mein eigenes kleines Weh und beschloß, in meinem weiteren Leben als Wohltäter der Menschheit zu wirken. Auch das zweite Buch, das ich damals wieder und wieder las und halb auswendig lernte, bestärkte mich in diesem Vorhaben. Es war

Albert Schweitzers Autobiographie *Aus meinem Leben und Denken*, die für mich fast zu einer Offenbarung wurde. Fortan habe ich Albert Schweitzer wie einen persönlichen Schutzpatron betrachtet. Die langen Wochen im Hospital wurden zu einem Labsal für Leib und Seele. So viel Zuwendung, Sanftmut und Nächstenliebe hatte ich vorher noch nie erfahren.

Als mich meine Eltern heimholten und mich mein Hund vor lauter Wiedersehensfreude regelrecht umwarf, war ich von meiner Krankheit restlos geheilt und erfüllt von Lebenshunger, Erkenntnisdrang und Tatendurst. Meine Krankheit hatte auch langfristig nur gute Folgen: Dank der angeschlagenen Leber bin ich mein ganzes weiteres Leben nicht ein einziges Mal in Versuchung geraten, auch nur eine Zigarette zu rauchen oder einen einzigen Tropfen Alkohol zu mir zu nehmen. Auch von Schweinefleisch blieb ich fortan verschont.

Wir waren eine sehr politische Schulklasse, geteilt in CDU- und SPD-Anhänger. Die meisten von uns waren entschiedene Ohnemichel, Gegner der Wiederbewaffnung. Als wir gemustert wurden, weigerten wir uns geschlossen, die Hosen herunterzulassen. Wir wurden daraufhin einzeln vom Musterungsarzt hinter den Vorhang geführt und auf unsere Mannbarkeit geprüft. Wir versuchten uns auch als politische Kabarettisten. Ich war für die Reime zuständig und habe einen meiner Hammerreime bis heute im Ohr behalten: „Wer will denn heut noch: Deutschland über alles! Ich ruf im Fall des Falles lieber nach John Forster Dulles!“ Amerika war uns lieber als Deutschland, Jazzmusik lieber als deutsche Volkslieder,

Dwight D. Eisenhower lieber als unser Kanzler Adenauer. Von diesem Geist war auch unsere Schülerzeitung geprägt, für die ich meine ersten Manifeste schrieb. Da unsere Zeitung, die den stolzen Namen *wir* trug, immer wieder verboten wurde, stellten wir Blattmacher uns selbst vor das Schultor und versuchten, unser Produkt eigenhändig für einen Groschen an die Schülerschaft zu verkaufen. Wegen eines Artikels, in dem ich für das Athenäum die Einführung der Koedukation von Jungen und Mädchen vorgeschlagen hatte, wurde ich eigens zum Direktor zitiert und mußte ihm schriftlich versprechen, Beiträge, die die Schulverfassung insgesamt betrafen, künftig seiner Zensur vorzulegen. Als wir 1959 unser Abitur machten, gaben wir die Redaktion der Schülerzeitung an eine jüngere Generation weiter. Die neue Mannschaft wollte sofort alles besser und professioneller machen. Ihr Wortführer, gerade einmal 13 Jahre alt, war Stefan Aust, der spätere *Spiegel*-Chef. Er strotzte schon damals vor Selbstbewußtsein und Geschäftssinn, denn seine Idee war es, die Zeitung fortan mit Anzeigen zu finanzieren.

Unsere letzte Klassenreise führte uns kurz vor dem Abitur in die geteilte deutsche Hauptstadt. Damals war die Mauer noch nicht gebaut, und auch wenn der Besuch im Osten nicht auf dem Programm unserer vom Gesamtdeutschen Ministerium bezahlten Propagandafahrt stand, so übte doch die andere Seite auf uns alle zumindest den Reiz des Verbotenen und die Lust am Widerspruch aus. So oft wir konnten entwischten wir der Obhut unserer Betreuer und Begleiter und gingen jenseits des Eisernen Vorhangs auf Entdeckungsreise. Als „junge Friedenskämpfer aus der BRD“ wurden wir überall mit offenen Armen empfangen. In unserer Begeisterung für das andere Deutschland schafften wir es sogar, im Brechtschen Berliner Ensemble für einige Minuten bis ins Büro von Helene Weigel, der Prinzipalin, vorzudringen. Dort bekamen wir, was wir wollten, von Brechts Witwe signierte Arbeitshefte des Meisters, und obendrein beschenkte uns die Weigel mit Freikarten für zwei unvergeßliche Theaterabende, die *Mutter Courage* und *Der gute Mensch von Sezuan*.

Inzwischen hatte ich meine allerersten Erfahrungen in der Arbeitswelt gemacht. Mit 16 Jahren begann ich mit gelegentlichen Aushilfsarbeiten auf dem Basbecker Postamt, mit 18 machte ich meine Prüfung als „Postfacharbeiter“, wurde auf das Grundgesetz vereidigt und war fortan berechtigt und befähigt, Briefe und Pakete auszutragen – mit Ausnahme größerer Geldbeträge, denn bei der Eignungsprüfung wurde festgestellt, daß ich aufgrund einer Grünblaufarbblindheit nur schwer in der Lage war, Zehn- von Zwanzigmarkscheinen zu unterscheiden.

In fast allen Schul- und Semesterferien habe ich meinen Postfacharbeiterbrief genutzt, um den rund hundert Postkunden, zum größten Teil einsame Bauernhöfe, auf meiner 36 Kilometer langen „Moortour“ ihre Briefe, Zeitungen und Paketsendungen zuzustellen. In der Regel war ich mit dem Fahrrad unterwegs, im Winter, bei zu hohen Wasserständen, manches Mal auch zu Fuß. Dann brauchte ich den ganzen Tag, um meine Poststrecke abzulaufen. Trotz aller Anstrengungen hatte ich an meinem Nebenjob viel Spaß. Auf den Bauernhöfen war ich ein liebend gerngesehener Gast und wurde überreich mit Kaffee und Kuchen, mit warmen Mahlzeiten und Wohltaten verschiedenster Art versorgt. Als Landbriefträger kommt man den Menschen sehr nah. Manche meiner Postkunden waren des Lesens und Schreibens unkundig und baten mich, ihnen ihre Briefe vorzulesen oder für sie einen Brief zu schreiben. Auf den meisten Bauernhöfen regierte damals, weil die Männer im Krieg geblieben waren, eine resolute Bauersfrau. Zumindest einige von ihnen fühlten sich einsam und hatten ein ausgeprägtes Bedürfnis nach männlicher Umarmung. So hatte ich mitunter Mühe, mich ihren Liebkosungen zu entziehen, und mußte mein Heil in der Flucht suchen.

Einmal war ich mit meiner ganzen Post von einem glitschigen Steg in einen tiefen Graben gefallen. Witwe Hartleff kam mir mit dem Schreckensruf „Mann, oh Mann!" zu Hilfe, zog mich aus dem Sumpf, rieb mich trocken, wärmte mich Leib an Leib, trocknete meine Kleidung an ihrem Herd und plättete mit ihrem kohlebefeuerten Bügeleisen alle meine durchnäßten Briefe und Zeitungen wieder glatt. Seither hatte sie mich in ihr Herz geschlossen und beschenkte mich jedesmal, wenn ich ihr die Post brachte, mit klebrigen Küssen und anderen Zeichen ihrer Sympathie für einfühlsame Aushilfsbriefträger. Auf den Bauernhöfen wurde ich als „Studierter" bald zur Respektsperson. Ich wurde in den verschiedensten Angelegenheiten um Rat gefragt. Einmal fiel mein Zustellereinsatz in eine Wahlkampfzeit, und einige meiner weiblichen Postkunden wollten von mir wissen, was sie denn wählen sollten. Ich machte aus meiner Vorliebe keinen Hehl und empfahl allen, die mich fragten, getrost die DFU zu wählen, die Deutsche Friedensunion, die mit einem Albert-Schweitzer-

Plakat für ihr pazifistisches Programm warb, aber von den Antikommunisten als „Die Freunde Ulbrichts" verleumdet wurde. Prompt bekam die Partei zur Bundestagswahl in Basbeck 37 Stimmen, weit mehr als fünf Prozent, davon allein 21 Stimmen in meinem postalischen Zustellbezirk.

Ich habe als Briefträger nicht nur Küsse und Stimmen gesammelt, sondern auch Unterschriften. Es gelang mir, im Verlauf meines Sommereinsatzes eine ganze Liste zu füllen. Es ging um einen von dem Dichter Hanns Henny Jahnn unterstützten Aufruf gegen den Mißbrauch der Vogelschutzinsel Knechtsand als Bombenübungsgelände der britischen Armee. Diese Insel vor der Küste Cuxhavens diente Tausenden von Brandgänsen als Rastplatz während ihrer Mauser, in der die Vögel flugunfähig waren. So ein Unfug, schimpfte mein Vater, und meine Mutter meinte: Du machst dich zum Gespött. Doch ehe mein Ferienjob zu Ende ging, meldete die *Niederelbezeitung*, die Briten hätten unter dem Eindruck von 30000 Unterschriften den sofortigen Bombardierungsstop verfügt. Von 30000 Unterschriften hatte ich ein Tausendstel, 30, gesammelt, aber ich war dennnoch mächtig stolz darauf, etwas für die Gänse, für den Weltfrieden und für die Erhaltung der Schöpfung getan zu haben.

Das dicke Ende kam ein Jahr später. Der 13. August 1961 war ein Sonntag, als in Berlin die Mauer gebaut wurde. Ich hatte Sonntagsdienst und mußte zusammen mit zwei anderen Kollegen die Post vom Frühzug abholen und auf die einzelnen Fächer verteilen. Über das Radio und den Hausfunk der Post hörten wir die Schreckensmeldung. Alle hatten zunächst nur eine einzige Sorge: Jetzt gibt es Krieg. Der Dritte Weltkrieg steht unmittelbar bevor. Die Atombomben sind vielleicht schon im Anflug. In der hitzigen Debatte über die Schuld am Mauerbau versuchte ich auch Verständnis für die andere Seite zu wecken und vertrat die Ansicht, diese Maßnahme des Ostens sei vielleicht der letzte Ausweg, um den Frieden zu retten. Einen Ausverkauf der DDR hätte die Sowjetunion nie zugelassen, sie hätte sonst kurzerhand Westdeutschland besetzt.

Für diese Sicht der Geschichte mußte ich meinen Preis zahlen. Als ich zurückkehrte von meiner Eilpostzustellung, hatten sich meine Kollegen mit mir einen üblen Scherz erlaubt. Ich wollte zurück an meinen Arbeitsplatz, aber der freie Zugang war mir durch eine hohe Mauer aus Paketen, Postkarren und Stühlen versperrt. Ich mußte unter dem Gespött meiner schadenfrohen Postkollegen Stück um Stück die Barriere abtragen, die mir den Weg zu meiner Zustellkabine versperrte. Meiner politischen Gesinnungstreue tat diese Konfrontation mit der Arbeiterklasse allerdings keinen Abbruch. Ich hatte meine erste Mauerprobe bestanden und hörte heimlich den *Freiheitssender 904*, die Radiostimme der verbotenen KPD. Wenn jemand mich aufforderte: „Geh doch nach drüben", das kam zu Zeiten des Kalten Krieges alle Tage vor, dann erwiderte ich: „Schade, hätt ich gern gemacht, aber erst muß die Mauer weg, damit ich heil rüberkomm!"

4. Station

Im Schoß der Kirche

Trotz der häufigen Streitigkeiten vor allem mit meinem Vater, der mich nicht verstand und dem ich mich nicht verständlich machen konnte, ist mir der Abschied von meinen Eltern und Schwestern schwergefallen. Die Trennung von meinem Heimatland Kindheit war verbunden mit dem Schmerz über das Ende der Geborgenheit im Elternhaus, der Epoche meiner Lebensgeschichte, in der ich noch ganz und gar gefangen, aber auch behütet war von den familiären Bindungen, in die ich hineingeboren wurde. Das war die Zeit, in der meine Eltern und Schwestern meine wichtigsten Bezugspersonen waren und mein Horizont ungefähr so weit reichte, wie ich mit meinem Fahrrad an einem Tag tatsächlich fahren konnte. Mein Elternhaus war kein Schlaraffenland und keine Insel der Seligen, aber es war eine Gemeinschaft, in der Geben seliger war als Nehmen, eine Schule des Altruismus. Meine Eltern und meine Geschwister haben am Drehbuch meines Lebens einen wichtigen

Anteil gehabt. Sie haben mein Bild vom Menschen vorgeprägt und mich, auch wenn sie alles andere als fromm waren, dank ihrer fraglosen Fürsorge mit jenem Urvertrauen in Gottes Gerechtigkeit in die Welt der Erwachsenen entlassen, das mich mein ganzes Leben lang nie gänzlich verlassen hat. Die Kindheit ist für mich jedoch weit mehr als eine Vorstufe für das erwachsene Leben gewesen. Ich habe die kindliche Aneignung der Welt nie gänzlich aus den Augen verloren. Ich bin jemand geblieben, der das Gras wachsen hört, und habe meine Spökenkieker-Neigung nie gänzlich abgelegt und mir einen Grundbestand von Paul-Gerhardtschem Gottvertrauen gleich den Lilien auf dem Felde und den Spatzen auf dem Dach bewahrt. Das hat mir geholfen, den Traum zu bewahren, der Leben heißt. Zwölf Jahre lang hat mir mein hellbrauner Hund Senta Gesellschaft geleistet. Wenn ich mich frühmorgens auf den Weg gemacht habe, dann lief Senta bis zur ersten Wegbiegung an meiner Seite, und wenn ich nachmittags aus der Schule zurückkam, wartete sie an derselben Stelle, um mich mit lautem Gebell zu begrüßen und um mich heimzuholen. Mein Hund starb wenige Tage, nachdem ich in Hamburg mein Studium aufgenommen hatte. Ich habe ihn noch in der Nacht begraben und begriffen, daß es jetzt höchste Zeit wurde, die Nestwärme der elterlichen Wohnung zu verlassen.

Meine Trennung vom Elternhaus geschah sehr abrupt – durch meinen Übertritt zur katholischen Kirche. Die Gegensätze zwischen Katholiken und Protestanten waren damals in Deutschland weit tiefer als heute die Gräben zwischen Christen und Muslimen. Die Katholiken waren für die Einheimischen die

Fremden und Flüchtlinge, sie stammten aus Schlesien oder Ostpreußen und waren keine echten Deutschen, sondern „Polacken“, sie galten als unehrlich, betrügerisch und hinterhältig. Man ging ihnen aus dem Weg, und selbst auf den Schulhöfen gab es für die Katholiken eigene abgezäunte Ecken. Entsprechend empört waren meine Eltern, als ich ihnen meinen Schritt mitteilte. Erst sehr viel später habe ich begriffen,welchen Schmerz und welche Schmach ich ihnen zugefügt habe. Mein Abfall vom wahren evangelischen Glauben wurde in der Kirche von der Kanzel herab verkündet. Der Pastor forderte die Gemeindemitglieder auf, jeden Umgang mit mir zu meiden. Ich wurde im Dorf wie ein Aussätziger behandelt und überall als „Peter, der Beter“ verspottet.

Der Katholizismus war für mich die Alternative zum flauen und lauen Christentum, das ich zu Hause und in meiner dörflichen Umgebung kennengelernt hatte. Er war für mich die Religion der Mühseligen und Beladenen, der Ausgegrenzten, der Ostflüchtlinge und der Zigeuner. Die katholische Kirche war in meinen Augen Weltkirche, im Gegensatz zur muffigen Dorfkirche der Lutheraner. Der katholische Ritus mit seinem altehrwürdigen Latein, mit seiner bezwingenden Meßliturgie und seiner Allerheiligenlitanei sagte mir weit mehr zu als der dröge Wortgottesdienst, den ich in der reformiert nüchternen Kirche im eigenen Dorf kennengelernt hatte.

Meine Eltern waren religiös eher unmusikalisch, pflegten aber eine Art von Weltfrömmigkeit und eine metaphysische Wetterfühligkeit, die sie eng mit dem Kreislauf der Natur verband. Sie haben mich gemäß der Familientradition nach meinem Großvater väterlicherseits benannt und mir damit einen christlichen Namen gegeben, einen Namen, den ich bis heute gern trage. Im Alter von zwei Jahren wurde ich getauft. Mein Vater kannte nach eigenem Bekunden kein Gebet, meine Mutter wohl auch nur, wenn Gefahr drohte oder ein Gewitter im Anzug war. In Erziehungsfragen war Gott für sie eine Art Hilfspolizist – nach dem Motto: „Paß auf, der liebe Gott sieht alles!" „Bestimmt, Mutter", bin ich ihr einmal in die Parade gefahren, „bestimmt kann er alles sehen, aber manchmal guckt er auch weg und nimmt nicht gleich alles krumm, was er zu sehen kriegt. Und petzen tut er ganz bestimmt nicht!" Hinterher hatte ich ein ziemlich schlechtes Gewissen, weil ich so respektlos über Gott geredet habe, aber dann habe ich mir gedacht: Er ist mein bester Freund, das kann Er ab!

Von einem ähnlich strengen Gottesbild war auch unser Pastor geprägt. Er schimpfte am liebsten gegen die Heuchler und Pharisäer und ließ bei seinen seelsorgerlichen Kaffeetafeln stets eine Blechkanne kreisen, auf deren Hals die Herrnhuter Losung stand: „Der Kaffee bekommt mir wohl, drum meid ich jeden Alkohol." In seinem Konfirmandenunterricht betrachtete sich Pastor Voss als verlängerter Arm des strafenden Gottes und versuchte, uns auf seine Weise Moses und Mores zu lehren. „Vorsicht, bissiger Gott!" hatte einmal jemand an die Tafel im Konfirmandensaal geschrieben. Die Rolle des Teufelsadvokaten übernahm Diedrich Lemke, ein plietscher Bauernjunge aus Ihlbeck. Als uns Pastor Voss die christliche Urkatastrophe vom Sündenfall vor Augen geführt hatte, wollte er von seinem aufsässigen Konfirmanden wissen: „Was müssen wir als die Kinder von Adam und Eva tun, damit Gott uns unsere Sünden wieder vergibt?“ Diedrich überlegte lange, bis er mit seiner Antwort herausplatzte: „Vorher sündigen!“ Für seine Frechheit wurde der Bauernsohn zwar nicht aus dem Paradies vertrieben, wohl aber aus dem Gemeindesaal und mußte bis zum Ende der Unterweisung über eine Stunde im Regen stehen. Währenddessen erklärte Pastor Voss uns, was wir zu tun hätten, damit wir Gottes Vergebung erlangen. „Wenn euch Satans Schlange eine sündige Versuchung ins Ohr zischelt, dann wascht euch den ganzen Körper von Kopf bis Fuß mit eiskaltem Wasser ab, so lange, bis ihr vor Kälte zittert und vor Ehrfurcht zitternd euren Herrgott um Gnade bitten könnt.“ Eigentlich wollte unser Konfirmator den bitterbösen Diedrich gar nicht einsegnen, sondern ihn zuständigkeitshalber an seinen Amtsbruder im Kirchspiel Lamstedt verweisen, aber in der allerletzten Konfirmandenstunde fand der Ihlbecker Bauernlümmel einen so trefflichen Gottesbeweis, daß sich der pastorale Zorn auf der Stelle in christliche Milde verwandelte. Pastor Voss hatte uns vor dem bösen Philosophen Nietzsche gewarnt, der einfach behauptet hatte: „Gott ist tot.“ Darauf meldete sich Diedrich Lemke wie aus der Pistole geschossen zu Wort und widerlegte mit einem schlüssigen Beweis den frechen Gottesleugner: „Das kommt bloß daher, daß dieser Mann kein Platt verstanden hat.“ Unser Oberhirte, selbst ein Flüchtling und des heimischen Dialektes nicht mächtig, verstand zunächst nur Bahnhof. Aber Diedrich ließ sich nicht von seiner heiliggeistlichen Eingebung abbringen und trug den Gassenhauer vor, den damals jedes Kind im Dorf kannte: „Lott is dood,

Lott is dood ... und Jule licht in Starwen." Da hat der dumme Mann einfach nicht richtig zugehört und hat das Lied falsch verstanden und gedacht: „Gott ist tot!"

Mich traf des Pastors Zorn einmal, als ich gefragt wurde, warum in Damaskus Saulus zum Paulus geworden sei. Ich wußte auf die Schnelle keine Antwort. Pastor Voss schrie mir das Zauberwort „Erleuchtung" ins Ohr und versetzte mir, damit ich die Lektion nie mehr vergessen sollte, eine Ohrfeige. Ich mußte dabei unwillkürlich an das Jesuswort denken: „Wenn dich jemand auf die rechte Wange schlägt, so halte ihm die linke hin", aber um es offen auszusprechen, fehlte mir der Mut. Immerhin wurde ich mit einem sehr treffenden Konfirmationsspruch ins Leben entlassen: „Fürchte dich nicht! Glaube nur!" (Markus 5, Vers 36.) Ersetzt man Glauben durch Gottvertrauen, so hat sich dieses Motto als durchaus lebenstauglich erwiesen. Das von meinen Eltern und Verwandten vorgelebte Christentum hat mich nicht überzeugt. Ich habe ihren Glauben als halbherzig und verlogen wahrgenommen, und so habe ich schon bald nach meiner Konfirmation eine verbotene Liebe zur katholischen Gemeinde im Nachbarort Warstade entwickelt. Heimlich bin ich in aller Herrgottsfrühe zu den Meßfeiern geradelt, heimlich habe ich in der Kirche des Sankt Ansgar zum Heiligen Franziskus gebetet, dem Schutzpatron der Tiere. Eine Klassenfahrt nach Würzburg hat in mir die Begeisterung für den als erzkatholisch empfundenen Barockstil geweckt. Als mir meine Stader Mitschüler während der Reise einen üblen Streich gespielt und mir zwei barbusige Mädchen unter mein Zeltdach geschickt hatten, um meine Sinne zu kitzeln, bin ich, im Gesicht mit Schuhcreme und Zahnpasta beschmiert, vor Schreck und Scham in das Würzburger Marienkäppele gerannt. Dort bin ich heulend vor dem Gnadenbild der „jungen Frau“ Maria in die Knie gesunken – unter einer „Jungfrau“ konnte ich mir nichts vorstellen – und habe die Angebetete um ihren Beistand angefleht. Maria stand lächelnd auf der Sichel eines neuen Mondes. Ihr Schutzmantel war mit Sternen übersät. Ich war getröstet, ich fühlte mich verstanden und geborgen.

Ich habe mir meine Entscheidung für die katholische Kirche trotzdem nicht leicht gemacht. Monatelang habe ich gelesen, reflektiert, meditiert, gefastet und gebetet, ehe ich mich von Luthers Kernsatz, daß der Christ allein durch den Glauben, durch die Gnade und durch die Schrift zum Heil gelangt, trennen und zu der Überzeugung durchringen konnte, der Gläubige werde nicht durch den Glauben allein, sondern auch durch seine guten Werke vor Gott gerechtfertigt. Ich wurde so zum entschiedenen Befürworter der Werkgerechtigkeit und einer auch auf Gebote und Gesetze gegründeten Religionspraxis.

Als ich mein Studium in Hamburg begann, stand mein Entschluß fest. Ich wandte mich an den katholischen Studentenpfarrer, an Jesuitenpater Bolkovac, und trug ihm mein Anliegen vor. Drei Tage später taufte er mich ein zweites Mal – für den Fall, daß meine erste Taufe nicht gültig sein sollte –, verlangte mir meine erste regelrechte Beichte ab und nahm mich dann in die Gemeinschaft der Kirche auf. Zur Konversion schenkte mir mein Seelenführer einen barmherzigen Rosenkranz und gab mir einen trefflichen Sinnspruch des Heiligen Ignatius von Loyola mit auf den inneren Weg: „Du mußt zur eigenen Tür hinausgehen und zur Tür des anderen hineingehen." Damit war die Tür zu meiner Seelenwanderung aufgestoßen. Ich war endgültig unterwegs. Mit meinem Jesuitenpater habe ich fortan viele theologische Fragen und Probleme diskutiert.

Ich erinnere mich noch heute an eines unserer ersten Gespräche. Ich habe ihn gefragt, wie Gott es zulassen konnte, daß während des Krieges so furchtbare Verbrechen vor allem an den Juden geschehen konnten. Seine Antwort hat mich damals sehr verblüfft. Für das Leid der Menschen, hat mein erster geistlicher Lehrer mir erklärt, ist nicht Gott verantwortlich, sondern sein liebstes Kind, der zum Bösen befähigte Mensch. Gott, bekam ich zu hören, ist nicht so allmächtig, wie du denkst. Er leidet mit seiner Kreatur und teilt die Schmerzen, die die Menschen einander antun.

Gott ist nicht allmächtig? fragte ich meinen Pater. Wenn Gott allmächtig ist, kann er dann einen so großen Stein erschaffen, daß er ihn nicht mehr fortbewegen kann?

So viel jesuitische Dialektik setzte mich schier außer Gefecht. Gott, fuhr mein Pater fort, ist zuerst gnädig und barmherzig. Er hilft darum der leidenden Kreatur so gut er kann. Aber er kann nicht alles. Er kann nicht einfach die Gesetze auf den Kopf stellen, die er selbst geschaffen hat. Er kann das Böse nicht einfach aus der Welt schaffen. Gott hat das Böse erschaffen? hakte ich ein. Wenn Gott der Schöpfer der Welt ist, so mein Gewährsmann, dann ist er auch der Schöpfer des Bösen. Er hat das Böse geschaffen, damit die Güte in der Welt sichtbar werden kann. Das Böse ist der notwendige Gegenpol zum Guten. Nur so kann Gottes Barmherzigkeit sichtbar und wirksam werden. Ohne Böses, ohne Leid, ohne Gewalt und Krieg kann es keinen Sieg des Guten geben. Gottes Güte braucht den Widerstand. Wenn alles von Anfang an gut wäre, wozu brauchten wir dann noch Gottes Gnadc?

Aber Gott braucht uns nicht, wandte ich ein.

Doch, doch, erwiderte mein Lehrer, wo soll er sonst hin mit all seiner Barmherzigkeit!

Es war mehr als ein intellektuelles und ein spirituelles Vergnügen, mit Pater Bolkovac zu debattieren. In meinem verwirrten Kopf sorgte er für erste Klarheiten. So befreite er mich rasch von unbegründeten Schuldkomplexen. Wie alt warst du, als die Hitlerei zu Ende ging? Sechs, antwortete ich. Na also, klopfte er mir auf die Schulter, dann bild dir bloß nicht ein, du wärst dabei gewesen. Er half mir sogar, meinen Vater in einem milderen Licht zu sehen. Was war dein Vater im Krieg? Er war Lehrer. Er war kein Soldat? Nein! Kein KZ Wächter? Nein. Dann hast du kein Recht, ihn vor Gericht zu stellen. Das überlaß gefälligst dem lieben Gott! Doch der Jesuit war nicht nur Seelsorger, sondern auch ein eminent politischer Kopf. Neben seiner Bibel standen die Werke von Marx und Engels. Er stammte aus Polen und hatte unter den Nazis mehr als fünf Jahre im KZ gesessen. Seit dem gemeinsamen Noviziat hatte er eng mit dem als Märtyrer heiliggesprochenen Jesuitenpater Delp zusammengearbeitet und wußte sich seinem Mitstreiter über den Tod hinaus auf geheimnisvolle Weise verbunden. Auf seinem Schreibtisch lag das Manuskript für die gesammelten Schriften seines Märtyrerbruders, die er in dieser Zeit herausgab. Pater

Bolkovac war in meinen Augen ein bekennender urchristlicher Sozialist und ein streitbarer Pazifist und hat mich selbst ermutigt, an den Ostermärschen der Atomwaffengegner teilzunehmen. In der Hamburger Katholischen Studentengemeinde, die Pater Bolkovac leitete, war viel von dem frischen Wind zu spüren, der damals durch die Kirche wehte. Es war die Zeit des charismatischen Papstes Johannes XXIII. und des amerikanischen Präsidenten Kennedy. Ich schwärmte für Heinrich Böll und kannte seinen „Brief an einen jungen Katholiken" fast auswendig. Bölls Kurzgeschichten und Romane wurden zu meiner Lieblingslektüre. Der Anwalt einer schlichten und unmittelbaren Mitmenschlichkeit, der Prediger der Armut und der Nächstenliebe, der Mystiker, der dem Lärm dieser Welt mißtraute, weil er über ihren Rand hinweg Ausschau hielt nach einer anderen, wurde mir zum Idol und hat mir geholfen, eine Balance zwischen weltlicher und geistlicher Orientierung zu finden.

In den ersten beiden Semestern habe ich in Hamburg studiert. Ich blieb noch bei meinen Eltern wohnen und saß, oder besser stand, täglich sechs Stunden im Bummelzug, um zwischen meinem Studien- und meinem Wohnort hin- und herzupendeln. Das dritte Semester verbrachte ich in Göttingen und war hauptsächlich damit beschäftigt, mein Heimweh und meinen Bruch mit dem Elternhaus zu überwinden. In meinem vierten Semester landete ich in Bonn, unserer damaligen Bundeshauptstadt. Es wurde ein sehr intensives, sehr lehrreiches und sehr katholisches Semester. Ich habe jeden Morgen die Frühmesse besucht und viel Zeit damit verbracht, mir möglichst viele romanische und gotische Kirchen anzuschauen.

Die provisorische Hauptstadt war noch eine Kleinstadt, und die Politiker gab es zum Anfassen. An einem Sonntagnachmittag besuchte ich das Kloster Maria Laach in der Eifel. Der Mönch, der die wenigen Gäste durch das Kloster führte, forderte uns auf, besonders leise zu sein, und deutete auf einen älteren Herrn mit Hut, der in der ersten Reihe niederkniete und betete. Als ich später zusammen mit einigen anderen Besuchern des Klosters vor dem Tor wartete, kam der Kanzler auf uns zu, schüttelte einem jeden von uns die Hand und wechselte einige freundliche Worte mit uns. „Haben Sie auch jebetet?" fragte er uns. „Ja", sagte ich und fügte mit Bekennermut hinzu: „Ich bin erst vor kurzem katholisch geworden!" „Soso", antwortete der Kanzler. „Was waren Sie denn vorher?" „Evangelisch", antwortete ich, und der Kanzler meinte: „Das ist ja halb so schlimm! Hauptsache, Sie waren kein Heide!" Des Kanzlers Leutseligkeit hat mich sehr gerührt, obwohl ich politisch schon viel weiter links stand. Nur wenige Tage danach bin ich zum ersten Mal mit der Polizei in Konflikt geraten. Ich hatte mich vor dem Haus der Katholischen Studentengemeinde einem kleinen Häuflein gleichgesinnter Kommilitonen angeschlossen. Gemeinsam wollten wir gegen die Ermordung von Patrice Lumumba, dem gewählten Repräsentanten des freien Kongo, protestieren. Wir trugen ein schwarzes Transparent und wollten damit zur nahen belgischen Botschaft ziehen. Doch wir sind nicht weit gekommen. Nach wenigen hundert Metern versperrten Polizisten uns den Weg, und als wir nicht sofort auseinanderliefen, wurden wir äußerst unsanft mit Gummipatronen beschossen. Ich wurde an der

Stirn getroffen und holte mir eine blutige Wunde. An der spontanen Lumumba-Demonstration beteiligten sich auch einige Studenten aus Ländern der Dritten Welt. Ich hatte sie im Seminar von Prof. Karl-Dietrich Bracher über Befreiungsbewegungen in der Dritten Welt kennengelernt. Ich selbst habe dort ein Referat über den Unabhängigkeitskampf Indonesiens gehalten und habe darin ausführlich die Panjasila, die fünf Prinzipien der indonesischen Verfassung, und ihre Beziehung zu den fünf Säulen des Islam dargestellt. Mein theoretisches Referat wurde von einem Praktiker ergänzt, von dem Indonesier Mohammed Habibi, dessen Deutsch sich sehr holländisch anhörte. Er studierte damals in Aachen und war dort politisch sehr aktiv. Bracher hatte ihn eingeladen, damit er uns aus erster Hand über den antikolonialen Befreiungskampf in seinem Heimatland berichten konnte.

In der katholischen Studentengemeinde beteiligte ich mich an hochgelehrten theologischen Disputationen. Sie wurden damals häufiger von dem jungen Fundamentaltheologen Josef Ratzinger geleitet, an dessen hintersinnigem Humor, Wortwitz und Eloquenz ich viel Gefallen fand. Ich habe auch einige Male in seine Vorlesung über die Grundlagen der Theologie hineingehört. Die Logik und Systematik seines Redens über Gott haben mich sehr beeindruckt. Seine damalige Aussage, daß Gott nicht höher denn alle Vernunft sei, sondern umgekehrt der Inbegriff alles Vernünftigen, überzeugt mich bis heute. Wissenschaft und Religion, so lehrte der Gottesgelehrte, sind keine Gegensätze. Sie ergänzen sich gegenseitig – so wie der linke und der rechte Schuh des Menschen. Diesen Satz habe ich mir damals in mein Oktavheft und hinter die Ohren geschrieben. Er hat bis heute Bestand. Der Heilige Geist, erklärte Josef Ratzinger, ist nichts anderes als die Vernunft Gottes. Der Gottesgelehrte, der aus seiner bayrischen Herkunft keinen Hehl machte, nannte mich einmal ein aus seiner Bahn geratenes, auf Südkurs eingeschwenktes Nordlicht und schien mir nicht so recht über den Weg zu trauen. Ein Fixstern sind Sie nicht, scherzte er, eher ein Wandelstern. Zum Faschingsfest der katholischen Studenten hatte ich mir aus zwei Zuckersäcken eine Mönchskutte zusammengenäht und dazu ein einfaches Seil umgebunden. Wie gefalle ich Ihnen als Mönch? fragte ich Ratzinger, der in seinem Priestergewand erschienen war. Der Fundamentaltheologe antwortete, wenn mich meine Erinnerung nicht trügt, sinngemäß ungefähr so: „Als Mönchsdarsteller sind Sie vielleicht toll, aber wer die Mönchskutte nur zum Spaß anlegt, der meint es im wirklichen Leben nicht ganz so ernst! Sie sind nicht zum Mönchsein geboren, höchstens zum Mönchspielen!“

Höhepunkt meiner ersten heftigen, katholischen Liebesaffäre mit Gott war ganz gewiß meine Pilgerfahrt nach Rom zu Ostern 1963. Die Reisekosten hatte ich mir in Sondereinsätzen bei der Post verdient. Um meine Bußfertigkeit unter Beweis zu stellen, lag ich während der ganzen Osternacht lang auf meinem Bauch ausgestreckt auf dem kalten Fußboden der Lateranbasilika. Durchgefroren bis auf die Haut, mit einem steifen Nacken und hungrig vom Fasten machte ich mich in der Frühe des Ostermorgens auf zum Petersdom. Dort war ich um sieben Uhr angemeldet, um bei einem holländischen Jesuitenpater meine Generalbeichte abzulegen. Der Pater hörte sich regungslos mein Sündenregister an. Als ich mit meiner Selbstanklage zu Ende war, schwieg er minutenlang und versetzte mich dadurch in beträchtliche Unruhe. Dann nahm er mich in ein regelrechtes Kreuzverhör. „Gegen das sechste Gebot hast du niemals verstoßen?“ Ich schwieg, wie vor den Kopf gestoßen.

Mein Beichtvater wollte mir auf die Sprünge helfen. „Das sechste Gebot lautet: Du sollst nicht ehebrechen!“ Entrüstet wies ich den Verdacht von mir: „Ich bin nicht verheiratet!“ „Das meine ich nicht“, kam mir mein Ankläger entgegen, „hast du niemals in deinem Leben Unzucht getrieben?“ Ich überlegte angestrengt. Ich wollte um jeden Preis ehrlich sein und sagte deshalb fast trotzig: „Nein.“ Was hätte ich ihm beichten sollen? Im Bereich der Sexualität war ich noch ein fast unbeschriebenes Blatt. Ich hatte höchstens mit dem vollbrüstigen Mond geflirtet. Der Priester, der mich von meiner Sündenschuld freisprechen sollte, verweigerte mir den Freispruch. Sein Urteil war gnadenlos: „Du hast nicht die nötige Beichtgesinnung. Ich kann dir keine Absolution erteilen.“

Ich war wie vor den Kopf gestoßen. Ich fühlte mich zwar nicht von Gott verlassen, aber wie an der Nase herumgeführt. Ich war nach Rom gepilgert, um mich meiner Sündenlast zu entledigen, und fühlte mich jetzt doppelt schuldig. Vor lauter Scham und Verwirrung wagte ich es nicht einmal mehr, an der Ostermesse in der Peterskirche teilzunehmen und den Papstsegen *urbi et orbi* zu empfangen. Ohne von meinen Sünden und meinem Gottesliebeskummer befreit zu sein, bin ich noch am selben Abend mit dem Zug heimgefahren nach Hamburg.

Wieder zu Hause angekommen, bin ich auf deutliche Distanz zur Amtskirche gegangen und habe Verbindungen zu kritischen und linken katholischen Gruppierungen geknüpft. Ich fühlte mich stark zu Christian Geissler hingezogen, dem streitbaren linkskatholischen Schriftsteller, dessen soziale Reportagen mich sehr beeindruckten. Als wir einmal während eines Ostermarsches der Atomwaffengegner eine lange Wegstrecke miteinander gegangen waren, lud er mich anschließend zu sich nach Hause ein. Wir lasen zusammen die Passionsgeschichte, es war Karfreitag, meditierten miteinander, und dann öffnete Bruder Christian – damals ein gläubiger Herz-Jesu-Leninist von franziskanischer Sanftmut – mir ein Geheimregal hinter seinem Schlafzimmerschrank. Dort zeigte er mir zwei gut versteckte Maschinenpistolen. Zur Begründung sagte er kein einziges Wort, sondern deutete nur auf das Kruzifix über der Eingangstür. So wie der da, flüsterte er mir ins Ohr, will ich nicht sterben. Wenn sie mich holen kommen, dann will ich wenigstens einen von ihnen mitnehmen! Christian, Konvertit wie ich, war nicht nur Mitglied der Una Sancta Ecclesia, sondern auch der verbotenen KPD. Er träumte von der endlichen Erhebung der Mühseligen und Beladenen und von der Aufrichtung des klassenlosen Himmelreichs auf Erden. Genosse Christian brachte mich in Kontakt zur linkskatholischen Zeitschrift *werkhefte*. Dort veröffentlichte ich 1965 eine Satire mit dem Titel „Kasseler Predigtbox“. Ich enthüllte darin, daß ein fortschrittlicher Pfarrer in Kassel einen Predigtautomaten aufgestellt hatte, der das Gleichnis vom guten Hirten auf verschiedene Weise ausdeutete – entsprechend der Klassenzugehörigkeit dessen, der den Knopf drückt. Ein Redakteur des Kölner Kirchenfunks nahm diesen Text wörtlich. Er reiste eigens nach Kassel und fand dort weder den Pfarrer noch die Pfarrei. Er beschwerte sich nicht nur bei der Redaktion, die mir die Stange hielt, sondern auch bei der Kirchenleitung. Und so wurde ich eines Tages zum katholischen Studentenpfarramt – dort war Pater Bolkovac inzwischen abberufen – zitiert und in aller Form belehrt. Schriftlich mußte ich das Urteil bestätigen, das der Erzbischof von Osnabrück nach einem kirchenrechtlichen Verfahren über mich verhängt hatte: ein dreijähriges Bußschweigen in allen theologischen Fragen!

5. Station

Das Europakolleg

Zwischen dem Katholizismus und dem Kommunismus habe ich in meinen jungen Jahren keinen Widerspruch gesehen. Ich suchte nach Geborgenheit in einer verläßlichen Gemeinschaft und glaubte sie sowohl im Schoß der Kirche wie der kommunistischen Partei finden zu können. Die Kirche war für den rechten Weg zu Gott zuständig, die Partei für den linken Weg zu einer gerechteren Gesellschaft auf Erden. Und darum bin ich in den ersten Tagen nach meinem Studienbeginn nicht nur zu Pater Bolkovac von den Jesuiten, sondern auch zu Peter Rühmkorf gepilgert. „Lyngi", der gegenüber mir ein ganzes Jahrzehnt ältere Sohn meiner verehrten „Mutter Rühmkorf", machte damals durch allerhand linke Eskapaden von sich reden. So war er gerade von einer Reise nach Rotchina zu Mao Tse-tung zurückgekehrt und wurde darum von seiner Mutter mit Acht und Bann belegt. Zusammen mit Klaus-Rainer Röhl, der auch das Athenäum in Stade besucht hatte, und mit Ulrike

Meinhof gab er den linksradikalen *Studentenkurier* heraus, der bald in *konkret* umbenannt und bundesweit vertrieben wurde. Als ich mein poetisches Idol in seiner Dachbude nahe der Universität aufsuchte, trug er ein verwegen rotkariertes Hemd und zeigte mir stolz seinen ersten bei Rowohlt erschienenen Gedichtband, *Irdisches Vergnügen in g*. Ich platzte vor Neid und vor Bewunderung. Rühmkorf wußte jedoch mit meiner schwärmerischen Ergriffenheit wenig anzufangen. Statt mich einfach vor die Tür zu setzen, schleppte der Verehrte mich kurzerhand mit hinüber zu Kurt Hiller, der im obersten Stockwerk der Grindelhochhäuser nach seiner Rückkehr aus dem Londoner Exil immer noch wie auf gepackten Koffern logierte. Die Wohnung war voll von lauter hageren, wichtigtuerischen und Pfeife rauchenden Leuten, und so wurde ich eingeweiht, eingesogen und eingeschworen in die abgrundtiefe, unergründliche Untergrundszene Hamburgs. Von den Gesprächen der schönschwätzenden, den herrschaftsfreien Diskurs pflegenden Herrschaften habe ich herzlich wenig verstanden, aber ich saß auf der Fensterbank und genoß den prachtvollen Blick über das Häusermeer der großen Stadt. Noch nie vorher war ich mit einem Fahrstuhl in die Höhe gefahren, noch nie war ich in einem Gebäude so hoch hinausgekommen, noch nie hatte ich eine Stadt von oben gesehen.

Es gab damals etliche linke Zirkel und Zellen im Umkreis der Hamburger Universität: den *konkret*-Kreis, den Club Lynx, den Kurt Hiller und sein Schüler Wolfgang Beutin leiteten, die Akawige, den Akademischen Arbeitskreis Wissenschaft und Gesellschaft, den Ostermarsch-Ausschuß, die Gruppe des SDS, des Sozialistischen Deutschen Studentenbundes, und sogar die KSG, die Kommunistische Studentengruppe, die im liberalen Hamburg offiziell nicht verboten war. Ich habe in all diese Unterwanderungsclubs hineingerochen und bald festgestellt, daß es fast immer dieselben Genossen waren, die dort den Ton angaben. Ich kann nicht behaupten, daß ich mich in diesen Kreisen, vor allem im öffentlich tagenden *konkret*-Redaktionskollektiv, sehr wohl gefühlt habe. Mich störte die Arroganz und die Kaltschnäuzigkeit der Blattmacher, aber ich habe brav meine Zeitungen verkauft und war stolz, als *konkret* endlich ein winziges Gedicht von mir veröffentlichte.

Ich trat zunächst dem „Neusozialistischen Bund" von Kurt Hillers Gnaden bei und durfte an den merkwürdigen Seancen des Geheimbundes teilnehmen. Der kahlköpfige, großohrige und buddhawangige Meister saß in der Ecke auf einem thronähnlichen Ohrensessel, während seine Jünger ihm zu Füßen auf dem Teppich hockten und ergriffen seinen Verkündigungen lauschten. Die Verehrung für den schwulen Magier war so groß, daß einige seiner Schüler nicht wagten, ihm den Rücken zuzukehren, und deshalb rückwärts zur Tür hinausschlichen. Obwohl ich im Zentralorgan des Bundes, im hektographierten *lynx*, Kritiken veröffentlichen durfte, war meines Bleibens im Club der Auserwählten nicht lang. Hiller empörte sich über meinen „steinzeitlichen" Gottesglauben und schloß mich ex cathedra wegen eines ihm nicht genehmen und von ihm nicht genehmigten Artikels aus seinem unheiligen Bund aus.

Die Aktivitäten außerhalb der Universitäten beschränkten sich in der Regel auf die Organisierung der alljährlichen Ostermärsche gegen die Atombewaffnung. Die Genossen gaben sich dabei geradezu osterlammfromm und überließen die Führung ihrer Pilgerzüge gern den befreundeten Pastoren. Der geistliche Führer der ersten Hamburger Ostermärsche war der Quäker Konrad Tempel, dessen mächtige Stimme ich noch heute im Ohr habe: „Die Bombe ist böse! Die Bombe muß weg!“ Ich habe etliche Male mitgemacht und bin mit einer kleinen auserwählten Schar von Pazifisten und Kommunisten ein, zwei oder drei Tage lang quer durch die Lüneburger Heide – oft bei Regen und Schnee – gepilgert. In der Hand trug ich ein Plakat mit einem Bild meines Idols Albert Schweitzer und der Losung: „Weg mit der Bombe! Ehrfurcht vor dem Leben!“ Auf unseren Lippen hatten wir allerhand kecke Sprüche wie „Lieber an den Füßen Blasen als Atomraketenabschußbasen“ oder „Besser Ko-Existenz als No-Existenz“. Auf selbstgemalten Transparenten trug ich meine ersten eigenen Agitationslosungen ins Feld: „Das 5. Gebot beherzigen: Den NATO-Kriegsvertrag BRDigen!“ und – mit ungleich mehr Beifall bedacht – „Gelobt sei Hermann Löns! Fort mit dem Atomgedöns!“. Mit der Gitarre zog uns Fasia voran, die afrodeutsche Sängerin mit ihrer betörenden Bluesstimme. Sie sang den Ostermarschchoral, und wir stimmten nach jeder Strophe in den Refrain ein: „Marschieren wir gegen den Osten? Nein! / Marschieren wir gegen den Westen? Nein! / Unser Marsch ist für eine Welt, die von Waffen nichts mehr hält, / denn das ist für uns am besten!“ Mit Fasias eigenen Texten haperte es noch ein wenig, aber gelegentlich half ich ihr, zur politisch richtigen Losung das passende Reimwort zu finden. Bei den überzeugten Ostermarschierern waren viel Idealismus und wandervogelartige Begeisterung im Spiel, aber den Eingeweihten war klar, daß im Hintergrund die Kommunisten die Fäden zogen. Sie wußten, wo es langging, auch wenn wir nicht die Internationale sangen, sondern zumindest bei gutem Wetter das alte Lied der Bündischen Jugend: „Wer seilt mit mir nach Falado? Jeder sucht es, keiner fand – Falado, das Wunderland!“

Gesungen wurde zuweilen auch im Niederdeutschen Seminar von Professor Niekerken. Ich habe seine Vorlesungen und Kolloquien zur plattdeutschen Literatur von Fritz Reuter bis Rudolf Kinau vom ersten Semester an belegt und habe in seinem Institut so viel Nestwärme und Stallgeruch wiedergefunden, daß ich mich manchmal wie zu Hause an der Niederelbe fühlte.

Im Seminar von Professor Niekerken und seinem Schüler Fiete Michelsen, einem Stader Athenäer wie ich, sind Freundschaften entstanden, die ein Leben lang Bestand gehabt haben. Ich habe dort jene Riege junger und idealistischer Autoren kennengelernt, die wenig später begonnen hat, die niederdeutsche Literaturszene gründlich umzukrempeln, unter ihnen Dieter Bellmann, Wolfgang Sieg, Dirk Römmer, Bolko Bullerdiek und Waltraut Bruhn. Zwar habe ich selbst nur plattdeutsche Gelegenheits- und Verlegenheitstexte geschrieben und bewußt auf eine Karriere als plattdeutscher Mundartist verzichtet, um die Wirkungsmöglichkeit meiner Arbeiten nicht zu begrenzen. Dennoch bin ich meinen Freunden zuliebe noch während meines Studiums der Quickborn-Vereinigung für niederdeutsche Literatur und Kultur beigetreten und habe mich seither aktiv an den alljährlichen Treffen der letzten Plattfußmohikaner in Bad Bevensen beteiligt. Ausgerechnet dort habe ich bei gelegentlichen Lyrikolympiaden und Poesiewettbewerben Lorbeeren eingeheimst, die mir auf dem Felde der hochdeutschen Literatur ein Leben lang verwehrt geblieben sind.

Bereits im siebten Semester stellte mich mein Altgermanistiklehrer Ulrich Pretzel zusammen mit Wolfgang Beutin als Hilfsassistenten ein. Ich war fortan finanziell unabhängig, brauchte nicht mehr bei der Post zu arbeiten und stellte mich schon auf eine akademische Laufbahn ein. Durch meine Anstellung erhielt ich rasch Haus- und Familienanschluß. Ich machte für meinen Lehrer und seine Frau alle Einkäufe, erledigte rings um sein Haus alle anfallenden Gartenarbeiten, kochte im Sommer sogar Marmelade und nahm zum Dank an allen Familienfesten teil. Die häuslichen Begegnungen waren durchaus vergnüglich, vor allem, wenn der Bruder meines Brötchengebers, der Publizist Sebastian Haffner, dabei war. Die Wege beider Brüder hatten sich nach 1933 getrennt. Haffner, der mit einer Jüdin verheiratet war, emigrierte nach England, während sein jüngerer Bruder im Lande blieb, sich irgendwie arrangierte und 1940 in Berlin zum Lehrstuhlinhaber befördert wurde. Sobald der Emigrant seine Torte gegessen und seinen Pharisäer geschlürft hatte, kam es meistens rasch zum handfesten Bruderzwist, bei dem beide Seiten nicht mit Gift und Galle sparten. Haffner war ein geistsprühender Feuerkopf, aber die selbstgerechte Art, in der er seinen Bruder abkanzelte, war für mich sehr abstoßend. Haffner, hatte ich den Eindruck, wechselte ständig seine Ansichten, je nach Lust, Laune und Alkoholpegel.

Drei Semester später wechselte ich aus der altsprachlichen in die neusprachliche Abteilung und bekam bei Karl-Ludwig Schneider sogar eine volle Assistentenstelle. Schneider hatte einen ausgezeichneten Ruf als Literaturwissenschaftler, und vor allem seine exklusiven Oberseminare hatten allerhöchstes Niveau. Dazu trugen auch exzellente Gastreferenten bei. Eine von ihnen war Katharina Mommsen, die im Rahmen des dreisemestrigen Seminars zum *West-östlichen Diwan* beredt über ihre Forschungen zu Goethes „morgenländischem Auge" berichtete. Die aus Amerika angereiste Referentin hat mich so für Goethe und für den Orient begeistert, daß ich einige Diwangedichte auswendig gelernt und mich auf eine Lesereise in die Poesie der orientalischen Völker gemacht habe.

Die Bindung an meinen Professor Schneider war kaum weniger fest als in der alten Abteilung bei Pretzel. Allerdings war weniger meine haushalterische als meine akademische Kompetenz gefragt. Schneider, der in der Nazizeit zum Hamburger Kreis der Weißen Rose gehört und zehn Monate im Zuchthaus und im KZ zugebracht hatte, litt unter verschiedenen Krankheiten und hatte überdies ein Alkoholproblem. Er war oft gesundheitlich nicht in der Lage, seine Vorlesungen selbst auszuarbeiten, und erwartete, daß seine Assistenten ihm aus der Verlegenheit halfen. Am Dienstag stand meine Kollegin Edith Otremba auf der Matte, um ihm sein ausgearbeitetes Vorlesungsmanuskript in die Hand zu drücken, am Freitag oblag mir diese Aufgabe. Die Studenten haben nichts davon bemerkt, denn unser Professor wich oft von unseren Manuskriptvorlagen ab oder benutzte sie nur als Stütze, um sich gegebenenfalls an unserem Text festzuhalten. Wir mußten sogar die Prüfungsfragen, die Schneider seinen Examenskandidaten stellte, samt den richtigen Antworten mundgerecht ausarbeiten. Im Sommer 1966 ging er für ein Semester als Austauschprofessor in die USA. Ich habe in dieser Zeit für ihn die Stallwache übernommen, alle fachspezifische Korrespondenz für ihn geführt und sogar in seinem Namen einen wissenschaftlichen Auftrag erledigt, eine historisch-kritische Auswahl von Klopstocks Oden für den Reclam-Verlag. Ich habe diese kleine Fleißarbeit von A bis Z selbst gemacht und war bitter enttäuscht, als ich ein halbes Jahr später das fertige Buch in Händen hielt. „Klopstocks Oden, herausgegeben von Karl-Ludwig Schneider", lautete der Titel. Mein Name war nirgends erwähnt, nicht mal in einer Fußnote. Das Vertrauen meines Meisters in meine Loyalität schien grenzenlos zu sein, aber diesmal hatte er sich in mir getäuscht. Ich ging in die Universitätsbuchhandlung und signierte dort einen ganzen Stapel von Klopstocks Oden „mit herzlichen Grüßen vom Herausgeber Peter Schütt". Schneider war empört. Er feuerte mich auf der Stelle und beantragte sogar meinen Ausschluß aus dem Germanistenverband. Das war im Mai 1967, als die Zeichen schon auf Sturm standen.

Später hat mir der radikale Bruch mit Schneider leidgetan. Ich hatte das Gefühl, ihm Unrecht getan und ihn zu einer Überreaktion veranlaßt zu haben, wie sie sonst nicht seine Art war. Ich war froh, daß ich meine Dissertation und meine Doktorprüfung bei ihm abgelegt hatte, kurz, bevor es zum Streit kam. Ich habe, angestoßen durch die in Bonn gehörte Barockvorlesung von Richard Alewyn und durch Schneiders eigene Forschungen zur Literatur des 17. Jahrhunderts, über Sprache und Stil in den Dramen von Andreas Gryphius promoviert. Es war im Kern eine philologische Fleißarbeit, an der ich trotz aller Mühe meine Freude hatte. Meine begleitende Lektüre hat mich weit über die literarhistorische Aufgabenstellung hinausgeführt. Mein Interesse galt vor allem dem Trauerspiel *Katharina von Georgien*. Das Stück spielt im 17. Jahrhundert zu Teilen in Isfahan, am Hof des Schahs Abbas, der die keusche Katharina zur Sinnenlust und zum Islam verführen möchte, aber an ihrer Keuschheit scheitert.

Es war für mich und für meine ganze weitere Lebensreise ein Gottesgeschenk, daß ich 1963 Aufnahme im Europakolleg fand, Hamburgs erstem internationalen Studentenheim. Ich war damals immer noch ein schüchterner, menschenscheuer und ziemlich weltfremder Dorfjunge und litt unter beträchtlichen Minderwertigkeitskomplexen. Doch erstaunlicherweise fiel es mir leichter, Kontakte und Freundschaften zu ausländischen Kommilitonen zu knüpfen. Auf meinem Flur im Studentenheim wohnten vor allem Iraner, Ägypter und Nigerianer. Wir teilten die Küche und die Dusche, wir kochten am Wochenende gemeinsam, und wir redeten tage- und nächtelang über Gott und die Welt. Ohne daß wir den Begriff verwendeten, organisierten wir in der Bibliothek des Europakollegs interreligiöse Dialoge. Dabei ging es uns kaum um theologische Streitfragen, sondern hauptsächlich um Religion und Politik, um die Kernfrage, welchen Beitrag die einzelnen Religionsgemeinschaften zur Befreiung der Menschheit von Hunger, Krieg und Unterdrückung leisten können. Fast alle Weltreligionen waren bei uns vertreten, der evangelische Studentenpfarrer René Leudesdorffer, Christian Geissler von der katholischen Seite, der koptische Christ Karam Khella, der jüdische Freigeist Walter Grab, der indische Muslim Ahmad Aschraff, sein pakistanischer Bruder Munir Ahmed und der Indonesier Mohammed Habibi, der inzwischen als Ingenieur auf der Flugzeugwerft in Finkenwerder arbeitete. Sogar einen Hindugelehrten aus altehrwürdiger Familie hatten wir unter uns, den angehenden Arzt Chidder Chatterjee. Seines Zeichens war er Brahmane und legte viel Wert auf die strikte Einhaltung seiner Speisevorschriften. Für ihn lag in der Verbindung der brahmanischen Weisen mit den proletarischen Massen der Unberührbaren der Schlüssel zum endgültigen Sieg der Weltrevolution. Der Einfachheit halber stuften wir auch den Atheismus als eine Weltreligion ein, zumal wir uns alle darin einig waren, daß Marx und Engels das Prophetenduo unserer Zeit waren, ähnlich wie früher Moses und Aaron oder Jesus und Johannes. Unser theologisches Kolloqium stieß im Europakolleg nicht nur auf Zuspruch, sondern auch auf Widerspruch. Spott kam vor allem von oben, von den privilegierten Bewohnern der „Turmzimmer“ in den höheren Etagen. Sie waren den älteren Semestern und Referendaren im Justizdienst vorbehalten. Das große Wort hatte damals ein stets mit roter Fliege dekorierter Jungjurist, der sich gerade durch alle Bände des Marxschen *Kapitals* gekämpft hatte und nun keine Gelegenheit ausließ, seine bahnbrechenden Erkenntnisse von oben herab zu verkündigen. Sein Name: Otto Schily. Daß „Otto der Große“, bevor er lernte, mit Worten zu fechten, mit den Säbeln schlagender Verbindungen gefochten hatte, war ihm damals noch – wenn mich meine Erinnerung nicht täuscht – mit Schmissen ins Gesicht geschrieben. Vor drei Jahren, beim Festakt zum 50jährigen Bestehen des Europakollegs im Hamburger Rathaus, bin ich ihm zum ersten Mal wiederbegegnet. Als der Bundesinnenminister nach seiner launigen Festrede die anwesenden Gäste der Reihe nach begrüßte, kam er auch auf mich zu, um mir die Hand zu schütteln. „Tut mir leid“, sagte er zu mir, „ich erkenne Sie nicht wieder.“ Ich antwortete: „Es tut mir leid, Genosse Minister, ich erkenne Sie auch nicht wieder!“

Im Europakolleg wohnte ich inmitten all des Streits der Ideologien. Zur Linken hatte Walter Grab, der lebens- und streitlustige Wiener Jude, seine Klause zur Rechten Karam Khella, Koptenpriester, Universalgelehrter und Panarabist in einer Person. Beiden Mitbewohnern verdanke ich die vielfältigsten Anregungen, auch deswegen, weil sie im Unterschied zu einem Grünschnabel wie mir bereits über beträchtliche Lebenserfahrungen verfügten. In meinem Zimmer haben beide Kontrahenten oft und gern miteinander gestritten, vor allem über Israel und den sich abzeichnenden Nahostkonflikt. Beide haben versucht, mich auf ihre Seite zu ziehen. Ich war eingekeilt zwischen beiden Positionen, und der Riß ging nicht nur mitten durch mein Zimmer, sondern durch mein Herz. Hin- und hergerissen zwischen meinen Sympathien mit Israel und meiner Solidarität mit den Arabern, schrieb ich im Juni 1967 unter dem Titel „Kein Heiliger Krieg“ für die Hamburger Studentenzeitung *auditorium* einen Kommentar zum Sechstagekrieg, bei dem ich mir gehörig die Finger verbrannt und Freunde auf beiden Seiten verloren habe.

Walter Grab stammte aus Wien. Unter abenteuerlichen Umständen gelang ihm zusammen mit seinen Eltern die Flucht nach Israel. Er arbeitete in einem Kibbuz und war als Soldat am Unabhängigkeitskrieg beteiligt. Später studierte er Geschichte und kam mit einem Promotionsstipendium nach Hamburg, um über die deutschen Jakobiner zu forschen, sein lebenslanges Lieblingsthema. Walter war in Religionsfragen ein Freisinniger und ein Skeptiker, aber er führte mich mit jüdischer Spottlust in die kleinen und großen Geheimnisse seines altehrwürdigen Glaubens ein. Er ging mit seinem Gott anders um als ich, weniger ehrfürchtig und weniger unnahbar. Er haderte mit Gott, beschimpfte ihn mitunter sogar und war doch mit ihm auf eine Weise vertraut, die mir bis dahin ganz und gar fremd war. Von Karam Khella lernte ich, Jesus in einem anderen Licht zu sehen, nicht länger als Gottessohn und Schmerzensmann am Kreuz, sondern als Helfer der Menschheit, als Aufrührer und Revolutionär. Und schließlich verdanke ich ausgerechnet meinem koptischen Freund und Lehrer die ersten grundlegenden Auskünfte zur Theologie des Islam. Unter dem Einfluß von Karam, den wir unseren „Mister Trikont“ nannten, begann ich mich als Drittweltbürger zu verstehen.

Die größte ausländische Gruppe im Studentenheim waren die Iraner. Sie waren unsere Kings und kamen meistens mit einem Teppich unter dem Arm aus ihrer

Heimat angereist. Dieses Mitbringsel verkauften sie gegen teures Geld an die gutsituierten Nachbarn des Kollegs, die regelrecht Schlange standen. Ihre Rückreise traten sie mit einem gebrauchten Mercedes an, den sie quer durch den Ostblock steuerten und zu Haus in Persien versilberten, wenn nicht vergoldeten. Wenn sie aus ihren Ferien zurückkehrten, sorgten sie im Kolleg für gute Stimmung. Sie waren die besten Gastgeber, und, obwohl sie mehr an den Propheten Marx als an Mohammed glaubten, schlachteten sie an ihren Opferfesten im Innenhof eigenhändig ihre Schafe. Die Opfertiere wurden am offenen Feuer gebraten und gerecht an alle Heimbewohner verteilt. Da unser Hausherr, der Altphilologe Bruno Snell, sehr liberal gesonnen war, hatte er nichts dagegen, daß bei uns im Kolleg sowohl die halblegale CISNU, die Generalunion der iranischen Studenten, als auch die gänzlich verbotene Sektion der kommunistischen Tudeh-Partei ihre Jahresversammlungen abhielten. Zu diesen Anlässen reisten die führenden Köpfe des iranischen Widerstandes aus ganz Deutschland an, wohnten bei uns und nächtigten als Schlafgäste auf den Fußböden unserer gerade einmal sechs Quadratmeter großen Einzelzimmer. Im Kolleg habe ich zum Beispiel Said kennengelernt, der sich viel später als Dichter in Deutschland einen Namen gemacht hat, den Heißsporn Bahman Nirumand und die Brüder Mustafa und Ahmed Danesch. Ahmed war der lustigste von allen, ein Charmeur und ein Frauenheld, wie er im Buche stand. Er hatte eine Frau und ein Kind in Köln, eine zweite Frau mit Kind in Ostberlin, denn Iraner hatten keinerlei Probleme, zwischen Deutschland-West und -Ost hin- und herzureisen. Seine dritte Frau wollte er im Iran heiraten, sobald der Schah verjagt sei und die Revolution alle Märchen der Tausendundeinen Nacht wahrgemacht hätte.

Im Westflügel des Europakollegs wohnten, von den viermal soviel Männern streng getrennt, die Frauen. Auch wenn mir meine Schüchternheit enge Grenzen setzte, so erweckten doch einige von ihnen meine Neugier und meine Sehnsüchte. Schwärmerisch zugetan war ich meiner Dame Caroline von Falkenstein, der zuliebe ich keusche Minnegedichte im Stil Walthers von der Vogelweide reimte. Caro antwortete mir weniger keusch als kuschelig mit anakreontischen Scherzgedichten in der Manier des Friedrich von Hagedorn, den sie zu ihren Vorfahren zählte. Es blieb beim poetischen Liebesspiel. Da die sexuelle Revolution noch nicht angebrochen war, beschränkten sich meine kleinen Affären stets auf Blicke, auf Händedrücke und auf beiläufige Berührungen. Selbst Küsse waren für einen Klosterbruder wie mich noch tabu.

Die erstaunlichsten Frauen im Europakolleg waren zwei leibhaftige, wohlbeleibte ägyptische Prinzessinnen, Fatma und Maryam. Sie waren stets von Kopf bis Fuß in weiße Gewänder gehüllt und trugen so streng gebundene Kopftücher, daß sie in aller Regel für katholische Nonnen gehalten wurden. Mich hielten die fremden Prinzessinnen für vertrauenswürdig oder für harmlos genug, um sie auf ihren abendlichen Spaziergängen am Elbufer zu begleiten und zu beschützen. Wurde es dunkler, dann nahmen mich die mächtigen Damen kurzentschlossen in ihre Mitte und hakten mich so fest ein, daß ich das eine Mal glaubte, von ihnen zerdrückt, das andere Mal, von beiden in den siebten Himmel gehoben zu werden. Die Kommunikation zwischen den fremden Schwestern und mir war nicht nur aufgrund des Sprachproblems sehr eingeschränkt. Wir redeten kaum miteinander, meistens schwiegen wir beredt. Immerhin habe ich aus ihrem Mund das eine oder andere arabische Wort gelernt. Zum Beispiel den schönen Gruß: Salemaleikum!

Seit dieser ersten Tuchfühlung verspürte ich eine immer stärkere Sehnsucht nach dem Kuß der Kulturen. Allerdings habe ich Fatma und Maryam nur ein einziges Mal ein Lippenbekenntnis in Form eines zugespitzten Abschiedskusses auf ihre gepuderten Wangen gehaucht. Das war auf dem Hamburger Flughafen, als sich meine Märchenprinzessinnen auf Nimmerwiedersehen Richtung Goldener Westen verabschiedeten.

6. Station

An der schönen Aussicht

Mein linker Zimmernachbar Walter Grab lud mich eines Abends im November ein, ihn zu einer geheimen Versammlung mit interessanten Gästen aus West und Ost zu begleiten. Mit meinen 23 Jahren war ich in einem Alter, in dem nichts so verführerisch wirkt wie der Reiz des Verbotenen. Ich war allerdings erstaunt, daß die illegale Zusammenkunft nicht in einem düsteren Hinterhof im roten Barmbek, sondern an einer der nobelsten hanseatischen Adressen stattfand, in der Villa von Walter Koppel an der Schönen Aussicht an der Hamburger Außenalster. Unser Gastgeber war damals so etwas wie die graue Eminenz der lokalen Medienszene. Zusammen mit Gulya Trebitsch hatte er nach dem Krieg die Realfilm-Gesellschaft gegründet, hatte früh begonnen, für das Fernsehen zu arbeiten, und hatte in Hamburg eine Reihe humoristischer Filme gedreht, die im Westen wie im Osten Deutschlands erfolgreich liefen.

Der Anlaß für unser Meeting war festlich. Es galt, den 46. Jahrestag der Großen Proletarischen Oktoberrevolution zu feiern. Die Geburtstagsparty begann mit langweiligen Reden auf deutsch, russisch und parteichinesisch, aber dann brachte mich der aus Ostberlin eingeladene Barrikadentenor Ernst Busch fast um den Verstand. Er begann mit einem barocken Choral auf „Deutschlands unsterblichen Sohn", Ernst Thälmann, „Stimme und Faust der Nation", und rührte uns damit zu Tränen der revolutionären Ergriffenheit. Dem Orgelgesang folgte Schalmeienklang. „In Hamburg", flüsterte Ernst Busch uns ins Ohr, „fiel der erste Schuß. Zum Barrikadenkampf rief Spartakus. Hamburgs Toten haben wir geschworen, noch ist die Freiheit nicht verloren." Dann folgte die Ausrufung des kommunistischen Paradieses auf Erden: „Oh Himmel, strahlender Azur! Enormer Wind, die Segeln bläh! Nur laß uns um Sankt Marie die See ..." In diesem Augenblick wurden die Flügeltüren aufgestoßen und der Weg frei gemacht zu einem Büfett, wie ich es in dieser Fülle und Vielfalt vorher noch nie zu Gesicht bekommen hatte – ein Vorgeschmack, so verkündete uns der Hausherr, auf die Segnungen des Sozialismus, die in naher Zukunft den Proletariern aller Länder zuteil werden sollten. Auch wenn ich die von jungen Genossen in Rotarmistenuniformen dargebotenen Molotowcocktails verschmähte, war ich doch glücklich, bei der Jubelfeier dabei gewesen zu sein, und ließ fortan kaum noch eine Gelegenheit aus, mich an der verbotenen Droge des Kommunismus zu berauschen. Im Hause Koppel traf man sich freitagabends im Abstand von zwei Wochen. Der Hausherr nannte die Zusammenkünfte unter seinem Dach am liebsten bei ihrem Codenamen, die „Jüboweffs“. Das war die Abkürzung für „jüdisch-bolschewistische Weltverschwörung“ und kennzeichnete den Galgenhumor, mit dem Holocaust-Überlebende ihre traumatischen Erfahrungen während der Nazizeit zu überspielen versuchten. In Wirklichkeit handelte es sich bei diesen Zusammenkünften um die regelmäßigen Parteigruppenversammlungen der „Kulturzelle“ innerhalb der Hamburger KPD. Die Zellenmitglieder bezeichneten sich selbst nicht als Genossen, sondern ebenso schlicht wie selbstgerecht als „Gerechte“. Ich wurde in diesem exklusiven Zirkel über drei Jahre als Kandidat geführt, ehe ich im April 1968, aber da war es fast schon zu spät, als Vollmitglied anerkannt wurde. Die Aufnahme in die Partei geschah in einem feierlichen Ritus. Vor einer goldgerahmten Märtyrerikone von Teddy Thälmann empfing ich aus der Hand des Gruppenleiters das Programm und Statut der Partei und gelobte meinen Zellengenossen, die sich von ihren Plätzen erhoben und mich fest umringt hatten, stets meine Klassenpflicht zu erfüllen, die Parteigeheimnisse zu wahren und das eigene Wohlergehen dem Wohl der Sache unterzuordnen. Ich sprach mein Gelübde und fügte arglos ein „So wahr mir Gott helfe“ hinzu. „Meinetwegen“, grummelte Genosse Walter, „dann helf dir Gott.“ Meinem Gelöbnis folgten der Händedruck und der Bruderkuß mit allen Genossen. Ein Mitgliedsbuch bekam ich allerdings nicht ausgehändigt. „Dein Parteibuch“, wurde mir erklärt, „ist jetzt eingraviert in dein Kommunistenherz. Eine Kopie von deiner Geburtsurkunde als kämpfender Kommunist wird an einem sicheren Ort in einem Panzerschrank aufbewahrt.“ So wurde ich zwar nicht zum Ritter geschlagen, aber zum Panzerschrankgenossen geadelt, zum Kämpfer an der illegalen Front.

Die Salonbolschewisten begrüßten sich nicht mit roten Parolen, sondern lieber mit einem jüdischen Gruß: „Gut Schabbes“ oder „Schabat Schalom“. Angeblich taten sie das aus Gründen der Tarnung, aber ich kam bald darauf, daß mehr dahintersteckte. Den harten Kern unserer Zelle bildeten Juden, die von Hitlers Schergen um die halbe Welt gejagt worden waren, Juden, die ihre Abkunft gern verleugneten und sich statt dessen als Weltbürger und Weltrevolutionäre verstanden. Sie waren immer noch auf der Suche nach dem Gelobten Land und nach dem Messias, der die Verdammten dieser Erde aus der Sklaverei der Pharaonen befreien sollte.

Zum Zellkern gehörten Walter Koppel selbst, der die Judenverfolgung im sowjetischen Exil überlebt hatte, Eberhard Zamory, der die Internationale Buchhandlung leitete und gelegentlich, soweit ich mich erinnere, auch seinen Lehrling Günter Wallraff mitbrachte, der Kaufmann Carl-Henry Hoim, der die rührige Heinrich-Heine-Gesellschaft leitete, der Maler und Kunsthandwerker Heinz Riechheimer und der Verleger Max Kristeller. Sie alle fühlten sich zur Befreiung des Weltproletariats berufen. Um sie herum gruppierten sich etliche schräge Vögel. Dazu gehörte der Schauspieler Ernst Aust, der im Untergrund eine steile Karriere bis zum Herausgeber des *Blinkfüer* machte, der kryptokommunistischen Wochenzeitung der Hamburger Genossen. Er gehörte zu den frühen Förderern meiner Hauruckpoesie und versuchte später immer, mich auf seine Seite zu ziehen. Von unseren linken Kameraden ist Ernst Aust vermutlich den bizarrsten Weg gegangen. Nachdem die Sowjetunion Stalin abgeschworen hatte und selbst China ideologisch auf Abwege geraten war, wandte er sich auf der Suche nach der reinsten Lehre Enver Hodscha zu, dem Großen Vorsitzenden der Albanischen Arbeiterpartei. Er stieg auf zum Chef der albanientreuen KPD/ML, verkündete jeden Freitagabend über Radio Tirana die aktuellen Kampfesziele und wurde schließlich nach seinem frühen Tod 1986 mit einem Staatsakt in der albanischen Hauptstadt geehrt. In ganz Albanien wehten seinetwegen die Flaggen auf Halbmast – vermutlich das höchste der Gefühle, was einem Genossen, der nicht an das Leben nach dem Tod glaubt, widerfahren kann. Der wortradikalste Teilnehmer am Revoluzzersabbat war der Gerechte Hans Huffzky. Tagsüber ging er seinem Brotberuf nach, er war Chefredakteur der erzkonservativen Frauenzeitschrift *Constanze*. Kaum hatte er seinen Chefsessel verlassen, wechselte er sein Hemd und seine Gesinnung, trank einige Gläser Wodka und verwandelte sich auf dem Weg in die nahe Koppelvilla in einen stalinistischen Agitator. Sogar einen blaublütigen Aristokraten hatten wir dabei, unseren „Genossen Grafen“ Hans-Werner von Massow. Er hatte in der Hochzeit des Kalten Krieges das Kunststück fertiggebracht, innerhalb eines Jahres sowohl vom Chef des Kreml in Moskau als auch vom Papst in Rom empfangen zu werden. Als Präsident des Weltfernschachbundes diente er mit Eifer der Völkerfreundschaft im Sinne der sowjetischen Friedenspolitik, reiste um die ganze Welt und holte sich von überall her Orden und Auszeichnungen. Gelegentlich erschien von Massow in Begleitung eines anderen blaublütigen Kryptokommunisten, eines Mannes mit zweifelhafter Vergangenheit: Ernst von Salomon, ein Wanderer zwischen den Welten. In den zwanziger Jahren war er am Attentat auf den Außenminister Rathenau beteiligt und hatte dafür sechs Jahre im Gefängnis gesessen. Nach dem Krieg schrieb er den *Fragebogen*, eine Streitschrift gegen die Entnazifizierungsprogramme der Alliierten, und näherte sich den Kommunisten an. Zum Dank dafür wurde er in den „Weltfriedensrat" berufen und rund um den Globus an alle Schauplätze des Kampfes um den Weltfrieden geschickt.

Nicht alle Jüboweff-Mitverschwörer gehörten zum roten Jetset. Es waren auch einige echte arme Schlucker dabei, die allen Grund dazu hatten, ihr Heil in der Kommune zu suchen. Zum Beispiel der schwule Musiklehrer Rudi Badtke, der als Brecht- und Tucholsky-Interpret vorzugsweise in Kellerlokalen auftrat. Genosse Rudi war als Homosexueller ins KZ gekommen und wurde nach dem Krieg als Musiklehrer am vornehmen Johanneum in den Schuldienst übernommen. Doch schon nach zwei Jahren im Amt wurde er unehrenhaft und ohne Pensionsanspruch auf die Straße geworfen. Ähnlich arm dran war Fasia Jansen, die afrodeutsche Bluessängerin, die ich schon vom Ostermarsch her kannte. Sie hatte eine deutsche Mutter aus einfachen Verhältnissen und einen afrikanischen Vater aus fürstlichem Hause, den sie allerdings nie zu Gesicht bekommen hatte. Als Zwölfjährige mußte sie aufgrund ihrer Hautfarbe die Schule verlassen, sie mußte später in der Küche des KZ Neuengamme arbeiten und wurde mit fünfzehn, noch kurz vor Kriegsende, zwangssterilisiert. Ihr Wiedergutmachungsantrag wurde dennoch als unbegründet abgelehnt, da sie keine Jüdin sei und deshalb auch nicht aus rassischen Gründen verfolgt worden sein könne.

Als ich in den Sog der kommunistischen Kulturzelle geriet, durchlebte sie gerade eine tiefgreifende Krise. Die *konkret*-Redakteure Klaus-Rainer Röhl und Ulrike Meinhof lagen mit ihren ideologischen Ziehvätern im Streit und machten alle Anstalten, mit der KPD zu brechen. Die rebellierenden Jungkommunisten attackierten die Altgenossen mit ähnlichen Beleidigungen, wie sie damals aus Peking zu hören waren, als „Revisionisten", als „Sozialimperialisten" oder, schlimmer noch, als „Sozialfaschisten". Ulrike Meinhof argumentierte vor allem moralisch. Sie beklagte bei den hanseatischen Salonbolschewisten den schreienden Widerspruch zwischen Wort und Tat. Sie wollte revolutionäre Taten sehen statt radikaler Reden und forderte die „sogenannten Gerechten" Koppel, Huffzky und von Massow auf, ihren Reichtum mit den Armen zu teilen oder besser noch der Kriegskasse ihres Magazins zur Verfügung zu stellen. Nachdem die *konkret*-Fraktion der KPD-Zelle den Rücken gekehrt hatte und ihr Blatt statt mit Geldern aus der DDR lieber mit nackten Mädchen auf den Titelseiten aus den roten Zahlen holen wollte, kehrte an der Schönen Aussicht erst einmal wieder Ruhe ein. Regelmäßig bekamen wir hohen Besuch aus der DDR.

Zu drei Genossen von drüben bestand eine besonders enge Beziehung, vermutlich auch deshalb, weil eine Einladung von Walter Koppel nach dem Mauerbau eine der wenigen Gelegenheiten war, die alte Heimat wieder zu besuchen. Alle drci waren gebürtige Hamburger, die sich nach dem Krieg für die DDR entschieden hatten, um am Aufbau einer gerechteren Gesellschaft mitzuwirken. Willi Bredel, den asthmatisch keuchenden, kettenrauchenden Arbeiterdichter, lernte ich bei seinem letzten Hamburgbesuch kennen. Er las uns einige Kapitel aus seinem nostalgischen Hamburgbuch *Unter Türmen und Masten* vor und schwelgte, zu Tränen gerührt, in Erinnerungen an den Hamburger Aufstand im Jahre 1923. Von solcher Sentimentalität war Hermann Kant, ein weiterer Exilhamburger auf der anderen Mauerseite, weit entfernt. Er verstand im Gegensatz zum alten Bredel Spaß, sprühte vor Witz und machte uns eine halbe Nacht lang mit seiner *Aula* vertraut, seinem verschmitzt optimistischen Roman aus den Anfängen der „Arbeiter- und Bauernfakultäten" in den Aufbruchsjahren der DDR. Der dritte im Bunde der hanseatischen Exilanten war schließlich kein Geringerer als der schon damals vor Eitelkeit und Selbstbewußtsein strotzende Liedermacher Wolf Biermann, der meistens in Begleitung seiner redseligen Mutter, der Oma Meume, erschien. Wenn ich mich richtig erinnere, dann stritt ihr „Wölfchen" damals noch mit Marx- und Engelszungen für den ersten deutschen Arbeiter- und Bauernstaat und drosch klassenbewußt auf die Hamburger Pfeffersäcke ein. Er forderte, daß die Villen an Alster und Elbe enteignet und an verdiente Genossen übergeben werden sollten. An sich selbst hat er dabei gewiß zuletzt gedacht.

Keine klassenkämpferischen, sondern geradezu klassenversöhnlerischen Töne kamen dagegen von einem anderen Gast von drüben, von dem Literaturprofessor Hans Mayer, der damals noch in Leipzig lehrte. Ich hatte die Ehre, den „Genossen Professor" vom Dammtorbahnhof abzuholen und ihn zu seinem standesgemäßen Quartier im Atlantikhotel an der Alster zu begleiten. Es war ein schöner Spätsommernachmittag, und der Meister war vom Hamburger Alsterpanorama begeistert. „Lassen Sie uns zu Fuß gehen!“ befahl er mir leutselig, drückte mir wortlos seinen schweren Koffer in die Hand und stolzierte vergnügt und mit beiden Händen redend einmal rund um die Alster. Ich hatte große Mühe, mit ihm Schritt zu halten, doch meinen Schrittmacher kümmerte die Mühsal seines Kofferträgers nicht im geringsten. Er bedankte sich bei mir nicht mit leeren Worten, sondern drückte mir, als wir endlich am Hotelportal angelangt waren, wortlos ein aluminiumleichtes Fünfmarkstück aus dem ärmeren, aber vermeintlich besseren Teil Deutschlands in die Hand. Als er uns dann am Abend seinen wunderbaren Vortrag über Brechts Stück *Herr Puntila und sein Knecht Matti* vortrug, habe ich diese Münze demonstrativ in den Klingelbeutel für die Parteikasse geworfen.

Ich habe die „Jüdisch-Bolschewistische Weltverschwörung“ an der Hamburger Außenalster vor allem als intellektuell vergnüglichen Debattierclub ohne jeden Praxisbezug erlebt. Auf die Dauer wollte mir jedoch der bequeme Salonbolschewismus nicht genügen. Ich wollte nicht länger nur reden, sondern hatte das Bedürfnis, selbst etwas zu bewegen. Ich schloß mich der 1965 von Pastor Eckart Hoppe gegründeten Hilfsaktion Vietnam an, ging mit Flugblättern und Sammelbüchsen auf die Straße und organisierte zum amerikanischen Unabhängigkeitstag am 4. Juli 1966 zusammen mit unserem pastoralen Schutzherrn, mit dem Leiter der Studentenbühne, Frank-Patrick

Steckel, und mit dem jungen Arzt Karl-Rainer Fabig den in Hamburg ersten öffentlichen Protest gegen den Vietnamkrieg. Der Allgemeine Studentenausschuß hielt sich zwar heraus, mietete aber für uns einen Pritschenwagen und eine Lautsprecheranlage und gab mir damit die Gelegenheit, meine Antikriegsgedichte im Stile von Bert Brecht und Erich Fried in die Straßen hinauszuposaunen. Regisseur Steckel hatte mir zu diesem Zweck die Joppe eines vietnamesischen Reisbauern übergestülpt. Unser Aufzug hatte böse Folgen. Da unser Marsch zum amerikanischen Generalkonsulat an der Alster nicht genehmigt war, schlug die Polizei unbarmherzig mit Knüppeln auf die Demonstranten ein. Die wehrten sich, indem sie aus dem Sperrmüll, der an diesem Sommerabend überall am Straßenrand zum Abholen bereitlag, spontan Barrikaden bauten. So kam es zu einer regelrechten Straßenschlacht mit etlichen Verletzten auf beiden Seiten. Ich bekam mein erstes Ermittlungsverfahren, aber da ich nichts als Gedichte verlesen hatte, konnte man mir die Rädelsführerschaft schwerlich nachweisen.

7. Station

Unter den Talaren

Im Verlauf des Jahres 1966 wurde die Hamburger SDS-Gruppe, die unter den vielen kleinen von der KPD gelenkten und gelinkten Zirkeln bisher eher ein Schattendasein geführt hatte, rühriger und damit auch für mich interessanter als die Konkurrenz. Im Keller des alten „Pferdestalls“, in dem seit Kriegsende die Hamburger Geisteswissenschaften untergekommen waren, bekam der Landesverband des Sozialistischen Deutschen Studentenbundes ein eigenes Büro, das allerdings eher einer Räuberhöhle glich und kein Fenster, sondern nur einen Rauchabzug nach oben hatte. Dort konnten wir die Diskussionsmaschinen auf vollen Touren laufen lassen und in stickiger Kellerluft unser Untergrundbewußtsein fortentwickeln. Ideologisch waren wir durchaus pluralistisch eingestellt. Wir waren ungefähr fünfzehn ständige Mitglieder, aber unter uns gab es nahezu alle Fraktionen der sozialistischen Weltbewegung: Stalinisten, Trotzkisten, Titoisten, Maoisten, Eurokommunisten, Ulbrichtanhänger, Genossen aus der zweiten Reihe, vom dritten Weg und von der vierten Internationalen. Ich gehörte in Hamburg vermutlich zu den ersten Lektüreopfern des *Roten Buches* von Mao Tse-tung, ganz einfach, weil diese schlichte und bauernschlaue Sprüchesammlung geradezu von heiliger Simplizität strotzte gegenüber den drei dicken Bänden des Marxschen *Kapitals*, durch die ich mich vorher gequält hatte. Weil sich bald bis Peking herumgesprochen hatte, daß unsere SDS-Zelle auf die revolutionären Mao Tse-tung-Ideen eingeschworen war, lief von Rotchina her ein Schiff mit acht Segeln und fünfzig Kanonen an Bord in den Hamburger Hafen ein, um uns propagandistisch im Kampf gegen den Weltimperialismus zu unterstützen. An einem trüben Novembermorgen im Jahre des Schweines 1966 machte der rotchinesische Agitationsdampfer Lu Hsün am Schuppen 88 am Hamburger Ostasienkai fest. Als Avantgarde des hanseatischen Proletariats bekam unsere SDS Kadertruppe die Ehre, am Begrüßungsempfang des Genossen Kapitän und seiner Mannschaft zu Ehren des Großen Vorsitzenden Mao teilnehmen zu dürfen. Mit revolutionärer Entschlossenheit kletterten wir zwölf Mao-Jünger über die Bambusleiter an Bord des mit bunten Fahnen, Girlanden, Wandzeitungen, Mao-Bildern und Mao-Sprüchen bis über die Toppen geschmückten Frachters. Über die Reling war gold auf rotem Grund in deutschen und chinesischen Buchstaben ein Lob des Großen Vorsitzenden auf die Avantgarderolle der Hafenarbeiter gespannt: „Die Arbeiter von Petrograd sind revolutionärer als die Arbeiter von Moskau. Die Arbeiter von Hamburg sind revolutionärer als die

Arbeiter von Berlin. Die Arbeiter von Shanghai sind revolutionärer als die Arbeiter von Peking." Unter diesem Transparent mußten wir durch. Daraufhin wurden wir von der Spalier stehenden Besatzung mit ohrenbetäubenden Hochrufen auf den geliebten Chairman begrüßt. Wir versuchten uns mit einem eigenen Sprechchor zu revanchieren: „Wer hält uns jung? Der Genosse Mao Tse-tung! Wer bringt uns in Schwung? Der Genosse Mao Tse-tung!" Und zum dritten folgte unser ultimativer K.O.-Schlag gegen die Wurzeln allen Übels: „Wer schlägt das Kapital k.o.? Das Volk und sein Genosse Mao!"

Wir waren rot bis über beide Ohren, aber leider nicht aus Scham. Und wir waren schlicht unseres Verstandes beraubt. Wir stellten uns einzeln vor und machten aus unserer klein- oder großbürgerlichen Herkunft keinen Hehl. Der Genosse Kapitän hielt eine markerschütternde Rede, die vom Dolmetscher aus dem Parteichinesischen in ein knarrendes Kasernenhofdeutsch übersetzt wurde. Er sprach uns sein Beileid dafür aus, daß wir nicht das Glück gehabt hätten, in der Volksrepublik des Genossen Mao Tse-tung aufzuwachsen. Dort hätten wir die wunderbare Gelegenheit gehabt, am größten Umerziehungsprogramm der Geschichte, an der Großen Proletarischen Kulturrevolution, teilzunehmen. Wir hätten es gelernt, unsere bürgerliche oder feudale Herkunft ganz und gar abzustreifen und uns in klassenbewußte Proletarier und in neue, ganz und gar von den Mao Tse-tung-Ideen erfüllte Menschen zu verwandeln. Der kollektive Mao-Wahn hatte uns so fest im Griff, daß wir entweder keine Ahnung davon hatten oder schlicht nicht wahrhaben wollten, daß zur selben Zeit in China Hunderttausende Intellektuelle, die wie wir keine Arbeiter- und Bauernkinder waren, von den Schlägerbanden der Roten Garden zusammengeschlagen und in Hungerlager gesperrt wurden. Wir sahen die Sturmtruppen der Kulturrevolution durch unsere rosaroten Brillen und hielten sie für die Wegbereiter einer emanzipatorischen Diskussionskultur, der wir auch an unseren Universitäten zum Durchbruch verhelfen wollten.

Während ich verblendet genug war, um im SDS-Keller dem falschen Propheten zu huldigen, sammelte sich auf der gegenüberliegenden Straßenseite im weißgetünchten Lagerraum eines linken Zeitungshändlers ein noch kleinerer Zirkel, um den wahren Propheten zu verehren. Wir nannten unsere Nachbarn die „Musketiere“. Sie waren ein kleiner Kreis von Muslimen, die sich mit bescheidenen Mitteln den ersten islamischen Gebetsraum an der Hamburger Universität eingerichtet hatten und dort regelmäßig ihr Freitagsgebet abhielten. Ihre beiden Vorbeter, Mehdi Razvi, Lektor für Urdu, und Djavad Falaturi, Lektor für Farsi, kannte ich von meinem Arbeitsplatz her. Nach dem Umzug der Geisteswissenschaften in den neugebauten Philosophenturm hatten beide ihre Arbeitszimmer im selben Flur wie ich, und so nickten wir uns zumindest freundlich zu, sobald wir uns begegneten, und tauschten untereinander Höflichkeiten aus. Wenn wir im Vorbeigehen auf politische Fragen zu sprechen kamen, so waren wir uns auf eine ganz erstaunliche Weise einig.

So nimmt es kein Wunder, daß Maoisten, Muslime und andere Menschen „guten Willens“ im Frühjahr zusammenfanden, um einen „Arbeitskreis Persien“

zu gründen mit dem erklärten Ziel, dem Stolz aller Arier, der im Frühsommer Deutschland besuchen sollte, einen würdigen Empfang zu bereiten. Meine iranischen Mitbewohner im Europakolleg, in der Mehrheit Anhänger der kommunistischen Tudeh-Partei, übernahmen die Initiative und stellten die Verbindung zu anderen Vorbereitungsgruppen in Westberlin, Frankfurt und München her. Wir verteilten Flugblätter, organisierten Informationsstände und zogen regelmäßig mit einer Sarg-Attrappe vor das iranische Generalkonsulat im Stadtteil Eppendorf, um an die Mordopfer des Schahregimes zu erinnern. Dort waren regelmäßig alle Jalousien heruntergelassen, und niemand war bereit, unsere Protestschreiben entgegenzunehmen. Wir marschierten dann rund um die Alster zur damals erst im Rohbau fertiggestellten Moschee an der Schönen Aussicht. Dort stellte sich Imam Beheschti der Diskussion, bot uns in winzigen Gläsern Tee an und beantwortete zunächst in Englisch, später aber auch auf deutsch, unsere Fragen. Er hatte seinen Marx gut gelesen und überraschte uns immer wieder mit seiner Schlagfertigkeit. Als unser Mao-Guru Karl-Heinz Roth ihm weismachen wollte, es gebe keinen Gott, nahm er ihm das Wort aus dem Mund und erklärte: „So beginnt unser Glaubensbekenntnis: Es gibt keinen Gott – außer Gott." Auch für Nichtgläubige war Beheschti eine eindrucksvolle Gestalt, hager, gertenschlank, mit glühenden Augen, gekleidet in einen grauen Mantel, der ihm das Aussehen eines Bußpredigers verlieh.

Unser Arbeitskreis wurde schließlich auch vom Allgemeinen Studentenausschuß unterstützt, und so konnten wir wenige Tage vor dem Eintreffen des hohen Gastes im Audimax ein Teach-in zur Lage im Iran veranstalten, an dem fast 2000 Studenten teilnahmen. Unser Hauptreferent war Bahman Nirumand, der mit seinem Rowohlt-Taschenbuch *Persien – Modell eines Entwicklungslandes* Furore gemacht hatte. Die Stimmung war aufgeheizt, und im Saal durfte ich die Parolen für die Sprechchöre vorgeben, mit denen wir den Kaiser aus dem Morgenland empfangen wollten: „Fahr zur Hölle, Schah! Die Revolution ist nah!“ „Der Schah ist ein Hampelmann! Shell und Esso zupfen dran!“ Und zu guter Letzt: „In der Tausendunderstennacht wird der Schah zur Schnecke gemacht!“ Als Bahman Nirumand sein flammendes Plädoyer für einen revolutionären Umsturz im Iran beendet hatte, kämpfte sich Imam Beheschti durch die dichtgedrängten Reihen bis zum Rednerpult durch, wartete so lange, bis gespannte Ruhe eingekehrt war, und sprach dann einen einzigen Satz ins Mikrophon: „Die einzige Hoffnung für den Iran ist der Islam!“ Einen kurzen Moment lang stutzte die Menge und schien zu rätseln, was der Satz zu bedeuten hatte. Doch dann brach von allen Seiten Hohngelächter aus. Die Zuschauer erhoben sich erregt von ihren Plätzen und skandierten minutenlang: „Revolution! Revolution!“

Nach Hamburg kam der hohe Gast einen Tag nach dem 2. Juni 1967, dem Tag, an dem in Westberlin bei Demonstrationen gegen den Schah der Student Benno Ohnesorg erschossen wurde. Als Reaktion darauf mußte die Hamburger Polizei die Zügel lockerer lassen, und wir Protestanten bekamen so mehrere Male Gelegenheit, die orientalische Gesandtschaft mit Schmährufen, Puddingbomben, faulen Eiern, Farbbeuteln und Verfluchblättern zu bombardieren. Zwar wurde ich während des Tages zusammen mit einigen anderen Aktivisten von der Polizei für mehrere Stunden aus dem Verkehr gezogen und in Vorsorgehaft genommen, aber die Beamten waren so verunsichert, daß sie mich noch vor dem Abend freiließen und mich in einem Einsatzwagen reumütig zur Kundgebung an der Moorweide fuhren. Dort stieg ich voller Sendungsbewußtsein auf die Rednertribüne und rezitierte ein agitproperes Protestgedicht, das ich während der Stunden meiner Gewahrsamsnahme auf einen Spickzettel niedergeschrieben hatte.

Der Schahbesuch hatte für mich noch ein unerwartetes Nachspiel. Als Mitglied des Persien-Arbeitskreises hatte ich von der Redaktion der Wochenzeitung *Die Zeit* den Auftrag erhalten, pünktlich zum kaiserlichen Besuch das Buch des Schahs mit dem Titel *Im Dienste meines Landes* zusammen mit dem Taschenbuch von Bahman Nirumand zu rezensieren. Die Veröffentlichung meiner Kritik fiel auf den Tag genau mit dem Polizeistaatsbesuch zusammen und hatte eine erstaunliche Fernwirkung. Die kaiserliche Regierung in Teheran protestierte in Bonn förmlich gegen die schahfeindliche Berichterstattung in den westdeutschen Medien und bezog sich in der Begründung unter anderem auf meinen Beitrag.

Marion Gräfin Dönhoff, die damals das Politikressort leitete, freute sich über dieses Echo aus dem Orient und lud mich zu einem Gespräch in ihr Büro ein, um sich bei mir zu bedanken. Als proletarischer Kulturrevolutionär war ich zunächst im Zweifel, ob es nicht unter meiner Klassenwürde wäre, der Einladung einer leibhaftigen ostpreußischen Gräfin Folge zu leisten. Schließlich entschloß ich mich, meinen Klassenstolz und meine Geringschätzung für meine hochadlige Gastgeberin dadurch zum Ausdruck zu bringen, daß ich ihr in meiner waschechten Maojacke gegenübertrat. Die Gräfin tat so, als ob sie meinen Aufzug überhaupt nicht bemerkte.

Sie sind Kommunist? fragte sie mich.

Sehen Sie das nicht? fragte ich zurück.

Setzen Sie sich doch! forderte sie mich auf.

Ich nahm auf dem Stuhl vor ihrem Schreibtisch Platz, während sie sich hinter ihrem Schreibtisch bequem in ihrem Ledersessel zurücklehnte.

Ich dachte im ersten Moment, sagte sie bedächtig, Sie wären der Elektriker. Sie lächelte und setzte mich mit ihrem Lächeln gänzlich außer Gefecht. Sie sind also als der Elektriker der Revolution zu mir gekommen. Das ist der Fortschritt. Als ich so alt war wie Sie, hab ich mich höchstens als die Elektra der Revolution verstanden. Und dann erzählte sie mir von ihren kommunistischen Jugendsünden. Sie tat es so gewitzt, daß sie mich mit ihrer Rede vollkommen entwaffnete. Am Ende der Audienz stand ich ziemlich dumm da. Mir blieben die Worte im Halse stecken, und ich brachte nur noch ein ergebenes und ergriffenes „Auf Wiedersehen, Genossin Gräfin" über die Lippen.

Nach dem leichten Sieg über den Schah stieg unser kulturrevolutionärer Tatendrang enorm. Unser Arbeitskreis Persien löste sich nicht auf, sondern arbeitete weiter als AKAK, als „Arbeitskreis Antikolonialismus". Wir bekamen Verstärkung von zwei Nigerianern aus dem Europakolleg, von Obi und Ibo, von Obi Ihekweazu und Ibo Ifiebo. Beide sensibilisierten uns für die Rassenfrage und brachten uns bei, das überall sichtbare koloniale Erbe Hamburgs mit anderen Augen zu sehen. So war unser nächstes Aktionsziel rasch ausgemacht: das Kolonialdenkmal im Garten der Universität. Es stellte auf hohem Betonsockel in stolzer Herrenpose und säbelschwingend Hermann von Wissmann mitsamt gebändigtem Löwen und schwarzem Hilfssoldaten dar. Wissmann hatte zunächst in Deutsch-Ostfafrika und -Südwestafrika aufständische Eingeborene niederkartätscht, ehe er als Rentier das Hamburger Kolonialforschungsinstitut gründete, aus dem nach dem Ersten Weltkrieg die Universität hervorging. Das Denkmal sprach für sich, aber da zu jener Zeit jedes kolonialkritische Bewußtsein fehlte, hatte an diesem Stein des Anstoßes bislang kaum jemand Anstoß genommen.

Als ich das Flugblatt, das zum verspäteten Denkmalssturz des Kolonialismus aufrief, „verfaßte, verantwortlich unterzeichnete und eigenhändig verteilte" – so stand es später im Polizeibericht –, hatte ich nicht mehr als eine symbolische Aktion im Sinn. Wir waren ein kleines Häuflein, die meisten Mitstreiter waren schon in den Ferien, und unsere afrikanischen Genossen hielten sich aus guten Gründen zurück. Als ich dann am Nachmittag des 8. August 1967 zu dem Kolonialschlächter auf den Denkmal-Sockel stieg, um von oben herab einige eilig geschriebene Gedichte gegen Imperialismus, Kolonialismus und Rassismus zu rezitieren, dachte keiner von uns ernsthaft daran, daß den Worten tatsächlich Taten folgen sollten. Doch dann legte der Theatermann Frank-Patrick Steckel, der bei unserem öffentlichen Auftritt die Handlungsregie führte, dem bronzenen Kolonialherrn eine Schlinge um den Hals. Ich wollte symbolisch an dieser Schlinge ziehen, um zu zeigen, daß es den Kolonialisten an den Hals gehen sollte, doch einige besonders tatendurstige Genossen griffen sich das Seil und begannen, ruckartig daran zu zerren und zu ziehen. Und siehe da: Was niemand für möglich gehalten oder beabsichtigt hatte, geschah dennoch. Das Bronzedenkmal war inwendig so morsch und offenkundig so hohl, daß es rasch zu wanken begann und sich schon in einer gefährlichen Schräglage befand, als von allen Seiten aus den Gartengebüschen Polizisten auf uns zu stürzten, ihre Gummiknüppel gegen uns Wissmann-Attentäter richteten und auf einen Schlag mich zusammen mit sechs anderen Aktivisten festnahmen. Die anderen kamen nach Feststellung ihrer Personalien rasch wieder frei. Ich selbst wurde als Rädelsführer nach stundenlangen Vernehmungen erst gegen Mitternacht freigelassen.

Unser Denkmalsturz war als Happening gedacht und geplant. Trotz der positiven Resonanz in der kritischen Öffentlichkeit hatte das Wissmann-Attentat für mich ernste Folgen. Die Universitätsleitung verstand damals keinen Spaß. Ich wurde als Assistent fristlos entlassen, erhielt Hausverbot für alle Räumlichkeiten der Hochschule und wurde bald darauf auch noch aus dem Germanistenverband ausgeschlossen. Meine akademische Laufbahn war damit abrupt beendet. Ich war darüber keinen Augenblick traurig, sondern sah darin eine glückliche Fügung Gottes und steuerte fortan frohgemut auf die Verwirklichung meines Jugendtraums zu, als freier Schriftsteller zu leben. Der Prozeß gegen uns „Wissmann-Attentäter“ zog sich durch mehrere Instanzen über mehr als zwei Jahre hin. Es gelang uns, so viel Öffentlichkeit herzustellen, daß die Hauptverhandlung schließlich ins Hamburger Auditorium Maximum verlegt werden mußte. Wir wurden wirkungsvoll von unseren beiden Linksanwälten, dem Liedermacher Franz-Josef Degenhardt und dem Immobilienhändler Kurt Groenewold, verteidigt und erhielten argumentative Schützenhilfe von dem Afrikaforscher Helmut Bley. Er belegte Wissmanns völkermörderisches Wirken mit eindrucksvollen Dokumenten und funktionierte so das Verfahren zu einem Tribunal gegen den deutschen Kolonialismus um. Ausgerechnet am Nikolaustag des Jahres 1968 bot die Universitätsverwaltung einen Sachverständigen auf, der ein Gutachten über den künstlerischen Wert des Denkmals präsentierte. Er bestritt jeden rassistischen Inhalt der Statue und deutete sie als „Sinnbild für die natürliche Überlegenheit des Weißen gegenüber den Eingeborenen". Diese Deutung war für einige Gesinnungsgenossinnen im Gerichtssaal der spontane Anlaß, sich ihrer Oberbekleidung zu entledigen und mit verschämtem Stolz ihre Brüste zu entblößen. Dazu trällerten sie lustvoll den alten Karnevalsschlager „Wir sind die Eingeborenen von Trizonesien. Hei, Dschingderassa, bumm! Wir sind zwar keine Menschenfresser, doch wir tanzen um so besser!" Gerichtsdiener und Polizisten beendeten die Aktion der Spaßguerilla nach wenigen Minuten. Dabei gingen die Beamten alles andere als zimperlich vor. Sie griffen, hieß es in der Boulevardpresse, „in die Vollen" und berührten dabei die entblößten Ruhestörerinnen nicht sehr sittlich, während der Richter das Schauspiel tatenlos von seinem Richterstuhl aus verfolgte. Daraufhin stellte Linksanwalt Heinrich Hannover als Nebenkläger gegen den Vorsitzenden Richter einen Strafantrag wegen sexueller Nötigung, doch nicht der Richter, sondern der Kläger wurde verurteilt. Ein Ehrengericht erteilte unserem Anwalt eine strenge Rüge, weil er dem hohen Gericht zu Unrecht unterstellt habe, es habe nicht der Gerechtigkeit, sondern allein der Sinnenlust gefrönt. Der Prozeß um den Sturz des Wissmann-Denkmals wurde unterbrochen und schließlich auf den St. Nimmerleinstag vertagt. Am Ende wurde ich zu einer Geldstrafe von 100 Mark verurteilt, die ich allerdings nicht mehr zahlen mußte, weil ich inzwischen vom neugewählten Bundespräsidenten Heinemann amnestiert worden war. Doch wer gedacht hat, wir hätten mit unserem symbolischen Denkmalssturz den Kolonialschlächter ein für alle Mal in den Orkus der Geschichte hinabgestürzt, der sah sich getäuscht. Zwar wurde Wissmann nach unserer Aktion heimlich von der Universitätsverwaltung entsorgt, aber sein Torso wurde fortan sorgfältig in einem Depot der städtischen Denkmalsverwaltung verwahrt. 38 Jahre später kamen Nostalgiker auf die glorreiche Idee, die angeschlagene Statue wieder aufzupolieren und an markanter Stelle an den Hafen-Landungsbrücken neu aufzustellen. Ein Jahr stand das Denkmal dort zur Probe. Die finnische Aktionskünstlerin Hanni Jokinen organisierte übers Internet eine Volksbefragung. Dabei sprachen sich rund 2500 Hamburger für die Wiedererrichtung des Denkmals aus, aber rund 3300 waren dagegen. Daraufhin wurde nach langem Hin und Her eine in meinen Augen salomonische Lösung gefunden: Das Schandmal soll jetzt im Rahmen eines neugeplanten Afrikaparks in der Hamburger Hafencity in Bruchstücken als gestürztes und mit gutem Grund zerstörtes Anti-Denkmal wiedererrichtet werden.

Unsere Happenings gegen den Schah und gegen Wissmann sahen wir als Beweis dafür an, daß die Propaganda der Tat jeder anderen Form der Bewußtseinsbildung überlegen ist. In diesem Sinne bereiteten wir uns auf den 9. November 1967 vor, den Tag für die Amtseinführung des neuen Universitätsrektors mit dem schönen Namen Ehrlicher. Daß dieses Datum mit dem Jahrestag der Reichspogromnacht zusammenfiel, war uns damals trotz unserer antifaschistischen Rhetorik im Eifer des Gefechts nicht bewußt. Am Vorabend des akademischen Feiertages wurde ich zusammen mit drei anderen Aktivisten auf dem Universitätsgelände mit einem Pinsel und einem Farbtopf in der Hand auf frischer Tat verhaftet. Polizeispitzel hatten mich dabei ausgespäht, wie ich auf dem Bauzaun vor dem Pädagogischen Institut zwei etliche Meter lange Losungen angebracht hatte: „Unter den Talaren Muff von 100 Jahren" und „Ehrlicher wird immer entbehr...". Weiter war ich mit meinem Graffito nicht gekommen, weil mir die Polizei vor Vollendung meines Endreimes den Pinsel aus der Hand genommen hatte. Was die erste, weit über Hamburg hinausposaunte Parole betrifft, so habe ich tatsächlich nur „100" Jahre an die Wand geschrieben. Auf die Idee vom Muff von 1000 Jahren bin ich selber nicht gekommen, weil ich dazu nicht den geringsten Anlaß sah. Unter meinen akademischen Lehrern war mir kein einziger Nazi begegnet, dafür aber eine ganze Reihe gestandener Antifaschisten. Ich habe mit dem „Muff von 100 Jahren" eine eigene geruchsempfindsame Erfahrung verbunden. Zu meinen Pflichten als Hilfsassistent hatte es gehört, zu jeder akademischen Feierstunde den muffigen Talar meines Professors heranzuschaffen, der in einem staubigen Keller im Hauptgebäude der Universität zusammen mit Hunderten anderen eingemotteten Professorengewändern verwahrt wurde. So war ich dank meiner empfindlichen Nase auf den „Muff" unter den Talaren gestoßen. Die entscheidende Null, die aus den 100 1000 nazibraune Jahre machte und der Losung erst die politische Brisanz verlieh, war eine spontane Erfindung der amtierenden AStA-Vorsitzenden Albers und Behlmer, die als brave Sozialdemokraten mit uns Revoluzzern wenig im Sinn hatten. Sie holten den Trauerflor, den sie für die Trauerfeier für Benno Ohnesorg in Hannover besorgt hatten, aus dem Schrank hervor und malten darauf weiß auf schwarz die Losung, die sie dann den ins Audimax einziehenden Talarträgern vorantrugen und die als Fanal der Studentenrevolte in der ganzen Bundesrepublik ihren Widerhall fand.

Auch wenn ich als Urheber des Spruches mit den 1000 Jahren ausfalle, will ich nicht in Abrede stellen, daß im akademischen Lehrbetrieb jener Jahre immer noch zahlreiche alte Nazis am Werk waren, am meisten vermutlich in meinem eigenen Fach, der Germanistik. Einer davon war der ebenso allmächtige wie allgegenwärtige Germanistenpapst Benno von Wiese. In einem Beitrag für das Feuilleton der Tageszeitung *Die Welt* und in einem umfangreichen Essay, der zuerst 1967 von Karlheinz Deschner in einem Sammelband unter dem Titel *Wer lehrt an deutschen Universitäten?* veröffentlicht wurde, habe ich die tiefbraune Vergangenheit des Großen Vorsitzenden des Verbandes Deutscher Germanisten öffentlich gemacht. Ich habe damit eine breite Debatte über die Verstrickung der deutschen Germanistik in den Faschismus ausgelöst, die schließlich zum Rücktritt ihres Chefs führte. Ich beteiligte mich an mehreren studentischen Teach-ins gegen Benno und seine Gefolgsleute. Der spektakulärste Auftritt fand in Bonn anläßlich des *dies academicus* zur Begrüßung der neuen Studenten statt, eines Zeremoniells, das ich fünf Jahre früher selbst miterlebt hatte. Zusammen mit Hannes Heer, der sich inzwischen vom Linkskatholiken zum SDS-Agitator emporgearbeitet hatte, und mit Studentenführer Rudi Dutschke wollten wir Benno von Wiese „stellen", doch der von uns Heimgesuchte verweigerte sich jeder Diskussion und rief statt dessen die Polizei herbei, um den großen Hörsaal räumen zu lassen. Ich selbst wurde von der Polizei abgeführt und dankenswerterweise mit der Grünen Minna direkt zum Bahnhof gefahren, so daß ich um Mitternacht wieder in Hamburg war.

Wir wurden bald von Aktion zu Aktion getrieben und traten in einen Wettstreit mit anderen Zentren der Studentenbewegung. Doch wir Hamburger hatten gegenüber München, Frankfurt am Main und Westberlin bald das Nachsehen, vermutlich, weil uns die autoritären, macht- und medienbewußten Führungspersönlichkeiten fehlten, die bald im antiautoritären Lager den Ton angaben. Unser medienwirksamstes Spektakel war vermutlich unser Go-in anläßlich einer Predigt des Hamburger Universitätspopen Prof. Dr. Dr. Dr. Helmut Thielecke im Hamburger Michel. Für mich war Thielecke der Inbegriff des Heuchlers und

Hoftheologen. Wir nannten ihn nach seinem Privatwagen den „weißen Jaguar“. Ich hatte ihn mehrere Male schriftlich aufgefordert, sich der Diskussion mit den kritischen Studenten zu stellen. Er antwortete auf dieses provokatorische Ansinnen nicht, sondern hielt statt dessen eine Antwort nach seinem Geschmack für uns parat. Als wir am Tag der Heiligen Drei Könige zu Beginn des Jahres 1968 in den Michel einmarschierten – auf den Lippen das Spiritual „Oh when the Saints go marching in“ –, machten wir große Augen: Das Kirchenschiff und vor allem die Bänke um den Altar waren restlos von uniformierten Soldaten besetzt. Thielecke hatte kurzerhand eine ganze Brigade von Bundeswehrsoldaten aus der Führungsakademie in Blankenese herbeigerufen und so zu verhindern gewußt, daß unberufene Protestierer seine protestantische Predigt durch Zwischenrufe störten. Vor der Predigt, nach der Predigt, nach dem Vaterunser, nach dem Segen habe ich mich mehrere Male von meinem Platz in den hinteren Reihen erhoben und habe versucht, „Diskussion“ einzufordern. Ich wurde dabei jedesmal von meinen Mitstreitern mit Sprechchören unterstützt. Doch bei jedem Interventionsversuch geschah dasselbe. Die mächtige Orgel intonierte: *Lobe den Herrn*. Die Soldaten richteten sich augenblicklich auf und sangen das Tedeum so laut, daß wir keine Chance mehr hatten, akustisch gegenzuhalten. Nach dem Sängerkrieg lud mich Thielecke in einem versöhnlich gestimmten Brief zu einer persönlichen Aussprache ein, aber ich war viel zu gekränkt, um auf diese Einladung zu antworten. Später hat mich diese Selbstgerechtigkeit gereut. Ich hatte das Gefühl, ihm in meinem puritanischen Übereifer unrecht getan und einem in der Studentenschaft weitverbreiteten Vorurteil nachgegeben zu haben.

Im Frühjahr 1968 nahm ich in Frankfurt am Main an der einwöchigen Bundesdelegiertenkonferenz des SDS teil. Es waren, einmal abgesehen vom Palavermarathon der Versammlungen, aufregende Tage. Ich habe in dieser Zeit etliche interessante Zeitgenossen kennengelernt, darunter den „Asphaltderwisch" Paul Gerhard Hübsch, der mir die Gelegenheit gab, an einem Leseabend in seinem „Republikanischen Club" meine Gedichte gegen Krieg und Imperialismus vorzutragen, und die afroamerikanische Gaststudentin Angela Davis, die in einem Studentenheim über die Bürgerrechtsbewegung in ihrem Land berichtete. Von den wilden Exzessen, die sich am Rande der Delegiertenkonferenz im Frankfurter Untergrund zugetragen haben sollen, habe ich nur wenig mitbekommen. Allerdings hat mich der bloße Busen von Uschi Obermeier, dessen Anblick ich eher zufällig in einer nächtlichen Sitzungspause erheischte, zu einem emanzipatorischen Reimgedicht veranlaßt, das fortan seine Runde durch etliche „Andergraund"-Postillen machte. „Die Revolution", knittelte ich darin, „ist kein Pappenstiel, die Revolution hat Sexappeal!" – eine Qualität, von der ich damals allerdings nur eine theoretische Vorstellung hatte.

Über den Verlauf der Frankfurter Delegiertenkonferenz berichtete ich in zwei Folgen in der kommunistischen Wochenzeitung *Blinkfüer* und kritisierte darin auch Rudi Dutschke, dem allmählich sein unzweifelhaftes Charisma über den Kopf gewachsen war und der sich immer mehr zu einem deutschen Che Guevara stilisierte. Mein Artikel erschien zur Unzeit:

in der Gründonnerstagsausgabe, also am selben Tag, als Dutschke durch einen Attentäter in Westberlin lebensgefährlich verletzt wurde. Sofort fielen meine Genossen über mich her. Während der ganzen Osterunruhen gab es in Hamburg nur ein Thema – meinen angeblichen Verrat am geliebten Duce-Dutschke, der inzwischen zu einer Art Heiligenfigur aufgestiegen war. Die Strafe folgte auf dem Fuß. Am Ostermontagnachmittag wurde ich auf einer Sondersitzung, die wegen des großen Andrangs im Freien auf dem Campus der Universität stattfand, mit Schimpf und Schande aus dem SDS ausgeschlossen. Doch es kam noch schlimmer. Am Abend zogen wir trotz unseres ideologischen Streits wieder gemeinsam vor das Polizeipräsidium, um die Freilassung inhaftierter Gesinnungsgenossen zu fordern. Ich stand in der ersten Reihe, und das mußte ich teuer bezahlen. Ein Polizist stürzte auf mich zu, riß mir die Brille vom Kopf und zertrat sie mit seinen Stiefeln. Dann hagelte es Schläge, ich fiel zu Boden und in Ohnmacht und wachte erst Stunden später im Krankenhaus St. Georg wieder auf. Dort wurden zwölf Blutergüsse am ganzen Körper festgestellt. Ich wurde gründlich verarztet und mit einem Krankenwagen zusammen mit einigen anderen Leidensgenossen zum SDS-Keller transportiert. Dort nahm sich die Genossin Agnes Hüfner, die aus Saarbrücken zu Gast in Hamburg war, meiner an, brachte mich nach Hause und kümmerte sich fortan rührend um meine leibseelische Gesundheit. Für mich war damit die Studentenrevolte zu Ende. Sie ist für mich eine Episode geblieben. Die Lorbeeren haben andere eingeheimst, die 1967 und 1968 eher am Rande oder sogar auf der anderen Seite gestanden haben. Ich selbst habe keinen Grund gesehen, mich als „Achtundsechziger“ zu feiern oder feiern zu lassen. Meine Reise war 1968 noch nicht zu Ende, sie sollte damals erst richtig losgehen. Ich schaue eher irritiert und ohne Sündenstolz zurück und kann über meine eigene Blindheit und Verbohrtheit nur den Kopf schütteln.

Mein bester und treuester Freund seit der Stader Schulzeit, Klaus Saul, der sich später als Historiker einen Namen machte, konnte und wollte meinen Radikalismus nicht teilen. Er setzte gut sozialdemokratisch auf Reformen statt Revolte. Doch es wurde ihm nicht leichtgemacht, mir gegenüber einen sauberen Trennungsstrich zu ziehen, denn wir beide, die schon in der Schulzeit für Zwillinge gehalten wurden, sahen einander immer noch so ähnlich, daß wir immer wieder verwechselt wurden. Diese Verwechselbarkeit wäre dem guten Klaus – er ist vermutlich der großherzigste Mensch, den ich kenne – fast zum Verhängnis geworden, denn als er kaum dreißigjährig zum Geschichtsprofessor berufen werden sollte, legten ihm die Verfassungsschützer etliche Aufnahmen vor, die ihn in heiklen Zusammenhängen zeigen sollten. Es gelang ihm nur mit meiner Hilfe, die falschen Verdächtigungen zu widerlegen. Wir haben ideologisch eine klare Trennlinie gezogen – und sind dennoch lebenslang Freunde, Geistesverwandte, ja so etwas wie Seelenbrüder geblieben.

8. Station

Die Literarische Produktionsgenossenschaft

Nach mehr als vier Jahren Transit-Aufenthalt im Europakolleg war es endlich an der Zeit, mir eine eigene Behausung zu suchen. Sie war rasch gefunden. Im Stadtteil Eppendorf fand ich direkt am Eppendorfer Marktplatz eine Wohnung im dritten Stock, deren hervorragender Balkon bestens für das Aufpflanzen einer roten Fahne geeignet war. Ich bekam die Wohnung fast geschenkt, weil die Hausbesitzer, eine Erbengemeinschaft in der dritten Generation, froh waren, daß sie überhaupt bewohnt wurde. Die gesamte Landstraße war damals für den Abriß vorgesehen, so daß die gründerzeitlichen und jugendstilgerechten Häuser dem Zerfall preisgegeben waren und immer mehr Mieter sich in den Hochhaussiedlungen am Stadtrand neue Quartiere suchten. Auch in der Eppendorfer Landstraße 102 standen bereits drei von sechs Wohnungen leer. Sie blieben allerdings nicht mehr lange unbewohnt, denn unter und neben mir zogen schon bald meine linksliterarischen Kollegen Uwe Wandrey und Uwe Friesel ein. Später kam auch Gabriele Kreis hinzu, und wir konnten unser Haus getrost die „Literaturfabrik“ nennen. Als dann meine österliche Krankenpflegerin Agnes Hüfner zu mir zog, begannen wir sofort, die Wohnung gründlich umzukrempeln. Die alten schönen Möbel, die uns unsere Vormieter hinterlassen hatten, warfen wir Stück um Stück auf den Müll. Wir wollten bewußt spartanisch leben, mit Plakaten und Parolen an den Wänden, mit Klappstühlen und -tischen, mit Matratzen und Wolldecken als Schlafgelegenheiten. Unsere Wohnung war bald voller Gäste aus nah und fern. Bald nach dem Ende des Pariser Mai und seiner Ausweisung aus Frankreich war Daniel Cohn-Bendit bei uns zu Gast und sprach Tag und Nacht auf ein Tonband den Text für sein Rowohlt-Taschenbuch über die Alterskrankheit des Kommunismus und seine Theorie der neuen Linken. Meine Lebensgefährtin verschriftlichte Stunden später seine Worteskapaden, und ich versuchte leider ganz und gar vergeblich, ihm seine bösesten Ausfälle gegen die Altmännerriege im Kreml auszureden.

Als Agnes Hüfner endgültig bei mir einzog, verstanden wir unsere Beziehung zunächst als „Arbeitsbeziehung“. Wir gründeten gemeinsam die LPG, die „Literarische Produktionsgenossenschaft“. Doch aus der Arbeit wurde Liebe, jedenfalls bei mir, blinde Liebe. Zum Dank dafür heilte Agnes nicht nur meine Wunden, sondern befreite mich zugleich von einem anderen, schwerer wiegenden Makel, meiner sexuellen Unberührtheit. Wir rückten enger zusammen, heirateten zu Silvester 1968 und schrieben auf unsere Hochzeitskarten: „Wir wollen in Zukunft noch enger zusammenarbeiten." Wir haben uns keine ewige Treue geschworen, sondern verstanden unser Ehebündnis eher als „offene Zweierbeziehung", ohne gegenseitige Besitzansprüche und Eifersüchteleien. Wir verschworen uns der freien Liebe – ganz im Sinne des Worpsweder Traumwandlers Heinrich Vogeler. Unsere Verbindung war keineswegs auf Rosen gebettet, sondern auf lebensfremde und vielleicht nicht einmal ehrlich gemeinte Ideale. Der Bruch war vorprogrammiert. Und er kam prompt. Im Frühjahr 1969 erhielten Agnes und ich den Auftrag, im DEFA-Studio für Dokumentarfilme in Potsdam-Babelsberg auf der anderen Seite der Mauer einen Werbespot für das Wahlbündnis ADF, Aktion für Demokratie und Fortschritt, zu produzieren, zusammen mit einem jungen Lyrikergenossen aus München, den ich wegen seiner Gedichte, seiner Freundlichkeit und seines Witzes durchaus leiden konnte. Ich ahnte allerdings nicht, daß jener mir durchaus sympathische Freund, Kollege und Genosse bereits einmal ein Verhältnis mit meiner Partnerin gehabt hatte und jetzt darauf bestand, unsere intime Zweierbeziehung zu einer Ehe zu dritt zu erweitern. Ich war jedoch solch einer Dreiecksbeziehung nicht gewachsen. Nach einer Woche war ich mit den Nerven fertig, ich brach die gemeinsame Arbeit am Projekt ab und reiste allein zurück nach Hamburg.

Der Schock traf mich tief, und die Scheidung tat noch lange weh, auch wenn der Scheidungsprozeß dank der Hilfe unseres gemeinsamen Linksanwaltes Franz-Josef Degenhardt ohne jede Komplikation glatt über die Bühne ging. Meine Geschiedene nahm bereitwillig alle Schuld und Verantwortung auf sich.

Ich selbst durchlebte die erste Krise meines Lebens, ich fühlte mich in meinem Vertrauen verraten und um meine Ideale betrogen. Dennoch war diese Erfahrung für meinen weiteren Lebensweg bitter notwendig. Sie trennte mich dauerhaft von jenem selbstverliebten Hedonismus, der sich damals in der linken Schickeria breitmachte, und half mir, den Achtundsechzigerrauschzustand rasch auszukurieren. Schmerzhaft wurde mir bewußt, daß ich unter dem Einfluß meiner Partnerin, einer erklärten Atheistin und Antikatholikin, schnell aufgehört hatte, regelmäßig zu beten und zur Messe zu gehen. Meine lange, auf kindliche Vertrautheit und Vertrauensseligkeit gegründete Beziehung zu Gott war zerbrochen, und ich habe lange Jahre gebraucht, um mein festes Gottvertrauen wiederzuerlangen. Ich bin weder zum Atheisten noch zum Agnostiker geworden, aber ich habe Gott aus meinem alltäglichen Leben gleichsam ins Jenseits abgeschoben. Ich habe gemeint, sein Reich sei nicht von dieser Welt. Hier unten müßte ich wohl oder übel selbst sehen, wie ich ohne Gottes Hilfe im Leben zurechtkomme.

Dennoch hat mich Gott nicht mit Liebesentzug bestraft, sondern mit neuem Liebesglück gesegnet. Nach einem knappen Trauerjahr lernte ich während eines Schulungsseminars an der Parteischule in Wuppertal die Genossin Ulla Hahn kennen und lieben. Acht Tage später stand sie mit zwei Koffern vor meiner Haustür, um bei mir einzuziehen. Wir haben sieben, im ganzen genommen durchaus glückliche Jahre zusammengelebt, ohne Trauschein, aber im gegenseitigen Vertrauen und Einvernehmen. Wir waren nicht immer ein Herz und eine Seele, aber wir haben uns gut verstanden – auch in der Art und Weise, wie wir unsere beiden Pole, Kommunismus und Katholizismus, in Einklang zu bringen versucht haben. In unserem entschiedenen Klassenbewußtsein waren wir eines Sinnes. Wir beide kamen von weit unten. Dabei war Ullas Elternhaus sicher noch ärmlicher und beengter als meines, aber ihr Vater und ihre Mutter besaßen ohne Frage ein ungleich reicheres Herz. Ohne Frage war ihr Drang, sich aus dem Elend zu befreien, noch ausgeprägter als bei mir. Wir beide waren wohl so etwas wie das Traumpaar der DKP und hatten den Ehrgeiz, im Brechtschen Sinne Liebe und Arbeit, Sexualität und Solidarität produktiv miteinander zu verbinden. Wir haben uns gegenseitig geholfen, gefördert, gestützt, bereichert – und vor allem liebgehabt. Ich bin in dieser Beziehung gewachsen, und mein Ullahähnchen-Löwenzähnchen ist es gewiß auch. So sehr, daß sie am Ende trotz ihrer Zierlichkeit überzeugt war, ein Stückchen über mich hinausgewachsen zu sein. So hat sie sich schließlich losgemacht von mir und ist ihre eigenen Wege gegangen, Wege nach oben, die ich nicht mitgehen wollte. Wir haben fast ohne Streit voneinander Abschied genommen, ohne gegenseitigen Groll. Und wenn wir hin und wieder einander begegnen, dann lächeln wir uns zu. Verständnisvoll.

Nach meinem Abschied von der Universität ersetzte ich den studentischen durch den literarischen Aktionismus. Zusammen mit meiner Lebensgefährtin, mit den Mitbewohnern in unserer „Literaturfabrik" und mit einigen anderen Linksliteraten, die sich mittlerweile in Eppendorf angesiedelt hatten, entwickelten wir beträchtliche Aktivitäten, die nicht unbedingt die Verbesserung der Literatur, aber die Verbesserung der Welt mit Hilfe der Literatur zum Ziel hatten. Im Bunde mit Uwe Wandrey, der das Stockwerk unter uns und den verstaubten Bodenraum über uns gemietet hatte, betrieb ich fünf Jahre lang den hauseigenen „Querverlag“, in dem wir hauptsächlich unsere eigenen Werke und die Bücher und Broschüren unserer engsten Gesinnungsgenossen publizierten. Wir waren wenigstens zu Anfang recht erfolgreich, sogar in ökonomischer Hinsicht. 1967, 1968 und 1969 druckten wir in unserer Einemarxreihe unsere *Garstigen Weihnachtslieder*, antibürgerliche Parodien auf die gängigen Schnulzen zum Christfest, die reißenden Absatz fanden. 1969 verkauften wir auf einen Schlag an die 10 000 Exemplare, die meisten im Handumdrehen auf der Straße und am Heiligen Abend vor den Portalen der Hamburger Hauptkirchen. Vom Erlös luden wir die sich formierenden „Eppendorfer Zähne“ zu einem opulenten Karpfenessen ein. Am zweiten Weihnachtstag veranstalteten wir in der Musikhalle ein antiweihnachtliches Weihnachtskonzert mit umfunktionierten Weihnachtsliedern von Franz-Josef Degenhardt und mit Gedichten von Uwe Wandrey und von mir. Einen Mitschnitt dieses Konzerts haben wir unter dem Titel *Rote Rille 1* als Schallplatte unters Volk gebracht. Da wir keine Lizenz besaßen, wurde gegen uns polizeilich ermittelt und zu Haus eine Hausdurchsuchung durchgeführt. Sie verlief glimpflich. Wir hatten die 1000 Platten rechtzeitig auf dem Boden versteckt. In einer Agitprop-Anthologie versammelten wir dreißig namhafte und unbekannte Autoren, unter ihnen Erich Fried, Nicolas Born, Erasmus Schöfer und Beate

Klarsfeld, die Kanzler Kiesinger wegen seiner Vergangenheit eine Ohrfeige verabreicht hatte. Wir dokumentierten die skurrilen Mauerinschriften von Eiffe, dem Hamburger Graffiti-Pionier, und gaben damit dem genialen Manisch-Depressiven, der schräg war bis zum Umfallen und dessen Wissen größer war als sein Verstand, noch einmal für kurze Zeit seinen Lebensmut zurück. Einige Jahre später ist er am Heiligen Abend aus der Psychiatrischen Klinik in Ricklingen entflohen und jämmerlich erfroren. Er hatte seinen frühen Tod schon lange vorausgesehen. „Wo ist bloß Eiffe geblieben?“ hatte er an das Portal des Hamburger Michel gesprayt. „Hoch im Himmel, auf Wolke Nr. 7.“

Fünf Jahre haben wir mit unserem Querprogramm durchgehalten, aber dann mußten wir unseren Laden dichtmachen. Der Grund war zwingend: Die linken Buchkooperativen weigerten sich, unsere Rechnungen zu bezahlen. Sie hielten uns für Kapitalisten, die sich auf ihre Kosten bereichern wollten. Unsere Verse- und Kaderschmiede, die Literarische Produktionsgenossenschaft Eppendorf mit Ulla Hahn und mir als treibenden Kräften, steigerte trotzdem ihren Ausstoß kontinuierlich und erweiterte ständig ihren Aktionsradius. Als Alternativprogramm zum regelmäßigen „Hamburg-literarisch“-Festival starteten wir unser „Hamburg linksliterarisch“, ein Fähnlein von sieben aufrechten Jungdichtern, das hauptsächlich mit dem Holzhammer gegen den Klassenfeind zu Felde zog. Uwe Wandrey nahm unsere Parole „Kunst ist Waffe“ wörtlich und gab seinen stählernen Versen einen metallenen Einband, damit das Buch notfalls auch als schlagendes Argument im Straßenkampf gegen die Polizei eingesetzt werden konnte. Kunst als Waffe im Klassenkampf lautete das Programm, und entsprechend grobschlächtig kamen unsere Texte daher. Daß ich meine Worte zu Waffen umschmiedete, hat mich vielleicht davor bewahrt, es anderen Militanten gleichzutun und selbst zur Schußwaffe zu greifen. Mein Radikalismus erschöpfte sich – Gott sei Dank – im Verbalen, weil ich Worte für treffsicherer hielt als Gewehre. Mein Kampffeld war die Straße, in unseren Augen der einzige zensurfreie Raum im bundesdeutschen Kulturbetrieb, und folgerichtig nannte ich meine erste Lyrik- und Prosasammlung *Straßentexte*. Ich trug sie bei Kundgebungen, Demonstrationen und Streikversammlungen vor, aber auch um die Ecke bei Borchers, dem ersten Lokal in Hamburg, das seine Tische und Stühle im Sommer nach draußen stellte. Die Verlagerung der Kommunikation aus den Innenräumen auf die Straßen und Plätze haben wir damals als ein Stück Kulturrevolution erlebt und gefeiert, als Vorzeichen eines Klimawandels, der uns dem Mittelmeerraum und dem Orient zumindest atmosphärisch um einiges näherbrachte. Arie Goral, ein jüdischer Spätheimkehrer, Maler, Literat, Aktionskünstler und Streitstifter, eröffnete eine Straße weiter in einem Keller im Schrammsweg seine Galerie Uhu. Ich war in der Regel willkommen und fand im Keller ein dankbares Publikum, aber von Zeit zu Zeit bekam ich vom streitlustigen Hausherrn auch Hausverbot, weil ich wieder einmal mit irgendeinem unbedachten Wort seinen Zorn erregt hatte. Dann lagen wir für Wochen und Monate im Streit miteinander und beharkten uns gegenseitig mit Flugblättern – so lange, bis Arie irgendwann mitten in der Nacht anrief und dringend um Hilfe bei einer neuen Protestaktion bat. Einmal stand ich mit ihm morgens um vier vor den Toren zum Hamburger Schlachthof an der Sternschanze, um mit einem Flugblatt gegen den maschinellen und barbarischen Massenmord an Schweinen, Rindern und Pferden zu protestieren. Das Gelände war erfüllt vom Gebrüll der gepeinigten Kreatur, doch die Schlächter hatten für unsere Kritik nicht den geringsten Sinn. „Wir sind nicht grausam zu den Tieren. Die Viecher werden alle vorher betäubt." „Aber warum brüllen die Tiere denn?" wagten wir zu fragen. „Die Tiere brüllen nicht, wenn sie geschlachtet werden. Die brüllen bloß vorher, weil jedes zuerst rankommen will!" beschieden uns die Schlachter. Der Betriebsleiter machte mit uns Spinnern kurzen Prozeß. Er sperrte uns wie zwei Stück Vieh in den Waschraum ein. Wir waren froh, als eine halbe Stunde später drei Polizisten kamen und uns aus unserer mißlichen Lage befreiten. Sie stellten unsere Personalien fest und leiteten gegen uns ein Verfahren wegen Hausfriedensbruchs ein.

Schon früh habe ich mich auf den Bitterfelder Weg gemacht, zu den Höhen der proletarischen Kultur. Bevor ich mich in Hamburg auf die Reise nach drüben machte, hatte ich allerdings nicht die geringste Ahnung, daß ich ausgerechnet in Bitterfeld landen würde. Als ich am Grenzübergang in der Berliner Friedrichstraße meinen Ausweis vorzeigte, lächelte der Grenzer in der Kabine verheißungsvoll, schloß meinetwegen vorübergehend die innerdeutsche Grenze und brachte mich auf verschlungenen Wegen zu einer Toilettentür. Dahinter war jedoch kein stilles Örtchen, sondern der Eingang zu einem Tunnel, der direkt ins Arbeiter- und Bauernparadies führte. Im Empfangsbüro wurde ich herzlich von Oskar Neumann, dem Kulturchef der illegalen KPD, begrüßt. Ich mußte meinen bundesdeutschen Reisepaß abgeben und erhielt statt dessen die Papiere und die Identität eines DDR-Bürgers. Mein Name war Hase, und ich stammte fortan aus Karl-Marx-Stadt. Der Identitätswechsel war für mich mit einer peinlichen Prozedur verbunden. Meine gastgebenden Genossen nahmen Anstoß an meiner langen, wilden Protestmähne und schleiften mich zu einem Friseur, bei dem ich der Arbeiterklasse zuliebe meine Haare lassen mußte. Inzwischen waren noch mehr Gäste aus dem Westen angekommen, auch mein Herzensgenosse Christian Geissler war aus München angereist, und zusammen bestiegen wir einen knatternden und qualmenden Bus, der aus Sicherheitsgründen mit dicken Gardinen verhangen war. Am späten Abend erreichten wir unser Ziel, das Kreiskulturhaus in Bitterfeld. Umgeben vom diskreten Charme des Proletariats, wurden wir an dieser Wiege des Bitterfelder Weges über Pfingsten zwei Tage lang in die Geheimnisse der proletarischen Kultur eingeweiht und trafen uns mit den Protagonisten der Bewegung schreibender Arbeiter zum Gedankenaustausch, unter ihnen Christa Wolf, Brigitte Reimann, Franz Fühmann, Erich Neutsch und Werner Bräunig. Von jedem einzelnen dieser Pioniergestalten wie vom gesamten Kollektiv war ich damals so begeistert, daß ich fest entschlossen war, die Bitterfelder Saat auch im Westen Deutschlands auszustreuen. Im Kreiskulturhaus der Chemiewerker wurden wir feierlich mit der Losung „Arbeiter, Bauern, stürmt die Höhen der Kultur!" verabschiedet. Mit der Verwirklichung dieser Maxime wollten wir schon auf dem Nachhauseweg beginnen. Unterwegs auf der Rückreise nach Berlin machten wir in Weimar Station, um am Sarg des Genossen Goethe einen Eichenkranz niederzulegen. Als wir das Goethehaus betraten, war der Andachtsraum noch besetzt. Eine Gruppe Sowjetsoldaten in Uniform und mit umgehängtem Gewehr hatte die Hand an die Mütze gelegt und verharrte in ehrendem Gedenken. Schließlich ertönte ein zackiges Kommando. Die Soldaten nahmen ihre Mützen ab, trennten ihre Sowjetsterne von den Stirnbändern und legten ihre Abzeichen auf dem Sarkophag des Klassikers nieder. Nach einer weiteren Schweigeminute erfolgte der Befehl zum Abmarsch. Die Rotarmisten verließen im Parademarsch die Goethe-Gedenkstätte und machten unserer Delegation Platz. Gegen die Zumutungen der Besatzerarmee konnte sich Goethe schwer wehren, aber ich habe bis heute meine Zweifel, ob er mir jemals die Geschmacklosigkeit verzeihen wird, daß ich an seinem Sarg statt eines schlichten Blumengebindes ein hohles Bekenntnis zur proletarischen Kultur abgelegt habe. Goethe und Lenin, das sind zwei verschiedene Paar Schuhe, und sie sind vermutlich der Grund dafür, daß meine damaligen Versfüße mächtig gehinkt haben.

Zur Probe auf das Exempel erhielt ich schon bald Gelegenheit. Ich rief auf zur Gründung der „Schule schreibender Arbeiter“. Die Gründungsversammlung fand im Rahmen der Kritischen Universität statt und hatte einen vollen Hörsaal. Nur unsere zentrale Zielgruppe fehlte einstweilen. Arbeiter waren nicht dabei – bis auf einen einzigen Veteranen, Carl Wüsthoff, den wir nicht ohne Stolz unseren „roten Großvater“ nannten. Er hatte tatsächlich eine Menge zu erzählen, Döntjes, Lügen und Legenden aus der Arbeiterliteraturbewegung der zwanziger Jahre. Er war ein lebendiges Denkmal, und wenn wir in jenen Jahren in Arbeiter- und Parteilokalen unsere Schule vorstellten, dann brauchte Carl nur sein Schandmaul aufzureißen, damit unser linksnostalgisches Publikum vor Ehrfurcht erstarrte.

Bei mir klingelten alle proletarischen Alarmglocken, als ich im heißen Herbst 1968 erfuhr, daß die Kampnagelfabrik in Barmbek – das war der Schauplatz von Willi Bredels legendärem Arbeiterroman *Maschinenfabrik N & K* – plattgemacht werden sollte. Tatsächlich traten die Arbeiter des Betriebes kurz darauf in den Streik und besetzten das Werksgelände. Das war meine Stunde. In Tag- und Nachtarbeit verfertigte ich ein Agitpropstück in Knittelversen. Teil I: „Kampnagel beweist, wie man Arbeiter bescheißt“, Teil II: „Kampnagel lehrt Euch: Arbeiter, wehrt Euch!“ Es gelang mir, einige Mitstreiter aus meiner Schule schreibender Arbeiter und dem linksliterarischen Zirkel zu mobilisieren, der AStA der Universität stellte uns seinen Demonstrationswagen zur Verfügung, ich streifte meine Maojacke über, und so zum Klassenkampf gerüstet, fuhren wir vor das Werkstor, um mit der szenischen Lesung meiner Knittelverse zu beginnen. Doch kaum hatten wir unsere Megaphone auf die gemächlich in der Herbstsonne dösenden Klassenbrüder gerichtet, wurden sie von proletarischem Zorn erfaßt. „Haut ab!“ schrie die Mehrheit von ihnen, und eine kleine radikale Minderheit unter ihnen griff zu Stangen und Stöcken, um sich nicht gegen den Klassenfeind, sondern ausgerechnet gegen die zu erheben, die gekommen waren, um ihnen ihre unverbrüchliche Solidarität zu bekunden. Hätten wir nicht augenblicklich unsere Sachen gepackt und unser Heil in der Flucht gesucht, dann hätten wir uns mit Sicherheit blutige Nasen geholt. Wir konnten nicht ahnen, daß die Kampnagelbelegschaft kurz vor unserem Einsatz einen vom Hamburger Senat eingefädelten und für sie höchst vorteilhaften Kompromiß ausgehandelt hatte. Jeder Beschäftigte sollte eine hohe Abfindung erhalten. Die Stadt Hamburg übernahm das Werksgelände und errichtete dort später die alternative „Kulturfabrik Kampnagel" – für Jahrzehnte ein Ort für avantgardistisches Theater und Kunstspektakel.

Obwohl meine Annäherungsversuche an das Proletariat vor Ort auf wenig Gegenliebe stießen, fühlte ich mich dennoch berufen, meine Bitterfelder Vorstellungen zur Erneuerung der Arbeiterliteratur auch über Hamburg hinaus zu propagieren. Am Buß- und Bettag des Jahres 1966 lud mich Ulrike Meinhof ein, mit ihr im Volkswagen der *konkret*-Redaktion zur Herbsttagung der Gruppe 61 „für künstlerische Auseinandersetzung mit der industriellen Arbeitswelt" zu fahren. Zur Feier des Tages hatte sich die *konkret*-Kolumnistin ein schickes graues Kostüm angezogen, während ich mir wild entschlossen das Ehrenkleid des Proletariats übergestreift hatte. Am Eingang zu den Reinoldi-Gaststätten hielt der Pförtner meine Maojacke jedoch für so unehrenhaft, daß er mir den Einlaß verweigerte. Ich legte schließlich voller Ingrimm mein proletarisches Mönchsgewand ab und sah dann im Vortragssaal voller Bestürzung, daß die versammelten Arbeiterdichter allesamt Krawatte, weiße Hemden und dunkle Anzüge trugen – in meinen Argusaugen klare Beweise für ihre Verbürgerlichung. Einziger Hoffnungsschimmer waren der rote Schlips und das rote Taschentuch, mit denen Max von der Grün seine Verbundenheit mit dem Proletariat bekundete. Am Ende stand ich ziemlich dumm da, zum einen, weil ich mit meiner Kritik von den Tagungsteilnehmern gänzlich unverstanden geblieben war, zum anderen, weil ich am Abend selbst sehen mußte, wie ich mit dem Nachtzug wieder nach Hause kam. Ulrike Meinhof hatte es sich wieder einmal anders überlegt und wollte plötzlich statt zurück nach Hamburg weiterfahren zu ihren Genossen in Köln.

Aber ich ließ mich nicht von meinem Kurs abbringen. Zur nächsten Tagung holte ich Verstärkung und versuchte, mich händeringend und fäusteschwingend von neuem in die Literaturdebatte einzubringen. Ich rief die Arbeiterliteraten wie ein Bußprediger auf, zu den proletarisch-revolutionären Kraftquellen zurückzukehren. Und diesmal fand ich Gehör. Nach der Tagung stand ich nicht mehr allein. Erika Runge, Fasia Jansen und Anneliese Althoff vom kryptokommunistischen „Arbeitskreis für Amateurkunst" in Oberhausen, der brave Bergmannsdichter Josef Büscher, der Heideggerschüler Erasmus Schöfer und der Enthüllungsjournalist Günter Wallraff bliesen plötzlich ins selbe Horn. Wir hatten schließlich ein leichtes Spiel, die gute alte sozialpartnerschaftlich ausgerichtete Gruppe 61 umzufunktionieren in den klassenkämpferischen Werkkreis Literatur der Arbeitswelt. Der Werkkreis wurde aufgebaut wie eine Kaderorganisation bolschewistischen Typs und hatte bald, gemessen an seiner tatsächlichen Größe, einen geradezu übermächtigen Apparat. Mehr als die Hälfte der 250 Mitglieder war in Leitungsfunktionen eingebunden und konnte sich auf ungezählten Tagungen, Sitzungen und Versammlungen gegenseitig versichern, wie bedeutsam ihre Arbeit war. Es gab Mitgliedsausweise, Parteiabzeichen – die geballte Faust mit Feder und Schraubstock –, Satzung, Statut, Beitragsbücher, eine Hymne – „Zahl nicht nur den Beitrag, trage auch was bei“ –, gesungen von Fasia, und einen hauptamtlichen Geschäftsführer, der sich in den Anfangsjahren wie ein Kaderchef aufführte. Für meinen idealistisch gesonnenen Genossen Erasmus Schöfer, der einsatz- und opferwillig an die Spitze des Kaderverbandes drängte, war der Werkkreis weit mehr als eine literarische Kaderschmiede. Er war ein utopisches Modell, eine Insel der Seligkeit und der Solidarität, eine Keimzelle für neue Umgangs- und Lebensformen. Erstaunlich ist immerhin, daß der bis zur Karikatur überorganisierte Werkkreis Literatur der Arbeitswelt in der ersten Hälfte der siebziger Jahre über 30 Taschenbücher mit Berichten aus dem industriellen Alltag produziert hat, die im renommierten Fischer-Verlag erschienen und eine Gesamtauflage von über einer Million erreichten: alles in allem ein nostalgischer Abgesang auf die industrielle Arbeitswelt, deren Verlagerung aus Deutschland in die Dritte Welt längst begonnen hatte.

Eigentlich war nicht nur für mich 1967 das Jahr der Revolte. 1968 war für mich das Jahr danach, beherrscht von der Frage aller Fragen, der Organisationsfrage. Die Vorhut der Revolution, der SDS, aus dem ich schon am Ostermontag ausgeschlossen worden war, löste sich schon kurze Zeit später auch in Hamburg ganz von selbst auf. Unser maoistischer Vordenker Ehrhart Neckermann hatte von der Feier zum 1. Mai in Westberlin jede Menge Haschisch mitgebracht. Er verteilte die sanfte Droge freigebig, und fortan lagen meine Exgenossen selig lächelnd auf ihren Matratzen im Kellerbüro und rauchten einen Friedensjoint nach dem anderen. Da es die Grünen noch nicht gab, sprach eigentlich alles für die SPD. Die beiden sozialdemokratischen AStA-Vorsitzenden, Detlev Albers und Gerd-Hinnerk Behlmer, machten mir verlockende Angebote und stellten mir für die Zukunft hohe Posten in ihrer Partei in Aussicht, wenn ich nur meinen Aufnahmeantrag unterschriebe. Auch meine Genossen aus der KPD-Kulturzelle rieten mir dringlich, wenigstens zur Tarnung in die SPD einzutreten und dort zielstrebig auf die Karriereleiter zu klettern.

Doch so viel Opportunismus war meine Sache nicht. Ich suchte nicht nach einer Seilschaft, sondern nach einer Sinngemeinschaft. So habe ich mich schließlich nach langem Überlegen entschlossen, den Aufruf zur Gründung der DKP zu unterzeichnen, das Versteckspiel im trauten Kreis der Salonbolschewisten zu beenden und mich auch öffentlich zur Partei zu bekennen. Ich tat diesen Schritt, obgleich mich der Einmarsch der sowjetischen Truppen in Prag im August 1968 so empört hatte, daß ich auf einer spontanen Protestkundgebung im Hamburger Audimax sogar als Redner aufgetreten bin. Ich wandte mich ratsuchend an Kurt Bachmann, den Antifaschisten und Holocaust-Überlebenden, der als Sprecher des Initiativkreises zur Neukonstituierung fungierte. Kurt

Bachmann nahm mich gehörig zur Brust, in einem mehrstündigen Gespräch bekniete er mich regelrecht und brachte mich dazu, auch öffentlich Partei für die Partei zu ergreifen.

Sein stärkstes Argument, dem ich nichts entgegenzusetzen hatte, waren seine eigenen Auschwitzerfahrungen. In seinen Augen war eine starke kommunistische Partei die einzige Garantie dafür, daß solche Menschheitsverbrechen nicht noch einmal geschehen können. Als ich zaghaft den Namen Stalins über die Lippen brachte, stand er auf und redete mir ins Gewissen: Ich war fast drei Jahre in Auschwitz, und an all diesen Tagen bin ich morgens mit dem Namen Stalin auf meinen Lippen aufgewacht, und ich habe mich spätabends mit demselben Namen schlafen gelegt. Ohne diese Hoffnung darauf, daß Stalin stärker war als Hitler, hätte ich die Hölle nie überleben können. Gegen diese Argumentation konnte ich nichts ausrichten, ich war mit meiner Weisheit am Ende. Sollte ich dem Holocaust-Überlebenden sagen, er hätte auf das falsche Pferd gesetzt, Stalin wäre ein genauso schlimmer Völkermörder wie Hitler gewesen? Dazu fehlte mir die Kraft, ich gab mich geschlagen.

Wenige Tage nach meiner Entscheidung für die DKP wurde ich von einem Rundfunkjournalisten interviewt, von Ralph Giordano. Das Gespräch nahm Züge eines regelrechten Verhörs an. Als ich von einem Gespräch mit Kurt Bachmann berichtete, unterbrach mich der Reporter: „Das ist die linke Variante der Auschwitzlüge." Ich war empört. „Lüge? Wollen Sie bestreiten, daß Bachmann Auschwitz überlebt hat?" „Nein", wehrte Giordano ab, „aber damit ist er nicht unfehlbar und noch lange kein kommunistischer Heiliger geworden. Und er darf die Naziverbrechen nicht benutzen, um die Verbrechen Stalins zu rechtfertigen." Nach dem Ende des Interviews drückte mir mein Partner ein Buch in die Hand, das er fünf Jahre früher selbst geschrieben hatte: *Die Partei hat immer recht*. Es war sein persönlicher Nachruf auf den Kommunismus. „Ich war den Genossen 17 Jahre treu. Ich bin gespannt, wie lange Sie es schaffen", gab er mir zum Abschied mit auf den Weg.

Meine Entscheidung für die legale DKP wog ungleich schwerer als mein folgenloser Beitritt zur illegalen KPD, weil damit auch berufliche Konsequenzen verbunden waren und mir damit eine bürgerliche oder akademische Karriere verbaut wurde. Aber ich wollte nicht den Weg des geringsten Widerstandes gehen, sondern bildete mir ein, mit meinem Wirken zum Aufbau einer besseren und gerechteren Gesellschaft beitragen zu können. Dabei habe ich meine eigenen Möglichkeiten, aber auch die Möglichkeit der Partei, deren Genosse ich wurde, maßlos überschätzt. Den letzten Anstoß verdankte ich keiner Geringeren als Helene Weigel, der legendären Brecht-Witwe und Leiterin des Theaters am Schiffbauerdamm in Ostberlin, die ich seit meiner Abiturreise verehrte. Sie gastierte am Vorabend unserer Parteigründung mit einem Programm „Lob des Kommunismus" im Hamburger Auditorium Maximum. Sie begann mit dem gleichnamigen Brecht-Hymnus, der damals in der Bundesrepublik nicht öffentlich vorgetragen werden durfte. Kaum hatte sie mit ihrer Rezitation begonnen, wurde sie von wütenden Sprechchören unterbrochen. Die Menge skandierte: „Dubcek, Dubcek, Dubcek", den Namen des von den Sowjettruppen entmachteten tschechoslowakischen Reformers. Doch die Weigel ließ sich nicht irremachen. Sie begann von neuem, ihr Gedicht zu sprechen, wurde wieder und wieder niedergeschrien und fing gleichwohl immer wieder von neuem an, bis sie endlich ungestört ihr Lob des Kommunismus vollenden konnte: „Er ist das Einfache, das schwer zu machen ist." Nach diesem Triumph hatte die Partei einen kleinen Empfang für die Hamburger Neugründer arrangiert, bei dem die Weigel jedem einzelnen von uns mit einem Kuß auf die Wange und einem festen Händedruck einen winzigen roten Stern ans Jackett heftete. Ich zähle auf euch, sagte sie zu uns. Auf mich konnte sie zählen.

1968 war das Scheidejahr, das Jahr, in dem sich die Geister schieden, die Fronten klärten und die Wege trennten. Sogar in unserer Eppendorfer Literaturfabrik gingen wir unterschiedliche Wege. Uwe Wandrey gab den Querverlag auf und stieg bei Rowohlt als Herausgeber einer Kinderbuchreihe ein. Uwe Friesel plazierte sein Konzept einer autoreneigenen Buchreihe ausgerechnet bei Bertelsmann, dem damals größten bundesdeutschen Buchkonzern. Auch ich machte Karriere – allerdings nur in der DKP. 1971 wurde ich mit über neunundneunzig Prozent der Delegiertenstimmen in den Parteivorstand gewählt und stand schon bald darauf im Rufe eines Hofdichters der Partei. Viele Freunde aus dem linken Milieu verabschiedeten sich damals auf dem Weg in die Mitte oder weiter nach rechts, immer tiefer hinein ins „staatsmonokapitalistische" Establishment. Doch einige von meinen Genossen tauchten auch nach linksaußen ab, in den Verbalradikalismus der Anarcho-Mao-Spontex-Szene oder sogar in den Terrorismus der „Toten

Armee Fraktion“: So nannten wir linientreuen Marxisten-Leninisten die Desperados aus der Baader-Meinhof-Bande. Zu ihnen gehörten Peter-Paul Zahl, der in seinen Westberliner *zwergschulergänzungsheften* frühe Verse von mir veröffentlicht hatte, und Peter Jürgen Boock, den ich als pazifistischen Musterschüler bei den Ostermärschen kennengelernt hatte. Boock und Zahl hatte ich beide als eher stille und sensible Weggefährten kennengelernt. Keinem der beiden hätte ich die mörderischen Verbrechen zugetraut, die ihnen einige Jahre später zur Last gelegt wurden.

Ein anderer Mitstreiter aus den linken Zirkeln ging den entgegengesetzten Weg: Heinz Uhrlau. Er trat in den Dienst unseres Klassenfeindes und wurde Linksextremismusexperte beim Verfassungsschutz. Dort hielt er sein wachsames Auge auch über mich und meinesgleichen und machte sich von Zeit zu Zeit einen Spaß daraus, mich ein klein wenig zu provozieren. Sobald ich zusammen mit meinen DKP-Genossen unseren Tapetentisch vor dem Karstadt-Eingang aufgebaut hatte, um unsere Parteizeitung unters Volk zu bringen, kam er freundlich lächelnd vorbei und grüßte mich demonstrativ: „Hallo, Genosse Peter, wie geht's?“ Ich versuchte, ihm die kalte Schulter zu zeigen, aber natürlich schöpften die Mitglieder meiner Parteigruppe Verdacht und schwärzten mich bei der Schiedskommission an. Ich wurde schließlich angewiesen, jeden Kontakt mit Vertretern feindlicher Dienste einzustellen; auch „Gruß- und Blickkontakte“ seien zu unterlassen.

9. Station

Rotes Eppendorf

Bei der Neukonstituierung der DKP ließen uns die Altgenossen immerhin auf der unteren Ebene freie Hand, und so glich unsere Eppendorfer Wohngebietsgruppe, die wir zu Beginn des Jahres 1969 gründeten, eher einer Loge von schwärmerischen Weltverbesserern und Menschheitsbeglückern als einer marxistisch-leninistischen Kaderzelle. Wir konnten uns mit Fug und Recht Internationalisten nennen. Eine Israelin, eine Algerierin, ein Ingenieurstudent aus dem Iran, ein Arzt und ein Chemiker aus dem Irak gehörten zu uns. Die stärkste Berufsgruppe unter den einheimischen Genossen bildeten die Journalisten und Schriftsteller, abgesehen von den Lieder- und Spaßmachern im Dienste der Menschheitsbefreiung. Die schrägste Figur unter uns war vermutlich die Autorin Gisela Elsner, eine Exzentrikerin, die sommers und winters einen schwarzrotgoldenen Pelzmantel trug und auf Parteiversammlungen immer von der harten Hand Stalins schwärmte. Arbeiter waren nicht unter uns, bis auf einen, unseren Gruppenvorsitzenden, der sich ein Jahr später als Agent des Verfassungsschutzes entpuppte. Unsere großzügige Wohnung, inzwischen zum „Wohnkollektiv Barkenhoff“ erweitert, wurde zum Zentrum des Gruppenlebens. Wir haben zusammen diskutiert, gestritten, Flugblätter geschrieben, Strategien entworfen, gekocht und gegessen. Tagelang. Nächtelang. Ganze Wochenenden. Damals hat der Kommunismus noch Spaß gemacht, jedenfalls im Biotop der Eppendorfer „Zähne“.

Mit einem makabren Spaß hat sich unser linker Haufen am weltweiten Che-Guevara-Kult jener Jahre beteiligt. Mitten in unserem gutbürgerlichen Stadtteil, in der nahen Heilwegstraße 125, lag das bolivianische Generalkonsulat. Der amtierende Konsul trug den Namen Quintanilla Pereira und war niemand anders als der schreckliche Obrist, der drei Jahre zuvor Che Guevara im Urwald seines Landes zur Strecke gebracht hatte. Er wurde, um ihn vor Racheakten zu schützen, nach Hamburg abgeschoben. Es war kein Aprilscherz, sondern blutiger Ernst, als am 1. April des Jahres 1971 mittags kurz vor zwölf Monika Ertl, die bildhübsche Tochter eines nach Südamerika geflohenen Nazis, an der Tür des Konsulats klingelte und höflich darum bat, den Hausherrn sprechen zu dürfen. Der kam heraus, und Monika, der Racheengel der Weltrevolution, streckte ihn mit drei Schüssen nieder: Die Schußwunden sollten das Victory-Zeichen symbolisieren. Monika Ertl, die sich zwei Wochen vor ihrer Tat in einer nahen Pension einquartiert und sich in der Szene und der Nachbarschaft gründlich umgeschaut hatte, gelang damals die Flucht, weil sie wegen ihrer engelhaften Schönheit über jeden Verdacht erhaben war. Aber die Rache der Konterrevolution holte die Rächerin dennoch ein. Als sich einige Jahre später der Faschistengeneral Banzer in Bolivien an die Macht putschte, ließ er seine Gegner der Reihe nach verschwinden, zuallererst Monika. Sie wurde aus einem Armeehubschrauber ins Meer gestürzt.

Die Bundesregierung sprach nach dem Attentat auf den Mörder Ches ihr amtliches Bedauern aus, aber das hielt meine Parteigruppe nicht davon ab, sich mit goldgerahmten Che-Ikonen unter unserer lokalen Friedenseiche zu versammeln und lautstark die Hinrichtung des Konterrevolutionärs zu bejubeln. Laut Parteiprogramm waren wir strikte Gegner der Todesstrafe. Aber beim Kampf gegen die Konterrevolution hörte unser Großmut dann doch auf! Ich selbst war zeitgeistesverwirrt genug, um in meiner Ansprache den letzten Bannerträger des bewaffneten Kampfes mit Jesus, dem Propheten der Gewaltlosigkeit, gleichzusetzen, und kannte keine Scham, die Rächerin aus dem lateinamerikanischen Urwald als Vollstreckerin des Weltgerichts zu feiern.

Wir hatten beste Kontakte zu unseren sozialdemokratischen Genossen, die sich in einer herrenlosen Villa in der Haynstraße eingenistet hatten. Einer ihrer Wortführer war der „rote Lulatsch" Henning Scherf, der uns als angehender Jurist ständig mahnte, den Rahmen der Gesetze nicht zu sprengen. Zu solchen Mahnungen gab es mehrfach Anlaß. Gemeinsam mit unseren jungsozialistischen Bundesgenossen besetzten wir in unserem Stadtteil mehrere Häuser und verteidigten sie anders als in Frankfurt erfolgreich gegen die Abrißbirne. Wir lehnten im Gegensatz zu den Frankfurter Häuserkämpfern aus dem Spontispektrum Gewaltanwendung ab und suchten keine Konfrontation mit der Polizei. Als uns dann doch einmal die Polizisten auf Händen aus den „instandbesetzten" Häusern der Kunhardtstraße heraustragen mußten, wollten einige Hitzköpfe aus lauter Frust die nahe Johanniskirche für die Exmittierten in Beschlag nehmen. Doch ich stellte mich vor das Kirchenportal, redete mit Engelszungen auf meine Genossen ein und erreichte schließlich, daß die vertriebenen Hausbesetzer statt in der Kirche im SPD-Büro Asyl suchten.

Bei den Wahlen mußten wir freilich lernen, uns zu bescheiden. Immerhin knackten Ulla Hahn und ich, die beide für die Kommunalwahlen in Hamburg kandidierten, wenigstens im roten Eppendorf die Fünf-Prozent-Klausel. Zur Bundestagswahl 1972 kandidierte ich im Wahlkreis Hamburg-Nord, las auf meinen Wahlveranstaltungen hauptsächlich Brecht und eigene Protestgedichte und erreichte so mit 2,7 Prozent Erststimmen das bundesweit beste Ergebnis für einen Direktkandidaten der DKP. Mein Mitbewohner Uwe Wandrey, der meinen Wahlkampf mit der Klampfe unterstützt hatte, widmete mir nach der Melodie von der Pastorenkuh ein treffliches Spottlied: „Pater Schütt, Parteipoet, schreibt ein neues Stoßgebet für die DKP. Auweh! Auweh!" Das tat weh.

Es waren die goldenen Jahre der Bundesrepublik, Arbeit gab es satt, und in jedem Jahr stiegen die Löhne um die zehn Prozent. Deutschland-West war Exportweltmeister, das von Kanzler Helmut Schmidt kreierte „Modell Deutschland" genoß einen beispiellosen Wohlstand – auf Kosten der Dritten Welt, der man immer noch die Preise diktieren konnte, auf Kosten der unterbezahlten Gastarbeiter im eigenen Land, auf Kosten der Umwelt und zu Lasten der künftigen Generationen. Als im heißen Herbst 1969 Hunderttausende Arbeiter vor allem in der Stahlindustrie für nichts Besseres als noch höhere Löhne in den Streik traten, glaubten wir Kommunisten allen Ernstes, jetzt sei der revolutionäre Funke von der Studentenschaft auf die Arbeiterklasse übergesprungen. Meine Genossen beorderten mich sofort an die Streikfront nach Kiel, weil von dort aus ein halbes Jahrhundert früher die Novemberrevolution ihren Ausgang genommen hatte. Ich sammelte vor Ort, im verrauchten Streiklokal gegenüber dem Tor zur Howaldtswerft, meine Notizen, und binnen weniger Wochen hatte ich mein proletarisch-revolutionäres Machwerk vollbracht, das Arbeitertheaterstück *Vierzig Pfennig mehr oder der Stapellauf fällt ins Wasser!*, angelegt als Lehrstück zu der Frage, wie man einen Streik auslöst, durchhält und siegreich zu Ende führt. Nachdem die Kieler Genossen zunächst selbst vergeblich versucht hatten, mein Streikspiel in Eigenregie auf die Bühne zu bringen, bat die Parteiführung den großen Bruder im Osten um Hilfe. Auf höhere Weisung erklärte sich der Genosse Hanns Anselm Perthen, Intendant des Rostocker Volkstheaters und Experte für Agitprop-Spektakel, bereit, meine Stückvorlage im Kulturhaus der Volkseigenen Warnowwerft stilgerecht in Szene zu setzen. Er wollte Rostocker Werftarbeiter als Laiendarsteller engagieren und begann schon bald nach unserem Gespräch mit den Vorarbeiten. Zu den ersten Proben wurde ich wieder nach Rostock eingeladen und war höchst begeistert von dem, was dem Genossen Perthen und seinem Team vorschwebte. Drei Wochen später erhielt ich über den diskreten Parteiweg eine Einladung zum Rat der höchsten Götter selbst, zur Kulturabteilung beim ZK der SED in Ostberlin. Dort wurde ich zu meinem größten Erstaunen vom Chef persönlich empfangen, vom Genossen Kurt Hager. Hager, Sohn eines Hamburger Rabbiners, nahm sich viel Zeit für mich. Er überschüttete mich mit Lorbeeren, und ich hatte das Gefühl, er würde mir im nächsten Moment einen Orden um den Hals hängen. Doch es kam anders. Nach mehreren Ausführungen über die neuesten Anschläge des Klassenfeindes auf dem Felde der Kultur teilte mir der Chefideologe der Bruderpartei schließlich mit, daß mein Streikstück unmöglich in Rostock aufgeführt werden könne. Warum? wollte ich wissen. Begreif doch, Genosse Schütt, belehrte mich der oberste Linienrichter, wir können in der DDR, dort, wo die Arbeiterklasse die Macht hat, unmöglich ein Stück auf die Bühne bringen, in dem den Arbeitern vor Augen geführt wird, wie man einen Streik anzettelt. Das wäre auf dem Boden der Arbeiter- und Bauernmacht der perfekte Aufruf zur Konterrevolution! Wir mußten das Projekt in Rostock sofort stoppen und unseren hochverdienten Genossen Perthen in aller Form in die Schranken weisen. Von dir, Genosse Schütt, erwarte ich zu diesem Vorgang strengste revolutionäre Verschwiegenheit!

Ich übte mich in Demut und überwand meinen revolutionären Überschwang. Um die Kieler Arbeiterhelden, die darauf brannten, sich selbst als Helden auf der Bühne wiederzuerleben, nicht allzusehr zu enttäuschen, entwickelten die Genossen in Rostock schließlich eine Miniaturvariante des ursprünglich geplanten großen Volkstheaters. Hinter den hermetisch verschlossenen Türen der Rostocker Bezirksparteischule fand zu guter Letzt eine szenische Lesung meiner Stückvorlage statt, zu der neben zuverlässigen Vertretern der Firma Horch und Guck auch zwölf Genossen von der Kieler Werft und ich selbst als Delegationsleiter eingeladen waren. Am Karfreitag des Jahres 1970 reisten wir mit Privatwagen über die deutsch-deutsche Grenze nach Rostock. Die Stimmung war aufgeräumt, auch wenn von unseren großen Theaterträumen nichts mehr übriggeblieben war. Ich saß im Wagen von Lothar Boldt, dessen Bekehrung vom bewußtseinslosen zum klassenbewußten Sozialdemokraten die Hauptlehre meines szenischen Traktates darstellen sollte, und wurde von ihm mit Lob überschüttet. Als wir bei der Einreise in die DDR flüchtig kontrolliert wurden, meinte er: Hauptsache, wir werden auf der Rückreise nicht gefilzt. Wieso? fragte ich. Ja, meinte mein frischgebackener Genosse, ich will mir im Kofferraum eine komplette Marx- und Engels-Gesamtausgabe mit herauschmuggeln. „Mach dir keine Sorgen", habe ich ihn beruhigt, „damit lassen die dich gern durch. Das ist doch Munition für die Revolution!" Lothar war während der ganzen Reise in Hochstimmung, und die gequälte Lesung meines Stücks hat ihn nicht im mindesten betrübt. Er schien höchst zufrieden mit der Darstellung seines inneren Wandlungsprozesses und umarmte mich nach dem Vortrag anhaltend und stürmisch. Ich war von seiner Dankbarkeit gerührt.

Bei der Ausreise hatte unser Konvoi nicht die geringsten Schwierigkeiten. Habt ihr was zu verzollen?

fragte der Grenzer in ungewohnter Höflichkeit. Ja, antwortete ich stolz, eine ganze Marx-Engels-Ausgabe für unser Parteibüro in Kiel. Meinen Glückwunsch, rief der Grenzsoldat. Die ist natürlich zollfrei. Aber paßt auf, daß sie euch drüben nicht erwischen!

Als wir die Grenze zum Westen passiert hatten, stieg Lothar Boldt kurz hinter dem bundesdeutschen Kontrollpunkt aus dem Wagen, nahm mich noch einmal in die Arme und bedankte sich ein letztes Mal dafür, daß ich ihn mit auf die Reise nach drüben genommen hatte. „Und jetzt zeige ich dir, welchen Schatz ich mir mitgebracht habe." Er schloß seinen Kofferraum auf und warf die gesammelten blauen Bände der Klassiker respektlos auf die Straße. Ich kam nicht mehr dazu, meine Empörung über diesen Frevel deutlich zu machen, denn im selben Augenblick stieg aus dem Kofferraum, lachend und weinend zugleich, eine junge Frau. Lothar und seine Geliebte warfen sich in einem regelrechten Glücksrausch in die Arme. Beide hatten es mit einem Mal sehr eilig. Und hier, Genosse, sagte Lothar mir zum Abschied, ist mein Parteibuch. Behalt es meinetwegen als Erinnerung an deine hervorragende Rolle als Fluchthelfer! Dann fuhren die beiden Liebesleute ohne mich weiter Richtung Kiel. Ich stand ziemlich dumm da und schaute ratlos auf die am Straßenrand zerstreuten Marx-und-Engels-Bände. Da die anderen Genossen, ohne zu ahnen, was am Ende des Konvois geschehen war, längst Richtung Kiel weitergefahren waren, mußte ich selbst sehen, wie ich nach Hause kam. Mir blieb am Ende nichts anderes übrig, als Marx und Engels am Straßenrand liegen zu lassen und mich allein zu Fuß auf meinen Bußweg bis zum Lübecker Bahnhof zu machen.

Wir hatten strikte Anweisung, über die parteilichen Verbindungen hinaus keine privaten Beziehungen zu unseren Genossen auf der anderen Seite zu knüpfen. Unser Hamburger Landesverband wurde von der SED-Bezirksorganisation Rostock angeleitet. Dort gab es eine eigene Westabteilung, die für die Kontakte mit den Hamburger Genossen zuständig war. Bei der Einreise in die DDR erhielten wir ein Tagesgeld von 25 DDR-Mark und einen Ferienscheck der Gewerkschaft, der uns freie Fahrt in allen öffentlichen Verkehrsmitteln und freie Kost in den staatlichen Gaststätten ermöglichte: So konnten wir Westler wenigstens einen Hauch vom Kommunismus erspüren, auf den die DDR-Bürger selbst vergeblich hoffen mußten.

Im Auftrag der Partei engagierte ich mich als „Kulturschaffender" vor allem in der „Anerkennungsbewegung", dem breiten linken Bündnis für die völkerrechtliche Anerkennung der DDR. Zur Vorbereitung auf die Weltfestspiele der Jugend im Sommer 1973 in der DDR-Hauptstadt rührte der Arbeitskreis Festival mächtig die Werbetrommel. Ich trommelte eifrig mit, und es gelang uns, auch Sozialdemokraten und selbst CDU-Mitglieder zur Teilnahme zu bewegen. Ich gehörte schließlich als Kulturarbeiter zur offiziellen Delegation und habe auf dem Ostberliner Alexanderplatz, aber auch in verschiedenen Konferenzsälen an entspannten, durchaus auch spannenden deutsch-deutschen Streitgesprächen teilgenommen. Ich war auch zum Empfang beim Genossen Staatsratsvorsitzenden Honecker eingeladen und hatte die Ehre, so hochverehrten Genossen und Genossinnen wie den

DDR-Schriftstellerinnen Anna Seghers und Christa Wolf, Angela Davis aus den USA und Yassir Arafat von der PLO die Hände schütteln zu dürfen. „Mister Palestine“ schenkte mir wie allen anderen Empfangsgästen nach Art eines Scheichs ein Palästinensertuch und machte uns damit zu Ehrenmitgliedern seines Stammes.

Immerhin habe ich in Ostberlin nicht nur den Kontakt zur Jubelfraktion gesucht, sondern bin im „Club junger Künstler“ auch mit einigen erklärten Regimekritikern ins Gespräch gekommen, so mit den Schriftstellern Joachim Walther und Jürgen Fuchs. Ich habe versucht, ihnen zuzuhören, aber ich war nicht offen genug, um ihre Systemkritik wirklich ernst zu nehmen. Ich habe sie als tragische Einzelschicksale betrachtet. Als Jürgen Fuchs einige Jahre später verhaftet wurde, bat ich auf dem Parteiwege um Auskunft über die Haftgründe. Von Kurt Hager bekam ich zur Antwort, daß Fuchs nicht wegen seiner Gedichte und Gedanken, sondern wegen krimineller Delikte hinter Gitter gekommen sei. Ich nehme mir selber bis heute übel, daß ich so dumm und parteigläubig war, dieser gezielten Fehlinformation Glauben geschenkt zu haben. Ich gab sie sogar öffentlich weiter, und so landete sie schließlich im Berliner *Extradienst*, der von der DDR-Staatssicherheit gesteuert wurde. Jürgen Fuchs wurde bei seinen Verhören mit dieser Äußerung von mir konfrontiert und war mit gutem Grund entsetzt. Später, viel später, habe ich versucht, in einem ausführlichen Gespräch die Angelegenheit aufzuklären. Ich habe mich bei Jürgen Fuchs entschuldigt, und ich hatte das Gefühl, daß er diese Entschuldigung angenommen hat.

Meine Haltung gegenüber den Dissidenten und Regimekritikern im sozialistischen Lager war kein Ruhmesblatt. Während ich in Ostberlin die Völkersolidarität hochleben ließ, machte ich in der Bundesrepublik Schlagzeilen. Heinrich Böll hatte mir einen breitpublizierten Offenen Brief geschrieben, in dem er entschieden meine Aufforderung, sich von den sowjetischen Dissidenten zu distanzieren, zurückwies. Er warf mir Blindheit, Einseitigkeit und Parteigläubigkeit vor. Zu Recht, aber das habe ich erst später erkannt. Dennoch war ich erschrocken, daß ausgerechnet Böll mich so brüsk vor den Kopf gestoßen hatte. Er war für mich immer noch ein Leitstern, und ich bewunderte auch als Kommunist sein klares Engagement für Frieden und Entspannung. Nur wenige Monate vor seinem Offenen Brief hatte er mich während eines Hamburgaufenthaltes eingeladen, mit ihm zu Abend zu essen und über die Arbeit im Schriftstellerverband zu sprechen. Ich spürte, daß er mich mochte, oder mindestens achtete, und deshalb tat mir seine schroffe Zurückweisung besonders weh.

Heinrich Böll hatte während der Aufbruchjahre um 1968 die „Einigkeit der Einzelgänger" angemahnt und seinen schreibenden Kollegen empfohlen, sich in einer größeren Gemeinschaft zusammenzufinden. Da wir kommunistischen Autoren uns als „Wortarbeiter" und „Literaturproduzenten" verstanden, fühlten wir uns geradezu prädestiniert, die schreibende Zukunft in die Gewerkschaftsbewegung zu integrieren, um die Ohnmacht der Schriftsteller gegenüber den immer mächtigeren Medienkonzernen zu kompensieren. Der Anschluß des Schriftstellerverbandes an die Industriegewerkschaft Druck und Papier war bei Licht betrachtet sicher keine allzu gute Idee, aber wir DKPisten und unsere Parteigänger setzten, angespornt von unseren Ostberliner Ratgebern, alles daran, um dieses ehrgeizige Ziel in die Tat umzusetzen. Wir fanden Verbündete, allen voran Martin Walser, der damals unserer Partei und vor allem der Redaktion des Münchener *kürbiskerns*, unserem literaturpolitischen Zentralorgan, auf Tuchfühlung nahestand. Wie andere schreibende Genossen reiste auch ich damals mit dem Ticket der Partei von Kongreß zu Kongreß, um für die gewerkschaftliche Organisierung der Autoren die Trommel zu schlagen. Nicht für irgendeine Gewerkschaft, sondern für die IG Druck, im Gegensatz zur Gewerkschaft Kunst, die von unseren linksradikalen Konkurrenten befürwortet wurde. Am 20. Januar 1973 waren wir am Ziel. 275 von 303 anwesenden Mitgliedern des Verbandes deutscher Schriftsteller stimmten im August-Bebel-Saal des Hamburger Gewerkschaftshauses für den Anschluß an die Druckergewerkschaft. Unter uns herrschte Siegesstimmung, und der Genosse Martin Walser, der überzeugend für unsere Sache gestritten hatte, wurde wie ein Held gefeiert. Die Siegesfeier der Partei sollte bei uns zu Haus, in Ulla Hahns und meiner Literarischen Produktionsgenossenschaft, stattfinden. Als Gäste hatten wir nicht nur die linken Literaten, sondern auch die Genossen aus den Parteibetriebsgruppen Hafen und Werften eingeladen – mit dem erklärten Ziel, das Bündnis zwischen Intelligenz und Arbeiterklasse noch enger zu schmieden. Die Hafenarbeiter erschienen pünktlich um acht, allesamt in dunklen Anzügen und mit Schlips und Kragen. Die Kollegen von der Literaturfront trudelten nach und nach ein, eher salopp gekleidet, in Jeans und mit Rollkragenpullovern. Martin Walser zog einen ganzen Schwanz Medienprominenz hinter sich her, unter ihnen die Herren Raddatz, Karasek und Reich-Ranicki. Die hohen Herrschaften waren, da längst alle Stühle besetzt waren, gezwungen, sich auf dem nackten Fußboden hinzuhocken, falls sie es nicht vorzogen, den Verhandlungen stehend beizuwohnen.

Unsere Bude war proppenvoll. In der Küche saß die halbe Kulturabteilung aus der Düsseldorfer Parteizentrale, um den Fortgang des Geprächs in die richtigen Bahnen zu lenken. Die Genossen aus der DDR hatten uns mit einigen Kisten Wernesgrüner Bier unterstützt und dazu einen wahrhaft realsozialistischen Fraß geliefert: Heringsdosen und Labskaus von der Deutschen Seereederei aus Rostock. Feinschmecker Walser war von der proletarischen Kost, die wir ihm an diesem Abend anzubieten hatten, geradezu angeekelt. Noch mehr mißfiel ihm, daß ihm kein reiner Wein eingeschenkt wurde. Ein Gespräch kam nur mühsam in Gang, zumal der Genosse Vorsitzende der Werftbetriebsgruppe sein von höchster Stelle ausgearbeitetes Papier über die Rolle der proletarischen Kultur gänzlich ohne Punkt und Komma und ohne eine Spur von Verständnis vortrug.

Erst im Verlauf des Abends lockerte sich die Stimmung ein wenig. Während sich die Proletkultfraktion am Wernesgrüner Bier festhielt, war es dem ortskundigen Feuilletonchef der *Zeit* gelungen, in einem benachbarten Weinkeller einige Flaschen passablen Rotweins aufzutreiben. Um sie herum formierte sich eine frühe Toskana-Fraktion, zu der auch Martin Walser, die bürgerlichen Großkritiker und zu meinem

Kummer auch meine Lebensabschnittsgefährtin überliefen. Damit war das Klassenziel der von langer Hand vorbereiteten Begegnung zwischen Arbeiterklasse und Intelligenz gescheitert. Es war uns nicht gelungen, Martin Walser für regelmäßige Beiträge zum *Werftecho* der Genossen Hafenarbeiter zu gewinnen. Der umworbene Dichterfürst hatte statt dessen vorgeschlagen, die Betriebszeitung sollte seinen Roman von der *Gallistl'schen Krankheit* in Fortsetzungen abdrucken. Die Antwort war Schweigen, und daraufhin verließ die Toskana-Fraktion nahezu geschlossen unsere Wohngemeinschaft. Ich hatte das Nachsehen. Die Aufräumungsarbeiten – nach der fälligen Manöverkritik der Zurückgebliebenen – dauerten bis in die Morgenstunden.

Bei uns in Eppendorf war die Welt zu Gast. Nicht die ganze Welt und nicht die erste Welt, aber die Vertreter der anderen, ärmeren Welten, der zweiten und der dritten. Sie besuchten die Thälmann-Gedenkstätte in unserem Stadtteil, das Haus, in dem der deutsche Kommunistenführer Ernst Thälmann bis zu Hitlers Machtergreifung gewohnt hatte und das seine Genossen nach dem Krieg zu einer regelrechten, von Reliquien überquellenden Wallfahrtskapelle umgestaltet hatten. Jedes Jahr zu Thälmanns Geburtstag im April und zum Gedenktag seiner Ermordung im August kam fast die ganze Parteiführung aus Düsseldorf, begleitet von Delegationen der SED und der KPdSU, angereist, um den teuren Toten mit feierlichen Reden, Gesängen und Kränzen zu ehren. Sie blieben nicht allein, sondern auch die Leitungen der anderen kommunistischen Splittergruppen, KPD, KPD/ML, KB, KBW und Arbeiterbund für den Wiederaufbau der

KPD, ließen es sich nicht nehmen, Teddy Thälmann ihre Reverenz zu erweisen. Dabei kam es regelmäßig zu Rangeleien mit der DKP-eigenen Ordnertruppe, denn die Genossen betrachteten Thälmann, sein Erbe und sein Haus als ihr Eigentum und wollten nicht zulassen, daß Arbeiterverräter das Andenken des Märtyrers besudelten. Schließlich übernahm die Polizei des Klassenfeindes die Regie der verschiedenen Gedenkfeiern und wies jeder kommunistischen Gruppierung den genauen Ort und Zeitpunkt für ihr Trauerritual zu.

Als Mitglied des Parteivorstandes, das zudem in unmittelbarer Nähe der Gedenkstätte wohnte, hatte ich bestimmte, gleichsam protokollarische Pflichten zu erfüllen. Ich mußte anwesend sein, wenn eine hochrangige Delegation zur Besichtigung anreiste, und mußte dann und wann auch selbst die Führung übernehmen. Obwohl ich alles andere als ein Fußballfan war und bin, bekam ich 1974 im Jahr der Weltmeisterschaft den ehrenvollen Auftrag, im Hause Thälmann die DDR-Mannschaft zu begrüßen, die Stunden später im Hamburger Volksparkstadion das Team der Bundesrepublik mit eins zu null schlug. Nach dem auch für mich völlig unerwarteten Sieg der DDR veranstalteten wir noch am selben Abend vor der Gedenkstätte eine Jubelfeier. Unsere Singegruppe „Peter, Paul & Barmbek" spielte eine neue, von mir in aller Eile zurechtgeschusterte Version der roten Hamburghymne: „In Hamburg fiel der Siegesschuß. / Zur Fußballmeisterschaft rief Spartakus! / Wir lassen uns nicht unterkriegen. / Der Sozialismus, der wird siegen. / Wir schwenken die Fahne der Sieger zum Gruß / und feiern Sparwassers Meisterschuß!" Der

Song war fortan in aller Munde – hüben und drüben.

Ein anderes Mal durfte ich Ernesto Cardenal begrüßen, den emsigen Priesterdichterminister aus dem befreiten Nicaragua. Da der in Sachen Solidarität um die Welt reisende Kulturminister in Eile war und keine Zeit gefunden hatte, sich auf seine Reisestation vorzubereiten, betrat er die Gedenkstätte im Eiltempo, schritt mit schnellem Schritt auf die Bronzebüste des Arbeiterhelden zu und sank sofort vor ihr in die Knie, ganz offensichtlich, weil er unseren stalinistischen Scheinheiligen mit einem echten Heiligen verwechselt hatte.

Im Sommer 1978 besuchte kein Geringerer als der große Führer des Weltproletariats, der Generalsekretär des ZK der KPdSU, der Genosse Leonid Breschnew, die Thälmann-Gedenkstätte. Tausende Polizisten hatten alle umliegenden Dächer, Fenster und Balkone besetzt, um Anschläge zu verhindern. Aus der ganzen Bundesrepublik waren die Freunde der Sowjetunion angereist, um Breschnew gebührend zu feiern. Um unseren politischen Gegnern, die uns immerfort vorwarfen, wir wären von Moskau bezahlt, mit den Mitteln der Ironie den Wind aus den Segeln zu nehmen, hatte ich für unsere Extraausgabe von *Eppendorf heute und morgen* gereimt: „Leonid, bring Zaster mit! Wie können wir Jubel zollen, wenn keine Rubel rollen?“ Ich selbst hatte die hohe Ehre, das Besuchszeremoniell aus nächster Nähe mitzuerleben. Breschnew, der starke Mann aus dem Kreml, der am Vortage mit Bundeskanzler Schmidt über Fragen der Abrüstung und Entspannung verhandelt hatte, war gänzlich unfähig, sich aus eigener Kraft aufrecht zu halten. Zwei kräftige Leibgardisten hoben seinen gebrechlichen Körper mühselig aus seiner Limousine und trugen ihn dann so fest auf ihren Schultern, daß die Füße kaum noch den Boden berührten. Sie setzten den Parteichef in einen eigens für ihn herangeschafften Lehnstuhl. Er rührte keine Lippe, verzog keine Miene, sondern versuchte nur, seinen Namenszug unter den bereits fertigen Eintrag ins Gästebuch zu setzen. Doch dazu war der große Führer des Weltproletariats nicht mehr in der Lage. Einer seiner engsten Begleiter half ihm schließlich, den Füller so zu führen, daß daraus so etwas wie eine Signatur entstand. Breschnew verströmte den Geruch eines Schwerstkranken, eine Mischung aus Chloroform, Urin und Opiaten. Ich war vom beinahe hautnahen Kontakt zu diesem todkranken und hinfälligen Mann – der danach noch mehr als drei Jahre die Geschicke seines Landes lenkte – so entsetzt, daß ich mich fragend und hilfesuchend an meinen Nebenmann wandte, an Valentin Falin, den sowjetischen Botschafter in Bonn. Falin antwortete flüsternd und mit bittersüßem Lächeln: „Der Chef ist alt geworden. Aber die Partei ist jung geblieben. Sie bleibt ewig jung wie ein Jungbrunnen!"

10. Station

Vietnam

Als Kommunisten verstanden wir uns zuallererst als Internationalisten. Die Parteinahme für all die Menschen, die auf der Nachtseite der Erde lebten, für die Mühseligen und Beladenen in aller Herren Länder, war für mich der Hauptgrund, mich in der DKP zu engagieren. Ich beteiligte mich weiter an zentralen Protestaktionen gegen den Vietnamkrieg und habe meine Antikriegsgedichte auf zwei Kundgebungen an der Seite von Vo Thi Lien, der einzigen Überlebenden des Massakers von My Lai, vorgetragen. Auf verschiedenen Solidaritätsveranstaltungen habe ich zusammen mit Dorothee Sölle, der streitbaren Befreiungstheologin, mit meinen Schriftstellerkollegen Erich Fried und Peter Weiss und mit dem Arzt Erich Wulff, dem berufenen Sprecher der bundesweiten „Hilfsaktion Vietnam“, meine Stimme gegen den Krieg erhoben. Mein Gedicht „Mondlandung“, in dem ich die von den amerikanischen Bombern in Vietnam geschaffene Mondlandschaft mit der lunaren Szenerie verglichen habe, die die Astronauten nach ihrer Landung angetroffen haben, war Anlaß für eine Kontroverse innerhalb der SPD, die damals die Regierung stellte. Die niedersächsischen Jungsozialisten wollten meinen Text auf ein Flugblatt drucken, aber die Parteispitze verweigerte ihnen dazu die Erlaubnis. Daraufhin legte sich Anwalt Gerhard Schröder, damals Jusochef in Hannover, ins Zeug und übernahm die presserechtliche Verantwortung für die Veröffentlichung. Mein unromantisches Mondgedicht war vermutlich einer meiner am weitesten verbreiteten Texte. Es erschien in der diesseitigen *Frankfurter Rundschau* – unter der Rubrik „aus dem Papierkorb der Redaktion" – ebenso wie im jenseitigen *Neuen Deutschland*, anonym im amerikanischen Magazin „Newsweek" und unter dem pseudonymisch anmutenden Namen „Pjotr Schut" – „schut" heißt auf russisch „wenig" – auch in der sowjetischen *Prawda*.

Als die afroamerikanische Bürgerrechtskämpferin und Kommunistin Angela Davis in Kalifornien verhaftet und als Terroristin mit dem Tod bedroht wurde, habe ich mich in einem überparteilichen Komitee „Rettet Angela" engagiert. An der Seite ihrer aus den USA angereisten Schwester Fania habe ich auf verschiedenen Meetings und Demonstrationen gesprochen. Auch im Schriftstellerverband habe ich für Solidarität mit Angela Davis geworben und unter anderem Siegfried Lenz dafür gewinnen können, den Appell des Komitees zu unterschreiben. Der Kollege Lenz tat ein übriges. Er schrieb einen Brief an Bundeskanzler Willy Brandt. Der antwortete öffentlich und versprach, sich beim kalifornischen Gouverneur

Reagan für einen fairen Prozeß einzusetzen. Während andere Gefährten und Genossen sich nach Peking, Havanna oder Tirana ausrichteten, blieb für mich die Sowjetunion die „Menschheitsfeste im Sturme der Barbarei". Die Verbrechen während der Stalinzeit hatte ich zwar nicht völlig verdrängt, aber ich war davon überzeugt, daß die Sowjetunion aus eigener Kraft die Fehlentwicklungen zur Zeit des Personenkults – mit solchen Formulierungen haben wir damals Stalins Mordorgien beschönigt – überwunden hatte.

Ich habe es deshalb als eine große Auszeichnung verstanden, 1970 am allerersten Freundschaftszug teilnehmen zu dürfen, der aus der Bundesrepublik in die Sowjetunion gefahren ist. Die Reise begann in Hannover, ging durch die DDR und eine Nacht lang quer durch Polen, bis wir in der Morgenstunde bei Brest im Schrittempo den Bug überquerten und dann durch das eiserne, aus Hammer und Sichel geformte Tor hineinfuhren ins Sowjetland. Der umständliche, sich über Stunden hinziehende Wechsel der Waggons auf die russische Spurweite hat sich ebenso in mein Gedächtnis eingeprägt wie die Erinnerung an das Erlebnis, mit dem Zug immer tiefer hineinzurollen in die russische Ebene und die Weite, Einsamkeit und Aura dieser Seelenlandschaft einzuatmen. Die aufhaltsame Reise dauerte drei volle Tage und Nächte, Zeit, um die seit der Kindheit verlorene Langsamkeit wiederzuentdecken und bei Tee und Marmeladenbrot Abschied zu nehmen vom Beschleunigungswahn des Westens. Auf dem Belorussischen Bahnhof in Moskau umarmten und küßten uns fremde Menschen als Freunde und empfingen uns mit einer Herzlichkeit, die uns verlegen machte. Daß sie ehrlich gemeint und nicht einstudiert war, daran hatte ich nicht den geringsten Zweifel. Dieser Eindruck bleibt und hat den Zusammenbruch des Sowjetsystems überdauert: Nirgendwo auf der Welt, auch nicht im anderen Amerika oder im Orient, habe ich so viel ehrliche Gastfreundschaft und Liebenswürdigkeit erfahren wie bei den Völkern der Sowjetunion. Die Freundlichkeit ihrer Bürger hat der Sowjetdiktatur zumindest in den Augen ihrer Gäste beinahe ein menschliches Antlitz verliehen, das sogar über die Zumutungen des Alltags hinwegtäuschen konnte. Damals war das weite Land noch weit entfernt von der Hektik und Aggressivität des Westens. Seine Ruhe wirkte anheimelnd und erinnert mich an meine Dorfkindheit.

In Moskau absolvierten wir ein revolutionstouristisches Mammutprogramm mit Kremlführung, Tretjakowgalerie, Allunionsausstellung und Weltraumlabor. Zu guter Letzt das Leninmausoleum. Der Anblick des wächsernen, wachsfigurenähnlichen Revolutionsführers in seinem Schneewittchensarg war alles andere als erhebend, er war enttäuschend und in jeder Hinsicht peinlich. Das Gesicht des einbalsamierten Pharao trug alle Züge einer biederen Spitzbübigkeit und paßte so gar nicht zu dem sakralen Rahmen seiner Grablege. Der Körper lag da wie die Reliquie eines wundertätigen, unverrottbaren, also unsterblichen Heiligen. Ehrfurchtgebietend wirkte allenfalls die äußere Form des Mausoleums. Der schlichte Kubus aus braunem Porphyr, den Malewitsch in bewußter Anlehnung an die Kaaba in Mekka entworfen hatte, symbolisierte sinnfällig das Ziel der Bolschewiki, das durch das Blut der bolschewistischen Märtyrer geheiligte Moskau zum Wallfahrtsort einer neuen Weltreligion zu erheben. Als Mitglied der Nomenklatur hatte ich das Privileg, im Roten Kloster, der Parteihochschule der Komintern, nächtigen zu dürfen. Am Eingang begrüßte mich ein stämmiger Mann mit rotblonden Haaren und auffallend blauen Augen, der nahezu akzentfrei deutsch sprach. Ich stellte mich vor. Er nannte mir seinen Namen: Vogeler. Ich stutzte. Vogeler. Haben Sie etwas mit dem Maler Heinrich Vogeler zu tun? Mein Gegenüber antwortete flüsternd: Ich bin sein Sohn. Aber darüber sprechen wir später!

Ich war damals nicht der einzige, der von Jan Vogeler begrüßt wurde. Wir waren ein ganzes Dutzend junger Genossen. Aber anscheinend war außer mir niemandem etwas an seinem Namen aufgefallen, denn Heinrich Vogeler war damals zumindest unter jüngeren Genossen kaum noch bekannt. Ich kannte ihn vermutlich auch nur deshalb, weil ich in der Nähe Worpswedes aufgewachsen bin. Zudem verhielt sich der Sohn so, als wollte er seine Identität möglichst nicht preisgeben. Dennoch habe ich die nächste Gelegenheit genutzt, um Jan Vogeler nach seinem Lebensweg zu befragen. Er wurde gesprächiger, je mehr ich ihm von meinen Besuchen in Worpswede und meiner Begegnung mit der ersten Frau seines Vaters, mit Martha, erzählte. Dank der intensiven Gespräche mit dem Genossen Jan wurden die Tage in Moskau nicht lang. Obwohl er eher ein verschwiegener Mensch war und die Regeln parteilicher Konspiration gleichsam verinnerlicht hatte, löste sich langsam seine Zunge. Er berichtete mir über die letzten Lebensjahre seines Vaters, der ein halbes Jahr nach seiner Deportation aus Moskau in Kasachstan elendig verhungert ist, und über seinen eigenen Lebensweg von der Schule der Kommunistischen – er sagte: „komischen" – Internationale zu den Propagandaeinheiten der Roten Armee im Zweiten Weltkrieg bis zum Philosophieprofessor an der Lomonossow-Universität und zum Betreuer der bundesdeutschen Parteischüler am „Roten Kloster". Es blieb nicht bei dieser einmaligen Begegnung. Fortan hatte ich, wann immer ich auf meinen Reisen ostwärts nach oder durch Moskau kam, in der sowjetischen Hauptstadt eine verläßliche Kontaktadresse, einen Ansprechpartner für all meine Fragen und Wünsche und einen festen Ankerplatz. Jan Vogeler hat mir das andere Moskau gezeigt, Moskau von unten, abseits der Protokollstrecken, die Vielvölkerstadt mit ihren ausgedehnten orientalischen Quartieren und Vorstädten. Er hat mir beigebracht, die Sowjetunion mit anderen Augen zu sehen, nicht als monolithischen Block, sondern eher von ihren Rändern her, als Teil des Orients und des islamisch geprägten Kulturkreises.

Mit der Zeit sind Jan Vogeler und ich immer vertrauter miteinander umgegangen. Unsere Devise war: Vertrauen gegen Vertrauen, Offenheit gegen Offenheit. Dabei durfte von unseren persönlichen Gesprächen nichts nach außen dringen und auch in meinen Veröffentlichungen keine Spuren hinterlassen. Jan Vogeler bevorzugte, vermutlich aufgrund seiner traumatischen Kindheitserfahrungen, das Nichterkanntwerden und das Sichverstecken, und am aufgeräumtesten ist er mir immer dann erschienen, wenn er später inkognito – als Dolmetscher zu den Parteitagen der DKP oder als Begleiter hochrangiger Funktionäre – durch die Bundesrepublik reiste. Er hat mir Brücken in der Sowjetunion gebaut und mich in die sowjetische Literatenszene eingeführt. Ich habe im Gegenzug mit meinen bescheidenen Mitteln und Möglichkeiten dazu beigetragen, daß die in der Sowjetunion entstandenen Komplexbilder seines Vaters auch in der Bundesrepublik, in Worpswede und Hamburg, ausgestellt wurden und die ihnen gebührende Anerkennung erfuhren.

Auch die geographisch weiteste Reise meines Lebens führte mich über Moskau und gab mir auf der Hin- und Rückfahrt Gelegenheit, mich mit meinem Gewährsmann auszutauschen und ihn auszufragen. Im Frühjahr 1973 flog ich unmittelbar nach dem Genfer Waffenstillstandsabkommen zusammen mit drei anderen Genossen aus der DKP in die Demokratische Republik Vietnam. Es wurde eine sehr strapaziöse Tour, die meiner Gesundheit ziemlich zugesetzt hat. Von Moskau aus flogen wir mit einer Militärmaschine über Taschkent, Bombay, Kalkutta, Rangoon und Vientiane zwei Tage lang Richtung Hanoi. Im Flugzeug gab es keine Klimaanlage, so daß wir in der Luft trotz mehrerer Wolldecken entsetzlich froren. Bei unseren Zwischenlandungen mußten wir dann zum Ausgleich um so mehr schwitzen. Im laotischen Vientiane hatten wir einen längeren Aufenthalt, weil der internationale Flughafen damals zu einer Tageshälfte von den Amerikanern und zur anderen Hälfte von den Sowjets genutzt wurde. Während unseres Zwischenstops wurden wir von einem bundesdeutschen Kamerateam unter Leitung Peter Scholl-Latours gefilmt. Drei Tage später lief der Bericht im heimischen Fernsehprogramm. Unsere Gruppe wurde den Zuschauern als „sowjetische Experten auf dem Weg nach Hanoi“ vorgestellt. Diesen Beitrag haben auch meine ahnungslosen Eltern gesehen und waren beinahe zu Tode erschrocken. Um sie nicht unnötig zu ängstigen, hatte ich ihnen das Ziel meiner Reise verschwiegen. Immerhin wußten meine Schwestern über meine Pläne Bescheid und konnten deshalb Mutter und Vater von ihrem Schock erlösen. Aber im Heimatdorf war ich seither als „Russenspion“ geächtet.

Seit der Einstellung der amerikanischen Bombardierungen waren erst wenige Wochen vergangen. Wegen der zerbombten Straßen war es schwer, im Lande größere Erkundungen zu unternehmen. Dennoch haben wir uns in der Hauptstadt Hanoi, in der Hafenstadt Haiphong und in der immer noch paradiesisch schönen, wie mit Tusche auf die Leinwand des Himmels gemalten Halong-Bucht nahe der chinesischen Grenze ein Bild der ungeheuerlichen Zerstörungen und Verwüstungen durch das fast fünfjährige Bombardement der amerikanischen B 52 machen können. Die mehr als 2600 Todesopfer, die allein die Angriffe auf den Hauptbahnhof und die Straße Kam Thien an den Weihnachtstagen 1972 gefordert hatten, waren erst in provisorischen Massengräbern am Straßenrand beerdigt worden. Die gewaltigen Bombenkrater hatten sich aufgrund des Monsunregens mit Wasser gefüllt, aus dem die verglühten und verbogenen Eisenträger der Bahnhofshallen herausragten. Als wir im offenen Jeep im Schrittempo das Ufer des Roten Flusses entlangfuhren, sahen wir, daß die Amerikaner buchstäblich auf alles gezielt hatten, was zu treffen war: auf die hohen Deiche des Flusses, auf die Strohhütten der Bauern, auf die Reisfelder, auf die Büffel, um deren Überreste noch die Geier stritten, auf Pagoden, Buddhastatuen, Schulen und Krankenhäuser. Aber die Menschen haben sich nicht geschlagen gegeben. Wir haben Schulen und Werkstätten, Laboratorien und Hospitäler besucht, die tief unter der Erde vergraben waren. Wir haben Frauenbataillone getroffen, die mit Maschinengewehren und damals noch primitiven Flugabwehrraketen große Bombenflugzeuge vom Himmel geholt hatten.

Der Durchhaltewille und die Widerstandskraft der einfachen Menschen erfüllten mich mit tiefer Bewunderung. Ich ahnte rasch, daß diese Energie sich nicht aus der Theorie von Marx und Engels ableitete, sondern aus anderen Quellen gespeist wurde, vor allem aus der Leidensfähigkeit und der Geduld, wie sie Buddha vorgelebt hatte. Ich empfand eine tiefe Verehrung für Ho Chi Minh, der zwei Jahre vorher gestorben war. Ich sah in ihm so etwas wie einen buddhistischen Heiligen, eine verehrungswürdige Lichtgestalt ähnlich wie Mahatma Gandhi. Er hatte zeitlebens nur einfachste Gummisandalen und dunkle Baumwollanzüge getragen, hatte Gedichte statt Pamphlete geschrieben und noch als Präsident am liebsten in seiner Hütte aus Reisstroh gewohnt. Der Weg des gewaltlosen Widerstandes war dem Genossen Ho Chi Minh versperrt, weil die Japaner, Franzosen und Amerikaner dem vietnamesischen Volk einen über dreißigjährigen Krieg aufgezwungen hatten. Den Respekt gegenüber Ho Chi Minh habe ich mir bis heute bewahrt. Von allen zur Macht gekommenen Kommunistenführern war er in meinen Augen der aufrichtigste. Er glich eher einem Weisheitslehrer als einem

Parteistrategen. Grausamkeiten, wie sie Lenin, Stalin oder Mao praktizierten, waren ihm ebenso fremd wie die Allüren eines Fidel Castro oder Che Guevara. In der Demokratischen Volksrepublik Vietnam habe ich damals das Ideal einer nicht auf Egoismus und Besitz, sondern auf Solidarität und Nächstenliebe gegründeten Gemeinschaft verwirklicht gesehen. Kommunismus und Buddhismus, die ich im Sinne von Brechts Dialektik miteinander versöhnt sah, hatten in meinen Augen zumindest die Umrisse des ersehnten „neuen Menschen" sichtbar gemacht. Das Vietnamerlebnis war für meinen weiteren Lebensweg weitaus wichtiger als die eher episodenhafte Studentenrevolte. Unter dem Eindruck dessen, was ich in Vietnam mit meinen eigenen Augen gesehen hatte, haben sich meine kommunistischen Positionen verhärtet. Ich sah die Welt fortan zweigeteilt, in Schwarz und Weiß, in Gut und Böse. Auf der einen Seite kämpften die Gerechten in der zweiten und dritten Welt für Frieden und Fortschritt, auf der anderen Seite unternahm der Imperialismus alles, um den Menschen diese Hoffnung zu rauben. Ich durfte in diesem Ringen nicht neutral bleiben, ich mußte lokal wie global Partei ergreifen für all diejenigen, die mit dem Einsatz ihres Lebens, mit oder ohne Waffen, für eine gerechtere Weltordnung und für den Weltfrieden kämpften. Ich war in jenen Jahren von beträchtlichem Pathos erfüllt. Ich wollte die Welt um jeden Preis verbessern und bin in meinem blinden Eifer oft übers Ziel hinausgeschossen. Etwas Greifbares habe ich dennoch aus Vietnam mitgebracht, mein erstes richtiges Buch. Meine Reportage *Vietnam – 30 Tage danach* fand auch über den engen Kreis der Genossen und der

Solidaritätsbewegung hinaus Beachtung und stärkte mein Selbstbewußtsein zumindest in beruflicher Hinsicht. Mehr als dreißig Jahre später erfuhr mein Buch eine erstaunliche Wiedergeburt. Es erschien 2005 als Raubkopie in Ho-Chi-Minh-Stadt und wurde für fünf Euro an deutsche Touristen verkauft.

Im heißen Sommer 1974 trennten sich Ulla Hahns und meine Wege zum ersten Mal, wenn auch nur für ein paar Wochen. Meine Gefährtin flog nach Kuba und begeisterte sich dort für den tropischen Sozialismus von Fidel Castro und Che Guevara. Ich selbst entschied mich für den nächstliegenden revolutionären Schauplatz und fuhr per Anhalter nach Portugal, um mit meinem Wort und meiner Tat die Nelkenrevolution gegen die Anschläge der NATO und der Reaktion zu verteidigen. Trotz meiner kämpferischen Gesinnung war ich froh darüber, daß die portugiesischen Genossen kein Gewehr, sondern eine Nelke zu ihrem Symbol gewählt hatten.

Im Lissaboner Goethe-Institut, das damals von dem rührigen Kulturvermittler Kurt Mayer-Clason geleitet wurde, und in den Kaffeehäusern der Altstadt trafen sich Linke und Ultralinke aus halb Europa, um den portugiesischen Genossen kluge Ratschläge zu erteilen und um miteinander über den rechten, friedlichen oder gewaltsamen Weg zur Befreiung der Volksmassen zu streiten. Günter Wallraff traf ich dort wieder, meinen Dramatikergenossen Franz-Xaver Kroetz, Daniel Cohn-Bendit, der inzwischen der Gewalt abgeschworen hatte, und meinen Mitstreiter aus dem Europa-Kolleg Juan Gutierrez, der jetzt im baskischen Untergrund gegen Franco kämpfte.

Da ich nicht zur Lissaboner Rotweinfraktion gehörte, zog ich weiter in die Industriestadt Setubal, durfte dort auf einer Kundgebung die revolutionären Kampfesgrüße meiner Partei überbringen und lernte so die beiden Lichtgestalten der Nelkenrevolution, den weißhaarigen Kommunistenführer Alvaro Cunhal und den ungestümen Barrikadensänger José Afonso, kennen. Wenn der Alte redete, schienen alle Zuhörer in einen sanften Schlummer zu verfallen, doch sobald der Sänger seine Stimme erhob, stiegen die Menschen auf die Tische und sangen vereint aus Leibeskräften, als gelte es allein mit der Kraft des Gesanges die schon beginnenden Mühen der Ebene zu bewältigen.

Ich wollte aber nicht nur mit großen Worten und Gesten, sondern mit meiner eigenen Hände Arbeit praktische Solidarität üben und verpflichtete mich deshalb zu einem dreiwöchigen Ernteeinsatz auf einer von Landarbeitern besetzten Tomatenplantage nahe der kleinen Stadt Evora. Wir waren ein chaotischer Haufen romantisch-revolutionärer Pfadfinder aus halb Europa und aus Marokko und haben zusammen manche Entbehrung ertragen. Die hygienischen Bedingungen waren erbärmlich, so daß ich mir wohl oder übel einen rötlich getönten Bart wachsen lassen mußte, und zu essen gab es außer Fladenbrot, Tomaten und Tomatenmark so gut wie nichts. Aber was wiegt das alles gegen die unvergleichlichen Abende und Nächte, die von einem wundervollen Mond erhellt wurden! Wir lagen zusammen unter duftenden Olivenbäumen in Bergen von Heu und waren nur mit dem Allernotwendigsten bekleidet, damit uns der Hafer nicht allzusehr stechen konnte. In der Nacht, als der Mond gebückt am Himmelsrand hockte, bekam ich unverhofft Besuch von einer mattgolden leuchtenden Mondfrau. Sie kam zu mir auf einer Wolke aus dem Duft hochreifer Melonen und Pfirsiche, vermischt mit einer Prise Kümmel, der mich an die Kräuter auf den Deichen in meiner Heimat an der Nordsee erinnerte. Auf französisch wollte sie von mir wissen, warum ich auch nachts eine Brille trage, und ich flüsterte ihr ins Ohr: Damit ich besser sehen kann, was ich träume. Sie nahm mir die Brille ab, und so konnte ich nur schemenhaft ihre vom Mond erleuchteten Brüste erkennen. Aber um so deutlicher fühlte ich ihre mondzarten Liebkosungen, genoß ein Wetterleuchten lang ihre Hingabe und spürte, als sie sich an mich schmiegte, ihr Herz unter ihrem Busen schlagen. Ich konnte ihr nicht in die Augen schauen, aber als sie sich über mich beugte, fühlte ich an meiner Schläfe die Berührung ihrer Wimpern und ihrer Brauen. So leise, wie sie aus dem Mondschein zu mir herabgestiegen war, so verstohlen verschwand sie wieder von meiner Seite. Als ich meine Brille wieder aufsetzte, zirpten die Grillen so laut, daß mir die Ohren klangen. Mein buckliger Mond war plötzlich von einer einsamen Wolke verhüllt, sein Schein verblaßte für nur kurze Zeit, aber als sein Licht wieder zurückkam, war meine geheimnisvolle Mondfrau schon verschwunden. Ich habe sie nie wiedergesehen.

Der Revolution zuliebe haben wir alle Entbehrungen gemeinsam getragen, aber wir waren mit unserer Geduld und Leidensfähigkeit am Ende, als wir erfahren mußten, was mit den im Schweiße unseres Angesichts geernteten Tomaten geschah. Sie wurden auf Eselskarren vor die Ketchupfabrik der Firma Heinz transportiert. Dort wurden sie auf eine baumhohe

Halde gekippt. Sie stanken bei unserem Ortstermin bereits zum Himmel, weil sich der Firmenchef von Anfang an geweigert hatte, die Erzeugnisse der Landbesetzer überhaupt anzunehmen. So hatten wir unsere Paradiesäpfel buchstäblich für den Müll gepflückt. Ich war vom Anblick der verfaulten Tomaten so entsetzt, daß ich auf der Stelle mein Bündel schnürte und mich per Autostop auf den Weg nach Hause machte.

Es war die hohe Zeit des Eurokommunismus, und so ließ ich es mir nicht nehmen, zusammen mit einer Gruppe intellektueller Genossen, die ich selbst gesammelt hatte, mit dem Bus nach Paris zu fahren, um Roger Garaudy, den Euro-Guru, zu treffen. Doch der Chefideologe hatte für uns nur einen flüchtigen Händedruck übrig und überließ das weitere Gespräch seinem Mitstreiter, dem Germanisten und Brechtspezialisten André Ghisselbrecht. Meine Genossen in der Parteiführung hatten erhebliche Bedenken gegenüber meinem eigenwilligen Reiseziel und warnten mich eindringlich vor dem Garaudyschen Streben nach neuen Ufern. Tatsächlich trat der Chefideologe kurz darauf von seinem Amt zurück und wandte sich schon bald dem Islam zu. Ein warnendes Beispiel, belehrte mich unser eigener Chefideologe Robert Steigerwald, das du dir hinter die Ohren schreiben solltest.

Bereits Mitte der siebziger Jahre verdüsterte sich die Stimmung unter den westdeutschen Linken. Die kurzen Sommer der Euphorie gingen vorüber, die Trittbrettfahrer der Achtundsechzigerbewegung machten sich allmählich aus dem Staube, anderen wurden die Mühen der Ebene doch zu mühselig. Auch in unserer Literarischen Produktionsgenossenschaft zeigten sich erste Risse. Ullahähnchen neigte der „neuen Sensibilität“ zu, während ich mich noch mehr in die Kulturbundarbeit stürzte. 1973 war ich auf Drängen meiner Parteiführung zum Bundessekretär des „Demokratischen Kulturbundes Deutschlands“ (DKBD) gewählt worden und sollte überall im Lande umherreisen, um die Tätigkeit der antifaschistischen und kryptokommunistischen Kulturorganisation zu erneuern.

In den meisten Bundesländern war der Bund als KPD-Tarnorganisation verboten, aber die Verbote wurden in aller Regel nicht vollstreckt. Es liefen mehrere Gerichtsverfahren mit dem Ziel, die Verbotsverfügungen aus der Hochzeit des Kalten Krieges aufzuheben, und die Gegenseite war auch generell zu Zugeständnissen bereit. In mehreren Gesprächen, die ich mit Vertretern der Länderinnenministerien führte, wurde uns vorgeschlagen, wir sollten, so, wie sich die KPD in DKP umbenannt und sich neu konstituiert hatte, unseren Namen ändern und uns formal neu gründen. Ich hielt das für eine vernünftige Lösung, mußte dann aber, als ich vom Präsidium des DDR-Kulturbundes zu einer Konsultation bestellt wurde, zur Kenntnis nehmen, daß meine Genossen drüben überhaupt nicht an einer Aufhebung der Betätigungsverbote interessiert waren. Im Gegenteil: Sie wollten das DKBD-Verbot nutzen, um die BRD als undemokratisch an den Pranger zu stellen und um von den Einschränkungen der Meinungsfreiheit im eigenen Land abzulenken. Als ich diese Strategie durchschaut hatte, ließ mein anfänglicher Eifer in der Kulturbundarbeit rasch nach. Meinen Schwerpunkt verlegte ich gleichsam vor die eigene Haustür. Ich bemühte mich zusammen mit meinem Genossen Bundesvorsitzenden Thomas Metscher, der an der Bremer Universität Literaturwissenschaft lehrte, im Umkreis von Worpswede und Fischerhude eine Kulturbundsektion aufzubauen, die das Erbe Heinrich Vogelers und seiner Künstlerkommune auf zeitgemäße Weise wiederbeleben sollte. Das Gelände für solche nostalgischen Wiederbelebungsversuche war fast ideal. Nirgendwo in der Bundesrepublik gab es eine ähnlich hohe Konzentration intellektueller Sympathisanten wie rings um Bremen. Die neugegründete Bremer Reformuniversität, als linke Kaderschmiede weithin berüchtigt, und Radio Bremen, als „Rotfunk" verdächtigt und verschrien, boten auch solchen „Kulturschaffenden" Arbeits- und Wirkungsmöglichkeiten, denen in anderen Bundesländern längst das Berufsverbot drohte. Bei näherer Betrachtung erwies sich die Worpsweder Szene zwar nicht unbedingt als heißes Pflaster, aber als ein ungemein schlüpfriger und sumpfiger Boden. Die Erben, Schüler und Enkel der alten Meister waren heillos untereinander zerstritten. Lichter, Irrlichter und allerhand verdächtiges Gelichter trauten sich gegenseitig nicht über den Weg. Trotzdem ist es uns gelungen, etliche Professoren, Redakteure und Künstler in verschiedene Zirkel, Arbeitskreise und Netzwerke einzubinden, aber auf die Dauer waren nur die wenigsten bereit, sich vor den kommunistischen Karren spannen zu lassen. Immer mehr kritische Köpfe wandten sich von der marxistischen Orthodoxie ab und neigten der aufstrebenden grün-alternativen Bewegung zu. So nimmt es kein Wunder, daß sich am Rande des Teufelsmoores die erste Basisgruppe der Grünen Partei bildete, hervorgegangen aus der Bürgerinitiative zur Rettung der Garlstedter Heide, die damals zum Truppenübungsplatz umgewandelt werden sollte.

Einmal saßen wir in Fischerhude beisammen, um über die Aktion „Künstler gegen Berufsverbote" zu beraten. Unangemeldet trat Walter Kempowski über die Schwelle, der im nahen Nartum wohnte und als Opfer des SED-Regimes die kryptokommunistischen Aktivitäten vor seiner Haustür mit Argwohn beobachtete. Er fragte arglos, ob wir auch die Berufsverbote in der DDR im Visier hätten, und wurde von uns prompt als Kalter Krieger entlarvt und an den Pranger gestellt. Aber er war nicht bereit, sich einfach vor die Tür setzen zu lassen. In seinem antikommunistischen Zorn nahm er kein Blatt vor den Mund und beschimpfte mich als von der SED bezahlten Lohnschreiber. Ich konterte in gleicher Preislage und schleuderte ihm entgegen: „Lieber von der Arbeiterklasse bezahlt als vom Großkapital!"

Viele Projekte aus jenen Jahren erwiesen sich rasch als Luftschlösser. Nur eine Initiative hatte erstaunlichen Erfolg und hatte Bestand. 1975 gründete der Fischerhuder Maler Wolf-Dietmar Stock seinen Verlag „Atelier im Bauernhaus". Mit viel Engagement, mit dem richtigen Gespür und mit sehr viel Kunstverstand knüpfte er an die Traditionen von Heinrich Vogeler und Otto Modersohn an und schuf eine große Fülle und Vielfalt in der Region verankerter und künstlerisch gestalteter Bücher. Von mir erschienen im „Atelier im Bauernhaus" in rascher Folge fünf Gedichtbände, die meine allmähliche Entwicklung vom Agitator zum Liebeslyriker kenntlich machten. Am erfolgreichsten von meinen Bauernhausveröffentlichungen war *Mein Niederelbebuch* aus dem Jahr 1976, mit dem ich versucht habe, die Landschaft meiner Heimat literarisch zu kartographieren.

Ich hatte für mein „Heimatbuch von links“ zwei Vorbilder, das hundert Jahre alte *Marschenbuch* von Hermann Allmers und die Geschichtensammlung *Mein Dagestan* des kaukasischen Schriftstellers Rassul Gamsatow, den ich in Moskau kennen- und schätzengelernt hatte. Aber in das Manuskript ist auch viel eigenes Herzblut miteingeflossen. Dennoch wurde meine Heimatliebe zu Hause nicht erwidert, sondern grob zurückgewiesen. Meine Eltern waren tiefgekränkt und mußten überdies noch den Hohn und Spott der Nachbarschaft über sich ergehen lassen. Zwanzig Jahre lang war ich in Basbeck, das mittlerweile in der Samtgemeinde und späteren Stadt Hemmoor aufgegangen war, eine unerwünschte Person. Erst kurz vor dem Tod meiner Mutter lud mich der Lehrer Heiko van Dieken, der fortan mein Freund und Förderer wurde, zu einer Lesung in die lokale „Kulturdiele“ ein und holte mich so wie einen verlorenen Sohn in meine Heimat zurück.

11. Station

Moskau

Am 10. November 1976 kommt der Liedermacher Wolf Biermann aus der DDR auf Einladung der Metallgewerkschaft zu einer Konzertreise in die Bundesrepublik. Drei Tage später hat er in der Kölner Sporthalle vor über 7000 Zuhörern seinen ersten großen Auftritt, bei dem er sein ehedem selbstgewähltes sozialistisches Vaterland mit Hohn und Spott überschüttet. Drei Tage danach beschließt das beleidigte Politbüro der SED die Ausbürgerung Wolf Biermanns und verweigert ihm die Rückkehr in die DDR. Ich bin zwar kein Biermann-Fan und kann seine Kritik am sozialistischen System nicht teilen, aber mit dieser Maßnahme kann ich mich nicht einverstanden erklären. Ich bin sogar entsetzt, weil ich zugleich an den politischen Schaden denke, den dieser Willkürakt vor allem in den intellektuellen Kreisen der Bundesrepublik anrichten muß. Spontan erhebe ich gleich doppelten Protest. Einmal entwerfe ich eine Erklärung im Namen des Hamburger Schriftstellerverbandes, dessen Schriftführer ich bin, und zum anderen unterzeichne ich – nach einem nächtlichen Anruf von Günter Wallraff – einen Offenen Brief an die Genossen der DDR, in dem um eine Überprüfung des Ausbürgerungsbeschlusses gebeten wird. Meine Unterschrift hat besonderes Gewicht, weil ich Mitglied des DKP-Parteivorstandes bin. Wolf Biermann läßt sich nicht lumpen, er lobt mich öffentlich und bedankt sich telefonisch bei mir.

Mit gemischten Gefühlen reise ich nur drei Tage nach der Ausbürgerung nach Erfurt in die DDR, um dort, wie Monate vorher vereinbart, die Leitung einer Studiendelegation des eigenen Kulturbundes zu übernehmen. Am Treffpunkt, im Gästehaus der SED-Bezirksleitung Erfurt, gibt es selbstverständlich nur ein Thema, den Fall Biermann. Nach der offiziellen Begrüßung, bei der der Beschluß des Politbüros mit keinem Wort erwähnt oder kommentiert wird, ziehe ich mich in mein Zimmer zurück. Eine ebenso schöne wie liebenswerte Genossin, selbst Sängerin, kriecht zu mir unter die Decke. Mit vereinten Kräften gelingt es uns, das Fernsehgerät zu entsperren und die Antenne auf dem Balkon so zu richten, daß wir unser Westprogramm empfangen können. Dort wird bis tief in die Nacht eine Aufzeichnung des Kölner Biermann-Konzertes gesendet. Bei den Mitreisenden spricht sich schnell herum, daß wir es geschafft haben, den großen Auftritt des Renegaten auf den Bildschirm zu holen, und so versammelt sich schließlich die ganze Kulturdelegation in meinem Zimmer. Der Hausmeister schlägt Alarm, und gegen zwei Uhr nachts erscheinen mehrere Genossen der Parteibezirksleitung an unserer Zimmertür, um uns eindringlich aufzufordern, endlich schlafen zu gehen. Da die Ausstrahlung des Konzerts gerade beendet ist, wird ihrer Aufforderung rasch Folge geleistet.

In dieser Nacht habe ich mindestens gegen zwei Gebote der sozialistischen Moral verstoßen. Ich habe zu zweit in einem Einzelzimmer genächtigt, und ich habe ein ganzes Dutzend andere Mitbürger dazu verleitet, eine Hetzsendung des Klassengegners anzuschauen. Bereits zum Frühstück hat die Partei auf mein Fehlverhalten reagiert. Ich werde aufgefordert, die Delegationsleitung abzugeben, die DDR unverzüglich zu verlassen und mit dem Mittagszug Richtung Kassel auszureisen. Auf dem Bahnhof in Kassel würde ich erwartet. So geschieht es. Es gibt kein Entrinnen. Auf dem Bahnsteig stehen meine Genossen aus der Kulturabteilung des Parteivorstandes, um mich in Empfang zu nehmen und um mir die Leviten zu lesen. Im Kreisbüro der DKP bedrängen sie mich, meine beiden Unterschriften zurückzuziehen, doch bis zum Abend gelingt es ihnen nicht, mich weichzuklopfen. Ich fahre innerlich schwankend und zitternd heim nach Hamburg.

Zu Haus beginnt am anderen Morgen das Telefon ununterbrochen zu klingeln. Mein Parteivorsitzender möchte selbst noch einmal mit mir reden, aber mehr noch machen mir die unzweideutigen Angebote meiner Klassenfeinde zu schaffen. Ich bin mit einem Mal gefragt und begehrt wie nie zuvor in meinem politischen Leben. Nacheinander rufen bei mir die Kulturredakteure von der *Zeit*, dem *Spiegel* und von der *Frankfurter Allgemeinen* an, ob sie mit mir ein Interview machen könnten. Sie locken mit 1000, 2000 und 2500 Mark Honorar und bieten mir an, regelmäßig für ihre Zeitungen schreiben zu können. Selbst der große Renegatenmacher, Marcel Reich-Ranicki, ist sich nicht zu schade, höflich bei mir anzufragen. Als er bei mir zwar nicht auf Granit, aber doch auf Hartgummi gebissen hat, bittet er mich, meine Mitbewohnerin sprechen zu dürfen. Doch diesen Wunsch kann ich ihm nicht erfüllen. Meine Gefährtin hatte schon einige Wochen früher ihre Koffer gepackt und war ebenso geräusch- und schwerelos bei mir ausgezogen, wie sie sieben Jahre vorher bei mir eingezogen war.

Entsprechend elend fühlte ich mich. Ich war allein. Gott um Hilfe anzurufen, wagte ich nicht, denn ich hielt Ihn in Parteifragen nicht für zuständig und nicht für kompetent. So mußte ich selbst mein Gewissen befragen und mit mir selbst ins reine kommen. Ausschlaggebend war schließlich mein Wille, mich nicht kaufen zu lassen. Es wäre sicher eine glänzende Gelegenheit gewesen, rechtzeitig den Absprung vom sinkenden Parteikahn zu wagen. Ich wäre weich gefallen. Nach einer durchwachten Nacht fuhr ich am anderen Morgen nach Düsseldorf in die Parteizentrale, um mich mit meinen Genossen auszusprechen und gründlich zu beraten. Nach gründlicher „Zur-Brust-Nahme“ durch meine Linienrichter begab ich mich in Klausur. In Klardeutsch bedeutete das: Ich wurde bis zum Abend in einer Dachkammer eingeschlossen, bis ich eine Lösung gefunden hatte, mit der ich selbst und mit der meine Genossen leben konnten. Ich zog meine Unterschriften zwar nicht zurück, gab aber zu Protokoll, daß mir die Solidarität mit den Opfern der Berufsverbote im eigenen Land mehr bedeutete als die Solidarität mit Wolf Biermann. Mir war bei dieser Erklärung hundeelend. Wenn ich darüber nachdachte, tat ich es gleichsam in der dritten Person, als wäre ich mir selbst fremd. Die interne Biermanndebatte dauerte noch Monate an. Ich bezog Prügel von beiden Seiten. Biermann rief mich ein zweites Mal an, um mir seine Verachtung zum Ausdruck zu bringen und mir anzudrohen, er werde mich wie eine Laus zwischen seinen Fingern zerquetschen.

Es folgte eine Zeit voller Liebeskummer und Katzenjammer. Alte Bande zerrissen, am Fall Biermann schieden sich die Geister, in der ehedem so nestwarmen „Eppendorfer Zähne" ebenso wie in Worpswede, Fischerhude und umzu. Aus Freundschaften wurden über Nacht Feindschaften. Statt rot wurde plötzlich Schwulsein zum Lackmustest der Fortschrittlichkeit. Einer nach dem anderen outete sich. Günter Amendt, linker Sexpapst und Mitglied unserer Eppendorfer Parteizelle, hatte seine Sternstunde. Die Genossen Stefan Aust, Henrik M. Broder und Günter Wallraff eröffneten mit ihren *St.-Pauli-Nachrichten* eine neue Front und wollten „mit saugroben Schweinereien das kapitalistische Schweinesystem zum Tanzen bringen". Unsere prüde Parteipresse hatte natürlich das Nachsehen. Das Coming-out der Homosexuellen wurde wie ein öffentliches Fest zelebriert, zumindest so lange, bis einer der hellsten Köpfe der Bewegung, der *konkret*-Redakteur Hartmut Schulze, plötzlich einer heimtückischen Krankheit zum Opfer fiel. Er war einer der ersten Aidstoten in Hamburg, aber damals kannte man weder den Namen der Seuche noch ihre Ursachen. Auf der Trauerfeier in der Redaktion kursierten die seltsamsten Gerüchte. Mehrere Redner verdächtigten den CIA als Urheber. Bald darauf hielt der Tod, bis dahin im linken Milieu beinahe ein unbekanntes Wesen, unter den Schwulen reiche Ernte.

Aus der um sich greifenden Orientierungslosigkeit rettete mich eine Einladung vom sowjetischen Schriftstellerverband. Fünfzig Jahre nach dem Erscheinen von Egon Erwin Kischs berühmter Reportage *Zaren, Popen, Bolschewiken* wurde ich eingeladen, dem Altmeister nachzueifern und auf seinen Spuren eine ähnlich abenteuerliche Reise zu unternehmen. Das genaue Reiseziel sollte ich selbst bestimmen. Ich schlug den sowjetischen Orient vor, jenen Teil des Vielvölkerstaates, der geschichtlich und kulturell vom Islam geprägt war. Mein Vorschlag wurde akzeptiert und um ein Ziel ergänzt, das damals keinem offiziellen Gast des Landes erspart blieb: die Großbaustellen des Kommunismus entlang der sibirischen Baikal-Amur-Magistrale.

In Moskau bekam ich Zeit und Gelegenheit, mich gründlich auf meine Reise vorzubereiten und den Rat von Experten einzuholen. Natürlich traf ich Jan Vogeler wieder, und da ich unter seiner Obhut im Roten Kloster nächtigen durfte, hatten wir die Möglichkeit, unsere westöstliche, worpswedisch-moskowitische Freundschaft zu pflegen und uns gründlich auszutauschen. Ich war zu Gast im Schriftstellerverband, und der Genosse Steshensky, zuständig für die Kontakte zur Bundesrepublik, tat sein Bestes, um mich mit der Gruppe der Orientalisten unter den Sowjetautoren bekannt zu machen. Auf diese Weise begegnete ich zum ersten Mal meinem Freund Rady Fish, und ich lernte so wunderbare und verehrungswürdige Schriftsteller wie Abdelschamil Nurpeissow aus Kasachstan, Rassul Gamsatow aus dem Kaukasus und Valentin Rasputin aus Sibirien zumindest flüchtig kennen und wurde auf ihre Werke aufmerksam. Tschingis Aitmatow war gerade im Aufbruch zu einer Reise in die Bundesrepublik und nach Frankreich, aber er lud mich ein, während seiner Abwesenheit sein Studio und sein Haus in Frunse zu besuchen. So geschah es. Im Hause Aitmatow wurde ich von seiner liebenswürdigen Frau willkommen geheißen und vom ganzen Familienclan mitgenommen zu einem Ausflug in die Berge. Hoch oben im Gebirge wurde vor einer Hütte ein Lagerfeuer entzündet, und in seinen Flammen wurde für uns ein ganzer Hammel gegrillt.

Die Gastfreundschaft, die Weltoffenheit und der Internationalismus der einzelnen Schriftsteller waren ganz gewiß nicht nur Programm, sondern kamen von Herzen. Gegenüber den Kollegen in der DDR gab es einen bemerkenswerten Unterschied. Während mir die meisten DDR-Autoren, abgesehen von den Dissidenten, als gläubige Genossen begegnet sind, waren die Sowjets in aller Regel Zyniker. Der Kommunismus bestand für sie zuallererst in einem Lügengebäude, das sie längst durchschaut hatten. Zugleich verfügte der mächtige Allunionsverband der Sowjetschriftsteller über eine jahrzehntelange Erfahrung in der Gäste- und Irreführung. Zusammen mit dem Geheimdienst, dem KGB, war er in der Lage, seinen teuren Gästen zuliebe ganze Potemkinsche Dörfer, Szenen und Legenden aus dem Boden zu stampfen. So erhielt ich auf meinen dringlichen Wunsch die Gelegenheit, als einer der ersten westlichen Besucher Siedlungen der lange verfemten und verfolgten Rußlanddeutschen zu besuchen. Ich war zu Gast im Dorf Rosa Luxemburg im fernen Kirgistan, einem wirklichen Vorzeigedorf mit zierlichen, deutschtümelnden Schmuckkästchen. Meine Gesprächspartner erzählten mir auf plattdeutsch die tollsten Geschichten, als wären sie nach langer Reise endlich im Paradies der Werktätigen angelangt. Erst ein Jahrzehnt später, unter dem Eindruck von Gorbatschows neuen Idealen, Glasnost und Perestroika, und dem bald darauf einsetzenden Aussiedlerstrom, dämmerte mir, daß mein Besuchsprogramm bis ins kleinste Detail einem vom Geheimdienst ausgearbeiteten Drehbuch gefolgt ist. Selbst die leckere Himbeersoße, die mir aufs Brot und ums Maul geschmiert wurde, kam – so der Titel meiner dritten und letzten Sowjetunionreportage – vom KGB.

Ich habe auf meinen drei Reisen durch die Sowjetunion sehr viel zu sehen bekommen, und beileibe nicht nur Potemkinsche Inszenierungen. Ich bin im Norden bis an den Rand des Eismeers gekommen, habe die unendlichen Weiten Sibiriens gesehen und habe in Mittelasien etliche Wüsten, Steppen und Hochgebirge durchquert. Über den herrlichen Baikal bin ich zweimal gefahren, im Winter mit dem Hundeschlitten, im Sommer mit dem Fischerboot. Ich habe zu Füßen der höchsten Berge der Sowjetunion gestanden: Damals hießen sie noch Pik des Sieges, Pik Lenin und Pik Kommunismus. Heute tragen sie längst wieder ihre altehrwürdigen Namen: Usengilesch, auf deutsch: Steigbügel zum Himmel. Ich habe die mächtigen Tannen des Tienschan zu umarmen versucht. Ich bin durch den Grand Canyon am Oberlauf des Jenissej geklettert und habe die Wasserfälle der Angara bestaunt. Sibirien habe ich als großes, weites, wildes Land erlebt, ebenso faszinierend und verheißungsvoll wie der Wilde Westen Nordamerikas. Rußland ist, wie mein russophiler Freund und Autorenkollege Godehard Schramm gern wiederholt, nicht mit dem Verstand allein zu begreifen. Es spricht uns mit der Seele an. Vielleicht wegen des unermeßlichen Leides, das den Menschen auf den endlosen, mit Blut getränkten Ebenen von Weißrußland bis ins ferne Sibirien von den Zaren, von Stalin und von Hitler zugefügt worden ist. Kasachstan, Usbekistan, Turkmenistan, Tadschikistan und Kirgistan waren zu meinem Erstaunen noch viel stärker von der islamischen Geschichte und Kultur beeinflußt, als ich erwartet hatte. Muslimische Bräuche, Kleidung, Namen, Verhaltensformen und Gebäude bestimmten in hohem Maße das Straßenbild und ergänzten sich in meiner Wahrnehmung auf ideale Weise mit dem Sozialismus. Islam und Kommunismus waren in meinen Augen zwei Seiten einer Medaille. Ehrfürchtig bewunderte ich die blaugekachelten Medressen und Moscheen in Samarkand. Ich war zu Gast beim Mufti von Taschkent, dem höchsten Repräsentanten der Muslime in der Sowjetunion, und glaubte ihm aufs Wort, als er mir erklärte, wie wunderbar einfach sich die Lehren von Marx, Engels und Lenin mit der Lehre des Propheten in Einklang bringen ließen. Im realexistierenden Sozialismus sei die Sozialethik des Islam nahezu hundertprozentig umgesetzt worden. Der beredte Mufti erzählte mir, er selber habe zunächst islamische Theologie und danach marxistische Philosophie studiert und in beiden Fächern promoviert. Daß der Gottesgelehrte von Breschnews Gnaden in Wahrheit eine Kreatur des Geheimdienstes war, habe ich damals nicht geahnt. Die Hamburger Orientalistin Petra Kappert, die aufgrund meiner Empfehlung drei Jahre später vom sowjetischen Großmufti empfangen wurde, durchschaute ihn schon in den ersten Minuten der Audienz, als sie herausfand, daß seine Scheinheiligkeit nicht einmal die arabische Sprache beherrschte. Ich war damals viel zu unbedarft, um solche Zweifel in mir aufkommen zu lassen, und gab mich mit der theologischen Häppchenkost zufrieden, die der rote Muftidarsteller mir zu Tee und Gebäck auftischte. Auf meine Frage, wie viele Frauen ein Muslim haben dürfte, antwortete mein Scheich mit einer hübschen Anekdote aus den Tagen der Oktoberrevolution. Der letzte Emir von Buchara sei ein sehr fortschrittlicher Religionsführer gewesen und sei mehrfach von Lenin zu Rate gezogen worden. Kurz vor seinem Amtsverzicht habe der Emir den Revolutionsführer in Moskau gefragt, ob er seinen Harem mit in die Pension nehmen dürfe. Wieviele Frauen hast du? hat Lenin gefragt. Vier, antwortete der Emir, eine Frau aus der Türkei, die mir die Kinder gebiert. Eine Araberin, die mir die Nächte versüßt. Eine Perserin, die mir meine Briefe schreibt, und eine Russin, die mir das Essen kocht. Lenin fragte darauf seinen Gast: Ist eine deiner Frauen Genossin? Die Russin ist es bestimmt, bekam er zur Antwort. Darauf Lenin: Dann darfst du sie behalten. Wen? wollte der Emir wissen. Und der Revolutionsführer entschied: Alle. Wenn die Genossin auf deinen Harem aufpaßt!

Ungleich mehr Eindruck als der Empfang beim Mufti hat allerdings die Begegnung mit Gallia Dschuschunjalewa auf mich gemacht, meiner hellbraunen, sommersprossigen, mandeläugigen kasachischen Dolmetscherin. Sie lud mich in ihr Haus ein, und statt sowjetischer Ikonen zeigte sie mir arabische Kalligraphien, prächtige Gebetsteppiche und in einem versteckten Winkel sogar eine Gebetsnische mit einer Darstellung der Kaaba in Mekka. In ihrem Elternhaus genoß ich zum ersten Mal den ganzen Segen der orientalischen Gastfreundschaft. Ohne Scheu versammelten sich ihre Familienangehörigen vor meinen Augen zum Gebet. Gallia erschien mir wie die madonnenhaft reine Verkörperung des neuen Menschen, eine leibhaftige Anwärterin des Paradieses. Wir blieben in lockerer brieflicher Verbindung. Ich hatte keine Vorstellung davon, daß der KGB ihren Briefwechsel nicht nur kontrollierte, sondern geradezu diktierte. Sie mußte meine Briefe im Büro des Geheimdienstes abholen und an Ort und Stelle auch ihre Antwort schreiben. So blieb mir bis zu unserem Wiedersehen zwei Jahrzehnte später gänzlich verschleiert, wie sehr der reale Kommunismus ihr Leben und ihre Liebe zerstört hat. Ihr späterer Mann war Atomphysiker in den Anlagen von Semipalatinsk und gehörte zum Sympathisantenkreis um Andrej Sacharow. Nach seiner Verhaftung mußte er zur Strafe ein Jahr lang Dienst tun auf einem sowjetischen Atomunterseeboot. Die Strahlendosis, die er dabei erhalten hat, war so hoch, daß er zwei Jahre später in Gallias Armen an Leukämie verstorben ist.

Von solchen Schicksalen steht nichts in meiner literarischen Reportage *Ab nach Sibirien*, die im Herbst 1977 auf dem Markt erschienen ist. Mit dem provozierenden Titel wollte ich den Versuch unternehmen, das negativ besetzte Sibirienbild der Westdeutschen ins Positive zu wenden. Ein wenig ist mir das vielleicht sogar gelungen. Mein Buch fand eine bemerkenswerte Resonanz und wurde trotz heftiger Verrisse weit über den Kreis der Linken hinaus verkauft, insgesamt etwa 35000mal. Was ich geschrieben habe, habe ich geschrieben. Es ist dabei allerdings kein Abbild der sowjetischen Alltagsrealität entstanden, sondern vor allem ein Spiegelbild meiner eigenen Wünsche, Träume und Hoffnungen, bezogen auf den Sozialismus als Alternative zur kapitalistischen Ausbeutergesellschaft. Dabei sind mancherlei Phantasien und Tagträume aus den Märchen der Tausendundeinennacht in meinen Reisebericht eingeflossen. Boshaft, aber treffend fand ich im nachhinein den Verriß meines schärfsten Kritikers, des Herausgebers von *konkret*, Hermann Gremliza: „Ganghofer im Wunderland". Er nannte mich einen Traumtänzer und Hans-guck-in-die-Luft auf der Suche nach dem Guten, das von oben kommt.

Meinem Sibirienbuch verdanke ich auch meine erste persönliche Begegnung mit Annemarie Schimmel. Mein pakistanischer Freund aus der Studentenzeit, Munir Ahmed, arbeitete inzwischen am Hamburger Orient-Institut und hatte dort eine Tagung über das islamische Erbe in den Ländern des Mittleren Ostens organisiert. Die Schimmelin war als Referentin eingeladen, ich als Gast, und mein Freund nutzte die Gelegenheit, um uns miteinander bekannt zu machen. Zuerst reagierte Annemarie Schimmel reserviert, als ich ihr sagte, ich sei Kommunist und hätte ein Buch über die Sowjetunion geschrieben. Aber ihre Miene hellte sich sofort auf, als ich ihr berichtete, ich sei in Samarkand gewesen und hätte vor allem über die orientalischen Gebiete berichtet. Das waren Weltgegenden, die sie selbst noch nicht gesehen hatte, die sie aber gern kennengelernt hätte. Aus dem Stegreif zitierte sie mir ein Reimgedicht auf das märchenhafte Samarkand, das sie selber noch als Teenager geschrieben hatte. Als ich ihr mein Buch überreichen wollte, stutzte sie und studierte den grellen Umschlag. Darauf prangten Hammer und Sichel, die Insignien der Sowjetunion. Annemarie Schimmel lachte und meinte: „Das nächste Mal lassen Sie den Hammer einfach weg. Dann wird aus der Sense die Sichel des neuen Mondes, und Sie sind auf der richtigen Seite."

Im Herbst 1977 unternahm ich eine mehrwöchige Lesereise durch die linken Buchhandlungen der Bundesrepublik. Bei meinen Gesinnungsgenossen kam ich mit meinem Buch gut an, aber der Klassengegner ließ sich einiges einfallen, um mir den Zugang zu meiner Leserschaft zu erschweren. Mehrmals stand ich unterwegs vor verschlossenen oder polizeilich versperrten öffentlichen Räumen, weil die Vermieter plötzlich kalte Füße bekommen und die Verträge gekündigt hatten. Zur Buchmesse veröffentlichte die CDU-Fraktion im Bonner Bundestag eine Dokumentation über die „Sympathisanten des Terrors". Darin wurde auch ich mit Auszügen aus einem Agitpropgedicht zitiert, neben so renommierten Kollegen wie Heinrich Böll, Erich Fried und Luise Rinser. Ich war also in guter Gesellschaft.

Zum schlimmsten Tag für mich persönlich wurde der 13. Oktober 1977, der 75. Geburtstag meines Vaters. Meine Familie feierte das Fest mit vielen Gästen in einer kleinen Wirtschaft am Rande meines Heimatdorfes. Ich kam nachmittags direkt von der Frankfurter Buchmesse, auf der Sowjetbotschafter Falin mein Sibirienbuch präsentiert hatte, und betrat das Gasthaus im selben Moment, als ein Vertreter der Gemeindeverwaltung eine wortgewaltige Lobrede auf meinen Vater hielt. Als ich über die Diele ging, um meinem Vater zu gratulieren, unterbrach der Lokalpolitiker seine Ansprache, wechselte seine Tonart und begann mich im Kasernenhofton zu beschimpfen: „Du gehörst doch auch zu denen, du gehörst hinter Gitter!“ Was ihn zu diesem Wutausbruch verleitet hatte, war mir in diesem Augenblick nicht klar, denn ich hatte seit dem Vorabend keine Nachrichten mehr gehört. Ich wußte noch nicht, daß am Morgen ein palästinensisches Terrorkommando eine vollbesetzte Lufthansamaschine auf dem Flug nach Mallorca entführt hatte, um die Gefangenen der Roten-Armee-Fraktion aus den bundesdeutschen Gefängnissen freizupressen. Die Brandrede des offiziellen Gratulanten verfehlte ihre Wirkung nicht. Die Mehrzahl der Geburtstagsgäste sah zumindest einen Schatten des Verdachts auf mir lasten. So wurde es ein trauriges Fest – für mich und gewiß für meinen Vater auch. Ich saß im Nebenzimmer am Katzentisch und fühlte mich wie ausgesperrt. Kaum einer redete mit mir, ich aß meine Torte und habe mich dann ohne Abschied davongestohlen.

12. Station

Amerika

Eine unerwartete Begegnung war für die Weltgeschichte meiner Seele ungleich bedeutsamer als die ganze Biermannpanne, meine Sibirienreise oder die Terroristenhatz und ließ die Fieberkurve meiner Lebensbahn heftig emporschnellen. Es war spätnachmittags an einem warmen Spätsommertag im August des Jahres 1978, als ich die 67 Stufen meiner Treppe hinabstieg, um im Hinterhof meine Mülltüten zu entsorgen. Neben dem Müllcontainer stand eine fremde dunkelhäutige Frau mit leuchtend grünen Augen, deren Anblick mich in einige Verwirrung und Verlegenheit stürzte. Ich war augenblicklich verzaubert von der Strahlkraft ihres Blickes, von ihrem sanften Lächeln und von der schlanken Schönheit ihrer Erscheinung. Sie fragte mich auf deutsch, ob ich ihr sagen könne, wo sie die Kolonialakten aus dem Hamburger Weltwirtschaftsarchiv finde. Sie sei aus Amerika gekommen, um diesen Archivbestand zu durchforschen. Ich wohnte zwar schon seit über zehn Jahren an der Eppendorfer Landstraße, aber bis dahin hatte ich nicht die geringste Ahnung davon, daß in einem Verschlag am Rande meines Hinterhofs wichtige historische Dokumente lagerten. Weil ich keine Antwort wußte, lud ich die schöne Fremde ein, bei mir ein Glas Tee zu trinken. Ich wollte währenddessen über Telefon herauszufinden versuchen, wo sich das Archiv befinden könnte.

Liz, Elisabeth Thompson, zögerte nicht, mit mir die Treppe hinaufzusteigen. Sie sah sich ein wenig in meiner Wohnung um, trank meinen Tee und begann mir aus ihrem Leben zu erzählen. Ich antwortete mit einigen Auskünften über mich und mein eigenes Leben und bereitete währenddessen einen Obstsalat mit Sahne zu. Der schmeckte ihr und schmeckte mir. Zusammen schmeckt manches besser. So kamen wir uns näher. Liz blieb über Nacht, und so begann mein größter anzunehmender Glücksfall. Am anderen Morgen holten wir mit meinem Fahrrad ihre beiden Seesäcke und teilten unsere bis dahin nur partiell bewohnte Altbauwohnung gänzlich neu auf. Ein Zimmer bestimmten wir für Ingrid. Als wir zum ersten Mal miteinander schliefen, hatte mir Liz gebeichtet, sie habe schon eine Tochter. Ich war sehr glücklich, auf eine so einfache wie wunderbare Weise Vater geworden zu sein. Zwei Wochen später holte ich unsere Tochter vom Frankfurter Flughafen ab. Ein paar Tage darauf feierten wir Ingrids zwölften Geburtstag. Am nächsten Tag wurde sie in die sechste Klasse des zweisprachigen Zweiges am Helene-Lange-Gymnasium aufgenommen. Sie lebte sich rasch ein, in der Schule, in Deutschland, bei uns zu Haus. Zum ersten Weihnachtsfest bei uns bekam sie von Liz und mir eine Katze geschenkt. Kater Huckleberry entwickelte sich rasch zu einem selbstbewußten, eigensinnigen, einfühlsamen und anschmiegsamen Stubentiger. Seine Schnurrlaute kamen nicht aus der Kehle, sondern aus der Seele. Am liebsten lag er in Ingrids Bett oder auf meinem Schreibtisch und verfolgte angespannt das Spiel meiner Finger auf den Tasten der Schreibmaschine. Wenn er sich vernachlässigt fühlte, konnte er sehr eifersüchtig werden und sorgte dann für entsprechende Kater-Strophen. Einmal hatten wir das Haus voller Besuch. Huckleberry hatte sich nach oben auf den Küchenschrank verkrochen und verfolgte von dort mißgünstig das Geschehen. Als wir mit den Gästen zusammen um den Eßtisch saßen, nutzte er seine Chance und sprang im hohen Bogen vom Schrankdach mitten hinein in die Schüssel mit dem Nudelsalat. Die fiel zu Boden, und unser Kater fing gotterbärmlich an zu miauen.

Offenkundig meinte es Gott gut mit mir, auch wenn ich ihn gar nicht darum gebeten hatte. Er gab mir die Möglichkeit, neue und lebensgeschichtlich bedeutsame Erfahrungen zu machen und neue Dimensionen meiner Existenz zu entdecken. Dank Liz, die als Frau, als Mutter, als in Afrika Wurzelnde, als Liebende und Geliebte von Herzensangelegenheiten weit mehr verstand als ich, entdeckte ich mein eigentliches Zentralorgan. Mir wurde mein Herz geöffnet. Ich lernte es von neuem, nicht nur mit dem Verstand und mit Worten, sondern von Herz zu Herz zu kommunizieren und innere Schwingungen wahrzunehmen, gegen die ich mich fast ein Jahrzehnt lang verschlossen hatte. Ich war an einer Bruchstelle meiner Biographie angelangt. Mit einem Schlag hatten sich darüber hinaus meine soziale und familiäre Situation grundlegend verändert. Gleichsam über Nacht war ich zum Familienvater geworden, ich hatte persönliche Aufgaben und Pflichten und trug Verantwortung für andere. Liz wollte unbedingt ihre Forschungsarbeiten fortsetzen und flog schon wenige Monate nach ihrem Einzug bei mir für fast ein Dreivierteljahr nach Namibia, um dort nach Spuren und Zeugnissen der deutschen Kolonialherrschaft zu suchen. Ingrid blieb in dieser Zeit bei mir, sie war am Beginn ihrer Pubertät, und wir beide mußten mühsam lernen, miteinander auszukommen. Ich mußte begreifen, daß mit Freundlichkeit allein nicht alle Probleme zu lösen sind, und war wohl oder übel gezwungen, meine Rolle als zumindest vorübergehend Alleinerziehender ernst zu nehmen. Trotz meiner Vaterpflichten war ich bemüht, meine politische Reisetätigkeit kreuz und quer durch die ganze Bundesrepublik aufrechtzuerhalten. Ich konnte dabei immer auf die Hilfe meiner Mitbewohner im Haus und meiner Nachbarn rechnen, allen voran Malika, die Marokkanerin aus dem Hinterhof. War ich unterwegs, dann sorgte sie dafür, daß Ingrid ihr Essen bekam und rechtzeitig ins Bett ging. Ingrid war, weil sie ihre Kindheit vor allem bei den Großeltern und Verwandten gelebt hatte, ein sehr selbständiges Mädchen, aber gerade deshalb war ihre Erziehung für mich als pädagogisch gänzlich Unerfahrenen alles andere als eine leichte Aufgabe. Aber als sie sieben Jahre später ein gutes Abitur hinlegte und zu einer selbstbewußten und lebenstüchtigen jungen Frau heranwuchs, war ich darüber sehr glücklich und empfand so etwas wie väterlichen Stolz. Mit 16 verliebte sich meine Tochter in den Leadsänger einer afrobritischen Reggaeband. Delvin kam oft zu Besuch, und nach dem Schulabschluß zog Ingrid zu ihm nach London. Doch ihr Glück dauerte nicht lange. Während einer Tournee durch Ghana ist Delvin auf tragische Weise ums Leben gekommen. Möglicherweise wurde er ermordet. Für Ingrid war sein Tod ein schwerer Schlag. Sie verließ wenig später London und zog zu ihrer Mutter, die sich inzwischen in New York als Anwältin niedergelassen hatte. Dort lernte sie bald einen Lehrer aus der Karibik kennen und lieben, bekam von ihm drei Kinder und ist – entgegen dem Beispiel ihrer Eltern – immer noch mit ihm verheiratet. Es ist für mich jedesmal ein Fest, wenn sie bei uns zu Besuch ist.

Durch die familiäre Verbindung mit Liz und Ingrid habe ich mich gleichsam gehäutet, ich bin aus meiner Haut gefahren und eingetaucht in die Lebenswirklichkeit farbiger Menschen. Meine Reise in die schwarze Haut hat meine Wahrnehmung und meine Ansichten von der Welt grundlegend verändert. Vorher hatte ich allenfalls in der Theorie und in Worten für die Mühseligen und Beladenen Partei ergriffen. Jetzt war ich selbst mitten unter ihnen. Mehr noch als am eigenen Blickwinkel spürte ich den Perspektivenwechsel am Blick der anderen. Selbst viele der eigenen Genossen guckten mich plötzlich mit anderen Augen an. Sie wären gewiß bereit gewesen, mir ein bißchen Dschungelfieber und eine Affäre mit einer Schwarzen nachzusehen, aber daß ich meine fremde Schöne samt ihrer Tochter sofort in mein Haus aufnahm, konnten nur die wenigsten begreifen. Heute sind in Deutschland schwarzweiße Ehen längst keine Seltenheit mehr. Damals waren sie fast überall ein

Stein des Anstoßes. Meiner Mutter gelang es ziemlich schnell, ihre Abscheu und ihre Scheu zu überwinden. Aber mein Vater war so schockiert, daß er vor lauter Gram über diese Schande an Magen- und Darmkrebs erkrankte.

Bei anderen merkte ich, daß sie mir nicht mehr auf gleicher Augenhöhe begegneten, sondern auf mich herabschauten, nicht gerade verächtlich, aber doch mit mitleidiger Herablassung. Ich lernte es, ihre Einstellung meinen Lebensgefährtinnen und mir gegenüber an ihrer Körpersprache abzulesen, an ihren Handbewegungen, an ihren herabgezogenen Mundwinkeln, an ihren gerunzelten Stirnen. All das war für mich ein zusätzlicher Beweggrund, so rasch wie möglich zu heiraten, auch weil dieser Status uns die Möglichkeit gab, für Ingrid eine sichere Aufenthaltsgenehmigung zu beantragen.

Später, nach dem Ende meiner Negritude-Euphorie, habe ich erkannt, daß die Hautfarbe allein weder ein politisches Programm noch ein religiöses Bekenntnis ersetzen kann. Dennoch wurde meine schwarzweiße Liebe zu meiner eindringlichsten Lebenserfahrung. Ich bin über meinen eigenen Schatten gesprungen. Ich habe einen Sprung gemacht und bin auf eine Bahn eingeschwenkt, die mich früher oder später mit dem Islam in Berührung bringen sollte. Die Fremdbestäubung ist nicht zuletzt meiner literarischen Produktivität zugute gekommen und hat mich zu Gedichten, Geschichten und Berichten inspiriert, die mehr Substanz hatten als die meisten blassen Weltverbesserungstexte, die ich bis dahin abgeliefert hatte.

Im Frühjahr reiste ich mit Ingrid – Liz war uns schon vorausgeflogen – zum ersten Mal über den großen

Teich nach Amerika. Ich war voller Aufregung und Vorfreude und wurde schon bei der Zwischenlandung in New York von einer ganzen Familie linker Freunde und Genossen willkommen geheißen. In Pittsburgh, in Liz' Wohnung an der Forbes Avenue, nicht weit entfernt von der neugotischen „Kathedrale des Lernens", fühlte ich mich vom ersten Tag an wie zu Hause. Ich fand rasch Anschluß an die kleine Zelle der Kommunistischen Partei, die von drei Köpfen geleitet wurde, von Walter, dem Juden, der die Parteibuchhandlung führte, von Greck, dem Iren und Katholiken, der einen staatlich lizenzierten Laden für Spirituosen leitete, und von Rascheed, dem schwarzen Muslim, der mit seinem Truck ganz Nordamerika durchquerte. Ich verteilte mit ihnen zusammen Flugblätter vor den Toren des mächtigen Stahlwerks von Aliquippa und versuchte mein Bestes, um den *Daily Worker* an die Studenten zu verkaufen. Wenn ich dann und wann Erfolg hatte, dann war es allein dem Mitleidseffekt zu danken und ganz gewiß nicht meinen Überzeugungskünsten.

Zusammen mit Liz und Ingrid, aber auch allein begann ich, die Vereinigten Staaten zu bereisen, von Nord nach Süd und von West nach Ost. Die großen Strecken habe ich meistens mit dem billigen Greyhoundbus zurückgelegt und dabei Land und Leute kennen- und liebengelernt. Immer wieder habe ich meine Fahrten unterbrochen und mich von den netten Menschen einladen lassen, mit denen ich mich unterwegs angefreundet hatte. Ich begeisterte mich für die großartigen Landschaften Nordamerikas, für die endlosen Weiten der Ebenen ebenso wie für die Felsenmassive der Rocky Mountains. Ich fand rasch Gefallen an der amerikanischen Lebensweise, vor allem an der Abwesenheit der Klassenunterschiede, und genoß die amerikanische Form der Gastfreundschaft. Während im Orient der Gast überall König ist und entsprechend behandelt wird, nehmen die Amerikaner ihre Besucher als gleichrangig auf. Sie machen kein großes Aufhebens, sagen: Da ist der Kühlschrank, nimm dir, was du brauchst! Da steht ein Sofa! Wenn du müde bist, leg dich hin! Solche Umgangsformen erleichtern die Kommunikation, und man hat als Gast nie das Gefühl, dem Gastgeber lästig zu sein.

Meine erste Reise führte mich zu meinem Onkel Alfred Vagts, der zusammen mit seiner Frau Miriam zurückgezogen und inzwischen hochbetagt in dem kleinen Städtchen Sherman im Staate Connecticut lebte. Ich entschuldigte mich dafür, daß ich ihm zehn Jahre vorher wegen seiner Haltung zum Vietnamkrieg bitterböse und vorwurfsvolle Briefe geschrieben hatte. Meine Entschuldigung wurde dankend angenommen, und die beiden Alten, krummgebogen wie das Elternpaar auf dem Bild von Philipp Otto Runge in der Hamburger Kunsthalle, bewirteten und beherbergten mich mit großer Herzlichkeit.

Elizabeth Thompson war seit ihrer Jugend in der Bürgerrechtsbewegung aktiv. In ihrer Geburtsstadt, in Charlotte in North Carolina, hatte sie sich eifrig für die Freilassung der „Drei von Charlotte“ eingesetzt: drei junge Afroamerikaner, die zu Unrecht der sexuellen Belästigung von weißen Frauen beschuldigt wurden. Während unseres ersten Besuchs bei den Schwiegereltern nahmen wir an einem Meeting zu Ehren der freigekämpften Bürgerrechtler teil, bei dem ich selbst um ein Grußwort gebeten wurde. Es war meine erste öffentliche Rede auf englisch. Ich erhielt viel Beifall, aber ich mußte auch zur Kenntnis nehmen, daß einige schwarze Radikale aus der lokalen Szene es meiner Frau verübelten, daß sie einen weißen Mann geheiratet hatte. In ihren Augen waren derartige Beziehungen Verrat an der Sache der Schwarzen. Wir befanden uns mitten in North Carolina, also bereits im nordamerikanischen Süden. Es war damals gerade zehn Jahre her, daß in diesem Staat das Verbot der *miscegenation*, der Rassenvermischung, aufgehoben worden war. Aber als Trauma wirkte dieses Verdikt immer noch in vielen Köpfen, bei Weißen wie bei Schwarzen, nach. Als *misties*, als Rassenvermischte, standen wir weder auf der einen noch auf der anderen Seite der ehemaligen Rassengrenze in sonderlich gutem Ruf.

Dank meiner Frau standen mir viele Türen zu den Vorkämpfern des anderen Amerika offen. Zu meinen schönsten Erlebnissen gehört eine Begegnung mit dem Altmeister der afroamerikanischen Erzählliteratur, James Baldwin. Er stand auf der Kanzel einer Kirche in Harlem und machte sich seine unfrisierten Gedanken über die Hautfarben der Propheten. Jesus, lächelte er verschmitzt, war längst nicht so weiß, wie ihn manche Bleichgesichter gern hätten. Moses, hauchte Baldwin in sein Mikrophon, ist mir der liebste. Der Mann der zehn Gebote war Ägypter, war Afrikaner. Als den Allerschwärzesten unter den Gottgesandten sah er den Propheten aus Mekka an. „Der hat einen Mann aus Afrika zu seinem ersten Ausrufer bestellt, weil wir Afrikaner auf der ganzen Welt die durchdringendste Stimme haben und weil wir aus dem Herzen zu den Menschen sprechen."

Einen ebenso großen Eindruck machte Allen Ginsberg auf mich, der jüdische Pop-Poet, den ich auf einer Trauerfeier zu Ehren der zehn Jahre zuvor ermordeten Führer der Black Panther Party erlebte. Ginsberg begann mit dem Kaddisch, dem hebräischen Totengebet, rezitierte dann zum Erstaunen aller Anwesenden auf arabisch die 99. Sure aus dem Koran, „Das Erdbeben", und deutete sie als eine Prophezeiung des Gerichts, das die Völker der Welt über Amerika halten werden. Der Dichter, der damals wegen seiner Lautmalereien und Wortspielereien in Amerika überaus populär war, schloß mit einem besonderen Schlußakkord. Er rezitierte auf deutsch Bertolt Brechts visionäres Gedicht *Verschollener Ruhm der Riesenstadt New York*. Darin heißt es so ähnlich wie einst bei Andreas Gryphius: „Von diesen Städten wird bleiben, der durch sie hindurchging: der Wind."

Ich bin nach San Francisco und Berkeley gefahren, um Angela Davis und ihre Schwester Fania zu besuchen. Bald darauf haben Liz, Ingrid und ich beide Schwestern noch einmal im Hause ihrer Mutter in Birmingham, Alabama, wiedergesehen. Dort war die Stimmung ungleich gelockerter, weil die Mutter eine ausgesprochene Frohnatur war und es liebte, Gäste um sich zu scharen. Angela kam später als Rednerin nach Hamburg zum Evangelischen Kirchentag und anschließend zu uns zu einem Imbiß ins Haus, weil sie als strenge Vegetarierin den ihr angebotenen Fisch nicht angerührt hatte. Sie war im persönlichen Umgang eine ausgesprochen komplizierte Person und kam mit ihrer öffentlichen Rolle als Heilige Johanna der Bürgerrechtsbewegung nur schwer zurecht. Als

Liz, Ingrid und ich während einer Sowjetunionrundreise Angela ausgerechnet im sibirischen Nowosibirsk wiedersahen und mit ihr eine gemeinsame Dampferfahrt unternahmen, war sie tieftraurig und fast depressiv. Sie hatte, so schien es uns, innerlich den Glauben an ihre Ideale verloren, wollte aber in ihrem öffentlichen Auftreten weiter den Anschein vermitteln, als sei sie ihrer Utopie treu geblieben. Daß ich ihr weiszumachen versuchte, wie glücklich das Leben der Menschen im realen Sozialismus sei, konnte sie auch nicht in ihrem Weltschmerz trösten. Die Geschlechterfrage war für sie längst wichtiger als die Klassenfrage geworden, und sie sah die Weltrevolution erst dann verwirklicht, wenn wir Menschen nach Art der Seepferdchen unsere Geschlechterrollen vertauschen und die Männer anstelle der überlasteten Frauen die Kinder zur Welt bringen.

Gänzlich unkomplizierte Gastgeber waren dagegen die Mentoren der amerikanischen Germanistik, Reinhold Grimm und Jost Hermand, Professoren in Madison im Staate Wisconsin. Sie luden mich zu sich nach Hause ein und boten mir die Gelegenheit, über meine Arbeiten mit ihren Studenten zu diskutieren. In ihren Seminaren herrschte ein freier und weltoffener Geist, und der Umgangston unter den Lehrenden und Lernenden war zwanglos, aber höflicher als in der Bundesrepublik und geprägt von gegenseitigem Respekt. Ich habe allen Grund, dankbar zu sein für die Aufmerksamkeit, die meinen Arbeiten von amerikanischer Seite zuteil wurde, und denke dabei nicht zuletzt an Professor Heinz D. Osterle von der Universität DeKalb im Staate Illinois. Er hat meine Reportagen und Gedichte über das Andere Amerika sorgfältig studiert, hat mich ausführlich interviewt und mehrere Male über meinen literarischen Beitrag zum deutsch-amerikanischen Kulturaustausch berichtet.

Ich bin ziemlich weit in Amerika herumgekommen, von Chicago im Norden bis New Orleans im Süden, von der Bundeshauptstadt Washington bis San Francisco an der Westküste. Vom ersten Anflug an hat mich die Riesenstadt New York fasziniert, auch wenn ich sie durchweg aus kritischer Perspektive wahrgenommen habe. Sooft ich dort war, habe ich bei meinen Genossen Quartier genommen, bei Max Kurz, bei John und Margret Pittman, bei May Fisher. May war eine enge Verwandte von Ethel Rosenberg, jener Märtyrerikone der amerikanischen Linken, die 1953 zusammen mit ihrem Ehemann Julius wegen angeblicher Atomspionage für die Sowjetunion in Sing-Sing auf dem elektrischen Stuhl hingerichtet wurde. Waren sie unschuldig? fragte ich meine Genossin. Um Gottes willen, antwortete May, sie waren im höchsten Maße schuldig. Sie haben Stalin das Geheimnis der Bombe verraten. Damit haben sie das Gleichgewicht des Schreckens ermöglicht und so die Welt vor dem Atomkrieg gerettet. Stell dir vor, die Amerikaner hätten die Bombe allein gehabt. Dann hätte es viele Hiroshimas gegeben!

Ich habe in New York am Parteitag der amerikanischen Kommunisten teilgenommen und für ein ins Englische übersetztes Gedicht sogar den dritten Preis im Literaturwettbewerb gewonnen. Weil nahezu allen offiziellen Delegationen die Einreise verweigert wurde, hatte ich die Ehre, zusammen mit Abgesandten aus England, Kanada, Haiti und Puerto Rico als internationaler Gast an der Tafel der beiden Parteivorsitzenden Platz zu nehmen. Auf dem Tisch standen die Flaggen der USA und der Sowjetunion, das Sternenbanner und der rote Sowjetstern, einträchtig nebeneinander. Gus Hall, der fast so aussah wie Breschnew und genauso alt war, und sein afroamerikanischer Amtskollege, der blinde Henry Winston, zählten zu den interessantesten Gesprächspartnern, die mir in meinem ganzen Leben begegnet sind. Sie hatten ihr politisches Leben abwechselnd in amerikanischen Gefängnissen und als gefeierte Gäste bei Chruschtschow, Breschnew, Ulbricht, Mao Tse-tung, Ho Chi Minh, Gomulka oder Castro verbracht. Aber es gab auch Zeiten, da waren sie sogar in ihrem Heimatland wohlgelitten. Gus Hall hatte als Ehrengast an den Feiern des Sieges über Hitlerdeutschland teilgenommen, und Henry Winston durfte als unterlegener Präsidentschaftskandidat immerhin der Amtseinführung von Präsident Eisenhower beiwohnen. Die beiden steckten voller Anekdoten und waren im übrigen überzeugt, sie würden den Zusammenbruch des US-Imperialismus noch zu ihren Lebzeiten erleben. Als Beispiel dafür, wie marode das ganze System inzwischen sei, verwiesen meine kommunistischen Gastgeber immer wieder auf das imposante World Trade Center, das ein paar Jahre vorher an der Spitze Manhattans als Symbol für die Macht des amerikanischen Monopolkapitals errichtet worden war. Dreiviertel der Büroräume stünden immer noch leer, viele Etagen seien gar nicht erst ausgebaut worden, das Gebäude bestünde zum großen Teil aus Fassaden.

In diesem Punkt war allerdings mein schwarzmuslimischer Genosse Rascheed entschieden anderer Ansicht. Er hatte mich in seinem Truck von Pittsburgh mit nach New York genommen. Wir waren nachts quer durch das in mildes Mondlicht getauchte Pennsylvania, vorbei am geborstenen Atommeiler von Harrisburgh, gerollt. Als wir am frühen Morgen am Ziel waren, lud Rascheed mich zu einer Himmelfahrt auf das Dach der Zwillingstürme ein. Der Fahrstuhl raste so schnell, daß mir dabei Hören und Sehen verging, aber der Blick über das Häusermeer von Manhattan und New York, über den Hudson und über den sanft gekräuselten, von den Bugwellen der großen Schiffe linierten Atlantik war überwältigend. Ich erinnerte mich daran, wie ich als Jugendlicher den Leuchtturm an der Elbmündung hinaufgeklettert bin und den weiten Blick über Land und Meer in mich aufgesogen habe. Damit verglichen, waren die Türme des World Trade Centers wahre Giganten, Türme von Babel, die die Wolken kratzten und teilten, als wären sie für die Ewigkeit gebaut. Mein amerikanischer Leuchtturmwärter wies seine Hand in die Richtung der aufgehenden Sonne: Dort hinter dem Horizont liegt Mekka. Dahin will ich eines Tages reisen. Mein Begleiter war überzeugt, die Türme würden ebenso lange Bestand haben wie die Pyramiden, weil sie von schwarzer Hand, hauptsächlich von afroamerikanischen Bauarbeitern, errichtet worden seien.

Zu meinen erhebendsten New-York-Erlebnissen gehört die Teilnahme am Nationalkongreß der Allianz gegen politische und rassistische Unterdrückung. Welch ein buntes Menschengewimmel gab es da zu bestaunen, einen Karneval der Kulturen, ein Stück Himmel auf Erden: Indianer im vollen Federschmuck, Afroamerikaner in bunten wallenden Gewändern, halbnackte Gandhi-Anhänger, Barfüßler, orthodoxe Juden mit Schläfenlocken, buddhistische Mönche, muslimische Kopftuchträgerinnen und Mexikaner unter mächtigen Sombreros. Ich kam aus dem Staunen und Wundern gar nicht heraus, aber die größten Augen habe ich gemacht, als ich nach einer Pressekonferenz mit dem Chefredakteur von *Ebony*, der damals einflußreichsten Zeitschrift der liberalen Afroamerikaner, ins Gespräch kam. Mister Massaquoi fragte mich auf deutsch, woher ich käme, und ich antwortete: „Aus Hamburg!" Er lachte: „Da bin ich auch geboren!" „Wirklich?" fragte ich. Ich dachte, er wollte mich auf den Arm nehmen. „Mein Vorname ist nicht John, ich heiße in Wirklichkeit Hans-Jürgen, ich bin in den zwanziger Jahren in Barmbek geboren und habe die Nazizeit in Hamburg überlebt." „Massaquoi heißen Sie?" unterbrach ich meinen Gesprächspartner. „Der Name kommt mir bekannt vor. Kennen Sie Fasia Jansen-Massaquoi?" Er überlegte, und ich begann ihm von Fasia, der schwarzen Sängerin, zu erzählen. „Ja, ja", bestätigte er schließlich, „sie muß eine Halbschwester von mir sein. Mein Vater war Generalkonsul von Liberia in Hamburg, und er hat mehrere deutsche Frauen zu Müttern gemacht. In der Nazizeit hatten wir Massaquoi-Kinder keinen Kontakt miteinander, und nach dem Krieg bin ich gleich ausgewandert, erst nach Liberia und dann weiter nach Amerika."

Die Übergänge zwischen Regenbogenkoalition, Folklore und Showbusiness waren fließend, ein klares Programm war kaum zu erkennen. Ich war hin- und hergerissen zwischen politischer Skepsis und purer Lust am Augen- und Ohrenschmaus. Auf dem

Kongreß knüpfte ich ein Freundschaftsband mit den vier wohlbeleibten und beseelten Schwestern der Soulband „Sweet Honey in the Rocks". Sie waren neben ihrer hinreißenden Sangeskunst bekennende Vegetarierinnen, Lesben, Schwarzhäute, Bauchtänzerinnen und Musliminnen. Sie erhoben ihre Stimme zu Ehren Gottes und rezitierten die Koransure über die Bienen so hinreißend, daß es mir kalt und heiß den Rücken hinunterlief. Als sie später auf einer Deutschlandtournee in Hamburg Station machten und allesamt bei Ingrid und mir zu Haus übernachteten, wurde ich Zeuge ihrer seltsamen Ernährungsweise. Sie aßen ausschließlich Yamswurzeln, die sie eigenhändig zerrieben, kochten und zu einer dicken Pampe verrührten.

Zu den Feiertagen und zum Jahreswechsel 1983/84 reiste ich zum letzten Mal zusammen mit Ingrid zu meiner Frau in die USA. Nach ihrem Studienaufenthalt in Namibia hatte Liz einen Lehrauftrag an der Abteilung für Black Studies an der Universität von Santa Barbara angenommen. Von dort aus zog es sie weiter an die Juraabteilung der Yale-Universität in New Haven, die ihr ein Stipendium angeboten hatte. Unsere Bemühungen, ihr eine Assistentenstelle am Bremer Forschungsbereich für das Südliche Afrika zu beschaffen, scheiterten. So beschränkte sich unsere Ehe auf gegenseitige Besuche in den Ferien, die auf die Dauer auch finanziell zum Problem wurden. Unsere Liebe, so aufrichtig und heftig sie begonnen hatte, erkaltete allmählich, und ich entschloß mich schließlich nach fünf transatlantischen Ehe- und Trennungsjahren, Liz um die Scheidung zu bitten. Sie willigte am Ende widerstrebend ein. Wir trennten uns ohne Bitterkeit und im gegenseitigen Respekt. Den Kontakt zu ihr und vor allem zu Ingrid und zu ihrer Familie habe ich bis heute aufrechterhalten. Er bedeutet mir viel und hält meine Erinnerungen an einen trotz aller Aufregungen glücklichen und gelungenen Streckenabschnitt auf meinem Lebensweg lebendig.

Noch immer schlägt mein Herz für das andere Amerika. Ein starkes Band der Sympathie und der Solidarität verbindet mich mit meinen schwarzen Schwestern und Brüdern jenseits des Atlantiks. Es war für mich eine große Freude, wenigstens über häufige Telefongespräche mitverfolgen zu können, mit welchem Einsatz sich Liz und Ingrid aktiv an der Wahlkampagne für Barack Obama, den ersten schwarzen Präsidenten der USA, beteiligt haben. Sie sind mit ihren Wahllisten, ihren Flugblättern und Materialien vor allem in North Carolina im Distrikt Mecklenburg County von Tür zu Tür getingelt, um unter den resignierten Menschen neue Hoffnungen zu wecken. In Gedanken war ich mit ihnen unterwegs.

13. Station

Im Schoß der Partei

Das Jahrzehnt zwischen 1980 und 1990 war der Zeitabschnitt in meinem Leben, in dem alles anders wurde, jedenfalls anders, als ich gedacht, geplant und gehofft hatte. Es waren meine Wechseljahre – eine Zeit heftiger persönlicher wie weltpolitischer Erschütterungen. Es war die Zeit meiner schwersten Lebens- und Orientierungskrise, die mich sicher aus der Bahn geworfen hätte, wenn mich Gott nicht beizeiten aufgefangen hätte. Als ich im Dezember 1979 meinen vierzigsten Geburtstag feierte, erhielt ich von der sowjetischen Botschaft in Bonn einen goldlackierten Samowar, vom Kulturbund der DDR ein Album mit sämtlichen Beethoven-Schallplatten und von meiner Parteiführung einen „gelben Brief", von dessen Inhalt ich niemandem etwas erzählen durfte: Er enthielt einen blanken Tausender. Zu meinem fünfzigsten Geburtstag, den ich aller Welt verschwieg, bekam ich von meiner Frau nur einen dicken Kuß zum Dank – zum Dank dafür, daß sie in ihrem Leib zum ersten Mal das Gefühl verspürte, sie sei schwanger.

Zu Beginn der Achtziger war ich ein erstaunlich erfolgreicher Autor. Meine ersten beiden Sowjetunionreportagen, mein anderes Amerikabuch *Die Muttermilchpumpe*, meine Streitschrift gegen den bundesdeutschen Rassismus *Der Mohr hat seine Schuldigkeit getan* und nicht zuletzt meine friedensbewegte Gedichtsammlung *Entrüstet Euch* verkauften sich erstaunlich gut und erreichten innerhalb von drei Jahren Auflagen von zusammen über 100 000. Meine Friedensgedichte jener Jahre wären sicher längst vergessen, hätte nicht ausgerechnet Dietrich Lohff, Deutschlands bester zeitgenössischer Komponist geistlicher Gesänge, einigen von ihnen Wohllaut, Resonanz und Dauer über den Tag und die Stunde hinaus verliehen. Dennoch: Zehn Jahre später war mein linksliterarisches Renommee restlos dahin. 1980 war ich noch überzeugt, der Sozialismus werde über kurz oder lang siegen. Ein paar Jahre später war ich zu der Einsicht gekommen, das Menschheitsprojekt des Kommunismus sei endgültig gescheitert. 1981 wurde ich mit 99 Prozent der Stimmen in den Parteivorstand der DKP gewählt, sieben Jahre später wurde ich aus demselben Gremium im hohen Bogen hinausgeworfen. Anfang der achtziger Jahre war ich auf dem Weg nach Westen, am Ende des Jahrzehnts strebte ich auf Mekka zu.

Dabei hatte alles so gut begonnen. Inspiriert von den Erfahrungen der amerikanischen Bürgerrechtsbewegung, engagierte ich mich in der IAF, der „Interessengemeinschaft der mit Ausländern verheirateten Frauen“, die später in „Verband für binationale Partnerschaften“ umbenannt wurde. Die Organisation war bereits 1973 gegründet worden, ein Jahr nach dem Terroranschlag auf die israelische Olympiamannschaft in München, als zahlreiche Palästinenser unter Generalverdacht gerieten und, obwohl mit deutschen Frauen verheiratet, in den Nahen Osten abgeschoben wurden. Die Frauen wehrten sich gegen die Zwangstrennung von ihren Ehemännern und neigten zu allen möglichen und unmöglichen Formen radikalen Widerstandes. Einige von ihnen waren unter dem Druck der Verfolgung zum Islam übergetreten und trugen ihr Kopftuch mit dem Stolz der Neubekehrten. Als ich zur Hamburger Gruppe stieß, war ich der einzige Mann unter lauter militanten Frauen. Doch es gelang uns bald, einige streitbare Rechtsanwälte wie Hartmut Jakobi und Rolf Geffken für die Verteidigung der von Abschiebung bedrohten Palästinenser, Türken und Afrikaner zu gewinnen. Entgegen der herrschenden Meinung nahmen wir das im Grundgesetz damals noch verankerte Grundrecht auf Asyl wortwörtlich. Die Bundesrepublik war für uns längst zum Einwanderungsland geworden. Wir ernannten als linke Lokalpatrioten Hamburg zur Freien Flüchtlingsstadt und ließen mitunter fünfe gerade sein, wenn es galt, für einen Asylsuchenden Schutz zu suchen. Im äußersten Notfall, wenn alle juristischen Mittel ausgeschöpft waren, halfen wir bei der Vermittlung eines Scheinehepartners. Auch auf die Hilfe humanistisch gesonnener Ärzte konnten wir setzen, so auf meinen bewährten Freund und Genossen Rainer Fabig. Wenn alle Stricke gerissen waren, dann schlug er den Behörden ein Schnippchen, indem er die Einweisung des Abschiebekandidaten in die Psychiatrische Klinik in seiner Nachbarschaft verfügte. In anderen Fällen baten wir unsere Pastorenfreunde – Christian Arndt von der Altonaer Friedenskirche oder Dirk Römmer von der Gnadenkirche – um die Gewährung eines Kirchenasyls. Die philippinische Seemannsfrau Susan Aviola hat mit ihren beiden Kindern mehr als sechs Wochen in der Sakristei der Eimsbüttler Christuskirche ausgeharrt, ehe die Ausländerbehörde bereit war, ihr wenigstens befristete Aufenthaltsberechtigung zu erteilen. In dieser Zeit haben wir nahezu jeden Tag ein Solidaritätsmeeting in der Kirche organisiert. Ich habe mich nach Kräften bemüht, meine Hamburger Autorenkollegen als Paten und als Partner einzubeziehen, unter ihnen Peggy Parnaß, Gabriel Laub, Siegfried Lenz, Felix Rexhausen, Ralph Giordano und schließlich auch, wenn auch ein wenig sauertöpfisch, Wolf Biermann. Seit dieser Zeit bin ich ständiger Mitarbeiter der interkulturellen Zeitschrift *Brücke*, die mein anarchorebellischer, turkoalemannischer Freund Necati Mert bis auf den heutigen Tag in Saarbrücken herausgibt. *Die Brücke* hat im Laufe eines Vierteljahrhunderts nicht nur meine eigenen Windungen und Wendungen, sondern auch alle anderen Um- und Zusammenbrüche in der linken und grünen Szenerie aushalten müssen und hat sich dadurch ein Maß an Unabhängigkeit erstritten, das selbst in der bundesdeutschen Alternativpresse ohne Vergleich ist.

Die IAF entwickelte ihre eigenen Vorstellungen vom Andersleben. Das Zusammenleben mit Ausländern wurde zum politischen Programm, schloß aber private Tragödien keineswegs aus. Unsere streitbare Bundesvorsitzende Rosi Wolf-Almanasresch war in ihrer Amtszeit mit vier verschiedenen Männern aus Drittweltländern verheiratet und pries ungeniert den Islam als die Religion der Gattenliebe. Ihre Frankfurter Zentrale, von der ich einige Male zu Vorträgen eingeladen wurde, glich zu ihren besten Zeiten einem fröhlichen Harem und verhalf als Eheanbahnungsbüro manchem Paar zum binationalen Glück. In Hamburg ging es nicht ganz so bunt und bewegt zu. Eine unserer Forderungen war es, den 17. Juni als Tag der nationalen Einheit zu einem Tag der internationalen Vielfalt umzufunktionieren und anstelle der eintönigen „Einheiz"-Feiern fröhliche Vielvölkerfeste zu feiern. Im Hamburger Stadtpark luden wir zu völkerverbrüdernden Picknicks und zum kulinarischen Geben und Nehmen der Nationen und Religionen ein. Am letzten Tag der deutschen Einheit vor der Wiedervereinigung hatten wir einen aus dem marxistischen Benin vertriebenen Regenmacher zu Gast. Er schlug so heftig auf die Trommel, daß es bald darauf aus einer harmlosen Schönwetterwolke mächtig anfing zu regnen. Das Wunder geschah. Geschah aus heiterem Himmel – so wie kaum ein halbes Jahr später der Fall der Mauer.

Auch in der AAB, der Anti-Apartheid-Bewegung, wurde ich zusammen mit Liz aktiv. In der Hamburger Gruppe dominierten die Frauen, allen voran unsere schwarzen Sängerinnen Fasia Jansen und Audrey Motang. Beide hatten volltönende Gospelstimmen und fanden so viel Resonanz, daß wir mit ihnen ganze Kirchen füllen konnten. Doch noch mehr Aufmerksamkeit erregten beide Frauen als Selbstdarstellerinnen. Sie traten, ausstaffiert mit Bastrock und Nasenringen, als käufliche Sklavinnen auf einem Sklavenmarkt auf, den unsere AAB-Sektion während des Besuchs einer südafrikanischen Fregatte in Hamburg auf den St. Pauli-Landungsbrücken veranstaltete. Wir wollten so an das Los der Wanderarbeiter unter dem Apartheidregime, aber auch an das Schicksal der Sexsklavinnen auf der Reeperbahn erinnern.

Als Mitglied des Parteivorstandes reiste ich mindestens alle acht Wochen für ein volles Wochenende zu den Vorstandssitzungen nach Düsseldorf. Die Sitzungen waren in aller Regel äußerst langweilige Angelegenheiten und bescherten mir jedesmal eine elende Migräne, weil im Tagungsraum unentwegt gequalmt wurde. Ich suchte mir meinen Platz in den mittleren Reihen, weil es sich weiter hinten die Schläfer, Schnarcher und heimlichen Säufer bequem machten. Weiter vorn saß man zu nah am Rednerpult und konnte am Ende halbtaub werden, weil die Mitglieder des Präsidiums, die mindestens die Hälfte der Redezeit für sich beanspruchten, sich stets mit voller Lautstärke ins Zeug legten. Mit unserem Vorsitzenden habe ich manches Mal Mitleid empfunden. Wenn Herbert Mies sich in Fahrt redete, geriet er so in Rage, daß er regelrecht Blut schwitzte. Er litt unter Schuppenflechte, und wenn sein Blutdruck stieg, dann lösten sich aus seinem schütteren Haar einzelne Blutstropfen und färbten sein Redemanuskript rot.

Der jüdische Anteil in unserer Parteiführung war größer als in jeder anderen bundesdeutschen Partei. Von den Genossen, mit denen ich oft zu tun hatte, nenne ich nur Kurt Bachmann, unseren Zweiten Vorsitzenden, Jupp Schleifstein und Heinz Jung, die Leiter unseres theoretischen Instituts für marxistische Studien und Forschungen, Emil Carlebach, den Herausgeber der Wochenzeitung *die tat*, Oskar Neumann, den Chefredakteur der Literaturzeitschrift *kürbiskern*, oder André Müller, den Schriftleiter der Kulturbundpostille *Kultur und Gesellschaft*. Sie alle versteckten ihre jüdischen Wurzeln nicht, mieden aber aktuelle Fragen der jüdischen Existenz wie der Teufel das Weihwasser. Nur ein einziges Mal wurde ausführlich über das Problem des Antisemitismus diskutiert – anläßlich der Frankfurter Uraufführung von Rainer Fassbinders Skandalstück *Der Müll und der Tod*. Die DKP und der Zentralrat der Juden protestierten gemeinsam gegen das Stück, besetzten die Bühne und erzwangen so seine Absetzung.

Im kommunistischen Parteivorstand, in dem die Atheisten sicher die Mehrheit hatten, gehörte ich zu den letzten Mohikanern der Metaphysik und fungierte gleichsam als Sonderbeauftragter für die Beziehungen zum offiziell nicht anerkannten Schöpfer des Himmels und der Erde. Ich engagierte mich mit dem Segen meines großen Vorsitzenden für die christlich-marxistische Verständigung und nahm an etlichen Dialogforen im Rahmen der evangelischen und katholischen Kirchentage teil. Von meinen Genossen wurde ich darum gern als „Pater Schütt" verspottet. Unser A-Theologe Steigerwald warf mir immer wieder vor, ich wollte Lenin durch Albert Schweitzer ersetzen. Meine Forderung nach Aufnahme des Tierschutzes in das Parteiprogramm verwarf er als Unsinn. Gehören die Tiere neuerdings zur Arbeiterbewegung? wurde ich gefragt. Ich antwortete mit dem Zwischenruf: „Die Ameisen bestimmt!" Ich war bemüht, den Tieren die Treue zu halten, auch über das Ende der Partei hinaus. Ich habe mich mit Wort und

Tat an den Protestaktionen der Tierrechtsbewegung beteiligt. Im Jahr 1987 haben wir das Büro der Lufthansa in der Hamburger Dammtorstraße besetzt, um gegen die barbarischen Tiertransporte des Staatsunternehmens zu protestieren. Damals transportierte die Lufthansa wöchentlich Hunderte Affen, Hunde und Katzen aus Thailand in die Hamburger Versuchslabore. Weil das Geheul und Gewinsel der geschundenen Kreaturen den Fluggästen nicht zuzumuten waren, wurden den Tieren vor der Reise die Stimmbänder durchtrennt. Als ich im Parteivorstand diese Praktiken zur Diskussion stellte, bekam ich als Antwort nur ein mitleidiges Grinsen. Es galt jedoch nicht den gequälten Versuchstieren, sondern mir, dem Quälgeist.

Offiziell war Gott für tot erklärt. Doch um des Friedens willen, genauer, um der Wirksamkeit der kommunistischen Friedenspropaganda willen, waren die Genossen nicht nur bereit, sich mit dem Teufel, sondern auch mit dem lieben Gott zu verbünden. Beispielhaft dafür war die Liaison mit der katholischen Theologin Uta Ranke-Heinemann. Sie war die erste Frau, die auf einen theologischen Lehrstuhl berufen worden war, und sie war die erste Frau, die von diesem Amt abberufen wurde, weil sie die Jungfrauengeburt Mariens geleugnet hatte. Die „Gegenpäpstin" – so wurde sie parteiintern genannt – war dazu ausersehen worden, als Spitzenkandidatin für die „Friedensliste", ein Wahlbündnis nach kommunistischem Modell, aufzutreten. Doch die streitbare Theologin war nicht bereit, sich widerspruchslos vor den kommunistischen Karren spannen zu lassen. Sie stellte Bedingungen, bestand auf einer Grundsatzdiskussion und setzte so schließlich durch, daß unsere Parteiführung sich mit ihrer weiblichen Theologie solidarisch erklärte und ihre Wiedereinsetzung als Professorin forderte. Auch unser Chefideologe stellte schließlich seine Bedenken zurück,weil er zu der Einschätzung gekommen war, bei der „Maria-Frage“ handele es sich höchstens um einen „Nebenwiderspruch“, von dem der Kern der marxistisch-leninistischen Weltanschauung nicht berührt werde.

Im Umfeld und im Vorfeld unserer Partei wirkten einige Persönlichkeiten, deren Gottesfurcht über jeden Zweifel erhaben war. Ich denke zum Beispiel an „unser Friedensklärchen“: Klara-Maria Faßbinder war eine strenggläubige Katholikin, eine glühende Bewunderin des „russischen Weges“ und eine Frau von höchstem Seelenadel. Ich habe die zerbrechliche, stets nonnenhaft schwarzgekleidete, wohlbehütete und mit einem Gesichtsschleier verhüllte Dame einmal erlebt, wie sie mehr schwebend als sitzend auf einer Ofenbank in einer engen Wohnküche mit leuchtenden Augen ihre Kenntnisse über die Liturgie der Ostkirchen ausbreitete. Klärchen zelebrierte ein geistliches Mysterium und zog einen jeden, auch den verstocktesten Gottesleugner, in ihren Bann. Sie war in solchen Augenblicken eine reine Seele, die mit der materiellen, diesseitigen Welt nichts mehr zu schaffen hatte.

Als weniger vergeistigt und weltabgewandt ist mir dagegen Luise Rinser begegnet. Als die Partei mich zu ihr schickte, um sie um ihre Unterschrift unter den *Krefelder Appell* gegen die Stationierung neuer Atomraketen in Mitteleuropa zu bitten, empfing sie mich geradezu mit matriarchalischer Grandezza. Sie lud mich zum Frühstück auf ihr Hotelzimmer und ließ mich ihre außerordentliche körperlich-weibliche wie spirituelle Ausstrahlungskraft spüren. Zum Ende der Audienz drückte mich die fast Achtzigjährige beinahe feierlich an ihre Brust und wünschte mir Gottes Segen. Ich war so erregt, daß ich vor lauter innerer Bewegung kaum noch ein Wort über meine Lippen brachte.

Die außerordentlichste Erscheinung im linken Friedenslager war ohne Frage der hessische Kirchenpräsident Martin Niemöller: in meinen Augen bis heute ein Erleuchteter, ein von innerem Licht erfüllter, ein heiligmäßiger Mensch. Dabei kein Mann ohne Ecken und Kanten. Er war kein Kopfhänger mit demütig geneigtem Haupt. Er konnte laut werden und wußte sich Gehör zu verschaffen. Ich hatte das Vergnügen, einige Male an Geburtstagsfeiern, Begegnungen und Beratungen mit „Bruder Martin" teilnehmen zu dürfen. Er zögerte nicht, seinen kommunistischen Mitstreitern die Leviten zu lesen und sie gegebenenfalls auch ins Gebet zu nehmen. Es entstand jedesmal ein peinliches Schweigen, wenn er seinen Brüdern zur Linken mangelnde Friedensfähigkeit vorwarf, weil sie nicht willens waren, in ihre eigenen Seelen Ruhe und Frieden einziehen zu lassen. Wenn eine politische Entscheidung im Raum stand, dann konnte er unvermittelt aufstehen und in den Saal hineinrufen: Lasset uns beten! Und wehe, wenn sich dann keiner bereit fand, der das Vaterunser sprechen wollte! Dann konnte er mit der Faust auf den Tisch schlagen und schimpfen: „Was für ein Otterngezücht seid ihr! Ihr wollt die Atomraketen stoppen und traut euch nicht einmal ein Gebet!"

Ziemlich plötzlich war es in Deutschland „fünf vor zwölf" geworden. Als der Wohlstand in der Bundesrepublik nie gekannte Ausmaße erreicht hatte, machte sich überall im Lande Weltuntergangsstimmung breit. Der Alarmismus der kommunistischen Friedenspropaganda schlug wie eine Bombe ins bundesdeutsche Bewußtsein ein. Immer mehr Menschen versammelten sich zu immer größeren Demonstrationen, Sitzblockaden, Lichterketten, Friedensmärschen und Volksversammlungen. Die Friedenstaube wurde zum unentbehrlichen Modeaccessoire und schied zugleich die Gutmenschen von ihren altbösen Feinden. Überall wurden jetzt Friedensgedichte vorgetragen, Friedenslieder gesungen, Friedensküsse getauscht, Friedenskekse gereicht, Friedenswachen gehalten. Der Zulauf war enorm, auch aus dem Lager der ehedem in unserem Stadtteil stark vertretenen „Schickerilla", die ein paar Monate früher noch mit Ulrike Meinhofs Rote-Armee-Fraktion sympathisiert und uns Kommunisten als lahmarschige Pazifisten verspottet hatte. Vereint gingen wir „krefeldern", das heißt, wir sammelten Unterschriften unter den *Krefelder Appell* und erklärten den Schrammsweg in unserer Nachbarschaft zur ersten atomwaffenfreien Straße in Hamburg. Wir hatten mehr als die Hälfte seiner Bewohner dazu gebracht, sich mit ihrer Unterschrift gegen die Stationierung neuer Atomraketen in ihren Vorgärten und Hinterhöfen auszusprechen. Nur ein einziger Anwohner, der ultralinke Politikstudent Jürgen Reents, war damals mutig, ehrlich und trotzkistisch trotzig genug, um mir die Unterschrift zu verweigern, ganz einfach, weil ihm der ganze Friedensschwindel nicht rot genug war. Ein Jahr später bot mir der Friedensdienstverweigerer seinerseits an, als unabhängiger Bewerber auf seiner „Bunten Liste“ zur Hamburger Bürgerschaftswahl zu kandidieren. Ich hatte schon Lust, aber meine Partei verbot mir den Seitensprung, weil ihr die bunte Initiative nicht rot genug war. Die Bunte Liste, aus der schon bald die Grün-Alternative Partei hervorging, war auf Anhieb erfolgreich und erhielt mehr als dreimal so viel Wählerstimmen wie unsere eigene Friedensliste.

Mit der eigenen Friedensfähigkeit war es allem Friedensgerede zum Trotz nicht weit her. Wie wenig ich selbst Frieden stiften konnte, habe ich schmerzlich beim Abschied von meinem Vater erfahren. An meiner Heirat mit einer schwarzen Frau hat er schwer gelitten. Ich habe einige Male versucht, mit ihm ins Gespräch zu kommen, aber zu einer wirklichen Versöhnung waren weder er noch ich bereit. Drei Tage vor seinem Tod war ich noch einmal bei ihm. Er tat mir leid, ich fühlte seinen Schmerz und ahnte, daß ich daran nicht unschuldig war. Aber hätte ich ihn umarmen sollen? Ich brachte es nicht übers Herz. Als mein Vater starb, war ich nicht bei ihm. Ich war in die DDR zur Buchmesse in Leipzig gefahren, um dort an einer Schriftstellermanifestation für den Frieden teilzunehmen. Ich habe lautstark vom Weltfrieden und von der Versöhnung zwischen den politischen Lagern geschwätzt, aber auf der überstürzten Heimreise wurde mir schmerzlich bewußt, daß meine Bereitschaft zum Frieden nicht stark genug war, um mich mit meinem Vater auszusöhnen. Ich habe erst nach seinem Tod begriffen, wie sehr ich sein Kind bin und was ich ihm trotz allen Streites und aller Gegensätzlichkeit verdanke. Sein spröder und dröger Humor, seine niederdeutsche Bedächtigkeit, seine Offenheit, seine entwaffnende Ehrlichkeit, seine Schüchternheit und auch seine Streitlust – all das hat er mir mit auf den Weg gegeben. Wenn ich es recht bedenke, dann folgte mein Vater trotz seiner Glaubensferne beinahe den Lebensregeln mystischer Orden: wenig essen, wenig brauchen, achtsam sein, Rücksicht nehmen, Bescheidenheit üben. Ich verdanke ihm ein ausgeprägtes, beinahe preußisches Pflichtgefühl und ein Mindestmaß an Ordentlichkeit, Pünktlichkeit und Verläßlichkeit. Das sind vielleicht altmodische Tugenden, aber ohne sie hätte ich meine Bücher nicht zu Ende schreiben und meine Lebensaufgaben nicht bewältigen können. Auch wenn er für mich nie eine Respektsperson war, so ist er doch mein Vater, dem der lebenslange Dank des Sohnes, dem Ehre und dem Achtung gebühren – gemäß dem vierten, nach islamischer Zählung sogar dem ersten Gebot. So hab ich ihn in Erinnerung: den Kopf halb schief gesenkt. So stand er da, wenn er nachdachte und wenn der Zweifel an ihm nagte. Den Kopf halb schief geneigt, so stand er da, wenn ich ihm vehement widersprach. Den Kopf halb schief gebeugt, so stehe ich jetzt selbst vor meinem Vater. Ich stehe in seiner Schuld.

14. Station

Auf den Flügeln des Herzens

Meine beiden kommunistischen Jahrzehnte sehe ich nicht als verlorene Jahre. Sicher hätte ich die endlos langen Sitzungen statt auf dem Hintern besser auf meinen Knien verbracht, um in mich zu gehen und mich in Demut zu üben. Aber ehe ich bereit war, vor meinem Gott von neuem in die Knie zu sinken, mußte ich erst einmal zu der Erkenntnis gelangen, daß es außer Gott gar nichts geben kann, das es wert ist, vor ihm kniefällig zu werden. Mein kommunistischer Lebensabschnitt ist Teil meines Erkenntnisweges. Ich habe mich geirrt. Ich habe mich mühsam vorwärts geirrt und über mancherlei Windungen und Wendungen zu guter Letzt aus dem ideologischen Irrgarten herausgefunden. Ich war nicht nur ideologisch auf Wanderschaft, sondern habe auf meiner Sinnsuche neue Kontinente entdeckt, die Kontinente dieser Erde und die Kontinente der irdischen und der himmlischen Liebe. Ich war ein Transitreisender, ein Vagabund. Ich war unterwegs und ahnte, daß mir bis zum Ziel meiner Suche noch ein langer Weg bevorstand.

Einen meiner Lyrikbände habe ich *Beziehungen* genannt. So dreckig es mir auch ging – an Beziehungen hat es mir selten gefehlt, höchstens an solchen, die Vorteil und Karriere versprechen, aber nicht an solchen Beziehungen, die Trost, Freude und Glück spenden und das Leben wirklich reich machen, Beziehungen zu Frauen wie zu Freunden in aller Welt. Noch heute zehre ich von dem Honig, den ich in den achtziger Jahren aus mehreren geglückten, erfüllten, von gegenseitiger Achtung und Zuneigung geprägten, auf ein wechselseitiges Geben und Nehmen gegründeten Liebesbeziehungen gesogen habe. Sie waren erotisch, waren platonisch, waren irdisch, waren himmlisch und fügten sich zusammen zu einem langgezogenen Kuß der Kulturen.

Gern erinnere ich mich an Hilda, meine chilenische Lebensabschnittsgefährtin mit aztekischem Blut in ihren Adern. Sie konnte wunderbar singen und Gitarre spielen und versetzte mich mit ihren schwermütigen indianischen Liedern beinahe in Trance. Noch viel romantischer war meine Verehrung für Nancy aus Ecuador, meine rotgoldbronzene Madonna von Guadeloupe. Ihre Anmut, ihre emotionale Intelligenz und ihre spirituelle Verbundenheit mit allen Lebewesen haben meinen Gedanken Flügel verliehen und mir das Herz weit geöffnet. Sie war durchglüht von innerem Feuer. Ich habe mich in ihren Strahlen regelrecht gesonnt.

Mit Magalith hat mich zunächst eine gänzlich unbeschwerte Partnerschaft verbunden. Sie konnte bei mir nicht nur mit ihrem Liebreiz punkten, sondern auch mit einem wunderbaren Vater. Das war Hans Lebrecht, der wackere weißhaarige und weißbärtige Genosse, der die linken Medien in beiden Teilen Deutschlands mit Nachrichten aus dem Heiligen Land versorgte. Er war eine Mischung aus Hiob, Michael Kohlhaas und Leberecht Hühnchen: So nannten ihn viele, weil sie mit ihm gern ein Hühnchen rupfen wollten. Er kam ursprünglich aus Ulm, konnte gerade noch rechtzeitig nach Israel fliehen und wurde dort zu einem der ersten Kibuzzim. Er wurde Mitbegründer der Kommunistischen Partei Israels und saß für seine Partei jahrzehntelang in der Knesset, allein, zu zweit oder höchstens zu dritt. Er stand oft unter Hausarrest, wurde in Beugehaft genommen und wurde im Parlament von allen Abgeordneten geschmäht, weil er als erster Arafat die Hand zur Versöhnung ausgestreckt hatte. Doch unbelehrbar hielt er an seinem Traum von einem Israel fest, das friedlich und gutnachbarlich mit den Arabern zusammenlebt. Hans Lebrechts Schwester und Magaliths Tante war Esther Bejanaro, die im Mädchenorchester des Konzentrationslagers Auschwitz um ihr Überleben musizieren mußte. Sie und ihre Tochter Edna traten mit jiddischen und antifaschistischen Liedern öffentlich auf und bezogen mich als Lyrikrezitator gern in ihre Programme ein. Emotional habe ich mich mit Magalith und ihrem ebenso temperamentvollen wie leidenschaftlichen Familienclan sehr gut verstanden, aber auf die Dauer wurde unser gegenseitiges Verständnis füreinander immer schwieriger. Der im wahrsten Sinne herzzerreißende Nahostkonflikt führte zu gegenseitigen Verletzungen, die keine Liebe mehr heilen konnte.

Meine Liebesbeziehungen jener Jahre waren nicht flüchtig, aber sie waren auch nicht von Dauer. Meine Partnerinnen waren Durchreisende, waren entweder Flüchtlinge oder Studentinnen und konnten kaum dauerhaft in Deutschland bleiben. Aber am Scheitern der Beziehungen hatte ich selbst meinen Anteil. Ich habe mich allzuoft statt in einen realen Menschen aus Fleisch und Blut in ein selbstgemachtes Traum-, Wunsch- oder Idealbild verliebt, das immer dann zerbrach, wenn es mit der Wirklichkeit kollidierte. Nichtsdestotrotz: Meine Liebesverhältnisse waren auf den freien Willen beider Partner und auf Gegenseitigkeit gegründet. Ich kann deshalb meinen Partnerinnen bis heute unter die Augen treten und stehe mit einigen von ihnen bis heute in freundschaftlicher Verbindung. Sie waren kluge, selbständige, selbstbestimmte, einfühlsame, warmherzige, neugierige, mutige, emanzipierte und über alle Zweifel liebenswerte Frauen. Sie wußten, was sie taten und was sie wollten. Eine meiner Freundinnen war schöner als die andere, und die Erinnerung an den Herzens- und Augentrost, an die Sinnen- und Seelenlust, die sie mir gewährt haben, wärmt mir bis heute das Herz. Ich war kein Casanova und alles andere als ein Eroberer und habe mich statt dessen lieber in der orientalischen Kunst der Frauenanbetung geübt. Ich habe mich immer wieder von neuem verliebt und habe nach Liebe gehungert und gedürstet. Nachdem ich meine aus dem Dorf und aus dem Elternhaus ererbte Schüchternheit erst einmal abgelegt hatte, hat das Ewigweibliche auf mich eine starke Anziehungskraft ausgeübt. Deshalb ist es auch kein Wunder, daß mich schon früh der Islam, die weiblichste und mütterlichste unter den Weltreligionen, in seinen Bann gezogen hat. Ich bin dem Lenker meiner Seele dankbar dafür, daß ich wiederholte Male in meinem Leben die beseelende und beglückende Erfahrung machen durfte, Liebe zu empfangen, zu teilen und zu geben. Meine intensiven Beziehungen zu Frauen haben auf meinem Seelenweg zurück zu Gott eine große Rolle gespielt. Sie haben in mir die Sehnsucht geweckt nach einer Liebe, die ihre Erfüllung nicht mehr in dieser, sondern in einer höheren geistigen Welt findet.

Als Jüngling bin ich im Petersdom gefragt worden, wie ich es mit dem sechsten Gebot halte. Seit dieser mißlungenen Beichte war mir die Vorstellung von einem Gott, der als Chef der Sittenpolizei jedem armen Sünder unter die Decke schaut, äußerst zuwider. Die Sexualität ist in meinen Augen keine Sünde, sondern ein wunderbares Gottesgeschenk, mit dem wir verantwortlich umgehen sollten. Sie erniedrigt uns nicht, sondern hebt uns über uns selbst hinaus und läßt uns den Schauder unendlicher Liebe spüren. Die Ekstase im Augenblick der Vereinigung ist wie ein Sakrament, durch das die Beziehung zwischen zwei liebenden Menschen in eine höhere Sphäre transzendiert wird. Nach meinem Erleben sind wir unten auf Erden unserem Schöpfer niemals so nah, als wenn wir uns im Vollzug unserer Liebe einem Höheren überlassen, das mit seiner ganzen Macht und Herrlichkeit von uns Besitz ergreift. In solchen Momenten sind wir außer uns, glückliche Werkzeuge der göttlichen Schöpfung. In der sexuellen Vereinigung zeigt uns Gott, daß wir mehr sind als Fleisch und Blut. Wir sind nicht nur Erdenkinder, wir sind Himmelskinder. Die Liebe ist die Energie, die unserem Herzen die stärksten Impulse verleiht. Sie überwindet alle Schranken und Grenzen, zwischen den Geschlechtern, den Generationen, den Sprachen, Kulturen und Religionen.

Das sechste Gebot verbietet uns in meinen Augen unverantwortliche sexuelle Beziehungen, unverantwortlich in moralischer und vor allem sozialer Hinsicht. Das sind Beziehungen, die nicht auf gegenseitige Achtung, auf Gleichberechtigung und Liebe gegründet sind, sondern auf Ausbeutungsverhältnisse, bei denen einer den anderen niederdrückt, statt ihn zu erheben. Das sind Beziehungen, die Unglück statt Glück bringen, Unheil statt Heilung, Schmerz statt Freude, Streit statt Versöhnung, Frust statt Kindersegen. Ich habe einen Traum, oder ist es nur die Haremsphantasie eines alternden Mannes? Ich träume davon, in einer anderen Welt all jenen Frauen wiederzubegegnen, die ich aufrichtig geliebt habe und die meine Zuneigung erwidert haben. So verstehe ich die Huris des Paradieses: Emanationen des Ewigweiblichen, das wir in unseren Geliebten angebetet und angehimmelt haben.

Ich habe mein Liebesleben nicht auf die Republik Multikultistan beschränkt, sondern meine Fühler auch über den Eisernen Vorhang hinausgestreckt und versucht, das kommunistische Ideal der Völkerfreundschaft über das Platonische hinaus auch erotisch mit Leben zu erfüllen: die internationale Solidarität als Zärtlichkeit der Völker. Eine ebenso intensive wie intime Freundschaft hat mich über Jahre hinweg mit Julia Ungar aus Budapest verbunden. Wir haben uns während des Brecht-Symposiums 1976 in Ostberlin kennengelernt, haben miteinander Briefe getauscht und uns schließlich gegenseitig in Budapest und in Hamburg besucht. Julia war bekennende Jüdin und war behindert. Das heißt, sie war auf eine bezaubernde, an Picassos Frauen erinnernde Weise disproportioniert. Ihre Schönheit war von ganz eigener Art. Ihre Ohrmuscheln waren durchscheinend wie Rosenblütenblätter. Ihre Nase war nicht mit dem Lineal modelliert, sondern krumm gebogen wie eine Mondsichel. Ihr Mund war so zugespitzt, als wollte sie immerzu Kürbiskerne ausspucken. Aber ihr kostbarster Körperteil war ihr goldenes Herz. Julia arbeitete als Dramaturgin an einem Operettentheater tief in der ungarischen Provinz. Sie textete und komponierte selbst ganze Revuen, aber vor allem vergab sie Aufträge an mittellose Autoren und half ihnen so, sich über Wasser zu halten. Für mich war Julia vor allem eine hochbegabte Liebhaberin. Sie wollte nur eines. Sie wollte ihr flüchtiges Glück mit mir teilen, sie wollte geben, wollte sich hingeben. Mitten im ungarischen, auf Borstenvieh und Schweinespeck gegründeten Gulaschkommunismus – den sie mit gutem Grund ein Schweinesystem nannte – kochte sie uns in säuberlich geschiedenen Kochtöpfen ein koscheres, weil vegetarisches, mit Paprika, Pepperoni und Liebstöckel scharf gewürztes Liebesmahl.

Eine anrührende und nicht minder subversive Liebesaffäre hat mich mit Bulgarien verbunden und den Episodenroman meines Lebens um eine romantische Arabeske bereichert. Ein bulgarischer Parteiverlag hatte meine Streitschrift gegen den bundesdeutschen Rassismus unter dem deutschen Titel *Gastarbeiter* herausgebracht und damit unter den Genossen für überraschenden Diskussionsstoff gesorgt, denn zur selben Zeit drangsalierte die Regierung des Landes einmal wieder die türkisch-muslimische Minderheit und zwang sie, ihre Namen zu slawisieren. Um mich zu bewegen, eine positive Reportage über die Minderheitenpolitik der Volksrepublik zu schreiben, lud mich das Kultusministerium zu einer Rundreise durch die ländlichen Regionen des Landes ein. Ich reiste zusammen mit Liz und Ingrid nach Bulgarien, und wir wurden auf unserer dreiwöchigen Expedition umsichtig und einfühlsam von der Genossin Alexandra betreut. Sie war selbst Armenierin; ihre Großeltern waren vor dem Pogrom aus dem Osmanischen Reich geflohen. Weil sie in der DDR studiert hatte, sprach sie ausgezeichnet Deutsch und war voller Eifer bemüht, uns ein anschauliches Bild von den Lebensbedingungen der nationalen Minoritäten zu vermitteln. Es war jedoch nicht zu übersehen, daß die Rumänen die Zigeuner, und namentlich die Türken, in ihren Dörfern benachteiligten. Wir sahen etliche zerfallene Moscheen, während die orthodoxen Kirchen und Klöster zur Feier der 1300. Wiederkehr der legendären Staatsgründung dieses kleinen, gernegroßen Landes überall aufwendig restauriert worden waren. In Plovdiv, der alten Stadt, die zu osmanischer Zeit als das Granada des Balkans galt, waren wir Gast des Bürgermeisters. Nachdem er uns großzügig bewirtet hatte, nahm er sich Zeit, uns persönlich die Sehenswürdigkeiten seiner Stadt zu zeigen. Die alten Viertel mied er wie der Teufel das Weihwasser und lenkte statt dessen seine ganze Aufmerksamkeit auf die monotonen Plattenbauten, die unter dem Kommunismus errichtet worden waren. Als er uns von einer Anhöhe herab das Panorama Plovdivs erläutern wollte, entdeckte ich unter Bäumen ein halbverfallenes

Bauwerk. Ich wollte wissen, um was für ein Gebäude es sich handelte. Alexandra übersetzte die Antwort des Bürgermeisters: Das ist eine alte Tabakfabrik. Der Turm daneben, wagte ich einzuwenden, sieht aber nicht wie ein Schornstein aus. Das stimmt, antwortete unser Gästeführer, das ist ein alter Trockenturm, auf dem der Tabak zum Trocknen aufgehängt wurde. Aber warum ist er mit Mosaiken verziert? Auch darauf bekam ich eine passende Antwort: Die Fabrik war ursprünglich ein Geschenk des russischen Zaren, und deshalb ist sie so schön verziert. Am Abend hat mir Alexandra dann unter dem Siegel der Verschwiegenheit anvertraut, was es mit dem alten Gemäuer in Wahrheit auf sich hatte. Es handelte sich um die Überreste der mehr als 500 Jahre alten Imaret-Moschee, deren Mauern das Grab des legendären Scheichs Bedreddin bergen. Mit diesem Vertrauensbeweis war das Eis zwischen meiner Dolmetscherin und mir gebrochen, und es entspann sich zwischen uns ein Band geheimer Sympathie.

Sechs Jahre später war ich erneut nach Bulgarien eingeladen, diesmal zur Teilnahme am jährlichen Treffen der Schriftsteller für den Frieden in Sofia. Doch vom Kongreß habe ich wenig mitbekommen. Schon am Flughafen hatte mich Alexandra abgefangen, mir ihr Leid geklagt und mich auf der Stelle zu Tränen gerührt. Sie hatte fünf Monate früher eine Tochter geboren, der sie den schönen Namen Roxane gegeben hatte. Doch zum vollkommenen Glück fehlte ihr eine für Bulgarien unverzichtbare Voraussetzung: ein vorzeigbarer Vater. Der Erzeuger ihres Kindes konnte diese Aufgabe nicht ungestraft übernehmen. Im sozialistischen Bulgarien herrschten damals rauhe Sitten. Wenn eine ledige Mutter nicht in der Lage war, binnen eines halben Jahres den Namen des Kindsvaters zu nennen, wurde der Frau das Baby genommen und zur Adoption freigegeben. Alexandra, ihre Mutter und mehrere Tanten legten mir Roxane in die Arme und baten mich händeringend, die Vaterschaftsrolle anzutreten. Das war leichter gesagt als getan, denn zum einen zeigte das kleine dunkelhaarige Mädchen nicht die geringste Ähnlichkeit mit so einem Bleichgesicht wie mir, und zum anderen war ich viel länger als eine Schwangerschaftsperiode nicht in Bulgarien gewesen, um zu so einem Menschenkind den Anstoß gegeben zu haben. Doch Bulgarien war damals in gewisser Hinsicht ein Land der unbegrenzten Möglichkeiten. Ein wenig Bakschisch konnte wahre Wunder wirken und dem Kommunismus ein geradezu menschliches Antlitz verleihen. Wir gingen zum Amtsarzt, legten zu den Unterlagen unauffällig einen Hundertmarkschein und bekamen so, was wir wollten: ein amtsärztliches Attest, das mich als den leiblichen Vater des Kindes auswies. Damit gingen wir zum Standesamt, und dort erhielten wir die amtliche Geburtsurkunde für unser Kind, das mich während der ganzen Prozedur glückselig anlächelte. Als seine Nationalität wurde bundesdeutsch eingetragen, weil ich mich mit meinem Paß als BRD-Bürger ausgewiesen hatte. Mit dieser Geburtsurkunde begab sich seine Mutter nach dem Mauerfall zur deutschen Botschaft und beantragte für ihre Tochter und für sich ein Einreisevisum. Sie bekam das Visum ohne Probleme und siedelte in den Ostteil unserer wiedervereinigten Hauptstadt über. Dort bevölkert das längst erwachsen und bildschön gewordene

Kind unserer westöstlichen Liebe als Stern, der meinen Namen trägt, den bunten Menschenhimmel von Berlin.

Die Frage, auf welche geheimnisvolle Weise ich in Bulgarien ohne meine leibliche Anwesenheit ein Kind zeugen konnte, hat auch die geheimen Dienste beschäftigt. Die Hauptabteilung Aufklärung beim Staatssicherheitsdienst der DDR hat der „Abteilung Verkehr" – so hieß das Kontrollbüro für die DKP-Mitglieder, die sich in der DDR aufhielten, tatsächlich – schließlich mitgeteilt, daß ich die in Frage kommende bulgarische Staatsbürgerin an einem bestimmten Tag im Ostberliner Hotel Metropol getroffen und mit ihr „mehrere Stunden lang intim verkehrt" hätte. Dafür, daß das genannte Datum mehr als zwei Jahre vor der Geburt des Kindes lag, hatten allerdings weder die Abteilung Aufklärung noch die Abteilung Verkehr eine Erklärung, wohl aber die Schiedskommission meiner Partei. Sie hat dem Eintrag in meine Kaderakte die Bemerkung hinzugefügt: „Der Genosse Schütt hat bereits mehrere Male gegen die Gebote der sozialistischen Moral verstoßen."

Viel öfter als in die Hauptstadt der DDR bin ich nach Rostock gefahren. Vor allem zum dortigen Volkstheater hatte ich trotz meines jämmerlich gescheiterten Streikprojektes vielfältige Verbindungen. Ich wurde regelmäßig zu Lesungen eingeladen, war Gast der Autorentage der Bühne und gehörte neben meinen prominenteren und auch drüben ungleich mehr hofierten Kollegen Rolf Hochhuth, Walter Jens und Peter Weiss zu den ausländischen Hausautoren des Theaters. Am erfolgreichsten war meine Zusammenarbeit mit dem Regisseur Peter Schneider. Mein Namensbruder und Freund nahm meine USA-Reportage *Die Muttermilchpumpe* als Vorlage für eine revueartige, wendige und spritzige Szenenfolge aus dem anderen Amerika und brachte sie mit ausschließlich jungen Schauspielern zur Aufführung. Die Freiheitsstatue setzte er dabei effektvoll als Warnzeichen ein, als Sinnbild für das Janusgesicht Amerikas, das den Reichen unentwegt zulächelt und den Armen mit der Brandfackel droht. Das Stück ging in Rostock an die hundertmal über die Bühne und kam vor allem bei den Jugendlichen so gut an, daß die Genossen drüben auf die Idee kamen, unsere *Muttermilchpumpe* zu einer Gastspielreise in die Bundesrepublik zu senden, um meine Partei in ihrem antiimperialistischen Kampf zu unterstützen. Am Ende der kleinen Tournee durch norddeutsche Städte war das Schneidersche Ensemble in Hamburg zu Gast und wurde mit stürmischem Applaus bedacht, von dem auch ich meinen kleinen Teil abbekam. Ich erhielt von allen jungen Schauspielerinnen, die mich seit den Probearbeiten in ihr Herz geschlossen hatten, einen dicken Kuß. Zwei von ihnen baten mich während der Abschlußfeier am späten Abend, doch unbedingt am anderen Morgen zum Hotel zu kommen, um mich von ihnen vor ihrer Rückreise gebührend zu verabschieden. Der Bus stand abfahrbereit, ich war mitsamt meinem Rosenstrauß pünktlich zur Stelle, nur meine beiden Herzensdamen fehlten. Das ganze Ensemble wartete ungeduldig, wartete eine Viertelstunde, wartete eine halbe Stunde, bis ein Polizist den Delegationsleiter zu sprechen wünschte. Er teilte ihm mit, daß die Darstellerinnen sich entschlossen hätten, in der

Bundesrepublik zu bleiben. Sie blieben nicht lange, sie zogen weiter – nach Amerika.

Als 1983 der Schiffbau in Hamburg eingestellt wurde und auf der Howaldtswerft mehr als zehntausend Werftarbeiter entlassen wurden, reiste ich frohgemut nach Rostock und Stralsund und schrieb eine begeisterte Reportage über die Volkswerft Stralsund, „eine Werft, die bis zum Jahre 2000 sichere Aufträge hat“. In dem Betrieb wurden jährlich über sechzig Fischtrawler mit kilometerlangen Schleppnetzen für die Sowjetunion gebaut. Wäre das Programm tatsächlich bis zur Jahrtausendwende durchgeführt worden, hätten die Fischdampfer vermutlich ausgereicht, um sämtliche Weltmeere leerzufischen. Aber es ist anders gekommen. Im November 1988, auf den Tag genau ein Jahr vor dem Fall der Mauer, war ich ein letztes Mal im Rostocker Volkstheater zu Gast, um meine szenische Revue aus dem bundesdeutschen Arbeitslosenalltag, *Jesus auf dem Sozialamt*, vorzustellen. Das Haus war voll, der Beifall war eher verhalten, und in der anschließenden Diskussion im Theaterforum mußte ich herbe Kritik einstecken. „Stimmt es“, wurde ich von einem selbstbewußten Werftarbeiter gefragt, „daß ein Arbeitsloser in der BRD mehr bekommt als ein hochqualifizierter Werftarbeiter in der DDR?“ Bei der Antwort kam ich mächtig ins Schwitzen und ins Stottern, und als ich anmerkte: „Aber was ist ein Leben ohne Arbeit!“, erntete ich nur höhnisches Gelächter. Es dauerte kaum länger als ein Jahr, da waren die meisten Rostocker Werftarbeiter ihren sicher geglaubten Arbeitsplatz los und teilten das Los ihrer westdeutschen Leidens- und Klassenbrüder.

Meine Bewegungsfreiheit im Bezirk Rostock war allerdings erheblich eingeschränkt. Sobald ich mit dem Zug über die Grenzstation Hermstorf in die DDR einreiste, war Georg Rechel zur Stelle, der Leiter der Westabteilung bei der SED-Bezirksleitung und informeller Mitarbeiter der Staatssicherheit. Er sollte mich als Mitglied des DKP-Parteivorstandes gebührend begrüßen, umfassend betreuen, überallhin begleiten, mich standesgemäß unterbringen und versorgen und mich vor allen unliebsamen Kontakten mit der Alltagsrealität beschützen. Es war schlechterdings nicht möglich, sich seiner Fürsorge zu entziehen. Ich habe einmal versucht, inkognito von Berlin aus nach Rostock zu fahren, um mich dort ganz privat mit meinen persönlichen Freunden, mit dem Literaturwissenschaftler Hans-Joachim Bernhard und dem Schriftstellerkollegen Michael Baade, zu treffen, doch am Rostocker Bahnhof wurde ich nicht von ihnen, sondern fröhlich lächelnd von meinem Schatten, dem Genossen Schorsch, in Empfang genommen. Er begleitete mich wie selbstverständlich zu meinen Freunden und fuhr mich schließlich auch in das mir zugedachte Quartier, in das vornehme „Haus Stolteraa", das Gästehaus der SED-Bezirksleitung am Strand von Warnemünde. Mein Schatten, Schorsch, war kein unrechter Mensch und erst recht kein Bösewicht. Er war kein Mitläufer, sondern ein Überzeugungstäter. Von seiner Mission war er hundertundachtzigprozentig überzeugt und konnte mich zumindest als Schutzbefohlenen gut leiden. Großzügig verzieh er mir die verschiedenen Begleiterinnen, die ich mit auf die Reise nahm, und selbst in ideologischen Fragen ließ er mir meine Flausen. Doch auf seinen Staat, auf seine Partei, auf seine Staatssicherheit ließ er nichts kommen. Er taugte nicht zum Wendehals. Die Wende stürzte ihn in tiefe Verzweiflung, und noch im Februar 1990 beging er, noch nicht fünfzig Jahre alt, Selbstmord.

Nur wenige meiner westöstlichen Freundschaften haben den Fall des Eisernen Vorhangs überlebt. Mein treuester Freund jenseits von Mauer und Stacheldraht lebte nicht im nahen Rostock, sondern im fernen Moskau. Rady Fish war für mich kein Schatten, er wurde für mich zum leuchtenden Beispiel dafür, daß es ein Leben jenseits des Kommunismus gibt und daß die Abkehr von den kommunistischen Idealen nicht in die Irre führen muß, sondern Herz und Hirn für neue Stufen der Erkenntnis öffnen kann. Seit unserer ersten Begegnung, die Jan Vogeler vermittelte, verspürte ich so etwas wie Seelenverwandtschaft, die stärker war als jede kommunistische Menschheitsverbrüderung. Rady Fish war wie ich ein Pilger, ein Umhergetriebener, immer auf der Suche nach neuen Horizonten. Er wurde 1924 in Petrograd geboren und erhielt seinen Namen nach dem Radium, das zur selben Zeit entdeckt wurde. Sein Vater war der jüdische Schriftsteller Genadi Fish, der während der Oktoberrevolution zu den führenden Köpfen der Avantgarde zählte, aber später unter Stalin in Ungnade fiel. Er wurde nach Aserbaidschan verbannt, so daß Sohn Rady seine Kindheit und Jugend in Baku verbrachte. Dort wurde das aserbaidschanische Türkisch fast zu seiner Muttersprache. Im Zweiten Weltkrieg kämpfte er an der Leningrader Front und wurde lebensgefährlich verwundet. Als Jahrzehnte später ein in seine Blutbahn eingedrungenes deutsches Geschoß auf seiner Wanderung in die Nähe seiner Herzkammer geriet und damit sein Weiterleben akut bedrohte, hat der deutsche Bundespräsident von Weizsäcker die Kosten für eine Operation in einer Heidelberger Spezialklinik übernommen und ihm dadurch das Leben gerettet. Nach dem Ende des Krieges studierte Rady Fish am renommierten Leningrader Orientinstitut Turkologie, Iranistik und Morgenlandkunde – so die offizielle Bezeichnung für die sowjetische religionskritische Islamwissenschaft. Als der große türkische Dichter Nazim Hikmet nach seiner Flucht aus dem Gefängnis 1959 in der Sowjetunion Asyl fand, wurde ihm Rady Fish als Begleiter, Betreuer und Übersetzer seiner Werke zugeteilt. Bis zum Tode Hikmets war Rady Fish sein Sekretär, und nach seinem Ableben verwaltete er seinen Nachlaß und betreute seine umfangreiche Werkausgabe in Türkisch und Russisch. Als sich der Antikommunismus Mitte der siebziger Jahre abschwächte, fanden Rady Fishs Bemühungen um Hikmets Werk auch im Westen und schließlich sogar in der Türkei Anerkennung. Er wurde vom türkischen Staatspräsidenten eingeladen und erhielt den höchsten Orden des Landes. Er war auch immer wieder Gast in Deutschland, reiste kreuz und quer durch die türkische Gastarbeiterszene und verfaßte zusammen mit Michael Schneider den Reportageband *Iwan der Deutsche*. Ich war wiederholte Male bei Rady und seiner lettischen Frau Walda in seiner geräumigen Wohnung an der Straße der Roten Armee im Herzen Moskaus zu Besuch, habe dort viele seiner orientalischen Freunde kennengelernt und es nie versäumt, die kleine aserbaidschanische Bergziege auf dem Balkon zu kraulen und mit Salat zu füttern. Rady hatte die Ziege als Geschenk zum islamischen Opferfest bekommen, aber er hatte es nicht übers Herz gebracht, sie zu schlachten. Statt dessen hatte er begonnen, sie zu melken. Die Milch verarbeitete er entweder zu exzellentem Ziegenkäse oder reichte sie an seine Enkelkinder weiter. Nach dem Zusammenbruch des Kommunismus haben Rady und Walda uns mehrere Male in Hamburg besucht, und wir sind sogar zusammen in meine niederelbische Heimat gereist und haben bei meiner hochbetagten Mutter Mittag gegessen. Rady, der auch einen Roman über Rumi geschrieben hat, war ein exzellenter Kenner der islamischen Mystik und ein wunderbarer Gesprächspartner, voller Humor, stets gut gelaunt und jederzeit zu einem Scherz aufgelegt. Er hatte eine wunderbare und heitere Ausstrahlung, hatte genaue Kenntnisse über Engel, Dschinnen und andere Geistwesen und sprach von Mohammed so vertraut, als würde er jeden Tag mit ihm durch den Gorkipark spazierengehen. Am Ende ging er täglich zum Gebet in die aserbaidschanische Moschee in seiner Nähe und wurde dort wie ein Scheich verehrt. Als er zur Jahrtausendwende starb, beteten an seinem Grab ein Imam, ein Rabbiner und ein Pope nacheinander für sein Seelenheil.

15. Station

Afrika

Tief im Süden meines Herzens habe ich, solange ich träumen konnte, immer so etwas wie Heimweh nach Afrika gespürt. Die frühe Albert-Schweitzer-Lektüre, die Begeisterung für Freiheitskämpfer wie Yomo Kenyatta, der vor 1933 in Hamburg die internationale Gewerkschaft der schwarzen Arbeiter mitgegründet hatte, wie Patrice Lumumba und Nelson Mandela, meine Freundschaften mit nigerianischen Studenten im Europakolleg und schließlich und endlich meine Liebe zu Liz, die stolz war auf ihre afrikanischen Wurzeln, haben in mir die Sehnsucht nach dem Kontinent geweckt, der meinem Gefühl am nächsten liegt. Im düsteren Monat November 1983, als sich meine friedensbewegten Genossen nach dem Raketenbeschluß der Bundesregierung innerlich schon auf den atomaren Weltuntergang einstellten, floh ich Richtung Süden. Als armer Schlucker wählte ich den umständlichsten, aber billigsten Reiseweg, und den hatte die sowjetische Aeroflot zu bieten. Ich flog also von Ostberlin nach Moskau, von dort weiter nach Budapest, von Budapest nach Tripolis und von dort aus schließlich bis Dakar. Dort kam ich tief in der Nacht an und wurde auf dem Flughafen von einer großen Schar senegalesischer Freundinnen und Freunde empfangen. Ich fühlte mich wie im Siebten Himmel angekommen, eine Luft wie Samt und Seide umhüllte mich, am Himmel hockte Großvater Mond mit weißem Wolkenbart inmitten seiner Sterne und erzählte uralte Geschichten. Ich wohnte im Hause von Fatou Diouf, die ich als Germanistikstudentin in Saarbrücken kennen- und verehrengelernt hatte. Vom ersten Begrüßungskuß an spürte ich ihre Zuneigung, aber außer heimlichen Berührungen unserer Hände habe ich mich sehr in acht genommen, um keinen Anlaß zu falschen Vermutungen zu geben. Nach meiner Ankunft saß ich am frühen Morgen mit Fatou, ihrem kleinen Sohn, ihrer Mutter und ihren drei jüngeren Schwestern im Innenhof ihres Hauses und trank mit ihnen frischgebrühten Pfefferminztee, als ich zum ersten Mal in meinem Leben bewußt und mit weit geöffnetem Herzen den morgenluftklaren psalmodierenden Gebetsruf des Muezzin vernahm. Ich lauschte, eine innere Erregung ergriff mich, ich spürte, wie es mir heiß und kalt den Rücken hinunterlief, ich ließ mir die unerhörten Worte des Rufers übersetzen und ahnte, daß dieser Aufruf auch mir gelten sollte. Ich war zum zweiten Mal nach meinem kurzen Besuch im Elternhaus meiner kasachischen Begleiterin in Alma-Ata zu Gast in einem muslimischen Haus. Die Familie Diouf war nicht einmal besonders fromm, aber alle Mitglieder beteten fünfmal am Tag mit allergrößter Selbstverständlichkeit und vermittelten mir den Eindruck, daß dieses unverkrampfte Ritual keine zusätzliche Last für sie war, sondern ihnen half, die Mühen des Alltags zu meistern. Zwei Wochen blieb ich im Senegal und wurde in dieser Zeit mit mancherlei Zweigen der Dioufschen Großfamilie vertraut. Wir machten einen Ausflug zur Insel Goreé und besichtigten dort das Sklavengefängnis. Ich besuchte das Germanische Seminar der Universität Dakar, las dort meine Gedichte zum Lobe der schwarzen Frau und wurde als deutscher Nachfahr der Negritude-Dichtung von den einen bewundert und von den anderen belächelt.

Von Dakar flog ich weiter in die nigerianische Hauptstadt. In Lagos wohnte ich einige Tage bei deutschen Freunden und durchstreifte in endlosen Fußmärschen das nigerianische Herz der Finsternis. Dabei haben sich Bilder des Schreckens und des Entsetzens in mein Gedächtnis eingeschrieben, die ich aber der Selbstzensur und der politischen Korrektheit zuliebe in meiner Afrikareportage geflissentlich verschwiegen habe. Ich sah Tote am Straßenrand, für die keine Familie die Beerdigungskosten übernehmen wollte. Immer wieder traf ich auf Menschen, die mit einem Messer in der Hand unterwegs waren und es drohend einsetzten, sobald sich dazu eine Gelegenheit fand. Eine ganze Nacht lang verbrachte ich im Schrein des Musikers Fela. Ich war wie von Sinnen, als es nachts mit einem Mal sehr still wurde und Fela anfing, die Stimmen der Toten auf seiner Flöte heraufzubeschwören. Einzelne Namen wurden genannt, die Namen kürzlich verstorbener Kinder, Frauen und alter Männer, der Magier forderte die Genannten auf, sich zu melden, und nach einer Weile setzte Fela eine der vor ihm liegenden Bambusflöten an den Mund. Bald darauf hauchten oder bliesen die Toten in die Flöte und wurden von denen, die ihren Namen aufgerufen hatten, zweifelsfrei wiedererkannt. Die Gestorbenen gaben jeder auf seine Weise zu verstehen, daß sie froh waren, in der anderen Welt angekommen zu sein und kein Verlangen zu verspüren, in ihr früheres Leben zurückzukehren.

Nach einer Woche reiste ich auf abenteuerliche Weise weiter ins Landesinnere, nach Nsukka. Ich wollte auf dem Inlandsflughafen um die Mittagszeit ein Flugzeug besteigen, mußte aber bald feststellen, daß das leichter gesagt als getan war. Immer wenn ein Flugzeug gelandet war oder angekündigt wurde, stürmten die Menschen zu Hunderten, nein, zu Tausenden, auf das offene Rollfeld, umringten den Flieger und versuchten dann mit aller Gewalt, über die Gangway ins Flugzeug hineinzugelangen. Ich versuchte ebenfalls mein Glück, probierte es wieder und wieder, aber ich habe es nie geschafft, mich bis zum Treppenfuß vorzukämpfen. Meine Ellbogen, meine Körperstärke, meine Geschicklichkeit reichten einfach nicht aus, um mich mitsamt meinem Gepäck bis zum Flugzeug durchzuschlagen. Endlich, nach vielen Stoßgebeten, fand ich eine Lösung. Ich nahm einen Zwanzigmarkschein und engagierte dafür einen Schläger, der mich bis an die Flugzeugtür durchboxen sollte. Der Mann leistete ganze Arbeit, streckte mehrere Mitreisewillige der Reihe nach zu Boden und bugsierte mich so sicher ins letzte Flugzeug, das nach Mitternacht Richtung Enugu startete. Mitten in der Nacht landete ich dort. Es war stockdunkel. Ich stand mitten auf dem Rollfeld und wußte nicht, wohin ich mich wenden sollte. Weit und breit war niemand zu sehen, der mich in Empfang nahm. Vor Erschöpfung fiel ich irgendwo in einem Gebüsch am Rande des Flughafens in einen tiefen Schlaf. Als ich wieder aufwachte, stand die Sonne bereits am Himmel. Ich schleppte mich quer über den Flugplatz zum Empfangsgebäude und brauchte nicht länger zu warten. Ein Kleinbus der Universität Nsukka nahm mich auf und brachte mich heil zum vorläufigen Ziel meiner Reise. Nach Nsukka hatte mich Edith Ihekweazu eingeladen, meine Mitstreiterin aus den Jahren der Studentenbewegung. Edith, die mit mir zusammen Professor Schneider assistiert und bei ihm promoviert hatte, wollte damals nicht nur theoretisieren, sondern praktisch etwas tun. Sie heiratete den Sprecher des Biafra-Solidaritätskomitees und zog an seiner Seite in die vom Bürgerkrieg verheerte Provinz Biafra. An der Universität Nsukka, dem intellektuellen Zentrum des Aufstandes, baute sie mit ungeheurem Elan das Deutsche Department auf und machte ihr Seminar zu einem Zentrum der afrikanischen Germanistik. Als ich sie besuchte, leitete sie nicht nur die deutsche Abteilung, sondern die gesamte sprachwissenschaftliche Fakultät und war darüber hinaus noch Vorsitzende des von ihr gegründeten Verbandes afrikanischer Germanisten. Ich hatte den Eindruck, daß sie in zwei Welten lebte. An der Universität war sie die emanzipierte und energische Powerfrau, aber wenn sie übers Wochende zu ihrem dreihundert Kilometer weiter südlich lebenden Mann und zu ihren drei Kindern fuhr, übernahm sie eine gänzlich andere Rolle. Sie war die Hauptfrau des Häuptlings und machte den Eindruck, als sei sie ihrem Mann treu ergeben. Ihr

Mann hatte nach seinem Studium zunächst als Arzt angefangen und es im Laufe der Jahre zum Leiter eines neuerbauten Krankenhauses gebracht. Aber im Hauptberuf hatte er das Erbe seines einige Jahre vorher verstorbenen Vaters angetreten und war Chief eines ganzen Distriktes geworden. An seinem Hof ging es entsprechend feudal zu. Etliche Frauen, Köchinnen, Landarbeiter, Verwaltungsangestellte und Sekretäre waren ihm zu Diensten. Die Bittsteller standen schon am frühen Morgen bei ihm Schlange. Im Innenhof wurde zu jeder Tag- und Nachtzeit gekocht, denn es gab außer mir noch viele andere Besucher von nah und fern, die mit größter Selbstverständlichkeit beherbergt und bewirtet wurden.

Im Lehrbetrieb der Universität wurde ich von Edith als Gastdozent voll in ihr Programm einbezogen. So mußte ich den Studenten Tag für Tag Rede und Antwort stehen und mußte mir manche Frage gefallen lassen, die mir eher Peinlichkeit bereitete. Meine Gastgeberin hielt ohnehin nicht viel von meiner negritüden Romantik und meinem kommunistischen Weltverbrüderungspathos. Noch skeptischer war der Schriftsteller Chinua Achebe, der das Englischdepartment leitete. Er liebte es, mit mir auf eine sehr freundschaftliche Art zu streiten, und ließ an meiner Schwärmerei für das neue Afrika kein gutes Haar. Gänzlich ratlos machte er mich mit seinen Ansichten zum transatlantischen Sklavenhandel. In seinem Urteil waren nicht die europäischen Händler die Hauptschuldigen, sondern die zentralafrikanischen Königreiche, die große Teile der eigenen Bevölkerung als Sklaven hielten und als solche in alle Himmelsrichtungen, beileibe nicht nur Richtung Westen, verkauften. Zum Entsetzen seiner Schüler lobte Achebe die britische Kolonialverwaltung. Nur ihr sei die Überwindung der Sklaverei in Afrika zu verdanken. Der akademische Lehrbetrieb vollzog sich nach strengem britischem Protokoll. Edith, die während der Studentenrevolte noch mit mir zusammen gegen den Muff unter den Talaren demonstriert hatte, zog zu allen dienstlichen Anlässen ihren bauschigen dunkelblauen Talar über und trug auf dem Kopf ein graues Barett. Ich fragte sie nach den Gründen für diesen Gesinnungswandel und bekam zur Antwort: Die Afrikaner lieben bunte Gewänder, die ihnen Würde und Bedeutung geben. Wenn du nicht vom King Jaja abstammst oder mindestens zum Stamm der Wa-Benzi, der Mercedes-Benz-Fahrer, gehörst, dann bleibt dir nur die akademische Amtstracht!

Keine zwei Jahre nach meinem Aufenthalt in Nsukka bekam ich überraschenden Besuch von Edith. Sie war nach Hamburg gekommen, um ihren Vater, einen bekannten Geographen, zu begraben. Als ich sie zusammen mit einem kleinen Freundeskreis am Flughafen verabschiedete, ahnten wir nicht, daß es ein Abschied auf Nimmerwiedersehen war. Edith flog zurück nach Lagos und von dort aus weiter nach Enugu. Dort landete sie mitten in der Nacht. Ein Kleinbus ihrer Universität stand bereit, um sie nach Hause zu bringen. Der Bus wurde von Räubern, die es auf Ediths Gepäck abgesehen hatten, überfallen und einen Steilhang hinuntergestoßen. Edith war auf der Stelle tot, ebenso der Fahrer. Ihre beiden Töchter, die mitgekommen waren, um sie abzuholen, überlebten schwerverletzt. Edith Ihekweazus Kollege Chinua Achebe hat Jahre später Spenden für einen Gedenkstein gesammelt, der ihr zu Ehren vor ihrem Department in der King-Jaja-Street Nr. 1 aufgestellt wurde.

Brazzaville, die nächste Station meiner Afrikareise, war das genaue Gegenteil von Lagos. Die Stadt war überschaubar, ärmer, dafür aber auch sauberer und ordentlicher, ein wenig wie eine Bezirkshauptstadt in der DDR. Von allen öffentlichen Gebäuden blickte das Porträt des Staatschefs, die Schulkinder trugen Uniformen, an jeder Straßenecke stand ein Polizist und regelte den Verkehr, falls es überhaupt welchen gab. Auf den zentralen Plätzen standen Lautsprecher, die abwechselnd laute Reden oder Militärmusik in die Welt hinausposaunten. Ich war fast ein offizieller Gast, zwar nicht direkt vom Staat eingeladen, aber von einem seiner Unterorgane, vom staatlich gelenkten Schriftstellerverband der Volksrepublik Kongo. Im bescheidenen, aber ordentlich geführten Gästehaus des Verbandes war ich zehn Tage lang der einzige Bewohner und hatte das peinliche Gefühl, daß die ganze Belegschaft nur zur Stelle war, um mich zu bedienen und von mir Trinkgelder zu kassieren.

Die Einladung nach Brazzaville verdankte ich meinem Freund Prosper Kivouvou. Er hatte in seinem dank Entwicklungshilfe prosperierenden Kleinverlag eine englischsprachige Auswahl meiner afrikanischen und afroamerikanischen Gedichte veröffentlicht und versuchte, meine Verse auch in Afrika zu verbreiten. Zu diesem Zweck hatte er mich an das kongolesische Staatsfernsehen vermittelt, das mit mir eine zweistündige Live-Sendung produzieren wollte. Tele-Congo steckte damals noch in den Kinderschuhen. Es hatte erst drei Jahre vorher seinen Sendebetrieb aufgenommen und strahlte sein Programm vorläufig nur in den Abendstunden aus. Private Fernsehgeräte gab es kaum. Dafür standen in fast allen öffentlichen Gebäuden, Gasthäusern und Gemeinschaftseinrichtungen klobige TV-Empfänger aus einer DDR-Sonderproduktion, vor denen sich jung und alt allabendlich in großer Zahl versammelten. Tele-Congo stellte sein laufendes Programm in einem einzigen Sendesaal her. Die Sendereihe, in der ich auftrat, hieß „Autopsie". Jeden Donnerstagabend interviewte der Vorsitzende des Schriftstellerverbandes einen auswärtigen Gast aus dem kulturellen Leben. Leopold Pindy-Mamosono befragte mich auf französisch, was ich schreibe und was ich treibe, und ich versuchte, ihm auf englisch und in stümperhaftem Französisch zu antworten. Auf die Frage, wie ich meine Liebe zu Afrika entdeckt hätte, verwies ich arglos auf meine frühe Albert-Schweitzer-Lektüre. Aber damit kam ich überhaupt nicht gut an. Mein Gesprächspartner meinte, der alte Mann sei zwar gut zu den Tieren gewesen, aber den Afrikanern gegenüber habe er sich herablassend und rassistisch verhalten. Das Krankenhaus Lambarene im benachbarten Gabun sei es nicht wert, als Gedenkstätte weitergeführt zu werden. Ich wagte nicht zu widersprechen und trug zum Abschluß der Sendung einige meiner Gedichte vor, auf deutsch, englisch oder französisch, und kam dabei unter dem starr auf mich gerichteten Scheinwerfer höllisch ins Schwitzen.

Am Ende meiner Autopsie verkündete mir mein Interviewpartner, ich hätte statt eines Honorars bei ihm einen Wunsch frei. Leopold Pindy-Mamosono konnte meinen Wunsch sofort erfüllen. Binnen einer Viertelstunde verschaffte er mir, wonach ich eine

Woche lang täglich vergeblich angestanden hatte – ein Visum für das benachbarte Zaire. Mein Antrag im Konsulat war immer wieder mit der gleichen Begründung abgelehnt worden: aus Sicherheitsgründen. Ich vermutete, der bundesdeutsche Geheimdienst, der zu jener Zeit eine besondere Vorliebe für afrikanische Despoten hegte, hatte seine zairischen Freunde rechtzeitig darüber informiert, wes Geistes Kind ich war und was ich möglicherweise im Schilde führte. Deshalb blieb auch das Besuchsvisum, das mir mein Gastgeber besorgen konnte, auf acht Stunden Aufenthalt und auf die Brazzaville gegenüberliegende Hauptstadt Kinshasa beschränkt. Leopold Pindy-Mamosono ließ es sich nicht nehmen, mich auf meiner Reise ans andere Ufer des Kongo zu begleiten.

Der Gegensatz zwischen beiden Bruderstädten konnte nicht größer sein. Während Brazzaville einen beschaulichen und friedlichen Eindruck machte, war Kinshasa laut, aggressiv und von schroffen Gegensätzen zwischen Arm und Reich geprägt. Es gab etliche luxuriöse, zwanzig- und dreißiggeschossige Hotels, Verwaltungsgebäude und Konzernzentralen, es gab breite Boulevards, auf denen die Autos ohne Rücksicht auf die Fußgänger vorbeirasten, und es gab überlebensgroße, nach dem Muster Mao Tse-tungs entworfene Tschese-Mobutu-Denkmäler an fast allen Straßenkreuzungen, gegen die sich die kongolesischen Zeugnisse des Personenkultes geradezu gartenzwergenhaft ausnahmen. Wir besuchten die Büros des offiziellen zairischen Schriftstellerverbandes und seiner Nachwuchsorganisation. Die Mitglieder der beiden Verbände gingen in ihren Zentralen ein und aus, um sich dort auf besonderen Antrag eine der verbandseigenen Schreibmaschinen auszuleihen. Den zairischen Autoren war es verboten, eigene Schreibgeräte zu besitzen und zu benutzen. Sie durften nur auf den lizenzierten Maschinen ihrer Verbandsorganisationen schreiben und mußten von jedem Text, den sie herstellten, einen Durchschlag abliefern. So war die Geheimpolizei immer aus erster Hand darüber informiert, welche Texte die Schriftsteller produzierten.

Obwohl der Geheimdienst in der zairischen Metropole allgegenwärtig war, konnte oder wollte er nicht überall für unsere Sicherheit sorgen. Auf dem Rückweg zur Kongofähre durchquerten wir ein wildwucherndes Marktgelände, auf dem allein Frauen das Regiment führten. Mitten im Gedränge und Gefeilsche wurden wir beide von mindestens acht stämmigen Marktfrauen umringt, gründlich abgetastet und nach Bargeld und anderen Wertsachen durchsucht. Ich bin noch vergleichsweise glimpflich davongekommen. Ich hatte meinen Paß und meine Barschaft einigermaßen sicher unter meiner Schuhsohle versteckt und trug kaum mehr als ein T-Shirt und eine Jeanshose. Meine Uhr hatte ich gleich zu Beginn der zairischen Autopsie freiwillig herausgerückt. Dagegen sah mein kongolesischer Freund nach dieser Attacke aus wie ein gerupftes Huhn. Er hatte sich viel zu vornehm in einen blauen Anzug mit weißem Hemd und rotem Schlips geworfen. Diese Garderobe gefiel den Damen. Sie kannten kein Erbarmen und rissen dem armen Mann die einzelnen Stücke der Reihe nach vom Leib. So mußte mein Dschungelführer den letzten Rest unserer Reise in Unterhose und Unterhemd zurücklegen. Zum Glück war es bereits stockdunkel, als wir abends am kongolesischen Ufer anlegten. Ich nahm ihn mit zum Gästehaus und schenkte ihm zum Abschied als Soforthilfe eines von meinen Oberhemden und meine Ersatzhose.

Ein halbes Jahr später bin ich noch einmal nach Afrika gereist. Diesmal nicht als armseliger Rucksacktourist, sondern als Mitglied des kommunistischen Jetset. Meine Partei hatte mich als offiziellen Delegierten zum Gründungskongreß der Partei der Arbeit Äthiopiens entsandt – sicher nicht, weil ich ein besonders zuverlässiger Genosse war, sondern aus dem einfachen Grund, weil ich als einer der wenigen Genossen an der Parteispitze fließend Englisch sprach. Zum ersten Mal in der kommunistischen Weltbewegung war Englisch zur Verhandlungssprache gewählt worden, nicht aus Liebe zum amerikanischen Klassenfeind, sondern aus Rücksicht auf die Chinesen und Nordkoreaner, die in Äthiopien einflußreich waren und sich nicht länger dem Primat des Russischen beugen wollten. Formal leitete wie schon in Vietnam unser stellvertretender Vorsitzender Hermann Gautier unsere Delegation, aber da er gesundheitlich angeschlagen und an afrikanischen Fragen kaum interessiert war, ließ er mich gewähren und gab mir so die einmalige Möglichkeit, hinter die Kulissen kommunistischer Weltpolitik zu schauen. Es war mit 108 verschiedenen Delegationen einer der größten internationalen Kongresse der kommunistischen Weltbewegung – und es war tatsächlich schon der allerletzte. Aber das konnte damals kaum jemand ahnen. Ich hatte die Ehre und das Vergnügen, zusammen mit etlichen anderen Abgesandten der kommunistischen Parteien aus Westeuropa in einer Regierungsmaschine der DDR zu reisen. Auf der Rückreise saß ich sogar mit dem Genossen Staatsratsvorsitzenden im selben Flugzeug.

Wir saßen nicht auf normalen Flugzeugsitzen, sondern auf verschiedenen Sesseln und Sofas, die locker um einen ovalen Tisch gruppiert waren. Wir tafelten wie die Fürsten. Dazu kreisten allerhand politische Witze, die allesamt mit den Versorgungsengpässen im realexistierenden Sozialismus zu tun hatten. Die besten Pointen lieferten unsere chilenischen Reisegefährten, Wolodja Teitelboom, der Sekretär der kommunistischen Partei Chiles, und Clodomiro Almeyda, der Exilchef der sozialistischen Partei von Salvador Allende. Beide hatten in der DDR Asyl gefunden. Als Obst gereicht wurde, fragte der Genosse Teitelboom den Genossen Dohlus aus dem Politbüro der SED: Warum ist die Banane krumm? Und gab die Antwort gleich dazu: Weil sie immer einen Bogen um die DDR machen muß! Wir sollten weiterfliegen bis Australien, schlug der Genosse Almeyda vor. Warum? Um die Technik des Känguruhs zu studieren. Das Känguruh kann mit leerem Beutel große Sprünge machen. Genosse Dohlus meldete, in der Hölle sei jetzt der Kommunismus eingeführt worden. Er habe gerade mit dem Genossen Breschnew telefoniert, und der habe berichtet, es sei alles halb so schlimm. Heute gibt es kein Pech, morgen keinen Schwefel, übermorgen kein Holz und keine Kohle. Und wenn wirklich einmal alles da ist, dann muß der Heizer auf Parteischule.

Zu den besonderen Vorzügen unseres Nomenklaturfluges gehörte es, daß die Tür zum Cockpit offenstand und daß jeder, der wollte, die Möglichkeit hatte, zu den Piloten in der Kanzel zu gehen und ihnen über die Schulter zu schauen. Da die anderen kaum Interesse zeigten, habe ich die für mich einmalige Gelegenheit beim Schopfe gepackt. Ich stieg in die Kabine, als wir das Mittelmeer überflogen hatten und uns der ägyptischen Küstenlinie näherten. Hinter uns stand die Sonne kurz vor ihrem Untergang, und in der Abenddämmerung zeigte mir der Pilot die Umrisse der Pyramiden, die über den rötlich getönten Wüstensand lange Schatten warfen. Die aufleuchtenden Lichter von Kairo glitten unter uns vorüber, und dann tauchte vor uns die geschlängelte Linie des Nils auf. Vor uns leuchtete der halbvolle Mond, und sein Lichtstrahl spiegelte sich immer wieder auf dem Wasser des Nils, der von oben aussah wie ein schmales Rinnsal, der aber hinter jeder Biegung immer wieder aufleuchtete. Da eine Zwischenlandung in Dschibouti geplant war, machte der Pilot unserer Interflugmaschine nach einer Stunde einen Schwenk nach Osten. Wir flogen jetzt über dem Roten Meer, und der eitle Mond trieb sein Spiel mit seinem Spiegelbild auf dem Meer. Der Flugkapitän machte mich auf zwei helle Flecken zur Rechten auf der arabischen Seite aufmerksam. Das sind, erklärte er mir, Medina und Mekka, die heiligen Stätten der Muslime. Nirgendwo sonst in der ganzen Dritten Welt, sagte er, gibt es im Nachtflug so helle Lichtquellen zu sehen.

Vorerst landete ich tief in der Nacht in Addis Abeba. Der Flughafen war umsäumt von den gigantischen Götzenbildern des Weltkommunismus. Überlebensgroße Götzenbilder mit den Bildnissen von Lenin, Stalin, Mao Tse-tung, Kim Il Sung, Che Guevara, Fidel Castro und Mengistu, Haile Mariam, der äthiopischen Wiedergeburt Lenins, hießen die auswärtigen

Gäste des Parteikongresses willkommen, Baströcke und blanke Busen tanzten uns zu Ehren Ringelreihen, und mit Trommeln, Pauken und Trompeten wurden wir schließlich in unser Quartier geleitet, das ehemalige Hilton-Hotel, das jetzt natürlich Revolutionshotel hieß. Bereits am nächsten Tag begann pünktlich um zwölf in einer eigens zu diesem Zweck errichteten Kongreßhalle der Gründungsparteitag, der ganz den Regeln und Ritualen der kommunistischen Liturgie folgte. Stehende Ovationen, Hochrufe, rhythmisches Beifallklatschen, das Absingen von Hymnen, Sprechchöre: Die Parteitagsregie lief zumindest am Anfang wie am Schnürchen und war in nichts von ähnlichen Veranstaltungen in Ostberlin, Moskau oder Peking zu unterscheiden. Ich hatte gar keine andere Wahl, ich wurde einfach dem Troß Erich Honeckers zugeschlagen. Ich bekenne mich schuldig. Unter all den Trotteln und Schurken, die sich hier unter dem Äquator im Namen des Weltkommunismus versammelt hatten, war mir der Genosse Honecker auf Anhieb der sympathischste, oder – genauer – der am wenigsten unsympathische. Er wirkte eher bescheiden als arrogant wie die meisten anderen Proletprotze und verleugnete seine Arbeiterherkunft nicht. Fast linkisch, leutselig schüttelte er jedem, der auf ihn zukam, die Hand. Er war um ein freundliches Wort selten verlegen und lächelte, wenn auch schmallippig, während die anderen finstere Herrschermienen zur Schau stellten.

Ein wenig isoliert, da die wenigsten mich kannten, saß ich in der Frühstückspause in der Cafeteria hinter der imposanten Parteitagsbühne und schlürfte zur Aufmunterung eine Tasse Mokka, als unvermutet der

Genosse Generalsekretär auf mich zukam und sich mit einem Glas heißer Milch in der Hand zu mir setzte. Woher kommen Sie, Genosse Schütt? fragte er mich. Mein Name stand samt Farbfoto auf meinem Parteitagsausweis, den ich wie alle Delegierten und Gäste über dem Sitz des Herzens trug.

Ich komme aus Hamburg.

Hamburg, meint Honecker, sollte eigentlich die Hauptstadt der Bundesrepublik sein, es ist doch die wichtigste Stadt im Land, viel bedeutender als Bonn. Als hanseatischer Lokalpatriot gebe ich dem Staats- und Parteichef der DDR gern recht. Ich bin nur zweimal in Hamburg gewesen, erzählte Honecker gutgelaunt. Einmal, da war ich fast noch ein Junge. Da bin ich hinten auf einem Lastauto über holprige Landstraßen vom Saarland aus bis nach Hamburg gefahren. Wir waren ein Schalmeienensemble und haben in Hamburg am großen Treffen der Arbeitermusikanten teilgenommen. Dabei hat unser Wiebelskirchener Schalmeienzug sogar einen Preis gewonnen. Das zweite Mal war ich gleich nach dem Krieg in Hamburg, 1946 oder 1947 war das, die Stadt lag noch vollkommen in Trümmern, viel schlimmer als Berlin. Wir hatten eine Beratung, es ging um die Gründung einer Jugendorganisation für ganz Deutschland.

Wann kommen Sie das nächste Mal nach Hamburg? frage ich mein Gegenüber. Honecker lacht. Das hat wohl noch ein bißchen Zeit, meint er. Aber in die Bundesrepublik wollen Sie doch kommen? Wenn ich richtig und amtlich eingeladen werde, will ich schon kommen. Zuerst werde ich vielleicht meine saarländische Heimat wiedersehen. Ministerpräsident Lafontaine hat zugesagt, daß er sich um eine Einladung ins Saarland bemühen will. Lafontaine ist ein energischer Mann, bemerke ich. Der weiß, was er will. Honecker nickt. Der ist ein Heißsporn. Das macht das französische Blut in seinen Adern. Der will hoch hinaus. Am liebsten Parteivorsitzender oder Bundeskanzler. Ob er das schafft, wage ich zu bezweifeln. Honecker lächelt, fast spitzbübisch. Er wäre ja nicht der erste Saarländer, der es bis an die Spitze geschafft hat.

So locker hab ich mir den Genossen Staatsratsvorsitzenden gar nicht vorgestellt, und deshalb nutze ich die Gunst der Stunde und der guten Laune und frage ihn halb scherzhaft, ob er sich vorstellen könnte, daß die beiden deutschen Staaten jemals wieder vereinigt werden könnten. Ich stelle die Frage – ziemlich genau fünf Jahre vor dem Fall der Mauer – nicht als Patriot, sondern eher, weil ich den Genossen Staatsratsvorsitzenden so gern lachen höre. Doch das Lachen des Genossen Generalsekretärs kommt nur sehr gequält herüber. Bei diesem Punkt scheint er keinen Spaß zu verstehen. Entsprechend prinzipienfest und gänzlich humorlos antwortet er – ich zitiere aus meinem Reisetagebuch –: Nicht solange ich lebe, das kann ich mir überhaupt nicht vorstellen. Die Welt ist geteilt in zwei sich feindlich gegenüberstehende Blöcke, und dieser Riß geht mitten durch Deutschland. Das wird auf absehbare Zeit so bleiben, räsoniert er, leicht griesgrämig, aber doch schon wieder lächelnd, so wahr ich Erich Honecker heiße.

In diesem Augenblick mischt sich Horst Dohlus, der Mann neben Honecker, in unser Gespräch ein. Ich dachte schon, du wolltest sagen, so wahr mir Gott helfe. Jetzt lacht Honecker laut. Gott bewahre, kann ich da nur sagen. Aber auf Gottes Hilfe können wir doch bauen. Die Kirche unterstützt uns doch mit ganzer Kraft. Die evangelische, fügt das Politbüromitglied hinzu, aber bei dem polnischen Papst bin ich mir nicht so sicher. Du meinst den Wolfila? vergewissert sich der Genosse Generalsekretär. Den Wolf im Schafspelz meine ich, bestätigt sein Adjutant. Honecker setzt hinzu: Wenn wir schon bei frommen Leuten sind, dann ist mir ein Mann wie Niemöller entschieden lieber. Und dann wendet er sich noch einmal an mich: Genosse Schütt, ich hab eine Bitte an Sie. Bestellen Sie doch bitte dem Herrn Niemöller meine persönlichen Grüße, nicht offiziell, nicht auf dem Parteiwege, ganz privat.

Zurückgekehrt nach Hamburg, tat ich, wie mir von hoch oben befohlen. Es gelang mir endlich, den greisen St. Martin ans Telefon zu bekommen, doch der reagierte ziemlich unwirsch. Grüßen sollen Sie mich? Mehr nicht? Nein, Herr Kirchenpräsident. Das ist schade, antwortete Niemöller. Ich hatte ihn gebeten, etwas zu tun, damit einer unserer Freunde aus Jena endlich freikommt. Davon hat er nichts gesagt? Nein, Herr Kirchenpräsident. Davon hat er nichts gesagt. Niemöller beendete das Telefongespräch, ohne sich von mir zu verabschieden.

In Addis Abeba war ich überrascht, den SED-Chef so entspannt zu erleben. In seinem Auftreten war Honecker für mich das genaue Gegenteil des Genossen Romanow, des zweiten Mannes im Kreml, der in Vertretung des siechen Tschernenko die sowjetische Delegation leitete. Romanow thronte die ganze Zeit auf einem eigens für seine Bedürfnisse gebauten Ledersessel. Die Lehnen waren – das konnte ich von meinem hinteren Platz einsehen – mit etlichen Geheimfächern ausgestattet, aus denen sich der hohe Herr regelmäßig mit Schnupftabak, aber auch mit Hochprozentigem versorgte. Romanow war nicht allein gekommen, sondern mit einem geradezu feudalen Troß. Er bestand zum einen aus einem ganzen Heer bewaffneter Sicherheitskräfte, zum anderen aus einem ganzen Harem wasserstoffsuperoxydblonder Mätressen. Sie waren in einer eigenen Suite des Hotels untergebracht, und wer sich dem stellvertretenden Führer des Weltproletariats als fügsam und folgsam gezeigt hatte, der wurde mit einem Voucher zum kostenfreien Besuch der ehrenwerten Damen belohnt. Auf ungefähr demselben horizontalen Level bewegten sich die ideologischen Debatten des Kongresses. Bei den Aussprachen der Delegationen, die fast jeden Nachmittag hinter verschlossenen Türen stattfanden, ging es fast ausschließlich um Protokollfragen. Mengistu war ein schlauer Fuchs und hatte, statt sich auf eine Linie festzulegen, mit allen Fraktionen der kommunistischen Weltbewegung angebändelt. Mit den Moskowitern ebenso wie mit den Maoisten. Selbst die Splittergruppen der Rumänen, Albaner, Jugoslawen und Koreaner hatte er zum Gründungskongreß eingeladen. Eine besondere Vorliebe hegte er offenkundig für den Steinzeitkommunismus aus dem Land der Morgenröte. Die koreanischen Genossen waren deshalb mit einer besonders starken Delegation angereist, die von keinem Geringeren als dem Sohn Kim Il Sungs, Kim Yong Il, einem pausbäckigen, eher trägen und in sich gekehrten Jüngling, geleitet wurde. Der Sohn der Sonne des koreanischen Volkes versuchte seinen Führungsanspruch vor allem dadurch zu erhärten, daß er unentwegt allen ihm zugänglichen

Genossen ausgiebig die Hand schüttelte, allein mir mindestens dreimal. Seine Hand war stets feucht. Offenkundig hatte er Schweißprobleme, denn nach ungefähr jedem zehnten Händedruck näherte sich ihm unauffällig ein uniformierter Lakai, um ihm die Finger trockenzureiben.

Trotz seiner augenscheinlichen Unbedarftheit erregte Yong Ils Auftreten bei den Delegationen aus Ostberlin, Moskau und sogar Peking gleichermaßen Argwohn. Hauptziel ihrer Kongreßdiplomatie war es, zu verhindern, daß der Genosse aus dem Reich der Morgenröte dem Vorsitzenden des Zentralkomitees der Partei der Arbeit Äthiopiens eine Fahne mit dem Bildnis von Kim Il Sung überreichte und damit der koreanischen Bruderpartei eine Schlüsselstellung einräumte. Damit eine solche Katastrophe nicht eintreten konnte, verzichteten alle Gastredner darauf, den äthiopischen Gastgebern überhaupt eine Fahne zu überreichen. Alle hielten sich an diese Vereinbarung, auch der Sohn des Sohnes der Morgensonne aus Korea. Nur einer nicht, der Genosse Romanow. Um den Führungsanspruch der sowjetischen Kommunisten wie gewohnt vor aller Welt unter Beweis zu stellen, übergab er am Ende seiner mit stürmischem Applaus bedachten Rede dem äthiopischen Erbe Lenins eine rote Fahne mit einem Bildnis des echten Lenin. Der von Cheerleadern gelenkte Beifall war noch nicht verebbt, da stürmte Kim Yong Il nach vorn ans Podium, entrollte seinerseits eine goldbestickte Fahne mit dem Konterfei seines Vaters und drückte sie triumphierend dem Genossen Mengistu in die Hand. Der hatte plötzlich zwei Fahnen zur Hand, in jeder Hand eine, und wußte offenkundig nicht, was jetzt zu tun war. Bevor weitere Delegationen sich die Gelegenheit nehmen konnten, ihrerseits ebenfalls Flagge zu zeigen, passierte, was nach dem Willen der für die Technik zuständigen DDR-Regisseure passieren mußte. Das Licht ging aus, der Kongreß saß im Dunkeln, nichts ging mehr. Der Stromausfall dauerte volle zwei Stunden. Die Genossen waren angestrengt bemüht, alle Strippen wieder zurechtzuziehen, und als die Gäste und Delegierten nach der Unterbrechung wieder in die Kongreßhalle gerufen wurden, waren kein Banner, keine Flagge, keine Fahne mehr zu sehen, keine von Lenin, keine von Mao, keine von Kim Il Sung.

Zum Abschlußbankett wurden wir in den alten Kaiserpalast chauffiert. Während Millionen Äthiopier hungerten und verhungerten, wurden wir mit Kaviar, Gazellenfleisch, Wachteleiern, Hummern und Kamelschinken vollgestopft. Das Mobiliar machte allerdings einen ziemlich lädierten Eindruck. Mancher Sessel hatte einen aufgeschlitzten Bauch, die Mahagonitische standen auf blutigen Füßen, die Kronleuchter hingen allesamt schief – wie geköpft. Aufschlußreich war der Blick nach oben, hinauf auf die Deckendekoration des alten Thronsaals. Offenbar mit der Spitzhacke hatte man die Insignien der kaiserlichen Macht, Löwe und Kreuz, so gründlich aus dem Stuck herausgehauen, daß an den Umrißlinien klar die frühere Formgestaltung erkennbar war. Darüber waren aus Blech, Aluminium und Plastik die Symbole der neuen Machthaber an die Decke genagelt: eine Collage aus einer sowjetischen Sichel, einem rotchinesischen Gewehrlauf und einer koreanischen Morgensonne.

Der Kongreß ging seinen sozialistischen Gang. Er endete mit der feierlichen Enthüllung eines Karl-Marx-Denkmals, das der Rostocker Bildhauer Jo Jastram entworfen hatte. Das erste Marxmal auf afrikanischem Boden hatte allerdings mehr komische als kommunistische Züge. Für mich sah der aus braunem Porphyr gehauene Kirchenvater der kommunistischen Ersatzreligion eher aus wie der Boxweltmeister Muhammad Ali. Die Festrede hielt kein anderer als der Genosse Erich Honecker. Und ich hatte die zweifelhafte Ehre, als Abgesandter aus dem Geburtsland von Marx und Engels einem ganzen Dutzend afrikanischer Staatsführer von Arap Moi aus Kenia bis zu Robert Mugabe aus Simbabwe die Hände schütteln zu dürfen. Ich fühlte mich geschmeichelt, denn in meinen Augen waren die stolzen Männer, deren Spalier ich abschreiten durfte, damals noch wahre Lichtgestalten, Vorkämpfer des neuen und freien Afrika. Daß sich diese Helden des antikolonialen Befreiungskampfes schon bald in blutige Diktatoren verwandeln würden, habe ich damals sicher nicht für möglich gehalten.

Beim Pfötchengeben war ich nicht allein. In meiner Nähe stand ein anderer und tat das gleiche. Es war der Schauspieler Karlheinz Böhm, der sich in Äthiopien mit seinen humanitären Hilfsprojekten großes Ansehen erworben hatte und zum Dank dafür von Mengistu als Ehrengast zum Parteitag eingeladen worden war. Er schien sich in seiner Rolle nicht sehr wohl zu fühlen, aber machte schließlich gute Miene zum bösen Spiel. Ich fühlte mich in meiner Parteigläubigkeit berechtigt und berufen, Karlheinz Böhm ideologisch zu belehren. Meinen Sie nicht, fragte ich ihn besserwisserisch, daß der Kommunismus eher in der Lage ist, den Hunger zu besiegen als Sie mit all Ihrer Wohltätigkeit? Der Schauspieler ließ sich nicht aus der Ruhe bringen. Vielleicht, antwortete er bedächtig. Das Problem ist nur, die Leute brauchen heute was zu essen. Nicht morgen und übermorgen, wenn Sie Ihre Utopie verwirklicht haben. Ein halbes Jahr später brach in der Volksrepublik Äthiopien eine Hungersnot aus, die mehrere hunderttausend Menschen, die meisten von ihnen Muslime, das Leben kostete. Mengistus Herrschaft dauerte nur wenige Monate länger als die von Honecker. Doch anders als sein deutscher Hauptsponsor brauchte er die irdische Gerechtigkeit nicht zu fürchten. Er floh zu seinem Kampfgefährten Mugabe nach Simbabwe und bewohnt dort einen eigenen Palast. Bis heute.

16. Station

Zu neuen Ufern

Die Potemkinsche Inszenierung in Addis Abeba wurde in der gesamten Parteipresse als Zeichen für das Erstarken der kommunistischen Weltbewegung, für die Überwindung der ideologischen Spaltungen und für die Lebenskraft des proletarischen Internationalismus gefeiert. Ich wußte es besser, wollte aber selbst meine eigenen Beobachtungen noch nicht wahrhaben. Als ich ein Dreivierteljahr später in Moskau Gorbatschow im Stadion der Weltjugend predigen hörte, wurde ich noch einmal von einem geradezu orgiastischen Rausch der Begeisterung erfaßt und glaubte einen Moment lang an das Wunder von der Wiederauferstehung des von aller Schuld reingewaschenen Urkommunismus. „Gorbi et orbi" verehrte ich fast wie einen Messias. Doch auch diese allerletzten Hoffnungen waren auf Sand gebaut. Tatsächlich vergingen vom Gründungsparteitag der äthiopischen Partei der Arbeit bis zum Zusammenbruch des kommunistischen Weltsystems keine fünf

Jahre. Der Lauf der Weltgeschichte schien sich regelrecht zu überschlagen, und mein politisches Bewußtsein hatte alle Mühe, den Gang der Ereignisse gedanklich nachzuvollziehen.

Kaum war ich aus Moskau zurückgekehrt, machte ich im Parteivorstand eine gänzlich neue Erfahrung. Meine gorbiastische Begeisterung für die neuen Ideen aus Moskau, für Glasnost, Perestroika und mehr Demokratie, wurde nicht von allen Kommunisten geteilt, sondern stieß bei einem Teil meiner Genossen, vor allem bei den älteren und bei all denen, die besonders eng mit der DDR verbunden waren, auf erbitterte Ablehnung. Auch unsere Ratgeber waren sich zum ersten Mal uneins. Während Jan Vogeler in Moskau uns riet, wir sollten uns mehr den Grünen annähern, drängten uns die Genossen in der SED zur Gründung einer eigenen „Friedensliste" und zur wahltaktischen Annäherung an die SPD. Es ging dabei nicht bloß um einen ideologischen Richtungsstreit, es ging um Grundfragen der Ethik, es ging um Wahrheit und Lüge. Die Frage nach der Wahrhaftigkeit und Glaubwürdigkeit der kommunistischen Politik wurde beispielhaft am Umgang mit der Reaktorkatastrophe von Tschernobyl ausgefochten. Anfang Mai 1986 hielten die bundesdeutschen Kommunisten in Hamburg ihren zehnten Parteitag ab. Dazu waren zahlreiche Gäste unserer Bruderparteien angereist. In der Thälmann-Gedenkstätte – sie war zum hundertsten Geburtstag des Arbeiterführers neu dekoriert worden – erlebte ich als Delegationsbegleiter, wie Hermann Axen, der Leiter der SED-Abordnung, und Boris Jelzin, der Abgesandte der Gorbatschow-Partei, wegen Tschernobyl fast tätlich aneinandergerieten. Axen konnte es nicht lassen, in seiner Huldigung an Thälmann einige Seitenhiebe an die sowjetischen Genossen auszuteilen, die einen begrenzten Unglücksfall in der Manier westlicher Medien zu einer Katastrophe aufgebauscht hätten. Daraufhin platzte Boris Jelzin förmlich der Kragen, er schleuderte seinem Kontrahenten das Gästebuch, in das er sich gerade eingetragen hatte, vor die Füße und fiel einem Kamerateam des westdeutschen Fernsehens regelrecht in die Arme, das vor der Gedenkstätte auf ihn wartete. Ohne ein Blatt vor den Mund zu nehmen, berichtete er wahrheitsgemäß über das ganze Ausmaß der atomaren Explosion und schüttete Hohn und Spott über all diejenigen aus, die nicht bereit waren, der Wahrheit ins Gesicht zu sehen. Als Zaungast war ich zwar der Überzeugung, daß Boris Jelzin in diesem Streit recht hatte, aber ich war zugleich darüber schockiert, mit welcher Selbstgerechtigkeit und Machtbesessenheit er den Abgesandten der kleineren Bruderpartei abkanzelte.

Ausgelöst durch die Tschernobyldebatte, entwickelten sich bald darauf zunächst im Parteivorstand und bald darauf auch an der Basis zwei regelrechte Fraktionen, die Gruppe der „Erneuerer" und der starre Block der „Bewahrer". Wenn der Wind des Wandels weht, so hatte einst Mao gelehrt, dann bauen die einen eine Windmühle und die anderen eine Mauer. Der Kampf zwischen Mühlen- und Mauerbauern beanspruchte für fast zwei Jahre einen Großteil meiner Aufmerksamkeit, meiner Zeit und meiner Kraft, aber er war nicht umsonst, sondern die Voraussetzung für meinen endgültigen Abschied vom Kommunismus und für den Aufbruch zu wirklich neuen Ufern. Dieser Abschied wurde weniger von mir als von meinen innerparteilichen Widersachern betrieben. Ich bin nicht selbst aus dem Vorstand meiner Partei ausgetreten, ich wurde nach mehreren Parteiverfahren aus dem Führungsgremium ausgeschlossen und bekam so den richtigen Fußtritt verpaßt, der mich endgültig aus dem kommunistischen Lager hinausbeförderte.

Wie tief der Graben zwischen mir und meiner Parteiführung inzwischen geworden war, wurde mir beim Studium meiner Kaderakte deutlich, die mir ein letztes Mal für fünfzehn Minuten zur einsamen Lektüre vorgelegt wurde. Da waren all meine Verfehlungen haarklein protokolliert, meine ungeklärte Rolle bei der Republikflucht einer DDR-Bürgerin, meine Versuche, verbotene Bücher in die DDR einzuschleusen, meine „problematischen" Äußerungen im Parteivorstand, meine diversen Liebesaffären, mein bulgarisches Abenteuer, meine „unwissenschaftlichen Gottesvorstellungen", mein „Schwanken" in der Biermanndebatte, meine Kontakte zu den Grünen. Ich fragte mich, warum ich nicht längst aus dem Vorstand entfernt worden war, und fand zwischen den Zeilen auch auf dieses Rätsel eine Antwort. „Der Genosse", hatte unsere Internationale Abteilung angemerkt, „verfügt über freundschaftliche Verbindungen zur sowjetischen Bruderpartei und genießt wegen seiner Veröffentlichungen in der Sowjetunion ein hohes Ansehen." Als ich meine Akte wieder zurückgeben mußte, bot mir der Genosse Vorsitzende der Schiedskommission „auf den Schreck" einen Cognac an, obwohl er wußte, daß ich keinen Alkohol trinke. „Mach dir keine Sorgen, Genosse, das haben wir nicht zusammengetragen, um dir zu schaden, sondern um dich zu schützen." „Wovor?" wollte ich wissen. „Zum Beispiel", lautete die Antwort, „vor Erpressungsversuchen."

Mein Ausschluß aus der Parteiführung wäre eine Generation früher eine persönliche Tragödie gewesen und hätte mich womöglich das Leben kosten können, aber in meinem Fall glich das Verfahren eher einer Farce. Ich verfaßte ein „Manifest der Erneuerer", in dem ich noch einmal versuchte, meine kommunistischen Ideale aufzupolieren, und setzte mich in einem Anfall von Mut in einer Rede vor dem Parteivorstand mit „Stalin in uns", mit der verdrängten Erblast des Stalinismus, auseinander. Die Reaktion auf meine Rede war: eisernes Schweigen. Daß ich keinen Beifall von der orthodoxen Mehrheit der Parteiführung erhalten würde, war mir von vornherein klar. Daß sich jedoch auch meine Genossen vom Windmühlenflügel fast einhellig von mir abwandten, hat mich damals tief enttäuscht und verbittert. Erst später habe ich begriffen, warum. Sie wollten eine andere Partei. Ich wollte gar keine kommunistische Partei mehr und wollte ein für alle Mal mit der kommunistischen Doktrin brechen. An diesem Abend sprach niemand mehr mit mir. Ich wurde aus dem Schlafsaal der Parteischule in Essen ausquartiert und mußte in einem Verschlag hinter der Küche nächtigen. Dort bekam ich weit nach Mitternacht Besuch vom Hausmeister samt Schäferhund. Er wollte mich warnen: Wenn ich es noch einmal wagen würde, die Partei in den Schmutz zu ziehen, dann wollte er seinen treuesten Diener auf mich hetzen. Der Parteihund gehorchte auf Kommando und hieß Stalin zuliebe „Jossip". Nach dieser Heimsuchung fühlte ich mich wie im Märchen.

„Heinrich, der Wagen bricht!" kam es mir in den Sinn, und ich sprach zu mir selbst: „Nein, nein, der Wagen nicht, es ist der Ring von meinem Herzen." Ich fühlte mich plötzlich frei und wie neu geboren. In dieser Nacht habe ich nicht mehr geschlafen. Zum ersten Mal seit langer Zeit habe ich versucht, ernsthaft und gewissenhaft zu beten, so lange, bis ich das Lieblingslied aus meiner Kindheit wieder auf meinen Lippen hatte: „Befiehl Du Deine Wege und was Dein Herze kränkt, der allertreusten Pflege des, der den Himmel lenkt. Der Wolken, See und Winden gibt Wege, Lauf und Bahn, der wird auch Wege finden, da dein Fuß gehen kann."

Der *Spiegel* berichtete über die Erneuerungsbewegung innerhalb der DKP. Doch schon, bevor der Artikel erschienen war, wurde gegen mich ein neues Parteiordnungsverfahren wegen Kontaktaufnahme zu einer parteifeindlichen Institution eingeleitet – für mich ein sicheres Indiz dafür, daß sogar in der Redaktion des wichtigsten deutschen Nachrichtenmagazins Spitzel des befreundeten Dienstes tätig waren. Die Schiedskommission handelte schnell und wirkungsvoll. Ohne Vorwarnung kippte der parteinahe Pahl-Rugenstein-Verlag – unter Eingeweihten „Rubelschein" genannt – alle elf Buchtitel von mir aus seinem Programm und warf mir 22 Bücherpaletten mit einer Gesamtlast von 363 Kilogramm vermittels einer DDR-Speditionsfirma vor die Haustür. Es hat mich – an einem heißen Sommertag – etliche Schweißtropfen gekostet, um diese Bücherlast in meine Wohnung im dritten Stockwerk hochzuschleppen. Mit dieser unverhofften Büchersendung war mir auch mit einem Schlag meine wirtschaftliche Existenzgrundlage entzogen. Bislang hatte ich mit dem Verkauf meiner Bücher und mit meiner Aufwandsentschädigung als Kulturfunktionär immerhin ein kärgliches, aber verläßliches Einkommen gehabt. Fortan war ich allein auf das Gnadenbrot des bürgerlichen Klassenfeindes angewiesen. Dazu kam ein regelrechter Telefonterror. Immer wieder wurde ich vor allem nachts angerufen und als Verräter beschimpft, der eines Tages seine gerechte Strafe erfahren werde. Einmal wurde sogar mit einem Luftgewehr auf meine rückwärtigen Fenster geschossen. Die Polizei fand keine Anhaltspunkte, wer es gewesen sein könnte, aber ich kannte in meiner unmittelbaren Nachbarschaft, im Umkreis der Ernst-Thälmann-Gedenkstätte, genügend ältere und verbitterte Genossen, denen ich einen solchen Warnschuß durchaus zugetraut hätte.

Ich habe mich auf meine Weise gerächt. Mein Gedicht „Moskau funkt wieder“, das voller Lichtmetaphorik steckte, erschien just am selben Tag im Zentralorgan der Monopolbourgeoisie, der *Frankfurter Allgemeinen Zeitung*, als ich im Flugzeug Richtung Teheran saß und unser DKP-Vorsitzender Mies zum Rapport bei seinem großen und vorgesetzten Bruder Erich Honecker einbestellt war. Und da der Große Vorsitzende in Berlin jeden Morgen die Zeitungen des Klassenfeindes durchblättert, hält er dem Kleinen Vorsitzenden noch beim Morgenfrühstück unter die Nase, was ein Mitglied seines Vorstandes gerade verzapft hat. Beide Vorsitzenden sind entsetzt und äußern ihre Abscheu über mein elendes Machwerk. Im weiteren Verlauf ihrer Beratungen über die krisenhafte Entwicklung innerhalb der DKP ziehen sie den Genossen Kurt Hager, seit eh und je zuständig für

Ideologie- und Kulturfragen, hinzu. Hager weiß Rat. Er gibt Herbert Mies den Ratschlag mit auf den Weg, mich dazu zu bewegen, die Zeile „Moskau funkt wieder“ durch die Hinzufügung zu ergänzen: „und Berlin funkt mit“. Dieser Vorschlag wurde mir in aller Form unterbreitet, nachdem ich aus dem Iran zurückgekehrt und ins Hohe Haus nach Düsseldorf zum Rapport zitiert worden war. Auch wenn mir nicht unbedingt zum Lachen zumute war, so habe ich mich doch heimlich ins Fäustchen gelacht, als der Genosse Steigerwald, unser hauseigener Chefideologe, mich von der Notwendigkeit dieser Kurskorrektur zu überzeugen versuchte. Unser Vieraugengespräch wurde in dem Augenblick beendet, als ich nur zum Spaß das kleine Wörtchen „mit“ durchstrich und durch „dazwischen“ ersetzte. So hätte der Anfang meines Perestroikagedichtes gelautet: „Moskau funkt wieder, und Berlin funkt dazwischen.“ Ich konnte es nicht lassen und konterte mit einem neuen Spottgedicht mit dem Titel „Der Chefideologe“. Es war ein Volltreffer, denn kaum waren meine satirischen Verse in der *FAZ* erschienen, fühlten sich sowohl Robert Steigerwald als auch Kurt Hager persönlich getroffen und verlangten auf dem Parteiweg von mir dreierlei: den Widerruf des Pamphlets, eine öffentliche Entschuldigung und eine Richtigstellung in der Presse.

Inzwischen zeigten sich auch in der DDR Risse im Gebälk, und aufgrund der internen Widersprüche wurde es möglich, daß ich zur selben Zeit, als die DKP-Führung bereits meinen Ausschluß betrieb, eine Einladung in den Süden der DDR, nach Thüringen, Halle und Leipzig, erhielt. Ich trug in großen Hörsälen meine Perestroikagedichte vor und erhielt dafür soviel Beifall wie wohl selten in meinem Leben. Am meisten bewegt hat mich damals, daß ich am Leipziger Herder-Institut vor Studenten aus dem Orient über mein Engagement gegen den Golfkrieg und über meine Iranreise berichten konnte. Die arabischen und iranischen Gaststudenten waren sehr beunruhigt darüber, daß die DDR entgegen ihrer offiziellen Friedenspropaganda nicht anders als die Bundesrepublik Waffen an beide Kriegsparteien lieferte und damit zu den Kriegsgewinnlern zählte. Sie standen offensichtlich unter doppeltem Druck, unter dem Druck der DDR-Staatssicherheit und unter dem Druck der eigenen Geheimdienste, die sie auf Schritt und Tritt bewachten. Stolz zeigten sie mir ihren Gemeinschaftsraum, in dem sie sich heimlich zum Freitagsgebet versammelten. Die Gebetsnische war allerdings nicht auf den ersten Blick zu erkennen. Sie versteckte sich hinter einem roten Samtflor. Davor stand eine Gipsbüste Johann Gottfried Herders.

Im Sommer 1987 reiste ich zusammen mit meiner iranischen Frau zum letzten Mal in die Sowjetunion. Wie immer machten wir in Moskau Station. Meine Freunde Jan Vogeler und Rady Fish waren immer noch euphorisch gestimmt und sahen im Reformprogramm von Michail Gorbatschow die Verwirklichung der Ideale und Hoffnungen, die sie ein Leben lang zumindest heimlich begleitet hatten. In der sowjetischen Provinz war von der Aufbruchstimmung in der Hauptstadt allerdings so gut wie nichts zu spüren. Wir wollten möglichst tief in den Süden reisen, so nah heran an die iranische Grenze, wie es möglich war, und kamen so bis nach Turkmenistan. In Aschchabad bekam meine Frau eine gefährliche Mittelohrentzündung mit sehr hohem Fieber und mußte deswegen für anderthalb Wochen ins Krankenhaus. Als Iranerin konnte sie sich mit dem Personal und den Patientinnen auf ihrer Station gut verständigen und fand dort eine herzliche Aufnahme. Unser Reiseplan wurde durch die Krankheit zwar über den Haufen geworfen, aber ich erhielt dadurch die Möglichkeit, mich in der turkmenischen Hauptstadt ohne Programm und Protokoll umzuschauen. Der Eindruck war überaus deprimierend. Noch immer lagen Teile der Altstadt nach dem großen Erdbeben des Jahres 1953 in Trümmern, waren von Tamariskengestrüpp überwuchert oder von Sanddünen zugeweht. Unverkennbar war, daß sich die einheimische Bevölkerung längst vom Kommunismus abgewandt hatte und zum Glauben ihrer Großmütter und Großväter zurückgekehrt war. Der parallele Islam war aus dem Untergrund wieder ans Tageslicht getreten und bestimmte in den Stadtteilen außerhalb des bombastischen Regierungsviertels weitgehend das Straßenbild. Die Frauen trugen bunte, lockere Kopftücher, die Männer kurze oder lange Bärte, Turbane und Kaftane. Der Gebetsruf war morgens, mittags und abends in der ganzen Stadt zu hören.

Wenige Wochen nach unserer Rückkehr aus der Sowjetunion klingelte das Telefon bei mir. Jan Vogeler war am Apparat. Seine Stimme war ungewöhnlich klar, ohne das sonst bei Ferngesprächen aus den Gebieten hinter dem Eisernen Vorhang übliche Rauschen im Äther. Wo bist du? wollte ich wissen. In Hamburg, antwortete er und lud mich für den Abend zum Essen in ein Lokal an der Elbe ein. Ich staunte nicht schlecht, als ich am Övelgönner Museumshafen das Fischrestaurant betrat. Jan war nicht allein gekommen, an seiner Seite saßen zwei gewichtige Berater aus dem Moskauer Zentralkomitee, deren Namen mir aus einschlägigen Parteidokumenten vertraut waren: Wladimir Sagladin und Alexander Jakowlew. Die drei Musketiere reisten mit diskreter Unterstützung der Friedrich-Ebert-Stiftung mehrere Wochen inkognito durch die Bundesrepublik, um sich ein ungeschminktes Bild der hiesigen Realitäten zu machen. Alle drei waren gut gelaunt und zu Scherzen aufgelegt. „Bist du immer noch Kommunist?" fragte mich Jan. Ich nickte. „Bei so einem Wohlstand?" hakte der Genosse Jakowlew nach. Ich nickte noch einmal, und der wohlbeleibte Genosse Sagladin klopfte mir väterlich auf die Schulter: „Bravo, Genosse! Du bist unser Freund! Es gibt nur einen guten Grund, im reichen Deutschland Kommunist zu sein: Mitleid und Mitgefühl für uns arme Russen! Wir brauchen mindestens noch dreißig Jahre, um euren Wohlstand einzuholen!" Die drei hatten einen wahrhaft gesegneten Appetit. Nachdem jeder eine Speckscholle verspeist hatte, bestellten sie gleich darauf dasselbe noch einmal. Sie ließen nichts auf ihren Tellern, auch die Gräten nicht.

Bald darauf mußte ich mich noch einmal auf die Reise machen. Meine Genossen aus der Türkischen Kommunistischen Partei hatten mich regelrecht bekniet, in Ankara als Prozeßbeobachter am Militärgerichtsverfahren gegen die beiden Parteivorsitzenden Kutlu und Sargin teilzunehmen, in dem es zugleich um die Wiederzulassung der lange verbotenen Partei ging. Es wurden aufregende und mitunter geradezu aufgewühlte Tage. Vormittags nahm ich an den Gerichtsverhandlungen teil und abends mußte ich dann auf verschiedenen geheimen oder halblegalen Solidaritätsmeetings das Wort ergreifen. Ein Besuch in einem Gefängnis wurde mir von den Behörden verwehrt, aber eine Begegnung mit Vertretern des immer noch nicht offiziell erlaubten Menschenrechtsvereins vermittelte mir dennoch einen Eindruck von der Brutalität, mit der die türkischen Militärs ihre politischen Gegner im Namen Atatürks mißhandelten. Den Folteropfern war es verboten, über die ihnen zugefügten Torturen zu sprechen, aber die Spuren der Folter an ihren Körpern sprachen Bände. Ihnen fehlten Finger, fehlten Ohren, fehlten Zähne, und so, wie Jesus dem ungläubigen Thomas seine Wundmale zum Nachfühlen gab, so zeigte mir ein jahrelang inhaftierter Genosse die verbrannten, verkohlten und verschorften Innenflächen seiner Hände. Seine Brandmale rührten von den Elektrokabeln her, mit denen ihm die Folterknechte unentwegt Stromstöße versetzt hatten, um ihn zum Reden zu bringen.

Der Kommunistenprozeß hatte ein unerwartet positives Ergebnis. Unter dem Druck der veränderten Weltlage wurde das seit mehr als sechzig Jahren gültige Verbot der Kommunistischen Partei der Türkei zumindest teilweise aufgehoben. Die beiden Parteivorsitzenden bekamen die Möglichkeit, aus der Verbannung zurückzukehren, und sie erhielten das Recht auf politische Betätigung. Die Partei, deren Kader jahrzehntelang zu Tode gefoltert, hingerichtet oder inhaftiert worden waren, feierte 1988 das Fest ihrer Wiederzulassung. Wenig später nahmen die türkischen Genossen das Menschenrecht auf politischen Irrtum für sich in Anspruch. Die Organisation löste sich auf.

Der stalinistische Kern lief zur Kurdischen Arbeiterpartei des Genossen Öcalan über und nahm den bewaffneten Kampf auf. Die Reformer, die an der Basis die Mehrheit hatten, schlossen sich der Refah-Partei von Necmettin Erbakan an und bemühten sich fortan, Islam und Demokratie in Einklang zu bringen.

In der DKP hatten wir Erneuerer auf die Dauer keine Chancen. Wir standen auf verlorenem Posten. Von den 20 Reformern im 98köpfigen Parteivorstand wurde kaum einer wiedergewählt. Gegen mich polemisierte ausgerechnet meine altvertraute Widersacherin Gisela Elsner. Sie war bei ihrer Vorstellung volltrunken. Um so mehr lobte sie Stalin als den großen Menschheitsbefreier. Schon kurz nach ihrer Wahl in den Parteivorstand beging sie Selbstmord. Nachdem wir noch einmal versucht hatten, auf lokaler Hamburger Ebene so etwas wie eine unabhängige Assoziation freier Kommunisten ins Leben zu rufen, nahm ich Anfang 1989 endgültig Abschied von der kommunistischen Bewegung – ein Dreivierteljahr vor dem Zusammenbruch der DDR und dem abrupten Ende der linken Organisationen in der Bundesrepublik, die alle am Tropf der SED gehangen hatten. Ich war froh, endlich aus dem selbstgewählten Gedankengefängnis freigekommen zu sein. Mein Katzenjammer hatte vor allem mit den eigenen seelischen Beschädigungen zu tun, weniger mit dem politischen Unfug, den wir angerichtet hatten. Der Schaden, den wir DKPisten der Bundesrepublik zugefügt hatten, hielt sich in Grenzen und beschränkte sich vor allem auf den propagandistischen Bereich. Wir hatten – Gott sei Dank! – nie die Macht, größeres Unheil anzurichten, und haben uns die Hände wohl schmutzig, aber im Gegensatz zu den Terroristen der RAF nicht blutig gemacht.

Auch wenn ich vorgewarnt war und dank meiner „dahinschwindenden Gewißheiten“ – so ein treffender Buchtitel meiner hochgeschätzten DDR-Kollegin Ursula Reinhold – meine Vorahnungen hatte, so kam doch der Fall der Mauer für mich überraschend. Ich war am Abend des 9. November 1989 früh schlafen gegangen und hatte die Spätausgabe der *Tagesschau* verpaßt. So machte ich große Augen, als ich am anderen Morgen aus dem Fenster schaute. Auf der Eppendorfer Landstraße hupten, knatterten und stanken lauter DDR-Autos. Die Leute jubelten und fielen einander in die Arme. Die McDonald-Filiale hatte schon am frühen Morgen geöffnet und verteilte umsonst Hamburger. Der Kommunismus ist ausgebrochen, dachte ich beim Anblick dieser verrückten Bilder. Ich schaltete das Radio ein und erfuhr, was über Nacht geschehen war. Zum Frühstück bekam ich Besuch von einem treuen Genossen und Kollegen aus dem Bezirk Potsdam. Er hatte sich um Mitternacht in seinen Trabbi gesetzt und konnte die Welt nicht mehr begreifen. Bei allem Glück des Augenblicks machte er einen eher melancholischen Eindruck. Ich ahnte, warum. Mein Freund hatte jahrelang für die Firma Horch & Guck gearbeitet und fürchtete nun, enttarnt zu werden. Was er freilich über mich zu Protokoll gegeben hatte, war nicht der Rede wert. Er hat mir eine „Schwäche für schöne exotische Frauen“ und „Liebesgedichte ohne jedes Klassenbewußtsein“ nachgesagt.

Unmittelbar nach dem Fall der Mauer reiste ich zusammen mit einer Gruppe Lyriker, unter ihnen meine hochbegabte, plattdeutsch dichtende Kollegin Waltraud Bruhn aus Glückstadt, zu einem lange geplanten deutsch-polnischen Autorentreffen in der Begegnungsstätte nahe dem Konzentrationslager Auschwitz. Wir führten viele ernste Gespräche miteinander, schrieben in Arbeitsgruppen kleine meditative Texte und schieden als gute Freunde. Es tat gut, den Trubel der Wiedervereinigungseuphorie ein wenig verfremdet von außerhalb der deutschen Grenzen zu betrachten. Bei unseren polnischen Freunden rührten sich die alten Ängste und Ressentiments, und wir Deutschen hatten einige Mühe, ihre Bedenken zu zerstreuen.

Die Reise nach Auschwitz war mein dritter längerer Aufenthalt in Polen. Das erste Mal reiste ich 1983 in die Volksrepublik, um als offizieller Vertreter meiner Partei am Pressefest der *Tribuna Ludu*, des Zentralorgans der polnischen Genossen, teilzunehmen. Daß ausgerechnet mir diese Ehre zuteil wurde, war in protokollarischer Hinsicht zweifellos ein Ausdruck der Geringschätzung, mit der meine Parteiführung die ideologisch wackligen polnischen Genossen betrachtete. Das Fest fand auf dem weiten Platz vor der Warschauer Kathedrale statt und wurde offiziell genau im selben Augenblick eröffnet, als in der großen Kirche das Hochamt zum Fronleichnamsfest zu Ende ging. Kaum hatte der Genosse Chefredakteur mit seiner Rede begonnen, läuteten alle Warschauer Kirchenglocken mit vereinter Kraft. Aus der Kathedrale ertönten machtvoller Orgelklang und Choralgesang. Die Fronleichnamsprozession setzte sich höchst feierlich in Bewegung und nahm ihren Weg mitten über das Festgelände, ohne sich um die kommunistische Konkurrenzveranstaltung zu kümmern. Das Hohelied auf die kommunistische Presse ging unter im brausenden Gotteslob der schon aufgrund ihrer Zahlenstärke weit überlegenen katholischen Demonstranten. Am Abend war ich zu einem Empfang bei General Jaruselski eingeladen. Auch wenn das Ansehen des polnischen Militärmachthabers zumindest im Westen auf Graf-Drakula-Niveau gesunken war und sein Aussehen aufgrund seiner dunklen Brille und seiner braungetönten Uniform kaum Vertrauen erwecken konnte, überwog bei mir der positive Eindruck. Der General benutzte keine Phrasen, er war in meinen Augen ehrlich und vermittelte uns ein glaubwürdiges Bild vom Ernst der Lage in Polen. Ich nahm ihm ab, daß er als Patriot gehandelt und das Kriegsrecht verhängt hatte, um Schlimmeres zu verhüten: den Einmarsch der Sowjetarmee. Eine solche Intervention hätte ungleich bösere Folgen als 1968 in der Tschechoslowakei gehabt und die Gefahr eines Krieges zwischen Ost und West im Herzen Europas heraufbeschworen.

Drei Jahre später bin ich wieder nach Polen gereist, dieses Mal als Privatperson. Ich war Gast meines polnisch-kaschubischen Schriftstellerkollegen Jacek Kotlica und hatte das Vergnügen, mit ihm zusammen einen Rundgang über das Gelände der Danziger Leninwerft zu unternehmen. Die Werft glich damals fast schon einem Wallfahrtsort. An allen Gewerken prangten die Ikonen des neuen Aufbruchs: Bildnisse des polnischen Papstes, der Jungfrau Maria und der Schwarzen Madonna von Tschenstochau. Statt der Arbeiterlieder erfüllten fromme Choräle die mächtigen Kabelkrananlagen mit den auf Stapel gelegten stählernen Schiffsrümpfen. An die Wände waren überall Karikaturen gemalt, die Jaruselski als Teufelsgestalt mit Hörnern darstellten.

Daß ich mich innerlich und äußerlich schon vor der Implosion des Ostblocks vom Kommunismus verabschiedet hatte, verschaffte mir einen zeitlichen wie psychologischen Vorsprung und bewahrte mich im Gegensatz zu vielen meiner früheren Mitstreiter davor, angesichts der sich überstürzenden Ereignisse den Verstand und die Orientierung zu verlieren. Ich versuchte, mir einen halbwegs kühlen Kopf zu bewahren und zu retten, was noch zu retten war. Dazu zählte in meinen Augen unbedingt unser Hamburger DKP-Arbeitskreis Internationalismus, in dem wir uns regelmäßig mit türkischen, palästinensischen, irakischen, iranischen und indischen Genossen trafen. Ich nahm mir die umfangreiche Adressenkartei, suchte nach einem neuen Dach für unsere Beratungen und fand sie endlich bei der höchst ehrenwerten Hamburger „Patriotischen Gesellschaft von 1765". Unter der Obhut der Patrioten, in Zusammenarbeit mit meinen Freunden aus der Grünen Partei und mit Unterstützung von Hartmut Roß von der Humanistischen Union gründeten wir einen „interkulturellen Arbeitskreis", aus dem heraus sich bis 1993 der „interreligiöse Dialog" entwickelte. Dieser Prozeß war durchaus symptomatisch. Die kommunistischen Gruppierungen lösten sich der Reihe nach auf. An ihre Stelle traten islamische und islamistische Bewegungen nach dem Muster der türkischen Refah-Partei. Deren Vorsitzender, Necmettim Erbakan, lud mich 1993 zu einem Gastvortrag im Rahmen einer parteiinternen Konferenz über ihre Europastrategie ein, tauschte mit mir etliche Bruderküsse – die Kommunisten küssen zuerst auf die linke, die Muslime zuerst auf die rechte Wange – und fragte mich schließlich, ob ich bereit sei, in seiner Bewegung eine führende Position zu übernehmen. Nach kurzer Überlegung sagte ich nein. Zum einen, weil ich mir geschworen hatte, nach meinem DKP-Debakel nie wieder einer politischen Partei beizutreten, und zum anderen, weil mich das ganze Tamtam um den Großen Vorsitzenden Erbakan allzusehr an den kommunistischen Personenkult unseligen Angedenkens erinnerte.

17. Station

Iran

Als der Schah von Persien gestürzt wurde und die Macht wie ein Geschenk des Himmels Imam Khomeini in den Schoß fiel, war ich gerade in Amerika unterwegs und konnte die Umwälzungen im Iran nur aus der Ferne wahrnehmen. Der Schock in den USA war groß, galt doch der Schah weithin als der mächtigste und glanzvollste Verbündete der amerikanischen Supermacht. Nach der Islamischen Revolution verwandelte sich der Iran in den Augen der amerikanischen Öffentlichkeit rasch in einen Schurkenstaat, und Plakate mit der Losung „Nuke Iran", „Löscht Iran mit Atombomben aus", waren im ganzen Land zu sehen.

Zurückgekehrt nach Hamburg, verfolgte ich interessiert die Aktivitäten, die von der iranischen Moschee an der Alster ausgingen. Damals war Imam Khatami Leiter des Islamischen Zentrums, und es gelang ihm mit Geschick, am revolutionären Geschehen in seiner Heimat interessierte Literaten, Theologen und Politiker aus allen Richtungen zu Streitgesprächen in die Moschee einzuladen. Während des Evangelischen Kirchentages im Juni 1981 in Hamburg saß ich zusammen mit dem Bremer Justizsenator Henning Scherf, mit Dorothee Sölle, Luise Rinser und der islamischen Theologin Halima Krausen an einem runden Tisch, um über die Perspektiven für die Theologie der Befreiung zu diskutieren. Wir waren uns einig, daß künftige Revolutionen nur dann erfolgreich sein könnten, wenn sie mit Gott im Bunde seien. Nur Angela Davis blieb skeptisch. Was kann Gott schon für die Revolution tun? fragte sie. Die müssen wir Menschen schon selber machen! Gott, argwöhnte sie, war bis jetzt meistens auf seiten der Reaktionäre, der Ausbeuter und der Kriegstreiber. Es würde mich freuen, wenn Gott jetzt endlich die Seiten wechseln würde.

Es war die hohe Zeit der Friedensbewegung, angeblich war es bereits „fünf vor zwölf". Unsere Partei setzte alles daran, den Weltfrieden in letzter Minute zu retten, und drängte uns zu Selbstverpflichtungen. Ich selbst wollte nicht noch einmal zehn Nachbarschaftstreffen organisieren, 100 Plakate mit Friedenstauben kleben oder 500 Unterschriften unter den *Krefelder Appell* sammeln, sondern verpflichtete mich als überzeugter Dritte-Welt-Bürger, öffentlichkeitswirksame Protestaktionen gegen den vergessenen Krieg am Golf, den irakisch-iranischen Grenzkonflikt, zu organisieren. Ich rechnete dabei fest mit der Unterstützung des iranischen und der beiden irakischen Genossen, die Mitglieder unserer Eppendorfer Parteizelle waren. Ein Komitee gegen den Golfkrieg war schon kurze Zeit nach Ausbruch der

Kämpfe im Hamburger Gewerkschaftshaus gegründet worden, Bahman Nirumand und Angelika Beer von der Grünen Partei hatten pathetisch-pazifistische Reden geschwungen, aber danach passierte so gut wie gar nichts mehr. Deshalb begann ich schließlich, wenigstens auf lokaler Ebene in Hamburg die Trommel zu schlagen und zu Informationsveranstaltungen, Antikriegsausstellungen und Schweigemärschen im kleineren Rahmen einzuladen. Die Resonanz war zunächst sehr enttäuschend, vor allem die Friedensbewegten zeigten uns die kalte Schulter, die Kirche hielt uns für verkappte Islamisten, die iranische Moschee für getarnte Saddam-Anhänger. Umgekehrt stand ich bei meinen iranischen Freunden im Verdacht, ein heimlicher Sympathisant der Mullahs zu sein, und wurde deshalb von ihnen gern als „Peter Schiit" verspottet. Aber mit der Zeit fanden wir doch Gehör. Wir gewannen schließlich kompetente Kenner der Region wie Professor Steinbach vom Deutschen Orient-Institut und den Fernsehjournalisten Ulrich Tilgner zu Vorträgen über die Hintergründe und Folgen des Bruderkrieges und konnten anhand von authentischen Dokumenten, die wir von einigen TV-Redaktionen erhalten hatten, nachweisen, daß bundesdeutsche Firmen dem Regime im Irak bei der Beschaffung und Herstellung von Giftgas geholfen hatten. Die Parteidruckerei vervielfältigte unsere Flugblätter und unsere regelmäßigen Rundbriefe, und mein Pastorenfreund Dirk Römmer stellte uns die Sakristei seiner Gnadenkirche zur Verfügung. Dort beteiligten sich mehrere Male zwischen fünfzig und achtzig iranische, irakische, kurdische und deutsche Kriegsgegner an einwöchigen Hungerstreikaktionen.

Um die Hungernden und ihre Mitstreiter bei Laune zu halten, organisierten wir Abend für Abend ein westöstliches Kulturprogramm. Die irakische Märchenerzählerin Huda al-Halali, der iranische Schriftsteller Mahmood Falaki und sein irakischer Kollege Najem Wali, die Maler Davood Roostaei aus dem Iran und Bassim al-Shadir aus dem Irak gaben ihr Bestes, um die Menschen guten Willens mit ihrer Kunst wachzurütteln. An unseren Schweigemärschen, bei denen wir oft eine Sargattrappe vorantrugen, beteiligten sich selten mehr als hundert Aktivisten. Dennoch sammelten wir rund 22000 Unterschriften unter einen Appell an die Bundesregierung, keine weiteren Waffen an die Kriegsparteien zu liefern und mit allen diplomatischen Mitteln auf einen sofortigen Waffenstillstand am Golf hinzuwirken. Zusammen mit gleichgesinnten Gruppen aus Köln und Frankfurt und mit tatkräftiger Unterstützung einer Schülerfriedensinitiative sind wir auch in der Bundeshauptstadt Bonn aktiv geworden. Wir haben eine Menschenkette zwischen den Botschaften des Irans und des Iraks gebildet und auf Transparenten dagegen protestiert, daß beide Seiten Kinder und Jugendliche als Soldaten in den Krieg schicken. Die Botschafter beider Länder sahen sich genötigt, zu den Demonstranten herauszukommen und mit den sie umringenden Kindern über ihre Haltung zum Krieg zu diskutieren. Als die Luftwaffe Saddams 1988 die Bewohner der kurdischen Stadt Halabja mit Giftgas bombardierte und dabei mehr als fünftausend Zivilisten tötete, war unser kleines Häuflein vermutlich die einzige Organisation in Deutschland, die gegen diese Mordorgie mit Trauerkundgebungen auf der Kölner Domplatte und vor dem Hamburger Hauptbahnhof protestierte.

Die Arbeit unseres Komitees endete mit einem Eklat. Zusammen mit dem Schriftstellerverband hatten wir zu einer Solidaritätsveranstaltung für Salman Rushdie eingeladen, kurz nachdem der sterbenskranke Imam Khomeini den Autor der *Satanischen Verse* in einer Fatwa mit dem Tode bedroht hatte. In meinem Einleitungsvortrag hatte ich versucht, die aktuelle Situation im Iran zu erläutern. Ich hatte den Mordaufruf mit klaren Worten verurteilt, aber zugleich zum Ausdruck gebracht, daß ich Rushdies Religionsverhöhnung nicht teile und für die Empfindungen und Kränkungen der Muslime Verständnis hätte. Das rief keinen Geringeren als Wolf Biermann auf den Plan. Lautstark und offenkundig angetrunken, drängte er sich nach vorn, schalt mich einen Verräter und bedachte mich mit den übelsten Schimpfworten. Seine Beleidigungen wiederholte er drei Tage später in einer langen Polemik in der Wochenzeitung *Die Zeit*. Darin stempelte er mich zum Paradetypen des Wendehalses und verglich mich mit dem polnischen General Jaruselski. Er verspottete mein Engagement gegen „das Giftgaskrieglein der Irakerchen", verlor über Salman Rushdie kein weiteres Wort und nahm für sich selbst die Märtyrerkrone in Anspruch.

Mein Engagement im Komitee gegen den Golfkrieg wurde schon bald durch ein persönliches Motiv verstärkt. Ich hatte während der vorbereitenden Gespräche mit Exiliranern Fariba kennen- und bald auch liebengelernt. Ich wollte sie gern heiraten, weil ich in mir den starken Wunsch nach eigenen Kindern und nach ehelicher Treue und Geborgenheit verspürte, doch vor unserer Hochzeit mußten wir noch etliche Hürden überwinden. Fariba hielt sich trotz aller Modernität streng an die orientalischen Bräuche und erwartete von mir, daß ich mich vorher ihrer Familie vorstellte und bei ihren Eltern in aller Form um die Hand ihrer Tochter anhielt. Das war leichter gesagt als getan, aber ich unternahm fortan vielfältige Anstrengungen, um ein Visum für den Iran zu bekommen.

Auf emotionaler Ebene verstanden Fariba und ich uns gut, nur in der Gretchenfrage waren wir uns von Anfang an uneins. Während ich eine immer stärkere Zuneigung zum Islam entwickelte, reagierte meine Angebetete mit Abwehr – aus begreiflichen Gründen. Sie hatte die blutigen Exzesse der islamischen Revolution am eigenen Leib erfahren und hatte miterlebt, daß ihre Cousine, mit der sie unter einem Dach aufgewachsen war, als junges, noch nicht volljähriges Mädchen unschuldig hingerichtet wurde. Unter Lebensgefahr hatte sie selbst 1983, im Jahr des Massenterrors gegen alle politischen Gegner, ihr Heimatland verlassen. Deshalb haben wir im Dezember 1987 nicht in der Moschee geheiratet – das haben wir drei Jahre später nachgeholt –, sondern im Türkischen Volkshaus inmitten unseres weltumspannenden westöstlichen Freundeskreises. Doch vorher bin ich, wie es sich gehört, in den Iran gereist und habe dort um die Hand meiner künftigen Frau gebeten. Mein Visum habe ich nach etlichen Anträgen schließlich als „Islamsuchender" erhalten, zum Besuch der Heiligen Stätten in Ghom und Maschad und um mich über die Auswirkungen des Krieges zu informieren. Die Einladung kam vom Erschad, dem Ministerium für Kultur und islamische Rechtleitung. Vielleicht waren meine Vorsichtsmaßnahmen ein wenig übertrieben, aber sicherheitshalber hatte ich ein ganzes Dutzend Telefonnummern und Adressen, statt irgendwo hinzuschreiben, auswendig gelernt. Ich hatte die Anweisung erhalten, nur in offiziellen Hotels zu übernachten. Aber meine Schwiegereltern zeigten mir rasch den im Iran üblichen Weg, um solche Auflagen zu umgehen. Ich legte meinen Paß vor, bat um einen Meldestempel und fügte auffällig unauffällig einen Zwanzigmarkschein hinzu. Damit waren in der Regel auf einen Schlag alle Probleme gelöst, und wenn sie noch nicht geklärt waren, dann reichte ich noch einmal einen Zwanziger, persisch „bis mark“, nach. Dennnoch habe ich mich auf den Straßen Teherans alles andere als unbeschwert bewegt. Auf Schritt und Tritt, manchmal alle drei Minuten oder hundert Meter, kam ein Polizist, ein Soldat, ein Revolutionswächter, ein Pasdaran oder ein Bassidsch auf mich zu und wollte meinen Paß kontrollieren. Die meisten von ihnen konnten Dokumente lesen und setzten ein freundliches und oft sogar respektvolles Lächeln auf, sobald sich herausgestellt hatte, daß ich ein Deutscher und kein Amerikaner war. Manchmal wurde ich von den Wächtern sogar zum Tee eingeladen.

Der Krieg war im Frühjahr 1987 immer noch in vollem Gange. Auf Teheran und Ghom fielen auch während meines Aufenthalts irakische Raketen, die von der Sowjetunion geliefert und von bundesdeutschen Ingenieuren scharfgemacht wurden. Die Bevölkerung bewahrte nach außen hin Ruhe. Vor vielen Häusern, vor allem in den ärmeren Vierteln im Süden, standen die mit Girlanden und Lichterketten geschmückten Gedenktafeln für die Gefallenen, deren Porträtbilder meistens ausgesprochen kindliche Gesichter zeigten. Von den Hochhäusern hingen riesige schwarze Trauerflore herab. Khomeinis Leichenbittermiene war allerorten zu sehen, an jedem öffentlichen Gebäude und vor jedem Toreingang. Hin und wieder zeigte der greise Imam den Anflug eines schmallippigen Lächelns, aber meistens schaute er zornig aus und schien seine Hand nicht zum Segen, sondern zum Fluch zu erheben. Ich fuhr mit dem qualvoll überfüllten Bus zum Friedhof Behescht Sahra, auf dem die Märtyrer des Krieges begraben wurden. Angewidert blieb ich vor dem Blutbrunnen stehen, dessen blutrot gefärbte Wasserkaskaden die Bereitschaft der iranischen Jugendlichen symbolisieren sollten, ihr Blut für das Leben der Revolution zu vergießen. Der riesige Totenacker war kein Ort der Stille, sondern der lärmenden Todespropaganda. Bis an die Schmerzgrenze dröhnten über dem Friedhof gewaltige Lautsprecher und ließen mit ihrer Militärmusik, ihren Koranrezitationen und Khomeinizitaten weder die Toten noch die Überlebenden zur Besinnung kommen. Hubschrauber kamen direkt von der Front herangeschwirrt. Sie flogen neue Leichen ein, die unter lauten Kommandos in die vorbereiteten Gräber gelegt und sofort zugeschaufelt wurden. Erst nach der Grablegung wurden die Angehörigen herbeigeholt und bekamen von den Militärbestattern die Sterbeurkunden ausgehändigt. Als ich mich heimlich aus dem Trauerritual entfernen wollte und mich dem Gräberfeld für die namenlos bestatteten Opfer der Hinrichtungen näherte, wurde ich von zwei Revolutionswächtern am Weitergehen gehindert. Sie verfrachteten mich in ein Auto der Miliz und setzten mich mitten in Teheran vor dem Tulpenhotel ab, meiner offiziellen Adresse. Ich habe auch versucht, soweit wie möglich an das berüchtigte Ewingefängnis im Norden Teherans heranzukommen. Ich wußte, daß dort mein alter Freund Ahmed Danesch eingesperrt war, und kannte in Hamburg manchen Exilanten, der hinter diesen Mauern Schreckliches erlebt hatte. Zu Fuß hatte ich keinen Erfolg, weil ich schon Hunderte Meter vor dem Eingangstor von mehreren Posten zurückgeschickt wurde. Dann fragte ich einen Lieferwagenfahrer, der Getränkeflaschen und Milchkannen transportierte, ob er mich ein Stück mitnehmen konnte. Der Mann verstand meine Sprache nicht, aber er begriff sofort, was ich wollte. Er gab mir eine Schirmmütze, die ich tief übers Gesicht ziehen sollte, ließ mich auf seinem Beifahrersitz Platz nehmen und fuhr so langsam und ohne ein Wort zu verlieren mit mir quer über den großen Platz vor dem mächtigen, einem Höllentor ähnlichen Eingang zum Ewin, das sich hinter einer Felswand verbarg. Ich versuchte danach, die Familie von Ahmed Danesch unter der auswendig gelernten Nummer anzurufen, aber die Leitung war offenkundig tot. Ein halbes Jahr später erreichte mich die Nachricht, daß Ahmed Danesch – im Zentralkomitee der Tudeh-Partei zuständig für die Beziehungen zu den Gläubigen – hingerichtet worden war, weil er in einem Offenen Brief an Ajatollah Montazeri gegen die Folter und die barbarischen Haftbedingungen protestiert hatte.

Die Frömmigkeit der Iraner hat mich sehr beeindruckt und bewegt. In Maschad sah ich staunend, daß die Fliesen am Eingang zum Schrein des Imam Reza von Tränen naß waren und immer wieder trockengewischt wurden. Ich beobachtete Menschen, die regelrecht verzückt schienen und sich in gläubiger Hingabe entweder zu Boden warfen oder sich mit den Armen rudernd in den Himmel aufschwingen wollten. Noch schockierender waren die Eindrücke, die mich an der Rückseite des Schreins erwarteten. Unversehens war ich an den Rand einer marschierenden Gruppe junger Männer mit nackten Oberkörpern geraten, die unter rhythmischem Gebrüll mit eisernen Ketten und Kugeln auf ihre Leiber einschlugen. Viele Brustkörper und Nacken waren blutiggeschlagen, aber das hinderte ihre Träger nicht daran, ihre Hände in dem eigenen Körperblut zu reiben und sich damit die Kopfhaare und das Gesicht einzuschmieren. Es stank nach Blut und Schweiß. Der Lärm der Geißler, die Saddam, Israel und Amerika in immer lauteren und schnelleren Sprechchören zum Teufel wünschten, verstopfte mir die Ohren, und ich war heilfroh, als es mir endlich gelang, mich aus der Prozession der Kriegs- und Opferfreiwilligen herauszulösen.

Ganz anders, ungleich friedlicher und freundlicher verlief meine Reise nach Ghom in das Zentrum schiitischer Gelehrsamkeit. Ich befand mich in der Gesellschaft mehrerer älterer Männer mit Voll- oder Dreitagesbärten, unter ihnen auch ein kompetenter Dolmetscher. Sie führten mich zum Schrein der Heiligen Massumeh, der Schwester Imam Rezas, zeigten mir die prachtvollen Moscheen und Medressen und führten mich durch die altehrwürdigen Bibliotheken, Hörsäle und Studierzimmer, in denen seit Jahrhunderten bedeutende Theologen zusammen mit ihren Schülern arbeiteten. Mit ihrem Wissen setzten mich meine geistlichen Weggefährten abwechselnd in Erstaunen und in Verlegenheit. Sie kannten Hegel, Marx und Engels weit besser als ich, waren ebenso belesen in der Dissidentenliteratur bis hin zu Roger Garaudy und Rudolf Bahro und hatten die einschlägigen Dokumente von Michail Gorbatschow und seinen Mitstreitern gründlich erforscht. Von Gorbatschows Reformprogramm hielten sie im Gegensatz zu mir nicht viel. Sie sagten den raschen Zusammenbruch des Kommunismus voraus und waren überzeugt, der politische Islam werde das Erbe der Arbeiterbewegung antreten und auf der ganzen Welt für die Rechte der Rechtlosen kämpfen. Es war der dritte Tag des Ramadan, wir hockten zusammen unter duftenden Oleander-, Oliven- und Orangenbäumen, und meine Gastgeber bestanden darauf, mich, den Nochnichtmuslim, so sehr ich mich auch zur Wehr setzte, zu einem üppigen Essen mit Hammelfleisch, Reis, Rosinen und Linsen einzuladen. Sie nötigten den Koch in der Küche unter der Zentralmoschee, mir ein Extramahl zuzubereiten. Als es mir aufgetischt wurde, setzten sich die freiwillig Hungernden zu mir an den Tisch und wünschten mir unentwegt gesegneten Appetit, so sehr, daß mir vor lauter schlechtem Gewissen jede Lust am Essen verging und ich mir nichts sehnlicher herbeiwünschte, als im nächsten Fastenmonat selbst mitzufasten. Zum Abschied bekam ich von meinen Gastgebern eine Gebetskette geschenkt. Sie sah kaum anders aus als der Barmherzige Rosenkranz, den mir ein Vierteljahrhundert früher mein Jesuitenpater ans Herz gelegt hatte.

Es war für mich erholsam und heilsam zugleich, daß ich meine Rückreise nach Hamburg für drei Tage in

Damaskus unterbrechen mußte. Es waren Tage der Einkehr und der Selbstbesinnung. Fast fünfzig Jahre alt geworden, fand ich endlich die Zeit und den Ort, um über meinen Lebensweg und über mein Verhältnis zu Gott und seinen Gesandten nachzudenken. Ich versuchte, die islamischen Fastengebote einzuhalten, und verbrachte viele Stunden in der Omajadenmoschee. Zum ersten Mal seit fast zwei Jahrzehnten bin ich wieder ehrfürchtig vor meinem Gott auf die Knie gefallen und habe Gott um Verzeihung, um Kraft und Trost gebeten. Bis in meine Haarspitzen hinein verspürte ich die spirituelle Ausstrahlung des Gotteshauses, das das Grab von Johannes dem Täufer birgt. Mir fiel es wie Schuppen von den Augen, mir ging ein Licht auf, vor dem ich lange die Augen verschlossen hatte. Ich spürte, ich war aufs neue in den Suchscheinwerfer Gottes geraten. Vor meinem verwirrten und suchenden inneren Auge erschienen schemenhaft Jesus und Mohammed. Beide waren einander nicht fremd und nicht feind, sondern brüderlich miteinander verbunden. Beide verkörperten dasselbe göttliche Licht. Beide waren Gesandte Gottes, und ich begriff, daß ich nicht Jesus aufgeben mußte, um Mohammed zu gewinnen. Ich mußte nicht aufhören, Christ zu sein, um ein treuer Muslim zu werden. Als Muslim würde ich Christ bleiben und wäre Jesus und seiner urchristlichen Gemeinschaft womöglich näher als viele Christen der Gegenwart. Meine Unrast, mein rastloses Suchen kamen zur Ruhe. Ich begann, meine Reisepläne zu ändern. Statt mir zum Ziel zu setzen, auch noch den letzten Winkel der diesseitigen Welt zu erkunden, orientierte ich mich Schritt für Schritt auf alternative, auf spirituelle Reiseziele um. Statt mich immer weiter von Gott zu entfernen, begann ich, mich auf meine Reise zurück zu Gott vorzubereiten. Ich ahnte, daß diese Seelenreise nicht weniger abenteuerlich verlaufen würde als meine bisherigen Ausflüge und Ausflüchte. Zugleich wurde mir klar, daß ich nicht einfach zu demselben Gott zurückkehren würde, von dem ich mich in den zurückliegenden Lebensabschnitten immer weiter entfernt hatte. Der Gott, der mir fremd geworden war, war der allmächtige, allwissende, hoch über mir thronende Gott. Der Gott, dem ich jetzt näherkommen und auf den ich mich zu bewegen wollte, würde ein anderer Gott sein, er sollte mein persönlicher, mein intimer Freund werden, kein Gott zum Fürchten, sondern ein Gott, dem ich bedingungslos vertrauen und dem ich mich mit Leib und Seele anvertrauen konnte.

Iran ist ein Land wie ein bunter, kunstvoll geknüpfter Teppich – mit lauter dunklen, oft sogar blutigen Flecken. Ich fühle mich diesem Land und seinen Menschen in vielfältiger Weise verbunden. Dank meiner familiären Bindungen, dank vielfältiger Freundschaften und dank meiner persischen Gesprächspartner in meiner Moschee glaubte ich, über die Geschehnisse und Entwicklungen in der Islamischen Republik ein wenig informiert zu sein. Ich lernte interessante Künstler und Schriftsteller kennen, las ihre Bücher und bemühte mich, durch Rezensionen in der *Frankfurter Allgemeinen Zeitung*, in der *Zeit* und der *Welt* ihre Werke hierzulande bekanntzumachen. Ich berichtete über den Kampf um Meinungsfreiheit im Iran und versuchte mich für verfolgte und inhaftierte Literaten einzusetzen. Als ich von der Hinrichtung von Ahmed Danesh erfuhr, schrieb ich für

Radio Bremen ein ausführliches Feature über sein Leben und seinen Märtyrertod. Ich war sehr gerührt, als sich aufgrund meiner Rundfunksendung sein Sohn Tankred Danesh aus Ostberlin bei mir meldete. Er war damals achtzehn Jahre alt, war bei seiner Mutter aufgewachsen und hatte bis dahin kaum etwas über seinen Vater gewußt. Aufgeschreckt durch die Nachricht von der Hinrichtung des Vaters, versuchte Tankred die Öffentlichkeit in der DDR wachzurütteln. Im Jahr des Umbruchs 1989 inszenierte er an seiner Schule, der Carl-von-Ossietzky-Oberschule in Ostberlin, auf der Grundlage meines Rundfunktextes ein bewegendes Theaterspiel. Das Stück wurde nach zwei Aufführungen von der Schulleitung wegen angeblich defätistischer Tendenzen abgesetzt.

Im Jahr 1990, dem Jahr der Wiedervereinigung, stand in Deutschland monatelang ausgerechnet eine rührselige, verlogene und verkitschte antiiranische Herz-Schmerz-Geschichte aus Amerika an der Spitze der Bestsellerlisten, Betty Mahmoodys Schmonzette *Nicht ohne meine Tochter*. Statt sich darüber lustig zu machen, nahmen die Iraner aller Couleur, gleich, ob Fundamentalist, liberal oder Schahanhänger, die Sache bitterernst. Zusammen mit Mostafa Arki, einem rührigen iranischen Exilschriftsteller, nahm ich auf etlichen Diskussionsforen die Iraner und ihre jahrtausendealte Hochkultur gegen die Diffamierungen Mahmoodys in Schutz.

1993 wurde ich zu einem Gespräch in die Kulturabteilung der iranischen Botschaft in Bonn eingeladen. Dort wurde mir aus dem Mund einer tiefverhüllten Frau, deren Kleidung wie ein schwarzes Loch alles Licht aufzusaugen schien, ein reizvoller Auftrag angeboten. Ich sollte als Antwort auf das Mahmoody-Pamphlet ein Buch mit dem Arbeitstitel „Nicht ohne meine Religion“ schreiben. Eine Kronzeugin war rasch gefunden: eine deutsche Frau aus Friedberg in Hessen – wir gaben ihr das Pseudonym Sonja Landgraf. Sie hatte 1970 in Frankfurt einen Palästinenser geheiratet. Der angehende Arzt wurde 1972, nach dem Attentat auf die israelische Olympiamannschaft, aus der Bundesrepublik ausgewiesen. Seine Frau folgte ihm nach, und beide verbrachten schwere Jahre im Flüchtlingslager Schatila im Libanon. 1979 erhielt das Ehepaar eine Einladung der neuen iranischen Regierung und siedelte zusammen mit seinen drei Kindern in den Iran über. Sonjas Lebensgeschichte taugte ohne Frage als Gegenentwurf zum Mahmoody-Groschenroman, und aufgrund der Unterlagen, die mir von der Botschaft zur Verfügung gestellt wurden, habe ich mich mit Eifer an die Arbeit gemacht. Ein paar Wochen später würde Sonja Landgraf selbst nach Deutschland kommen, und ich würde Gelegenheit haben, in aller Ausführlichkeit mit ihr über unser Buchprojekt zu sprechen. Doch die gute Frau ließ auf sich warten. Woche für Woche wurde ich auf einen späteren Termin vertröstet. Schließlich wurde ich nach Bonn bestellt, aber anstatt die Heldin meines Reports „Nicht ohne meine Religion“ endlich persönlich zu treffen, wurde ich mit einer tiefverschleierten Iranerin bekannt gemacht, die sich mir als Sonjas beste Freundin vorstellte. Sie versuchte mir weiszumachen, daß es gegenwärtig nicht möglich sei, meine Kronzeugin zu treffen, weil ihr Mann inzwischen in einem Bereich arbeite, der strikter Geheimhaltung unterworfen sei. Doch damit noch nicht genug. Drei Tage debattierten und stritten wir miteinander. Die gestrenge Dame wollte aus meinem vorläufigen Entwurf jedes Wort und jeden Satz streichen, die auch nur den Anschein einer Kritik an der Islamischen Republik haben könnten, und versuchte mir Aussagen unterzuschieben, nach denen der Iran nichts anderes war als das Paradies auf Erden. Außerdem war meinem Manuskript ein aggressiver Ton gegen Israel unterlegt worden. Nach frucht- und endlosen Debatten habe ich schließlich aufgegeben und meine Unterschrift unter unserem Vertrag zurückgezogen. Ich war nicht mehr bereit, an dem Projekt weiterzuarbeiten, überließ mein halbfertiges Material meinen iranischen Partnern und untersagte ihnen, bei einer möglichen Veröffentlichung mich als Autor oder Berater zu nennen. So erschien die Antwort der Sonja Landgraf an Betty Mahmoody als persischsprachige Propagandabroschüre des Erschad ohne Nennung meines Namens.

Immerhin sind wir nicht in gänzlichem Unfrieden voneinander geschieden, so daß die iranische Seite ihre vertragliche Zusicherung einhielt und mich und meine Familie nach Abgabe meines Manuskripts zu einer Informationsreise in den Iran einlud. Wir haben uns im Frühjahr 1994 über sechs Wochen im Iran aufgehalten und haben die Hälfte der Zeit bei meinen Schwiegereltern und neuen Verwandten verbracht. Während der übrigen Zeit haben wir auf Einladung des Erschad interessante Informationsreisen in verschiedene Landesteile unternommen. Wir besuchten Isfahan, die magische, von Schah Abbas erbaute Stadt, die ich schon seit meiner Doktorarbeit gern sehen wollte, und tranken Tee unter der Brücke mit den 32 Bögen, die aussieht, als wäre sie gerade vom

Himmel herabgeschwebt. Wir waren zu Gast in Schiras und in Persepolis, an den Küsten des Kaspischen Meeres ebenso wie auf den Gipfeln des Elbrusgebirges. Inspirierend für meine eigene literarische Tätigkeit waren vor allem die Begegnungen mit persischen Schriftstellern. Mahmood Doulatabadi lud mich samt meiner schwangeren Frau und Rubin, der damals vier Jahre alt war, ein, zusammen mit ihm und seiner Familie ein paar Tage in seiner Berghütte inmitten von Pinien und Pistazienwäldern am Elbrushang zu verbringen. Für mich wurden es unvergeßlich schöne Tage und Nächte. Wir sahen nach Mitternacht, wie der halbe Mond in schnellen Schritten den Gipfel des Damowand erklomm. So theatralisch hatte ich den Mond vorher noch nie aufsteigen sehen. Eben war es noch stockdunkel, doch kaum hatte unser Trabant hinterrücks die Bergspitze erstiegen, leuchteten die Schneefelder zu ihren Füßen gleißend hell auf und tauchten das ganze Hochgebirge in ein milchglasiges Zwielicht. Als bald darauf Wolkenschleier den Mond und den Gipfel einhüllten, wurde das Licht nicht gedämpft, sondern nur noch verstärkt, und brachte mich Mondsüchtigen fast um den Verstand. In der Dämmerung kam ein Braunbär bis nahe an die Hütte, während auf der Bergwiese am Hang gegenüber Marale und Gazellen grasten. Mahmood sprach so schlecht Englisch wie ich Farsi sprach, aber wir verstanden uns auch ohne große Worte. In seinem Haus in der Stadt gingen die kritischen Geister ein und aus und machten aus ihrer Ablehnung des Regimes keinen Hehl. Sie vergossen über ihre politischen Widersacher nur Hohn und Spott und hielten sie durchweg für pure Heuchler und Doppelzüngler. An einem Vormittag kam das Ehepaar Dariush und Parwana Foruha, die in der Nähe wohnten, zum Frühstück vorbei. Keine sympathischen Erscheinungen, dachte ich bei mir, sie rauchten, tranken, nahmen Opium, fluchten und schwärmten von der guten alten Zeit unter dem Schah. Ein knappes Jahr später waren beide tot, von Geheimdienstmännern bestialisch ermordet, die ersten Opfer der Serienmorde, die damals die iranischen Künstler und Intellektuellen in Angst und Schrecken versetzten.

Eines frühen Morgens klingelte das Telefon, und ich wurde dringend gebeten, einer Einladung von allerhöchster Stelle Folge zu leisten. Zwei Stunden später saß ich in einem Autokonvoi, der mich über steile Serpentinen nach Roudhbar brachte, jener Stadt nahe dem Kaspischen Meer, die kaum zwei Jahre vorher von einem furchtbaren Erdbeben nahezu dem Erdboden gleichgemacht worden war. Über 50000 Menschen waren damals ums Leben gekommen. Jetzt hatte kein Geringerer als Irans Staatspräsident Aliakhbar Haschemi Rafsandschani in- und ausländische Gäste nach Roudhbar eingeladen, um sie über den Stand der Wiederaufbauarbeiten zu informieren. Die Rede des Staatspräsidenten wurde weithin übertragen, und ihr Echo hallte zwischen den nackten Felswänden und -abbrüchen im ganzen Tal wider. Er wiedereröffnete gleich drei neu errichtete Gebäude, die Freitagsmoschee, die Schule und das Rathaus, schenkte den Jugendlichen der Stadt aus seinem eigenen Vermögen eine neue Turnhalle und schüttelte den einheimischen Notabeln und seinen ausländischen Gästen leutselig die Hand. Er lächelte unentwegt, und ich empfand sein gleichmäßiges Lächeln, das er mir ebenso wie all den anderen Ehrengästen schenkte, als herablassend und zynisch zugleich. Nach Rafsandschanis Rückflug blieb die ohrenbetäubende Lautsprecheranlage noch in Betrieb, und ihr Echo ließ die kahlen Felsen erzittern. Die Kundgebung endete mit der Rezitation der 99. Sure, Al Zalzaleh, das Erdbeben. „Wenn die Erde heftig von ihrem Beben erschüttert wird / und sie ihre Last herauswirft / und der Mensch ausruft: Was ist mit ihr? / – An diesem Tag wird sie ihre Geschichten erzählen, / Wie Dein Herr es ihr eingegeben hat. / An diesem Tag werden die Menschen in einzelnen Gruppen hervorkommen, um ihre Werke zu sehen. / Und wer Gutes auch nur im Gewicht eines Stäubchens tut, wird es sehen. / Und wer Böses auch nur im Gewicht eines Stäubchens tut, wird es sehen.“ Ich hatte diese Vision des Jüngsten Gerichts schon einmal gehört, in New York aus dem Munde von Allen Ginsberg, und ich war aufs neue gebannt von der Wucht der Verse, die von den kahlen Berghängen und den Ruinen Roudhbars widerhallten. Später gab es auf Einladung des Mullahs in der Moschee die Gelegenheit zu zwanglosen Gesprächen mit einigen Überlebenden des apokalyptischen Bebens. Ich machte dabei eine erstaunliche Beobachtung. Diejenigen, die das Vorspiel des Jüngsten Gerichtes überstanden hatten, gesund und unverletzt oder schwer verwundet, strahlten eine solche Gelassenheit aus, daß man sich nicht vorstellen konnte, sie hätten erst vor kurzer Zeit ihre meisten Familienangehörigen, ihren Reichtum und ihr Dach über dem Kopf verloren. Ein Mann, der ein Bein eingebüßt hatte, scherzte, er sei schon mit einem Bein im Paradies. Er habe sein verlorenes Bein in aller Form auf dem Friedhof begraben, und er sei sicher, daß ihm dieses Bein auf dem Weg hinüber ins Jenseits ein Stück vorausgegangen sei. Ich glaube nicht, daß die Bürger von Roudhbar besonders fromm und gottergeben waren. Nein, sie hatten nur das hinter sich, was uns an Erschütterungen noch bevorsteht. Sie waren im Gegensatz zu uns gewappnet. Sie hatten erfahren, daß der Tod sie zu jeder Stunde heimsuchen kann, und sie schöpften aus diesem Nahtoderleben die Ruhe und die Seelenstärke zum Weiterleben – bis zum nächsten Gerichtstag.

Mehrere Male war ich zusammen mit meiner Familie bei hochrangigen Vertretern des Kulturministeriums eingeladen. Nach außen hin gaben die Herrschaften sich fromm, trugen markige Dreitagesbärte, und ihre Frauen zeigten sich in der Öffentlichkeit streng verschleiert. Doch kaum waren wir im geschützten Innenbereich ihrer Häuser angelangt, löste sich die Erstarrung. Die Gäste wurden gefragt, ob sie eine kalte, eine wahre Cola trinken möchten. Das amerikanische Original war damals im Iran offiziell geächtet. Wenn wir das Angebot ablehnten, reagierten unsere Gastgeber sehr verunsichert und starteten weitere Testversuche, um unsere Einstellung zu prüfen. Antworteten wir jedoch unbefangen mit Ja, ergab sich die nächste Frage fast von selbst. Ob wir denn die Cola mit Geschmack möchten. Damit war ein Schuß Whisky gemeint, im Iran streng verboten. So ging es dann Schritt für Schritt weiter. Gegen zehn Uhr präsentierten die Töchter des Hauses einen Bauchtanz, und eine Stunde später wurde auf dem Bildschirm unauffällig ein Pornovideo deutscher Herkunft eingespielt. Es war unseren Gastgebern nur schwer zu vermitteln, daß wir uns aus derartigen Angeboten wenig machten und weder nach Alkohol noch nach Sexfilmen süchtig waren.

Ich blieb dem Iran auch nach unserer Rückkehr im Guten wie im Bösen verbunden. Ich rezensierte für die großen Medien die Neuerscheinungen der iranischen Schriftsteller, berichtete über die Auseinandersetzungen der Intellektuellen und Künstler mit dem Regime und teilte die Hoffnungen meiner iranischen Freunde, die mit der Wahl von Mohammed Khatami zum Staatspräsidenten verbunden waren. Seine Vorschläge zum Dialog der Kulturen waren mir aus dem Herzen gesprochen. Als der Reformpräsident 1999 zum Deutschlandbesuch rüstete und auch ein Vortrag in meiner Moschee, seiner früheren Wirkungsstätte, geplant war, bekam ich von der Kulturredaktion der *Frankfurter Allgemeinen Zeitung* den Auftrag, einen Beitrag über die Entstehungsgeschichte des Gotteshauses zu schreiben. Ich studierte die Dokumente, die im Archiv sorgfältig aufbewahrt wurden, und fand dabei heraus, daß zu den Sponsoren des Moscheebaus auch ein iranischer Jude gehörte, Nathan Mayer-Katschoughi. Ich hatte Gelegenheit, beim Spender selbst nachzufragen, und er bestätigte mir gern die Angaben, die ich im Archiv gefunden hatte. Khatami kam am Ende doch nicht nach Hamburg, sondern hielt seinen Vortrag in Weimar, aber die *FAZ* brachte meinen Aufsatz dennoch. Bei den iranischen Brüdern in der Moschee brach ein Sturm der Entrüstung los, als sie lesen mußten, ein Jude hätte sich um den Bau ihrer Moschee verdient gemacht. Eine besonders empörte Schwester drohte mir mit einem Gotteshausverbot und wollte mich mit einem Judenstern auf der Stirn brandmarken. Doch ihr unheiliger Zorn legte sich über Nacht. Der Imam hatte von seiner Dienstreise in den Iran eine amtliche Broschüre mitgebracht, in der die Deutschlandreise des Präsidenten und sein Einsatz für den Dialog der Kulturen und Religionen ausführlich gewürdigt wurden. Darin war mein Zeitungsartikel in voller Länge und unzensiert, auf deutsch und auf persisch, nachgedruckt – neben der Wiedergabe eines ausführlichen Interviews, das das iranische Fernsehen mit Peter Scholl-Latour, Udo Steinbach und mir kurz vor dem Khatami-Besuch geführt hatte.

Seither ist das Eis gebrochen. Hin und wieder wird im Iran der eine oder andere Beitrag von mir veröffentlicht. Im Fernsehen habe ich es sogar zu einer gewissen Berühmtheit gebracht. Ich bin der Mann mit dem Kaninchen. Damit hat es folgende Bewandtnis. Ale Hosseini, der umtriebige Kulturkorrespondent etlicher arabischer und iranischer TV-Sender, hatte mich ausführlich zu Fragen des interreligiösen Dialogs befragt. Um etwas Abwechslung und zusätzliche visuelle Reize in unser Gespräch zu bringen, kamen wir auf die Idee, Sissy, das Meerschweinchen meiner Tochter, seinen Lieblingsplatz auf meinen Schultern einnehmen und an meinen Ohrläppchen knabbern zu lassen. Dieser optische Anreiz mißfiel jedoch den iranischen Zensoren. Sie fragten einen geistlichen Ratgeber, und der beschied: Meerschweinchen, auf persisch wörtlich „kleine Schweine aus Indien", sind unreine Tiere und darum nicht geeignet für eine Sendung mit religiösem Inhalt. Um die Interviewpassage dennoch zu retten, machte der Übersetzer meines Textes einen salomonischen Vorschlag. Er empfahl, mein Schultertier einfach als „kleines Kaninchen“ zu bezeichnen. So geschah es, und seither ist mein Interview sogar mehrfach ausgestrahlt worden – zumindest zur Freude der Kinder.

18. Station

Unter der Kuppel der Moschee

Nach unserer Hochzeit ließ mein politischer Eifer rasch nach, auch wenn mich die innerparteilichen Querelen noch eine Weile in Anspruch nahmen. Zum ersten Mal in meinem Leben räumte ich dem Privatleben den Rang ein, der notwendig ist, um einen Menschen zu erfüllen und – mit allen Einschränkungen – glücklich zu machen. Ich bemühte mich um eine Balance zwischen dem aktiven und dem kontemplativen Leben und sehnte mich nach familiärer Geborgenheit. Am 23. August 1990 machte mir Gott das größte Geschenk meines bisherigen Lebens, die Geburt meines Sohnes Rubin. Ich habe die Ankunft meines Kindes als etwas Wunderbares, als ein wahres Weihnachtsfest, erlebt. Das Zurweltkommen eines Menschenkindes ist eine gewaltige, alles umkrempelnde Ausnahmesituation, in der alles auf den Kopf gestellt wird und die Eltern in Gefilde kommen, die sie vorher nie geahnt haben. Bei einer Geburt offenbart sich das Geheimnis der Schöpfung. Gott spricht: Es werde! Und so geschieht es. Das ist das eigentlich Heilige, das Geheimnis aller Religion. Ich habe versucht, in das Auge meines neugeborenen Sohnes zu schauen. Ich werde diesen Anblick nie vergessen. Neugeborene bringen eine Menge mit aus der Welt, aus der sie kommen. All das ist in ihrem ersten Blick noch da.

Ich war dabei, als Rubin geboren wurde. Dennoch, trotz der gemeinsamen Schwangerschaftsgymnastik und trotz aller Bemühungen, die Wehen mit- und nachzuempfinden, bleibt das Geburtsgeschehen die Sache der Mütter. Unser männlicher Anteil beschränkt sich auf das Begleiten und Beschützen. Und dennoch spürt man auch als Vater jenen Moment vollkommener Glückseligkeit, wenn das neugeborene Kind zum ersten Mal nicht mehr im Bauch, sondern auf dem Bauch seiner Mutter liegt. Daran gemessen, bleibt unser väterliches Glück sicher bescheiden. Aber ich gebe zu: Ich bin vor Stolz und Glück getaumelt, als mir die Hebamme im Barmbeker Krankenhaus zum ersten Mal meinen Sohn in die Arme legte. Zum ersten Mal hatte ich etwas zuwege gebracht, das nicht nur aus Worten, nicht aus Papier, sondern aus Fleisch und Blut gemacht war.

Ich war überwältigt von meinem späten Glück und wußte nicht, wie ich meinem Schöpfer und Erhalter dafür danken sollte. Ich übernahm meine Vaterrolle gern, auch wenn sie nicht einfach und zumindest ungewohnt war. Ich habe mich soviel wie möglich um meinen Sohn gekümmert, zumal Fariba alles daransetzte, sich beruflich weiterzuqualifizieren und ihr eigenes Geld zu verdienen. Trotz meiner väterlichen Aufgaben und Verpflichtungen habe ich damals keine

Mühe gehabt, meine Familie zu ernähren. Die *Frankfurter Allgemeine Zeitung*, *Die Zeit* und sogar *Der Spiegel* druckten bereitwillig meine Beiträge zum Zusammenbruch des Kommunismus, aber auch zur Kultur und Literatur des Orients. Der Ausbruch des zweiten Golfkrieges zwischen Irak und Kuwait bescherte mir publizistische Aufträge wie nie zuvor. Wir hatten eine gute Zeit, und ich hatte das Gefühl, ich schuldete Gott dafür meinen Dank.

Es war ein sonniger Freitagnachmittag im Mai. Ich war mit meinem Sohn in der Karre im Multikultiviertel St. Georg unterwegs, um Reis und andere persische Lebensmittel einzukaufen, als eine Gruppe gutgelaunter Männer aus der arabischen Moschee gegenüber der Georgskirche herauskam und sich lebhaft unterhielt. Neugierig fragte ich zwei von ihnen, Abu Ahmed und Ali Amri, ob es möglich sei, an ihrem Freitagsgebet teilzunehmen, ohne zum Islam überzutreten. Sie gaben mir keine klare Antwort, aber sie gaben mir die Adresse von Imam Razvi in der Imam-Ali-Moschee an der Alster. Ich kannte ihn aus der Studentenzeit, aber seitdem war der Kontakt zu ihm abgebrochen. Gleich am nächsten Tag machte ich mich zusammen mit Rubin in der Karre auf den Weg zu ihm.

Vor dem Eingang der Moschee saß ein alter Mann mit Albert-Schweitzer-Bart und war mit nichts anderem beschäftigt, als Pistazien zu knacken und zu essen. Aber er aß die Nüsse nicht allein, sondern teilte sie mit einem Eichhörnchen, das von Zeit zu Zeit aus dem Ahorn herbeisprang, um sich seinen Anteil an der Mahlzeit zu sichern. Ich nahm diese Szene als ein gutes Omen und begab mich zu Imam Razvi in seiner Klause im hinteren Winkel der Moschee. Sie wollen also Muslim werden? fragte mich Imam Razvi, der mich wie einen alten Bekannten begrüßte. Wie wird man Muslim? fragte ich. Ganz einfach. Sie sprechen Ihr Glaubensbekenntnis, und danach kann ich Ihnen eine Bescheinigung ausstellen, daß Sie sich zum Islam bekannt haben.

Gesagt. Getan. Obwohl ich eigentlich nur Auskunft darüber begehrte, ob ich als Nichtmuslim am Gebet teilnehmen dürfte, gab es in diesem Augenblick für mich keinen Zweifel, daß es endlich an der Zeit war, mich in aller Form zum Islam zu bekennen. Das war für mich kein Glaubenswechsel. Es war nicht mehr als ein weiterer, ein folgerichtiger Schritt auf meinem religiösen Erkenntnisweg. Ich habe keine Religion aufgegeben. Ich habe nur eine neue hinzugewonnen. Es war kein Sprung, es gab keinen Bruch, keine Konversion im Sinne einer Umkehr. Ich habe nicht meine Richtung geändert, sondern allenfalls meinen inneren Kompaß justiert. Zum Islam bin ich nicht übergetreten. Ich bin eingetreten wie in ein offenes Haus. Ich hatte schließlich lange genug mit dem Islam geliebäugelt, hatte mit ihm kokettiert und längst angebändelt. Der Schritt war überfällig. Das Glaubensbekenntnis ging mir deswegen leicht über die Lippen. Es ist von bestechender Klarheit und Einfachheit. Der erste Satz sagt: Es gibt keinen Gott außer Gott. Was dieser Satz bedeutet, hatte ich begriffen. Es gibt keine Partei, kein Programm, keine Ideologie, keine Traumfrau und kein Glück im Lotto, das es wert wäre, an die Stelle Gottes gesetzt zu werden. Der zweite Satz erschien mir in diesem Augenblick ebenso einleuchtend: Und Mohammed ist sein Prophet. Das bedeutete ja nicht, daß es neben Mohammed nicht auch noch andere Propheten gibt, Jesus, Moses, Buddha und vielleicht auch Albert Schweitzer oder Karl Marx. Mohammed – Friede sei mit ihm – ist das Siegel der Propheten, das Gütesiegel, der Maßstab, nicht mehr und nicht weniger.

Eine Woche später kam ich wieder, diesmal zusammen mit meiner Frau. Mein Imam verheiratete uns, gemäß dem islamischen Ritus, und stellte uns die entsprechende Urkunde aus. Darüber war auch Fariba froh, denn jetzt konnte sie sich gegenüber unserer persischen Verwandtschaft als legal verheiratete Frau und Mutter präsentieren. Weniger glücklich war sie darüber, daß ich fortan mein islamisches Glaubensbekenntnis sehr ernst nahm und von nun an fast jeden Samstagnachmittag zum deutschsprachigen Koranunterricht zu Imam Razvi in die Moschee an der Alster radelte. Razvi hatte seine Koraninterpretationen 1967 begonnen und war inzwischen bis zur 34. Sure vorgedrungen. Der erste Koranvers, den er mich vorzutragen bat, kam mir zunächst vor wie ein Auszug aus dem Handbuch des Aberglaubens und bar jeder Vernunft. Es ging um die Geschichte Moses', wie sie in der Sure Ta-Ha steht. Gott fordert den Propheten auf, die Schuhe auszuziehen. Er soll seinen Hirtenstab von sich werfen, um zu sehen, wie er sich in eine Schlange verwandelt. Und er soll seine Hand dicht unter seinen Arm stecken, damit sie weiß hervorkommt. Ich hatte nicht die geringste Ahnung, was diese Wundergeschichte uns heute noch sagen sollte. Warum sollte Moses bei seiner Begegnung mit Gott seine Schuhe ausziehen? Damit er mit den Füßen auf der Erde bleibt und seine Bodenhaftung nicht verliert.

Was bedeutet Moses' Hand? Sie steht für seine Tatkraft, für seine Macht und sein Können. Und was ist der Stab? Das ist sein Verstand. Und die Schlange? Sie symbolisiert seine Intelligenz, die Fähigkeit, blitzschnell zu reagieren und um die Ecke zu denken. Wenn Moses dann Stab und Schlange, also seinen Verstand und seine Intelligenz, einsetzt, um die Zaubertricks der pharaonischen Magier aufzudecken, dann versinnbildlicht das nichts anderes als den Sieg der Vernunft über den Aberglauben. Und warum, will ich von Imam Razvi wissen, soll Moses seine Hand unter den Arm stecken? Auch das, erfahre ich, ist leicht zu erklären. Die Hand symbolisiert seine Handlungsfähigkeit, aber sie kann nur dann rein bleiben, wenn sie vom Herzen kommt, dem Organ für das menschliche Gewissen und für die ethischen Normen. Mein Lehrer versuchte mir die Augen zu öffnen. Wer hat Ihnen gesagt, daß Sie den Koran wortwörtlich interpretieren sollen? Nehmen Sie die Aussage bildlich, sinnbildlich, symbolisch, allegorisch, metaphorisch! Sie haben doch Phantasie! Jedes Wort aus dem Koran ist wie ein Samenkorn. Nehmen Sie es auf in Ihren Kopf und Ihr Herz, und bringen Sie es zur Entfaltung! Es fiel mir wie Schuppen von den Augen. Das Tor zur Auslegung des Koran war aufgestoßen. Das Buch der Bücher war nicht länger mehr eine Schrift mit sieben Siegeln, sondern ein Fenster in eine neue Welt voller Abenteuer und Geheimnisse.

Als ich in jungen Jahren vom Luthertum zum Katholizismus konvertierte, war das ein tiefer Bruch, ein Einschnitt in meinem Leben. Ich mußte mit meinen Eltern brechen, mit meinen Verwandten und den meisten meiner Freunde und wurde in meiner Umgebung zum Außenseiter. Mit meinem Bekenntnis zum Islam verhielt es sich gänzlich anders. Ich mußte mit niemandem brechen. Ich mußte keine Kehrtwendung vollziehen. Ich mußte keine Front wechseln. Zum Islam bin ich nicht aufgrund einer plötzlichen Eingebung gekommen, sondern nach langer Überlegung. Ich folgte zwar einer inneren Logik, aber dennoch war dieser Weg nicht zwangsläufig und nicht vorherbestimmt. Mein Bekenntnis war der letzte Schritt auf dem langen Weg zu meinem eigenen Gott, weg von den ererbten kollektivistischen Gottesvorstellungen hin zum persönlichen, hin zum intimen Gotterleben. Ein Weg, der durch das Nadelöhr quälenden Zagens und Zweifelns hindurchgeführt hat. Mit meinem Eintritt in die islamische Gemeinde habe ich niemanden vor den Kopf gestoßen. Selbst meine Mutter reagierte gelassen. Sie seufzte nur: „Hauptsache, nicht schon wieder katholisch! Hauptsache, nicht noch mal Kommunist!"

Bei Imam Razvi bin ich noch einmal regelrecht zur Schule gegangen. Ich sage mit Stolz: Er wurde mein Lehrer, ich wurde sein Schüler. Vor unserer Begegnung war mein geistliches Auge so gut wie blind. Er war im Gegensatz zu mir ein Sehender. An seiner sicheren Seite wagte ich mich auf den mystischen Pfad – so weit und so lange, bis mir selbst die Augen aufgingen. Imam Razvi ist zwar ein Sufi, aber kein Sufist. Verehrung oder gar Anbetung, wie sie die Scheichs mancher Sufi-Orden zumindest dulden, sind ihm zuwider. Er hält nicht das geringste von sufistischem Firlefanz. Er ist zwar Mystiker, aber ebenso entschieden ist er auch Wissenschaftler, Theologe und Philosoph. Er kennt sich nicht nur in allen islamischen Rechtsschulen aus, sondern aufgrund seiner indo-pakistanischen Herkunft auch im Buddhismus und Hinduismus. Als kritischer Geist macht er seine Schüler weder hörig noch süchtig. Er setzt nicht auf Suggestion, sondern auf Vernunft und Erkenntnis – auch in Glaubensfragen.

Auch wenn Altersgründe im Islam nicht gelten und nicht geltend gemacht werden können, hat Imam Razvi seit seinem 75. Geburtstag begonnen, seinen Koranunterricht nach und nach in jüngere Hände zu legen. Seine Nachfolgerin im Amt ist Halima Krausen, Deutschlands erste Imamin und erste Vorbeterin. Sie ist eine ebenso gelehrte wie streitbare Theologin, die sich vor allem im islamisch-jüdischen Dialog engagiert hat und regelmäßig in Jerusalem Kolloquien bestreitet. Sie kommt aus einem kleinen Dorf bei Aachen und hat schon als Teenagerin aus eigenem Antrieb und freien Stücken den Weg zum Islam gefunden. Sie ist eine eigenwillige Persönlichkeit, mit einem großen Herzen, einer losen Zunge und einem scharfen Intellekt. Sie verkörpert einen weichen Kern in einer harten Schale. Sie bringt in die Koranauslegung einen weiblichen, um nicht zu sagen feministischen Akzent, nachzulesen in ihrer Sammlung alternativer Freitagspredigten: *Darin sind Zeichen für Nachdenkende*. Sie hat inzwischen weltweit Schülerinnen, unter ihnen die deutsch-britische Fernsehmoderatorin Kristiane Backert, der sie geholfen hat, ihren Weg *Von MTV nach Mekka* – so heißt ihr Bekennerbuch – zu finden. In der männlich dominierten Moschee bewegt sich Halima Krausen selbstbewußt, mit festem Schritt und geradem Rücken. Ihre islamische Reizwäsche, ein streng gebundenes Kopftuch – oben ohne, behauptet sie, würden ihr allzuoft die Haare zu Berge stehen – und ein knöchellanger Rock, gibt ihr fast das Aussehen einer Ordensoberin.

Auf dem Weg vom Sozialismus zum Islam fühlte ich mich nicht als Einzelgänger. Ich fühle mich einer ganzen Reihe von Glaubensgeschwistern verbunden, die einen ähnlichen Erkenntnisweg gegangen sind. Allen voran Pia Köppel. Sie kommt wie ich aus der ganz linken Ecke und war eine wasserwerferresistente Aktivistin der Antikernkraftbewegung. Sie hat sich von früher Jugend an als Bücherwurm durch Berge von wissenschaftlicher Literatur gefressen, hat Physik, Philosophie und Geschichte der Naturwissenschaften studiert und hat schließlich die arabische Sprache und Literatur als Quelle der Weisheit erkannt. Ich kann sie in allen kniffligen Fragen jederzeit um Rat bitten, ebenso wie meinen Bruder Klaus Pätzold. Ihn kenne ich noch aus Studienzeiten. Er war Dozent für indonesische Sprachen, ein aktiver Internationalist und lange Jahre Auslandsreferent der Hamburger Universität, ehe er nach langer Suche zum Islam gefunden hat. Auch mein Bruder Ahmed Kreusch hat sich auf Schleichwegen, von der Studentenbewegung und der Freudschen Psychologie ausgehend, über Yoga, Meditation und Mystik schrittweise an den Islam herangetastet. Er ist ein Multitalent: Kalligraph, Maler, Schauspieler, Rezitator und Autor. Mit seinem Rilke-Programm spricht er nicht nur mir aus dem Herzen, sondern schlägt eine Brücke zwischen deutscher Innerlichkeit und islamischer Mystik. Gottes Wege sind seltsam – so wie der meines Namensvetters Dieter Schütt. Seit über vierzig Jahren gibt er Monat für Monat sein privates Zentralorgan, den *Funken*, heraus. Er hat den langen Marsch Maos konsequent fortgesetzt, hat im Islam eine bemerkenswerte Toleranz und Offenheit gegenüber den Schwulen entdeckt und steht heute unmittelbar vor den Toren Mekkas. Früher hat er im *Funken* gelegentlich polemische Spitzen gegen mich abgefeuert, aber seit wir uns vor einigen Jahren in der Moschee wiedergetroffen haben, veröffentlicht er bereitwillig meine muslimischen Erbauungstexte, zusammen mit den frommen Gesängen von Hadayatullah Hübsch. Der war der allererste unter den Linksmuslimen und hat schon 1969 auf einem Umweg durch die Drogenszene zur Religion des Propheten gefunden. Er hat es bis zum Imam der Ahmadiyya-Gemeinde in Frankfurt gebracht.

Das leuchtendste Vorbild auf dem rot-grünen Erkenntnisweg ist ohne Frage Bruder Bodo Rasch. Auch er war ein Achtundsechziger reinsten Wassers, studierte bei Frei Otto Leichtbautechnik und war an der Konstruktion des Münchener Olympiastadions beteiligt. Später lehrte und baute er in Texas. Dort öffneten ihm arabische Studenten die Augen für die Religion des Propheten. Er wurde nach Arabien eingeladen, trat dort zum Islam über und entwickelte dann die Konstruktion der beweglichen, sich je nach Sonnenstand und Temperatur öffnenden und schließenden Dächer über der Prophetenmoschee in Medina. Allahs Schattenmann ist ein genialer Konstrukteur und hat in der muslimischen Gemeinschaft längst Weltruhm erlangt. Ich habe ihn als einen bescheidenen, zurückhaltenden und in sich ruhenden Bruder kennen- und verehrengelernt, der sich nichts aus Ruhm und Reichtum macht.

Nach dem endgültigen Scheitern aller linken Weltverbesserungsversuche habe ich bei der gutbürgerlichen Patriotischen Gesellschaft schließlich eine Aufgabe übernommen, die mir auf den Leib geschneidert schien. Seit 1993 habe ich zusammen mit dem Arbeitskreis Interkulturelles Leben regelmäßige interreligiöse Dialoge organisiert und damit an eine altehrwürdige Tradition angeknüpft, die die Gründer der Gesellschaft vor mehr als zweihundert Jahren im Verein mit Männern wie Lessing und Reimarus begonnen haben. Damals haben sich die Hamburger Patrioten für die Gleichberechtigung der holländischen Mennoniten, der Katholiken und der sephardischen Juden eingesetzt. Im Sinne von Lessings Toleranzidee habe ich zwölf Jahre lang immer wieder versucht, Begegnungen zwischen Christen, Muslimen, Juden, Buddhisten und Hinduisten auf gleicher Augenhöhe zu ermöglichen. Unsere Debatten waren selten langweilig. Dafür sorgten schon die vielfältigen Mißverstandnisse. Für den größten Coup sorgte ausgerechnet unser orthodoxer Rabbiner. Als wir uns an einem Freitagabend in der „Offenen Kirche" zu einem abrahamitischen Trialog an einen Tisch setzen wollten, erschien er uns im Schlafanzug. Auf meine Moderatorenfrage, was dieser Scherz zu bedeuten habe, antwortete er gar nicht scherzhaft. Ich hätte wieder vergessen, daß am Freitagabend der jüdische Schabbat beginnt. An einem solchen Tag könne und dürfe er kein anstrengendes Referat halten, sondern allenfalls an einem entspannten Gespräch unter Freunden teilnehmen. Deshalb habe er es vorgezogen, zum Zeichen seiner Sabbatruhe im Pyjama zu erscheinen.

Unser interreligiöser Dialog hat geholfen, ein zukunftsweisendes Projekt wie die „Akademie der Weltreligionen“ auf den Weg zu bringen. Wir haben den Vorschlag gemacht, inmitten des neuen Stadtteils HafenCity ein gemeinsames Gotteshaus der Christen, Juden und Muslime zu errichten. Für diese Idee konnten wir keinen Geringeren als den Moscheebaumeister Bodo Rasch begeistern. Er wollte mit einer kühnen Konstruktion zwei Hafenbecken überbrücken und auf dieser Brücke ein futuristisches Gesamtkunstwerk aus Synagoge, Kirche und Moschee samt Hamburger Stadttor errichten. Doch am Ende siegte der hanseatische Stadtgott Mammon, und statt eines einzigartigen Gotteshauses wurde ein gläserner Musiktempel projektiert.

Nach dem Scheitern meiner kommunistischen Ideale hatte ich mir fest vorgenommen, keine politischen Ämter und Funktionen mehr zu übernehmen. Doch diesen Vorsatz habe ich schon bald wieder eingeschränkt. Zwei Jahre nach dem Fall der Mauer brach mitten in Europa im zerfallenden Jugoslawien ein Krieg aus, mit dessen Möglichkeit kaum einer von uns gerechnet hatte. Hunderttausende Bürgerkriegsflüchtlinge flohen nach Deutschland. In aller Eile wurden in unserem Stadtteil primitive Stahlcontainer aufgestellt, in denen 120 Flüchtlinge untergebracht wurden, unter ihnen viele muslimische Glaubensgeschwister. Es gab keinen Zweifel: Wir mußten diesen Menschen helfen. Wir versuchten die sanft entschlafene Friedensinitiative zu reaktivieren und gründeten zusammen mit dem SPD-Ortsverein, der Leitung der Wolfgang-Borchert-Schule und der Kirchengemeinde St. Johannis die „Initiative Containerdorf Loogestraße". Auf große Worte, Pamphlete und Proteste wurde verzichtet, statt dessen waren wir bemüht, den Menschen praktische Hilfe zu leisten. Wir begleiteten die Flüchtlinge bei Behördengängen, halfen den Eltern, Kindergärten und Schulen zu finden, gaben Nachhilfeunterricht, sammelten Lebensmittel, Medikamente und Kinderspielzeug und luden einmal in der Woche Asylanten und ihre deutschen Nachbarn zur gemeinsamen Kaffeetafel ein. Nicht alles war vergebliche Liebesmühe. Als nach drei Jahren das Lager nach und nach aufgelöst wurde, gingen nicht alle in ihre zerstörte Heimat zurück. Einige hatten feste Arbeitsplätze oder Ehepartner gefunden und sich dadurch ein Bleiberecht gesichert.

Zu einem Zentrum der praktischen Solidarität mit den Opfern des Balkankrieges entwickelte sich bald das Haus meiner aus Bosnien stammenden Schriftstellerkollegin Emina Kamber. Emina betrieb zusammen mit ihrem Mann Szio und ihren drei tüchtigen Kindern im Stadtteil Billstedt ein eingeführtes Balkanrestaurant. Dort war der internationale Literaturclub „La Bohemina" angesiedelt, in dem ich selber viele Male zu Gast gewesen bin. Bald nach Kriegsausbruch füllten sich die Räume des Restaurants mit immer mehr Flüchtlingen, unter ihnen die Geschwister und Verwandten beider Ehepartner. Die Lage wurde rasch chaotisch, der Restaurantbetrieb mußte aufgrund von behördlichen Auflagen eingestellt werden, Familie Kamber konnte die Rechnungen für Heizung, Strom, Wasser und Telefon nicht mehr bezahlen. Die Elektrizitätswerke handelten umgehend und schalteten mitten im Winter den Strom ab. Szio war darüber so erschrocken, daß er mit 53 an einem Herzinfarkt starb. Emina fand Trost darin, daß sie ihre Hilfe für ihre Landsleute noch einmal intensivierte. Sie organisierte von Hamburg aus sechs Konvois mit Kleinlastern voller Hilfsgüter für Sarajewo, die sie alle selbst begleitete. Ich verdanke meiner balkanischen Schwester nicht zuletzt die Freundschaft mit mehreren bosnischen Literaten und Künstlern, unter ihnen auch Ehsan Esic. Der Kinderbuchautor gründete in Wuppertal im Exil den Verlag „Das bosnische Wort“ und siedelte gleich nach dem Ende des Krieges nach Sarajewo über. Dort verlegte er vor allem Schulbücher, darunter mehrere Lesebücher, in die er auch einige Friedensgedichte von mir aufnahm. So blieben meine Verbindungen mit Bosnien über den Krieg hinaus erhalten. Ich wurde einige Jahre später sogar in den Beirat der Stiftung „Dunia dar-ul-ilm“ berufen, die das deutsch-ägyptische Ärzteehepaar Tantawi in Mostar gegründet hat, um die islamische Bildung und Erziehung im Lande zu fördern.

Die neunziger Jahre waren eine Zeit heftiger öffentlicher Debatten. Es ging dabei immer wieder um die Todesfatwa Ajatollah Khomeinis gegen Salman Rushdie, den Autor der *Satanischen Verse*. Ich habe versucht, mich nach bestem Wissen und Gewissen an diesen Kontroversen zu beteiligen, und habe dabei nicht immer eine gute Figur gemacht. In der Causa Rushdie habe ich den Fehler gemacht, es beiden Seiten recht machen zu wollen. Ich habe in meinen Zeitungsbeiträgen und Diskussionsreden versucht, zum einen Rushdies künstlerische Freiheitsrechte zu verteidigen und zum anderen Verständnis für die schroffen Reaktionen der muslimischen Seite zu wecken. Das ist gründlich schiefgegangen. Ich habe daraus gelernt: Auch wenn der Islam in Streitfragen stets Maß und Mitte einfordert, so kann dieses Prinzip nicht auf ein billiges Einerseits-Andererseits hinauslaufen. Auch für Muslime gilt Jesu Gebot: Eure Rede sei ja, ja – nein, nein. Faule Kompromisse kann es nicht geben. Auf den konkreten Streitfall bezogen, konnte nur eine Antwort gelten: Das Recht ist auf Rushdies Seite, und alle, die den Autor mit dem Tod bestrafen wollen, sind im Unrecht – ohne Wenn und Aber. Wie sehr ich geirrt habe, das wurde mir fast zwanzig Jahre später nach einer zweiten und diesmal gründlichen Lektüre des Rushdie-Romans klar: Es ist ein wunderbares Buch, voller Witz, Ironie und tieferer Bedeutung, gespickt mit intimen Kenntnissen innermuslimischer Kontroversen.

Sehr bedrückt hat mich damals der Streit um die Verleihung des Buchhandelsfriedenspreises an Annemarie Schimmel. Ich war sehr erschrocken über die Feindseligkeit, die der friedfertigen Kandidatin von allen Seiten entgegenschlug, aber ich habe dann voller Bewunderung mitverfolgt, mit welcher Entschiedenheit sich „Schimmileh" gegen alle Angriffe zur Wehr gesetzt hat. Daß ihr der Bundespräsident Roman Herzog am Ende aller Schmähungen zum Trotz dennoch den Preis überreichte, habe ich als ein großes Zeichen der Hoffnung auf ein Ende der antiislamischen Kampagne gedeutet, doch diese Hoffnungen erwiesen sich schnell als trügerisch. Für mich war es ein Festtag, als es meiner Glaubensschwester Fatemeh Attarbaschi und mir endlich gelungen war, unsere Meisterin zu einem Vortrag zum Goethejahr 1999 in das bis in die letzte Ecke gefüllte Islamische Zentrum einzuladen. Es war ein Segen, ihr ganz nahe zu sein, ihr zuzuhören und zu sehen, wie sie beim Vortrag fast gänzlich ihre Augen schloß, den Blick nach innen richtete und ihre Worte aus der Mitte ihres Herzens schöpfte. So, dachte ich bei mir, sieht eine Heilige aus, so leuchtet sie, so glänzt sie von innen her. Ihre Aura hat sich tief in mein Gedächtnis eingeprägt.

Aufgrund meiner selbstkritischen Veröffentlichungen zu meiner kommunistischen Vergangenheit meldete sich bei mir jemand, mit dem ich mehr als zehn Jahre vorher einmal auf eine sehr unangenehme Weise zusammengestoßen war: der Publizist und Verleger Xing-Hu Kuo. Ich war damals Bundestagskandidat der DKP und hielt im Bürgerhaus Langenhorn eine Wahlrede. Nach meinem Auftritt bat aus dem Publikum heraus ein chinesisch aussehender Mann ums Wort. Ich gab ihm das Wort gern, weil ich vermutete, er sei ein ausländischer Genosse und würde mein Engagement für die internationale Solidarität unterstützen. Doch was der fremde Mann zu sagen hatte, verschlug mir und meinen Genossen regelrecht die Sprache. Er behauptete allen Ernstes, er sei in der DDR im Zuchthaus Bautzen mehr als sieben Jahre lang unschuldig eingesperrt gewesen. Die Provokation war gelungen. Meine Mitstreiter waren außer sich vor Wut und hielten den ungeladenen Gastredner unzweifelhaft für einen Agenten des Verfassungsschutzes. Die Versammlung wurde aufgrund des allgemeinen Tumultes geschlossen. Ich selbst fuhr mit einem flauen Gefühl im Magen nach Hause und traf in der U-Bahn den Provokateur wieder, der mir so wirkungsvoll den Wahlkampfauftritt gestohlen hatte. Er schüttelte mir die Hand, bedauerte den Vorfall und drückte mir seine Visitenkarte in die Hand. „Xing-Hu Kuo“ stand darauf, „Redakteur der Tageszeitung Die Welt“.

Als sich Herr Kuo nach langer Zeit bei mir meldete und mich zu einem Gespräch einlud, kam er schnell zur Sache und ließ seinen Worten rasch Taten folgen. Auf sein Drängen hin schickte ich ihm meine selbstkritischen Aufsätze zum Ende des Kommunismus und zu meinem persönlichen Wandel, und er machte daraus ein Buch: *Mein letztes Gefecht. Abschied und Beichte eines Genossen*. Er ließ mein Wendebuch im Druckhaus Leipzig drucken, in dem noch die alten Kader die Macht hatten, und um ihren Unmut über meinen Verrat deutlich zu machen, versahen sie meine Texte mit etlichen schauerlichen Druckfehlern und Verschlimmbesserungen: ihre Rache der Enterbten.

Mein chinesischer Verleger gehört zu den interessantesten und gewinnendsten Persönlichkeiten, die mir im Laufe meines Lebens begegnet sind. Kuo stammt aus einer wohlhabenden Familie, die schon seit Jahrzehnten in der indonesischen Hauptstadt Djakarta tätig war. Sein Vater spielte dort als Zeitungsverleger vor allem während des Unabhängigkeitskampfes eine wichtige Rolle. Er schickte seinen Sohn 1952 zum Studium der Journalistik in die DDR nach Leipzig. Dort machte er vier Jahre später sein Diplom, und im folgenden Jahr stellte ihn die Chinesische Botschaft in Ostberlin als einen ihrer Pressesprecher ein. Als sich bald darauf der Konflikt zwischen Moskau und Peking verschärfte, erhielt Kuo den Auftrag, seinen Wohnsitz nach Westberlin zu verlegen. Er sollte auch im Westen Deutschlands aktiv werden und von den chinesischen Schiffen im Hamburger Hafen Propagandamaterialien abholen, deren Einfuhr die DDR inzwischen verboten hatte. Das ging eine Weile gut, bis die Volksrepublik China mehrere DDR-Diplomaten als angebliche Spione inhaftierte. Die DDR reagierte, indem sie ihrerseits Kuo und drei weitere Botschaftsmitarbeiter einsperrte, um einen Gefangenenaustausch in die Wege zu leiten. Der Tausch erfolgte wenig später, nur blieb bei diesem Handel Kuo auf der Strecke, weil die chinesischen Genossen ihn inzwischen fallengelassen hatten. Er wurde folgerichtig nach Bautzen überstellt. Dort wurde ihm der Prozeß gemacht, und er wurde wegen geheimdienstlicher Agententätigkeit zu 15 Jahren Zuchthaus verurteilt. Davon hat er mehr als die Hälfte im Gelben Elend von Bautzen abgesessen. Während die echten Spione, vom BND bis zum Mossad, vom Secret Service bis zum CIA, in der Regel im Rahmen eines Agentenaustauschs nach wenigen Monaten freikamen, mußte Kuo, von aller Welt vergessen, weiter in seiner Zelle ausharren. Erst nach den Helsinki-Verträgen griffen Menschenrechtsaktivisten seinen Fall auf. Eine clevere Frau von Amnesty, Anita Tykve aus Stuttgart, erklärte sich zu Kuos Verlobter, verschaffte sich entsprechende Dokumente und erreichte so, daß ihr Partner die deutsche Staatsbürgerschaft erhielt. So konnte er schließlich im Rahmen des Häftlingshandels von der Bundesregierung freigekauft werden. Er zog zu seiner Verlobten nach Stuttgart, fand eine Anstellung bei Axel Springers *Welt* und gründete zusammen mit seiner Frau den Anita-Tykve-Verlag, in dem schließlich auch mein Buch zusammen mit anderen Lebensbeichten abtrünniger Genossen erschienen ist. Kuo ist ein streitbarer Mann voller Witz, Lakonie und Lebenslust. Zur tragischen Ironie seines Lebensweges gehört, daß er im nachhinein der DDR dafür dankbar sein mußte, daß sie ihn so lange eingesperrt hat. Sie rettete ihm dadurch womöglich das Leben, denn während seiner Haftzeit wurde zu Haus in Indonesien nach einem gescheiterten kommunistischen Putschversuch fast seine ganze Familie ausgelöscht. Nur einem Bruder gelang die Flucht nach Holland, und zu ihm ist er zur Jahrtausendwende übergesiedelt. Mit Kuo habe ich nicht nur über die Wege und Irrwege des Kommunismus geredet, sondern auch über Fragen des Glaubens. „Von Gott", sagte er, „weiß ich zuwenig. Er ist mir nie begegnet." Sein Prophet war zu meinem großen Erstaunen Bertolt Brecht. Da es in der Häftlingsbibliothek nur eine kleine Auswahl kommunistischer Autoren gab, habe er notgedrungen Brecht wieder und wieder gelesen und über diese Lektüre einen neuen Zugang zu den Weisheitslehrern seiner asiatischen Heimat, zu Laotse, Konfuzius und Buddha, gefunden. Er sprach gern von den verschiedenen Pfaden Buddhas und meinte, er habe einen neuen, wenn auch schmalen Pfad gefunden, den Pfad von Mao über Brecht und Bautzen hin zu Gandhi und zum Dalai Lama.

Mein wichtigster Freund und Förderer kam nicht aus China, er kam – zumindest ideologisch – noch von viel weiter her. Bernhard C. Wintzek hatte politisch einen entgegengesetzten Weg zurückgelegt. Er kam nicht wie ich von linksaußen, sondern vom rechten Rand. Er war ein 68er von rechts. Auf unseren Wanderwegen haben wir uns schließlich irgendwo in der

Mitte getroffen. Wintzek, der Verleger meiner besseren Bücher einschließlich dieser Pilgerreisebeschreibung, hatte in jungen Jahren im Lager der Nationalen frühen Ruhm geerntet. In seinen jungen, wilden Jahren war er einer der „Helden von Kassel". Als dort 1970 Bundeskanzler Willy Brandt zum ersten Mal Willi Stoph, den DDR-Ministerpräsidenten, offiziell empfing – ich stand damals unter den Jublern in der ersten Reihe und habe die Szene mit eigenen Augen miterlebt –, agierte er auf der Gegenseite. Er war dabei, als junge Nationalrevolutionäre den Fahnenmast vor dem Schloß Wilhelmshöhe, an dem die DDR-Fahne flatterte, hinaufkletterten und die „Spalterflagge" herunterrissen. Doch bevor die rechten Provokateure das rote Tuch in Brand setzen konnten, schritt die Polizei ein und machte der Flaggenschändung ein Ende. Bernhard C. Wintzek, der nach dem Kasseler Fahnenstreit als Galionsfigur der außerparlamentarischen Opposition von rechts von seinen Gesinnungsgenossen als Bundestagskandidat aufgestellt wurde – seine Kandidatur war ebenso aussichtslos wie meine –, hat schon bald seine Irrtümer eingesehen und fortan Besseres gemacht. Er hat zielstrebig die Zeitschrift *MUT* zu einem *Forum für Kultur, Politik und Geschichte* ausgebaut, das in der bundesdeutschen Kulturlandschaft nicht seinesgleichen hat. *MUT* erscheint mittlerweile 44 Jahre immer noch tief in der niedersächsischen Provinz, in Asendorf nahe Bremen. Im April 2009 ist das 500. Heft herausgekommen, eine prachtvolle Jubiläumsausgabe, an der sich der Weg dieses unvergleichlichen Mediums von den kleinen hektographierten Anfängen bis zum farbigen Hochglanzmagazin zurückverfolgen läßt. Bernhard C. Wintzek hat mich 1995, vermittelt durch den Politikwissenschaftler Eckhard Jesse, zur Mitarbeit eingeladen. Ich habe seither, auch in schwierigen Zeiten, die Möglichkeit gehabt, in seiner Zeitschrift frei meine Ansichten zu vertreten. Meine bevorzugten Themen waren der interreligiöse Dialog und die Diskussion um die Integration der muslimischen Minderheit in die deutsche Mehrheitsgesellschaft.

Die Jahre nach der deutschen Wiedervereinigung waren eine Zeit des Aufbruchs, politisch ebenso wie privat. Im Oktober 1994 wurde unsere Tochter Daria geboren. Diesmal war ich mutig und zupackend genug, um selbst die Nabelschnur zu durchtrennen. Gleich danach habe ich meiner neugeborenen Tochter den Segenswunsch ins Ohr geflüstert. Ich war glücklich, war selig, war Gott von Herzen dankbar. Zwei eigene Kinder zu haben, einen Jungen und ein Mädchen, und das im fortgeschrittenen Alter: Ich konnte und kann mir nichts Schöneres vorstellen. Mit meiner Frau hatte ich vereinbart, daß ich den Hauptteil der Kindererziehung übernehmen sollte, weil sie nach Abschluß ihrer Fortbildung so rasch wie möglich berufstätig werden wollte. Ich habe diese Aufgabe gern übernommen. Ich war darauf vorbereitet und wußte ungefähr, was auf mich zukommt. Allerdings haben meine Kinder eine Zeitlang mein Leben gründlich auf den Kopf gestellt. Es ist nicht zu leugnen: Kinder nehmen Zeit, kosten Geld, machen Sorgen, machen Kummer, machen Angst, von der Arbeit gar nicht zu reden, und doch sind sie in diesem Leben das perfekteste Gottesgeschenk, das wir auf Erden empfangen können. Erst sie geben unserem Leben Sinn und Perspektive.

Für die Übernahme der Hauptlast an der elterlichen Sorge mußte ich allerdings einen hohen Preis zahlen. Meine Einnahmen aus „freiberuflicher journalistischer und literarischer Tätigkeit“ – so war ich steuerlich erfaßt – gingen drastisch zurück. Ich lernte gründlicher als vorher, wie sich leere Taschen anfühlen, zumal, wenn sie Schuldenlöcher haben, aber dank einiger Vorübungen im Verzichten und dank eines gediegenen Ramadantrainings qualifizierte ich mich bald vom Hungerleider zum Hungerkünstler. Trotzdem hatte ich meine Mühe, die ständig steigende Miete zu zahlen, und mußte mich nach anderen Einnahmequellen umsehen. Ich fing an, Teile meiner beträchtlichen Bibliothek zu verkaufen. Allerdings bekam ich für meine kommunistischen Schwarten so gut wie nichts, da ihr Mehrwert inzwischen zerronnen war. Aber als regelrechte Segensbringer erwiesen sich die expressionistischen Lyrikhefte, die mir mein Onkel Alfred Vagts in den fünfziger Jahren aus Amerika geschickt hatte. Für einige erhielt ich jetzt so viel Geld, daß ich davon ganze Monatsmieten zahlen konnte. Noch mehr brachten die Brechtschen Theaterhefte ein, die mir Helene Weigel bei meinem Abstecher ins Ostberliner Ensemble mit Widmung in die Hand gedrückt hatte. Mein Antiquar, Herr Wohlers in der Langen Reihe im Multikultistadtteil St. Georg, hatte offenkundig auch ohne genaueres Nachfragen ein Gespür für meine prekäre Lage und hat mir manches Mal mehr gegeben, als meine Bücher tatsächlich wert waren.

Damals lebte meine Mutter noch. Sie wohnte auch als weit über Achtzigjährige immer noch in ihrem Häuschen in meinem Heimatdorf, versorgte sich selbst und kam mit allem erstaunlich gut zurecht. Da jedoch immer mehr Nachbarn und Verwandte starben, wurde es mit den Jahren immer einsamer um sie. Mit meinen beiden Schwestern habe ich mich darauf geeinigt, daß einer von uns sie an jedem Wochenende besucht. So fuhr ich an jedem dritten Sonntag mit meiner Familie zu meiner Mutter ins Dorf. Sie mochte ihre jüngsten Enkelkinder sehr gern und lebte in ihrer Gegenwart regelrecht auf. Zu Weihnachten und zu den Festtagen kam sie für mehrere Tage zu uns und hat sich trotz der Reiseanstrengungen bei uns sehr wohl gefühlt. Obwohl sie ihre gewohnte Umgebung nicht missen wollte und nach ein paar Tagen Heimweh bekam, liebte sie es, sich in der Großstadt umzusehen, Schaufenster zu gucken und an Alster und Elbe Kaffee zu trinken.

Weihnachten 1995 besuchte sie uns ein letztes Mal in Hamburg. Zu ihrem 88. Geburtstag am 30. Januar 1996 fuhr ich mit Daria zu ihr, und obwohl sie keine größere Feier haben wollte, hatte sie auch dieses Mal ihren Spaß daran, ihre Enkelin auf den Teppich zu setzen und mit ihr über den glatten Fußboden im Flur zu rutschen. Fünf Wochen später rief sie an und bat mich und meine Schwestern, rasch zu kommen. Es sei für sie Zeit zu sterben. Drei Tage lang bin ich mit Elke und Lisa zusammen bei ihr geblieben. Wir haben zusammen geredet, gelacht, gelästert, geschimpft und geweint. Dann machte unsere Mutter die mystische Erfahrung des klaren Lichtes und sah vor ihrem inneren Auge einen Lichtstrahl wie in ihrer Konfirmationskirche im Nachbarort Osten aufleuchten. In der Hoffnung auf ein besseres Leben in der neuen Welt nahm sie schweren Herzens, schwer atmend, Abschied von ihren Kindern und der hiesigen Welt.

Meine Mutter war für mich in vielerlei Hinsicht eine Idealbesetzung. Ihre mütterliche Fürsorge für ihren Ältesten, für ihren einzigen Sohn, kannte keine Grenzen. Sie ist und bleibt meine Mutter, ich bin und bleibe ihr Kind. Ich stehe in ihrem Schatten, in ihrer Schuld. Wie sehr sie mich geprägt hat, sehe ich daran, daß ich mir immer wieder Partnerinnen gesucht habe, die nicht äußerlich, aber in ihrer Persönlichkeitsstruktur nach dem Idealbild meiner Mutter geschnitzt waren. Mit ihrer beständigen Mahnung: „Träum nicht, mein Junge, guck nicht ständig in den Mond und bleib mit den Füßen auf der Erde!“, liegt sie mir bis heute in den Ohren. So sehr, daß ich es nicht lassen kann, auch meinen nicht weniger verträumten Sohn immer wieder zu ermahnen: „Junge, träum nicht zuviel, bleib mit den Füßen auf der Erde!“ Auch wenn meine Eltern schon etliche Jahre tot sind, ertappe ich mich immer wieder bei dem Gedanken, beide könnten mir bei meinem Tun und Treiben zuschauen. Mein Vater würde vermutlich nur den Kopf schütteln und meine Mutter die Hände über dem Kopf zusammenschlagen. Aber dann kommt mir der tröstliche Gedanke in den Sinn, beide könnten von ihrem transzendentalen Blickwinkel aus viel milder über die Eskapaden ihres Sohnes urteilen als in der Zeit ihrer irdischen Befangenheit.

19. Station

Auf dem Weg nach Mekka

Eine Reise beginnt für gewöhnlich mit ihrem Antritt. Anders die Hadsch. Die Pilgerfahrt nach Mekka begleitet den gläubigen Muslimen ein Leben lang – als Idee, als Traum, als göttliches Gebot. Da ich magnetfeldsensibel wie eine Mönchsgrasmücke bin und mein innerer Kompaß schon lange auf Mekka eingependelt war, hat mich der Gedanke an die Hadsch auch schon vor meinem endgültigen Bekenntnis zum Islam fasziniert, und sei es aus bloßer Neugier und spiritueller Abenteuerlust. Wer Gott sucht, der muß immer unterwegs sein, muß wandern, muß pilgern, muß umherziehen wie ein Vagabund. Auch Gott hat keinen festen Wohnsitz, er zieht umher mit der Karawane derer, die ihn suchen.

Ich war dennoch weder äußerlich noch innerlich gerüstet, als mich wie ein Blitz aus heiterem Himmel die Einladung zur Pilgerfahrt traf. Die religiösen Regeln und Vorschriften verlangen, daß der Pilger seine familiären und häuslichen Verhältnisse geordnet zurückläßt und mit keinerlei Schulden und unaufschiebbaren Verpflichtungen belastet ist. Um ehrlich zu sein: Diese Voraussetzungen waren bei mir nicht gegeben, als mich am Tag, nachdem ich meine Mutter begraben hatte, ein Anruf von der saudiarabischen Botschaft in Bonn erreichte. Ich wurde gefragt, ob ich bereit sei, auf Einladung des Prinzen Turki zur Hadsch nach Mekka zu fahren. Ich überlegte nur kurz, prüfte mein Gewissen und dachte dabei: Eine solche Gelegenheit wirst du so rasch nicht wieder bekommen, da du selbst kaum in der Lage sein wirst, die Reisekosten aus eigener Tasche zu bezahlen. Also sagte ich kurzentschlossen ja. Zwei Tage später fuhr ich mit dem Zug nach Bonn und holte meine Reiseunterlagen. Meine Frau hatte Gott sei Dank Urlaub und konnte sich um die Kinder kümmern, und so reiste ich schon eine Woche später erwartungsvoll mit dem Flugzeug Richtung Dschidda.

Ich war nicht der einzige, der sich auf dem Frankfurter Flughafen auf die Reise seines Lebens vorbereitete. Tausende in Deutschland lebender Muslime, einige von ihnen schon in weißen Pilgergewändern, sammelten sich vor den Abfertigungsschaltern und fragten mich voller Erstaunen: „Willst Du auch hadschen?“ Ja, ich wollte und wurde der Reihe nach von Hunderten, die das gleiche Reiseziel hatten, in die Arme und auf die Arme genommen. Allerdings reiste ich nicht, wie im Koran beschrieben, „auf einem hageren Kamel“ nach Mekka, sondern flog als *special guest* nicht mit einem der billigeren Pilgerflugzeuge, sondern mit einer saudischen Linienmaschine zum Ziel meiner Wünsche. Zum zweiten Mal in meinem Leben flog ich exklusiv in der ersten Klasse. Mein erster VIP-Flug lag mittlerweile zwölf Jahre zurück, als ich mit einer DDR-Regierungsmaschine nach Addis Abeba reiste und unterwegs von der Pilotenkanzel aus Gelegenheit hatte, die heiligen Stätten des Islam an ihrem intensiven nächtlichen Licht zu erkennen. Das saudische Flugzeug war ungleich komfortabler als die DDR-Maschine eingerichtet. Ich traute meinen Augen nicht, als mir hoch oben ein Essen wie im Märchen der Tausendundeinen Nacht aufgetragen wurde. Dazu wurden mir echte goldene Löffel, Messer und Gabeln gereicht. So etwas hatte ich vorher noch nie in meinen Händen gehabt. Und schon erwachten in mir die alten urkommunistischen Instinkte: Eigentum ist und bleibt Diebstahl! Einen Augenblick lang packte mich die Versuchung, ob ich nicht wenigstens einen von den goldenen Teelöffeln klammheimlich als Andenken in die Tasche stecken sollte. Aber schließlich war ich auf der Hadsch und wollte mein Sündenkonto nicht noch zusätzlich belasten. Zudem war mir bewußt, daß weder mit der saudiarabischen Flughafenkontrolle noch mit der Religionspolizei des Landes zu spaßen war. Ich hatte Angst davor, mit einer abgehackten Hand oder gar kopflos in mein Heimatland zurückzukehren.

Aus dem Fenster schauen konnte ich nicht, weil die Vorhänge fest verschlossen waren. So hatte ich noch einmal Zeit, über meine Lebensreise von Basbeck am Moor bis nach Mekka nachzudenken. Ich war nicht der erste Niederdeutsche, der bis in das Herz des Islam gereist war. Carsten Niebuhr kam mir in den Sinn, der Bauernsohn aus dem Dorf Lüdingworth, der mich schon in meiner Kindheit faszinierte. Und ich dachte auch an den wackeren Ulrich Jasper Jeetzen aus Jever an der Unterweser. Der junge Jeetzen hatte sich noch beim alten Niebuhr Rat geholt. Er hat sich auf eigene Faust auf den Weg nach Arabien gemacht und ist nicht in Dschidda stehengeblieben. Er trat dort in aller Form 1809 zum Islam über und konnte so als erster amtlich registrierter deutscher Hadschi an der Wallfahrt teilnehmen. Zwei Jahre später starb er in Jemen den Märtyrertod. Er liegt seither in Aden an der Seite des großen Arthur Rimbaud begraben. Und mir fiel ein, daß auch Annemarie Schimmel, mein Leitstern auf dem Weg zum Islam, niederdeutsche Wurzeln hatte. Ihre Mutter stammte aus einer Seefahrerfamilie aus Carolinensiel, ihre Tante war Marie Ulfers, eine plattdeutsche Dichterin, die ich dank Mutter Rühmkorf in meiner Kindheit noch selbst kennengelernt hatte.

Mitten in der Nacht kam ich nach einer Zwischenlandung in Medina, bei der ich am liebsten ausgestiegen wäre, in Dschidda an. Da ich in der Eile des Aufbruchs keinen Impfpaß mitgebracht hatte, bekam ich erst einmal ein halbes Dutzend Spritzen verpaßt. Dann wußte niemand so recht, wohin mit mir. Keiner war da, um mich gebührend in Empfang zu nehmen. Also führte man mich in das Büro des obersten Zensors. Der brave Mann ließ sich durch mich nicht aus der Ruhe bringen, und ich durfte ihm bei seiner Scherenschnittarbeit zusehen. Laufend wurden ihm westliche Zeitschriften vom *Spiegel* über den *Stern* bis zu *Newsweek* und zum *New Yorker* hereingereicht. Sogar türkische Magazine waren dabei. Er kontrollierte die Blätter Seite für Seite, und wenn er an einem Bild Anstoß nahm, griff er zur Schere und schnitt das Foto mit spitzen Fingern heraus. Jedes herausgeschnittene Bild hob er mit einer Pinzette auf und trug es in ein Schubfach des hinter ihm bereitstehenden „Giftschranks“. Sobald er etwas getilgt hatte, schnalzte er laut mit der Zunge, schüttelte mit dem Kopf und schaute zu mir herüber, um mir sein Mitleid zu bekunden, weil ich gezwungen war, in einer solchen Sündenwelt, wie sie die Papierschnipsel nahelegten, zu leben. Von Zeit zu Zeit kam ein Kontrolleur vorbei, brachte neue Magazine und nahm die gesäuberten Exemplare in einem eigenen Schuber wieder zurück.

Erst am Morgen wurde ich offiziell von einem Mitarbeiter aus dem Büro des Prinzen Turki in Empfang genommen. Er begleitete mich zum Hotel Salam, unserem Treffpunkt. Die meisten Mitglieder meiner Pilgergruppe trafen erst im Verlaufe der kommenden zwei oder drei Tage ein, so daß wir Zeit fanden, uns gegenseitig kennenzulernen und aneinander zu gewöhnen. Am Ende waren wir 26 Pilgerväter – zumeist älteren Semesters, allesamt Intellektuelle, Journalisten, Literaten und Künstler. Die meisten von ihnen kamen aus muslimischen Ländern, aber ein Drittel war wie ich aus der Diaspora angereist, aus Japan und Australien, aus den USA und Guyana, aus Italien, Frankreich und Rußland. Ich war der einzige Deutsche. Meine nationale Herkunft brachte mir ungeahnte Sympathien ein. Ich lernte, daß im arabischen Lexikon Alman, der Deutsche, gleich hinter Allah folgt. Als ich meinen Schriftstellerberuf nannte, riefen beinahe alle ehrfurchtsvoll: „Goethe.“ Dagegen erregte mein Nachname einige Heiterkeit. Ein „schut“ ist, nachzulesen bei Karl May, in der arabischen Erzähltradition ein aus dem Iran stammender Gangsterboß streng schiitischer Gesinnung, der die Karawanen reicher Kaufleute überfallen hat, um die Beute unter den Armen zu verteilen. Für mich waren meine Pilgergefährten interessante Gesprächspartner, und da die meisten gut Englisch sprachen, hatten wir mit der Verständigung kaum Probleme. Wir teilten uns in kleine Untergruppen auf und wollten auf Biegen und Brechen zusammenhalten, um uns in den Menschenströmen und Strudeln der Wallfahrer nicht zu verlieren. Zu meiner Bezugsgruppe gehörten Mahbabul, Journalist aus Bangladesh; Salim, Radioredakteur aus Kenia; Ismail, Fernsehreporter aus Gambia; Omar, Arzt und Schriftsteller aus Syrien, und Abdelmajid, Zeitungsmacher aus Algerien. Zu unserem Leithammel bestimmten wir unseren indonesischen Bruder Mohammed, einen Maler und Kalligraphen, weil er die Pilgerfahrt schon einmal gemacht hatte und uns allen wegen seines Humors, seiner Gelassenheit und inneren Ruhe am vertrauenswürdigsten erschien. Als Wiedererkennungszeichen sollte er einen blauen Besenstiel hochhalten, an dessen Spitze ein rotes und ein weißes Taschentuch miteinander verknotet waren. Mohammed gab mir den weisen Rat mit auf den Pilgerweg, meine Brille dadurch zu retten, daß ich die Bügel während des größten Gedränges am Hinterkopf mit einem Schnürsenkel zusammenband und ihnen mit zwei Heftpflastern über den Ohren zusätzlichen Halt verlieh. Diese Vorsichtsmaßnahme hat sich bewährt. Meine Brille, ohne die ich mich schwer zurechtgefunden hätte, ist heil geblieben.

Mit Mahbabul Alam teilte ich das Zimmer im Hotel und oft auch den Sitzplatz im klimatisierten Bus made in Germany. Wir hatten uns während der ganzen

Reise viel zu erzählen. Wir waren uns nur selten einig, nicht einmal in unseren Motiven für unsere Wallfahrt. Während ich vor allem gekommen war, um Gottes Ruf zu folgen, hatte mein Gefährte ganz andere Ziele im Auge. Er war Herausgeber der einzigen englischsprachigen Zeitung seines Heimatlandes und wollte in die Politik einsteigen. Er wollte zur nächsten Parlamentswahl kandidieren und glaubte, durch eine Pilgerreise und durch den Titel eines Hadschi könnte er seine Wahlchancen verbessern. Er machte aus seinen Absichten nicht den geringsten Hehl, war aber im Verlauf der Wallfahrt doch so beeindruckt von der Wucht des Rituals, daß er aufhörte zu spotten und begann, mit mir und den anderen von uns inbrünstig zu beten. Zu unserer Delegation gehörte auch der japanische Fotograf Ali Kazuyoshi Nomachi, dessen Bildband über die Hadsch zu einem Welterfolg wurde. Ali war ein wunderbarer, überaus bescheidener, immer nur lächelnder Mensch, der mit seiner Herzlichkeit und guten Laune alle ansteckte. Ihm verdanke ich ein besonders Erlebnis. Unmittelbar vor Beginn der Rituale lud unser „Mister Butterfly“, so nannten wir unseren japanischen Pilgergefährten, mich von Dschidda aus zu einem Hubschrauberrundflug über das Areal der Heiligen Stätten ein. Es war an Bord des Armeehelikopters zwar sehr eng, weil der begnadete Fotograf mindestens sieben mächtige Kameras mitgenommen hatte, die er abwechselnd bediente. Dennoch verdanke ich diesem Rundflug unvergeßliche Eindrücke und Bilder und konnte mit eigenen Augen sehen, wie sich die Weissagung des Koran, daß die Menschen auf allen erdenklichen Wegen und Umwegen herbeiströmen, um die Riten der Hadsch zu verrichten, bewahrheitete. Als finge die Wüste an zu blühen, so sah man aus der Höhe hinab überall Menschen in weißen Gewändern aus dem Sand und dem Geröll emporwachsen und die Einöde mit neuem Leben erfüllen. Es war ein erhabener Anblick, von hoch oben hinab auf die große Moschee mit der Kaaba in der Mitte zu schauen. Die Menschen sammelten sich in endlosen konzentrischen Kreisen um den schwarzen Kubus und bildeten so selbst das schönste islamische Ornament, das man sich vorstellen kann: die Familie der Menschen in ihrer idealen Gestalt. Als das rituelle Gebet beendet war, beobachteten wir aus der Höhe, wie sich das Menschenmandala rasch auflöste und die Pilger sich von neuem in den Rundlauf um das Herz des Islam einreihten. Es sah aus, als ob sich lauter Eisenspäne spiralförmig um einen Magnetkern sammelten. Als wir uns mit dem Hubschrauber noch weiter emporschraubten, kam mir das alte schöne Bild von Mekka als dem Nabel der Welt in den Sinn. Das war es! Die winzige Kaaba lag tatsächlich in einer Bodensenke. Sie symbolisierte das irdische Ende der Nabelschnur, die uns mit der Sphäre der göttlichen Barmherzigkeit verbindet.

20. Station

In Abrahams Schoß

Endlich ist es soweit. Die Stunde des Aufbruchs ist gekommen. Wir machen uns auf den Weg nach Mekka, auf den letzten Abschnitt unserer Lebensreise. Wir fahren zuerst von Dschidda aus mit dem Bus, dann, nachdem wir das einem Koranlesepult nachempfundene Tor zur Heiligen Stadt durchquert haben, gehen wir zu Fuß. Es ist später Nachmittag, aber die Sonne sitzt uns immer noch gleißend und brennend im Nacken. Wir sind in der Wüste. Das Licht blendet. Es geht nicht nur durch die Augen, es dringt durch alle Poren, es geht unter die Haut. Noch nie habe ich so in Licht gebadet und mich so licht, leicht und durchscheinend gefühlt. Irdisches und himmlisches Licht durchdringen sich. Alles Materielle wird von einer immateriellen Hintergrundstrahlung durchleuchtet. Der Himmel ist nah und senkt sich tief auf uns herab. Er ist ganz und gar offen, anders als zu Haus an der Nordseeküste, wo fast immer ein Wolkendach eingezogen ist. Hier in der arabischen Wüste ist man auch ohne Teleskop viel näher am Unendlichen. Es gibt Landschaften, die zeigen immer noch die Spuren Gottes. Die Wüste gehört dazu. Sie führt uns zurück in den Urzustand des Werdens. Als Gott sagte: Es werde Licht, und es wurde Licht. Die Wüste ist wie ein offenes Buch, in das Gott mit Hilfe von Sonne und Wind, von Dürre und plötzlichem Regen, von Propheten und Märtyrern seine Botschaft an uns Menschen hineingeschrieben hat.

Die Formen sind einfach: Der Horizont ist unverstellt und schließt sich zum Kreis. Darüber wölbt sich das Zelt des Himmels. Es gibt nichts als Himmel und Erde, nichts ist dazwischen. Beide Bereiche berühren sich. Die Welt im Urzustand, an einem der frühen Schöpfungstage. Zwar sind Himmel und Erde geschaffen und voneinander getrennt, aber sie sind noch nicht belebt. Die Erde ist wüst und leer, nichts als Sand und Steine. Alles ist erfüllt von der Sehnsucht nach Wasser, wartet darauf, daß Gott sein Weihwasser in Eimern vom Himmel auf die Erde herabschüttet. Ohne dieses Wasser könnten wir in dieser Wüste nicht länger als ein paar Stunden überleben. Wir sind ganz und gar der Barmherzigkeit Gottes ausgeliefert. Zwischen mir und Gott ist nichts. Nichts, was mich ablenken könnte vom Gottgedenken, kein Haus, kein Baum, kein Strauch. Nirgendwo als in der Wüste ist man deutlicher auf sich selbst und auf seinen Schöpfer und Erhalter zurückgeworfen. Nirgendwo sind unsere Sinne und unsere übersinnlichen Antennen geschärfter, nirgendwo reagiert man empfindlicher auf die kleinsten Reize. Die Wüste ist ein Ort der Abwesenheit von allem, was uns von Gott trennt. All unsere Propheten, von Abraham angefangen, Moses, Jesus,

Johannes, Mohammed, sind in die Wüste gegangen, um dort Gott zu begegnen. Gott hat sich offenbar etwas dabei gedacht, als er sein altehrwürdiges Heiligtum nicht nach Rom oder Istanbul, nicht nach Paris oder New York gelegt hat, sondern mitten hinein in die wüsteste Wüste der arabischen Halbinsel. Zu Zeiten des Propheten muß Mekka allen Legenden zum Trotz ein erbärmliches Kaff gewesen sein, ein von Gott und allen guten Geistern verlassener Marktplatz.

Die Strapazen sind erträglich, denn unser Ziel liegt greifbar nah vor uns. Kurz vor Sonnenuntergang erreichen wir die ersten Palmen und die Mauern der Heiligen Stadt. Angenehme Kühle weht uns entgegen. Die untergehende, wandelnd-unwandelbare Sonne sendet ihre letzten Lichtbündel strahlenförmig auf die Stadt des Propheten. Die Landschaft steht jetzt noch mehr im Bann des Transzendentalen. Ein überirdischer Schatten senkt sich auf das Gelände ringsum herab und überzieht es in einer Art von durchsichtigem Dämmern mit einem violetten Schleier. So verwandelt sich Gottes Schatten auf Erden regenbogengleich in pures Licht. Die Minarette und Kuppeln der großen Moschee leuchten wie Gold, als hätten sie das Licht der untergegangenen Sonne gespeichert. Dann wird es schnell dunkel, und wir sind endlich vor den vielen Toren der Moschee angelangt. Ehrfürchtiges Staunen. Der Anblick ist überwältigend. Nicht aufgrund der Größe des Gotteshauses oder aufgrund seiner marmornen Pracht, sondern allein aufgrund der elektrisierenden Energieströme, die von seinen Mauern ausgehen. Wir sind aufgeregt wie kleine Kinder und haben es jetzt sehr eilig hineinzukommen. Doch dann ertönt vielstimmig und ehrfurchtgebietend von allen Minaretten der Ruf zum Abendgebet. Die Bewegung der Menge hin zum Heiligtum kommt augenblicklich zur Ruhe. Auf den Straßen und Plätzen vor der Moschee lassen sich die Pilger nieder zum Gebet und bilden neunundneunzig konzentrische Kreise um die Kaaba im Inneren, die wir noch nicht sehen, aber ahnen können. Ein weltumspannender Heilkreis, ein positiv aufgeladenes Spannungsfeld. Die Heiligkeit des Ortes wird körperlich spürbar, sie geht durch Mark und Bein. Ich erlebe meine Religion als Nervenkitzel, als übersinnliche Erfahrung, die dennoch tief unter die Haut geht. Überall auf der Welt verrichten die Muslime ihr Gebet ausgerichtet auf diesen einen Punkt. Jetzt bin ich selbst fast im Mittelpunkt dieser weltumspannenden Gebete. Hier ist für mich der wahre Mittelpunkt der Erde. Ich spüre, nicht ich, nicht mein eigenes Ego, ist der Punkt, um den sich alles dreht, so als wäre die Erde immer noch eine Scheibe. Ich bin an ein Kraftzentrum gelangt, das die Energien meines Egos vieltausendmal übertrifft. Ich lasse all diese energetischen Ströme auf mich einwirken. Ich stehe mit ungezählten Pilgern aus allen Erdteilen zusammen im Gebet. Schulter an Schulter. Ein Bad in der Menge und in der Gemeinschaft mit allen Geschöpfen Gottes. Ich begreife mich als untrennbaren Teil eines Ganzen. In synchronen Bewegungen verneigen wir uns gemeinsam, Mensch an Mensch, vor Gott, so als wären wir ein einziger Körper. Wenn ich mich erhebe, spüre ich die Arme der Brüder, die neben mir beten, wenn ich mich niederwerfe, berühre ich mit meiner Stirn die Fußsohlen desjenigen, der sich vor mir niederbeugt. Unsere Gebete münden ineinander. Der ganze heilige Bezirk summt wie ein einziger Bienenkorb. Die Luft vibriert von den Atembewegungen der Betenden. Himmel und Erde stimmen ein in unser Gebet.

Das Gebet klingt aus. Die Gläubigen erheben sich. Die große Moschee vor uns liegt bereits im Halbdunkel. Nach und nach wird die elektrische Beleuchtung eingeschaltet. Aus dem Gotteshaus drängen die Pilger ins Freie. Ich habe die größte Mühe, mich durch die mir entgegendrängenden Menschenströme hindurchzuzwängen, um ins Innere zu gelangen. Endlich erreiche ich das breite Friedenstor, an dem sich meine Pilgergruppe verabredet hat, um an dieser markanten Stelle unsere Schuhe abzulegen. Gemeinsam, Hand in Hand, schaffen wir es, uns durch den verschlungenen Menschen- und Säulenwald so weit vorzukämpfen, daß wir mit unseren eigenen gläubig-ungläubigen Augen den schwarzen Stein der Kaaba vor uns sehen. Jeder Gläubige, der die Kaaba zum ersten Mal erblickt, stößt einen Jubelschrei aus und empfindet diesen Augenblick als den Höhepunkt seines Erdenlebens. Es heißt, daß jeder Wunsch, den du beim ersten Anschauen des Heiligtums aussprichst, in Erfüllung geht. Aber in diesem Moment bin ich einfach wunschlos glücklich und empfinde nur eine Sehnsucht. Den Wunsch, Gott, meiner einzigen Liebe, so nah wie möglich zu sein. Die Atmosphäre ist erfüllt von den Lebensträumen, die in diesem Augenblick in Erfüllung gehen. Sie ist aufgeladen von der orgiastischen Begeisterung der Menschen, die gleich mir am Ziel all ihrer Sehnsüchte angelangt sind. Noch nie in meinem Leben war ich umringt von so vielen glücklichen Menschen, die alle beseligt lächeln, als hätten sie das große Los gezogen. Ihre Gesichter leuchten, ihre Augen strahlen, als wären sie verliebt. Ich kann mein Glück kaum fassen. Schweißüberströmt, erschöpft bis zum Umfallen, aber unendlich selig stehe ich inmitten von Tausenden anderer glückseliger Brüder und Schwestern, gelehnt an eine Marmorsäule, und blicke wie ein Verliebter auf das erhabenste Heiligtum der islamischen Welt. Die Kaaba – für mich die Wiege des Monotheismus. Das erste Gotteshaus für den einen und einzigen Gott, Abrahams Grundstein für alle drei monotheistischen Weltreligionen. Dieser schlichte schwarze Stein gehört nicht mir, gehört nicht den Muslimen allein. Er sollte allen Menschen gehören, die von dem einen und einzigen Gott berührt werden, gleich, ob sie sich Muslime, Christen oder Juden nennen. Vor Gott sind wir alle gleich. Er ist für alle da, die sich ihm zuwenden. Und selbst die, die sich von ihm abwenden, sind vor seiner Barmherzigkeit nicht sicher. Vor Gott gibt es keinen Alleinvertretungs- und erst recht keinen Alleinseligmachungsanspruch.

Bei näherer Betrachtung fällt die betörende Schlichtheit der Kaaba ins Auge. Die Herzkammer des Islam, in der alle Blutströme der Gläubigen zusammenfließen, ist äußerlich gesehen beinahe ein steinzeitliches Relikt. Ihre schwarzen, manchmal rötlich oder gelblich gefleckten Lavablöcke wurden von Abraham und Ismail mit bloßen Händen fugenlos ohne Mörtel, Lehm oder andere Bindemittel aufeinandergeschichtet. Sie wird wie eine Braut von einem schwarzen Brokatschleier umhüllt und damit zugleich vor den Zudringlichkeiten der Gläubigen geschützt. Im Innern ist die Kaaba außer ein paar Lampen leer. Leer und rein, wie unser Herz sein soll, um ganz von Gott erfüllt zu werden. Der Kubus der Kaaba ist kein Ziel an sich, sondern nur ein Beziehungspunkt hin zu Gott. Ich bin, sinnbildlich gesprochen, an der Achse der Welt angelangt. Ich stehe am Dreh- und Angelpunkt meines Menschenlebens, an dem symbolischen Ort, an dem Gott Adam und Eva ins Leben gerufen hat. Die Kaaba ist der Gestalt nach eine simple schwarze Kiste, ein leeres Zeichen, eine fast abstrakte und universelle Form. Dadurch ermöglicht sie eine unendliche Fülle von Assoziationen und Bedeutungen und bewahrt den Respekt vor dem einen Gott, der weder vorstellbar noch abbildbar ist. Das Faszinierende an der Kaaba ist das Unfaßbare, das Unaussprechliche, das Unausdeutbare. Das Bauwerk ist wie die Pyramiden steinzeitlichen Ursprungs und wirkt doch unerhört modern, als hätte ein Architekt des Bauhauses es eben modelliert. In ihren einfachen geometrischen Mustern scheinen sich die Epochen, die Kulturen und die Religionen, scheinen sich Diesseits und Jenseits, Gott und Mensch zu begegnen. Die Kaaba ist als ebenmäßiger Würfel das Werk von Menschenhand und kontrastiert so mit dem Ordnungsprinzip der physikalischen, von Gott geschaffenen Welt, dem Orbit, nach dem die Planeten um die Sonne kreisen, der Mond um die Erde, die Elektronen um den Atomkern – und die Gläubigen um die Kaaba. Der Himmelskreis ist rund, die Kaaba ist eckig. Beide sind, chinesisch gedacht, Abbilder von Yin und Yang, den Gegensätzen, aus deren vereinter Kraft alles Leben entsteht.

Ich stehe am magnetischen Pol der Muslime. Ich bin zu den Ursprüngen unserer Menschwerdung zurückgekehrt. Ich bin hinabgetaucht in den mythischen

Brunnen unserer Vergangenheit. Die Hadsch ist für mich eine Reise zurück zu unseren Wurzeln. Wir wiederholen im Ritus einige unserer Urszenen, die ersten Begegnungen unserer spirituellen Ahnen, Adam und Eva, Abraham, Hagar und Ismail, mit dem unbekannten, ungeahnten Gott. Der Islam ist zwar die jüngste der monotheistischen Weltreligionen, aber sein Ritus, Kultus und Mythos führen uns am weitesten zurück zu den archaischen, archetypischen Musterbildern unserer Menschwerdung. Aus dieser Urzeit stammen unsere ursprünglichen, noch nonverbalen und rein körperlichen Ausdrucksformen im Dialog mit Gott: Wir werfen uns vor dem Unbekannten nieder, gehen vor ihm in die Knie, verbeugen uns ehrfürchtig vor ihm und richten uns, von ihm ermutigt, wieder auf.

Das Nachtgebet ist vorüber. Die Stille in der mächtigen, drei Etagen umfassenden Moschee ist ein Wunder für sich. Ich staune, ich verstumme, ich bete mit den Augen und den Ohren. Es hört sich an, als klänge die Stille im Jenseits fort. Ihr Echo kommt von den Sternen, aus dem Resonanzraum des Universums. Sphärenmusik erklingt, als rauschten die Flügel der Engel, als knarrten die Himmelstüren. Das Paradies ist nah. Es ist nicht im Jenseits, es ist hier und jetzt. Der Nachthimmel über der Kaaba ist offen. Über dem höchsten Minarett ist der dreiviertelvolle Mond aufgegangen.

Nach einer Zeit der Stille formiert sich der Tawaf von neuem. Fest verhakt mit den Brüdern meiner Bezugsgruppe, stürze ich mich in das Getümmel. Jetzt heißt es, durchzuhalten, nicht stehenzubleiben und nicht hinzufallen, sondern sich Runde um Runde näher an das Zentrum der Bewegung zu drängen, so lange, bis man es schafft, die Kaaba und wenn möglich den schwarzen Eckstein mit Händen zu berühren. Das klingt komplizierter, als es in Wahrheit ist. Wenn es gutgeht, dann wird man von der spiralförmigen Kreisbewegung mitgetragen und ganz von selbst bis in die Nähe der Achse vorgeschoben. Siebenmal gilt es, die Kaaba zu umkreisen, und die Kreise sind zu Beginn des Tawafs sehr weit. Für meinen ersten Umlauf habe ich fast eine Stunde gebraucht, für den letzten immer noch mehr als eine Viertelstunde. Eine Unterbrechung gibt es nicht, die Bewegung wird, je näher man dem Ziel kommt, immer schneller. Hat man es erst einmal geschafft, sich ganz dem Strom des Tawaf hinzugeben, spürt man keine Anstrengung und keine Anspannung mehr. Es ist, als ob der Körper seine Schwerkraft verliert und man sich schwerelos „trance-zendental" im Raum bewegt. Ich gehe in der Menge nicht unter, ich gehe in ihr auf. Ich werde von ihrem Dahinströmen magisch an- und einbezogen. Ich kreise wie ein Planet um die Sonne, wie ein Atom um seinen Kern, wie ein Geschöpf um seinen Schöpfer. Ich bin endlich eingeschwenkt auf die mir gemäße Umlaufbahn. Ich bewege mich wie in Trance, ich schwebe schwerelos durch Gottes Weltenraum und erlebe das erste Stadium meiner Himmelsreise. Ein kollektiver Freudentaumel erfaßt mich und trägt mich fort. Ich fühle mich selig wie in Abrahams Schoß. Als wäre ich ein Tropfen Wasser, möchte ich mich mit allen anderen Wassern vereinen, zum Strom werden und endlich einmünden in den unendlichen Ozean der göttlichen Liebe. Angelus Silesius kommt mir in den Sinn: „Sag an: Wie geht es zu, wenn ein Tröpflein in mich, das ganze Meer, Gott, ganz und gar fließt ein?" Ich tanze meine Polonaise hin zu Gott. Ich bin eingereiht in eine endlose Schlange von Menschen, die seit Abrahams Zeiten zur Quelle pilgern, quer durch die faktische und die sakrale Geschichte, quer durch die Jahrtausende. Angetrieben von meiner Gottessehnsucht, folge ich der Spur meiner Ahnen, meiner Propheten, meiner geistlichen Wegbereiter. Die Nähe zu Gott geht mir unter die Haut. Ich erlebe die Gegenwart Gottes als natürliche und übernatürliche, als sinnliche und übersinnliche Empfindung. Die schrittweise Annäherung an Gott wird zu einer fast erotischen, zu einer orgiastischen Erfahrung. Ich tanze auf dem Vulkan der göttlichen Liebe. Ich beginne aus voller Kehle zu singen. Ich singe die Choräle von Paul Gerhardt, die mich seit meiner Kindheit begleiten: „... der Wolken, See und Winden / gibt Wege, Lauf und Bahn / der wird auch Wege finden / da dein Fuß gehen kann." Sogar ein altes Weihnachtslied von Friedrich von Spee, das seit alters her zu meiner spirituellen Mitgift gehört, kommt mir über die Lippen: „Oh Kindelein, von Herzen / will ich dich lieben sehr / in Freuden und in Schmerzen, / je länger, mehr und mehr." Ich bin entrückt, ich bin verzückt, ich bin verrückt vor Glück. Gott ist die Liebe – ich fühle mich wie ein frisch in Gott Verliebter. Ich umschwärme, ich umkreise das Objekt meiner Begierde, bis ich mit ihm vereint bin. Das ist der magisch-mystische Augenblick aus Eichendorffs „Mondnacht": Meine Seele spannte weit ihre Flügel aus, flog durch die stillen Lande, als flöge sie nach Haus!

Endlich ist das Ziel erreicht, die unmittelbare Nähe zum Heiligtum. Der Taumel erlischt, Stille kehrt ein.

Die Kaaba ist der Ruhepol inmitten der Begeisterungsstürme. An der Westseite der Kaaba befindet sich ein ummauerter Halbkreis. Der Ort, an dem ich nach dem Ende meines Tawafs erschöpft zum Gebet niederknie, heißt Hagars Schoß. Hier liegen kein Prophet begraben, kein Patriarch, kein Scheich, hier liegt eine einfache afrikanische Sklavin, die Mutter Ismails, die Mutter aller Gläubigen, die Begründerin der Ummah, der mütterlichen Gemeinschaft aller Gläubigen. Salim, mein Pilgergefährte aus Kenia, weiß, woher Hagar stammt, aus der Ortschaft Kibwezi am Fuße des Kilimandscharo. Er singt mir ein Lied auf Suaheli vor, das Hagars Schönheit in den höchsten Tönen preist. Sie hatte eine Haut, so samtweich und dunkelbraun wie die Nüstern einer Antilope. Ihre Augen leuchteten wie Karfunkelstein, und ihr Haarschopf war so kraus und wild, daß Kolibris sie ständig umkreisten, um nach einem Nest zu suchen. Ihre Brüste waren so hoch aufgerichtet wie die höchsten Berge Afrikas, der Kilimandscharo und der Mount Kenia. Beide tragen zu allen Jahreszeiten, schwärmt Salim, ein Sahnehäubchen aus Schnee, den seine Landsleute als die eisgekühlte Milch der Mutter Erde deuten. Ist das nicht ein bißchen übertrieben? frage ich Salim, als er mir das Hohelied Hagars übersetzt. Vielleicht, meint mein Gewährsmann, aber träumen wir nicht alle von der großen Brust der Mutter Erde, die uns nährt und wärmt?

Hagars Spuren folgen wir, als ich mich zusammen mit meiner Pilgergruppe zur nächsten Etappe unserer Wallfahrt aufraffe. Wir sind rechtschaffen müde, dennoch müssen wir jetzt noch vor Tagesanbruch und vor dem Ruf zum Morgengebet siebenmal zwischen den

Hügeln Al-Safa und Al-Marwa hin- und herlaufen. Der Abstand zwischen den beiden Erhebungen beträgt zwar nicht mehr als dreihundert Meter, aber die Steigung ist beträchtlich, so daß dieser Abschnitt der Hadsch seinen Namen durchaus zu Recht trägt: Sayeh, das heißt Anstrengung. Anstrengung im körperlichen wie im geistlichen Sinne, Anstrengung auf dem Weg zu Gott. Das Ritual hat einen tiefen Sinn. Es erinnert uns an die Ängste und die Schmerzen Hagars. Abraham hatte sie auf Drängen seiner eifersüchtigen Frau Sahra allein mit ihrem Säugling in der Wüste zurückgelassen. Allein auf sich gestellt, waren Mutter und Kind dem Verdursten nah. Verzweifelt ist Hagar zwischen den Hügeln hin- und hergerannt und hat dabei ihr Baby allein im Wüstensand liegenlassen. Da geschah das Wunder. Der kleine Ismail hat mit seinen nackten Füßen den Sand aufgewühlt. Hagar sah, daß der Sand feucht war, es mußte Wasser darunter sein. Mit letzter Kraft fing sie mit bloßen Händen an zu graben und fand so die Zamzam-Quelle, die bis heute nicht erschöpft ist.

Wer sich auf dem Weg des Sayeh abmüht, der hat keine Mühe, sich in die schwarze Madonna der Muslime hineinzuversetzen. Der Weg ist schwer, nicht nur wegen der Entfernung und der Steigung, mehr noch wegen des Gedränges, das überall das Vorwärtskommen erschwert, besonders auf jenen Streckenabschnitten nahe der Kaaba, die eigentlich im Laufschritt zurückgelegt werden sollen. Der Weg ist eigentlich gut ausgebaut, auf der einen Seite sollen die Pilger aufwärtsstreben, auf der anderen Seite abwärts. Der Streifen in der Mitte ist für die Behinderten und für Rollstuhlfahrer gedacht. Aber an diese Regeln hält sich keiner der Pilger, so daß dieser spirituelle Trimm-dich-Pfad schnell zum Extremsport werden kann. Ich mühe mich redlich, ich komme mächtig ins Schwitzen. Die Durststrecke wird für mich zu einer enormen körperlichen wie seelischen Belastungsprobe. Trotz aller Mühsal erreiche ich mein Ziel nicht. Als der erlösende Ruf zum Morgengebet ertönt, habe ich gerade einmal fünf statt der vorgeschriebenen sieben Stufen des Laufrituals geschafft. Aber Gott sei Dank gibt es bei dieser spirituellen Volksolympiade keine Siegertreppe, es gilt die Devise: Dabeisein ist alles.

Ich war mit meinen Kräften am Ende, ich war fertig mit meinen Nerven, ich war mit meinen Gedanken weit vom Pfad der Rechtleitung abgeirrt. Doch es gibt ein Leben nach dem Sayeh, es gibt eine Erlösung, und diese Rettung heißt: Zamzam. Auf dem Weg zum Morgengebet strömen wir mit hängender Zunge zu Tausenden, zu Zehntausenden, zu Hunderttausenden am Zamzam-Brunnen vorbei. Und siehe da, das Wunder geschieht. Es sind genügend Metallbecher da, um den Durst eines jeden Pilgers zu stillen. Doch ehe ich zum erlösenden Schluck ansetze, stößt mir Salim in die Rippen. Halt, Bruder, erst der dritte Schluck ist für dich. Was heißt das? frage ich entnervt zurück. Soll ich dir den ersten Schluck anbieten? Nein, klopft mir mein Bruder auf die Schulter. Der erste Schluck ist für die Toten, für deine Eltern. Die haben immer Durst nach deiner Erinnerung. Der zweite Schluck ist für die Erde, daß sie nicht verdurstet. Ich seufze tief, und dann trinke ich zwei, drei Becher in einem Zug und fühle mich augenblicklich wie von den Toten auferstanden, neu belebt und erfrischt. Ich erlebe meine Gebetswaschung wie ein Bad der Wiedergeburt und erfahre mein Morgengebet im Kreis um die Kaaba so erfrischend, als ob ich an einem heißen Tag ins kühle Wasser springe.

Der Freudentaumel ist noch nicht zu Ende, sondern steigert sich zu einem letzten Höhepunkt. Abdulwahid hält für unsere auserwählte Pilgerschar ein besonderes Geschenk bereit. Er lädt uns ein, noch vor der Morgenfrühe per Paternoster bis hinauf an die Spitze des Minaretts zu fahren, das über dem Eingang des westlichen Friedenstors mehr als hundert Meter hoch in den Himmel ragt. Ich bin am Ziel all meiner gesammelten Himmelssehnsüchte. Unter mir wogt das Meer der Gläubigen, die sich in mächtigen Strudeln alle auf ein Ziel zu bewegen. In diesem Augenblick denke ich zurück an den Leuchtturm von Belum an der Mündung der Oste in die Elbe, von dessen Spitze aus ich als Kind voller Fernweh aufs offene Meer hinausgeschaut habe. Ich erinnere mich ebenso lebhaft an meine Auffahrt auf das imposante Dach des New Yorker World Trade Centers an der Seite meines schwarzen Bruders Rasheed. Aber so nah wie jetzt bin ich dem Himmel noch nie gewesen. Mekka: Das ist mein spirituelles Gipfelerlebnis, der Höhepunkt meines Erdenlebens. Noch sind die geblähten Segel des Mondes, die Sterne und die Milchstraße zum Greifen nah. Im Osten dämmert bereits der neue Tag. Aus der Höhe des Minaretts betrachtet, sehen die Pilgernden im Halbdunkel aus wie bläulich schimmernde Perlen. Ihre Gebete hören sich von oben an wie das Gezirp ferner Zikaden, und es ist nicht auszumachen, ob dieses vieltausendstimmige Hauchen und Flüstern von der Erde herrührt oder aus dem Himmel.

21. Station

Medina

Die Reise zu Gott geht weiter. Nicht zu Fuß oder auf dem Kamel wie Mohammed und seine kleine Schar getreuer Gefährten, sondern mit einem klimatisierten komfortablen Mercedes-Reisebus made in Germany machen wir uns auf die Reise von Mekka aus in das vierhundert Kilometer nördlich gelegene Medina. Nur der Blick aus dem Fenster vermittelt einen Eindruck davon, mit welch übermenschlichen Strapazen die ersten Muslime zu tun hatten, als sie mit ihrem Propheten quer durch die Wüste fliehen mußten, um in Yathrib, so hieß die Stadt damals noch, Asyl zu suchen. Auf den letzten hundert Kilometern färbt sich das Gestein in der Wüste leuchtend, ja gleißend schwarz. Seit alters her wird in dieser Gegend Kajal gesammelt, jenes Zaubermittel – chemisch Antimonoxyd und poetisch Mondstein genannt –, mit dem nicht nur die orientalischen Frauen ihre Wimpern und Augenbrauen zum Glänzen bringen. Das kajalhaltige Gebirge sieht aus wie ein Steinbruch im Schiefergebirge, überall gibt es messerscharfe Kanten, schroffe senkrechte Abhänge und kühne Überhänge. Die schwarzglitzernden Felsen heizen sich in der Sonne wie Backöfen auf. Wir bekommen einen regelrechten Hitzeschock, als wir mitten in der Wüste noch weit vor Medina anhalten und aus dem kühlen Bus aussteigen, um am Rande der Autobahn ohne den geringsten Sonnenschutz unser Mittagsgebet zu verrichten. Das Thermometer zeigt 49 Grad im Schatten. Dabei ist es erst Ende April. Im Hochsommer, erfahren wir, klettert die Temperatur in dieser Gegend mittags regelmäßig bis auf 58 oder 59 Grad. Als wir eine Stunde später in Medina ankommen, ist es nicht mehr so heiß. Es weht sogar ein leichter Wind, der die Hitze erträglicher macht.

In Medina stehen keine neuen Torturen an. Das Gegenteil ist der Fall. Ziel des Aufenthalts bei und in der Moschee des Propheten ist es, Ruhe im Gebet zu finden, sich zu erholen vom ersten Abschnitt der Pilgerfahrt und sich zu rüsten für den zweiten, den schwierigeren Teil der Hadsch. Wir kommen am späteren Nachmittag an und beziehen unsere Hotelzimmer mit einem prachtvollen Blick über das ganze Heiligtum. Wie riesige Kerzenleuchter ragen die zwölf Minarette in den Himmel. Die ganze Moschee scheint zwischen Himmel und Erde zu schweben, als wäre sie an den Spitzen der Kuppeln und der Türme am Himmelsdach aufgehängt. Der ganze Vorplatz ist gefliest und gekachelt und wird ständig mit Wasser besprüht, so daß es für unsere Füße eine Wohltat ist, die Sandalen auszuziehen und barfuß zum Abendgebet in die Prophetenmoschee zu gehen. Die Atmosphäre in Medina ist gänzlich anders als in Mekka. Obwohl hier nicht weniger Gläubige versammelt sind, ist nirgendwo etwas von Hektik, Gedränge oder Ungeduld zu spüren. Die Pilger bewegen sich voll innerer Ruhe, wirken gelassen, in sich gekehrt.

Medina, das ist der Ort des Propheten. Die Moschee ist geprägt von seiner geistigen Gegenwart. Die weiten Hallen des Gotteshauses bergen nicht nur das Grab des Propheten und die Gräber seiner engsten Gefährten, sondern auch die Maksura, die Hütte Aischas, und den Garten Fatimas mit dem Brunnen des Propheten. Diese kleine, familiär, nachbarschaftlich und dörflich geprägte Welt war Mohammeds irdisches Zuhause. Hier hat er Gottes Offenbarungen empfangen, hier hat er sich mit seinen Glaubensgeschwistern beraten, hier hat er seine Gäste bewirtet, hier hat er gebetet, geliebt, geschlafen, hier hat er geweint und gelacht, und hier ist er gestorben. Sein guter Geist, seine Friedfertigkeit, sein Gottvertrauen sind hier immer noch präsent. Wer sich in der Moschee zum Gebet niederläßt, der spürt, daß Mohammed irgendwo vor ihm, hinter ihm oder in der Gebetsreihe neben ihm mitbetet und daß sein Gebet durch diese Unterstützung ein besonderes Gewicht erhält. Wir wollen vier Tage in Medina bleiben, aber am Ort des Propheten zählt man die Zeit nicht nach Tagen, sondern nach Gebeten. Wir bleiben also für zwanzig Gebete, fünf an jedem Tag. Das ist das Minimum für einen Hadschi. Andere verrichten vierzig, hundert oder tausend Gebete. Das Beten in der großen Moschee wird dem Frommen leicht gemacht. Immer wenn ich das Gotteshaus betrete, habe ich das Gefühl, in einen schattigen Wald hineinzugehen. Die Moschee ist angelegt wie ein Dattelpalmenhain. Die vorherrschende Farbe der Marmorsäulen ist Grün, die Säulenkapitelle sind vergoldet und gleichen dadurch den Fruchtbüscheln der Datteln. Die Bögen aus hellem, grün- und blaugesprenkeltem Marmor sind wie gewachsen. Zwischen ihnen fliegen überall Schwalben, Spatzen, Zeisige, Tauben, Weber- und Paradiesvögel, Kolibris, Libellen, Falter, Bienen und Schmetterlinge hin und her. Auf dem Boden schleichen sich Katzen durch die Reihen der Betenden. Sie sind wohlgenährt, so daß ich vermute, daß sie keine armen Moscheemäuse jagen müssen, sondern von den Pilgern mitversorgt werden. Mancher Gläubige scheint hier den ganzen Tag zu verbringen und hat um seinen Gebets- und Ruheplatz ein kleines Vorratslager an Eß- und Trinkbarem angelegt. Wenn es Abend wird oder wenn einmal Wolken aufziehen sollten, dann öffnen sich die beweglichen, von Bodo Rasch entwickelten Kuppeln der Moschee und sorgen für zusätzliche Lüftung. Wenn die Sonne hoch steht, dann werden die Dächer hydraulisch geschlossen. Beugt man sich nieder, dann spürt man, daß der Marmorboden der Moschee angenehm kühl ist. Unter dem Boden fließt beständig frisches Wasser. Man hört es flüstern, glucksen und schluchzen. An einigen Stellen tritt das kühlende Brunnenwasser sogar offen zutage. So entsteht der Eindruck eines paradiesischen Gartens, durch den, wie es im Koran heißt, Ströme lebenstiftenden Wassers fließen.

Der Aufenthalt in der Moschee des Propheten ist zu allen Tag- und Nachtzeiten ein reines Vergnügen. Zum Abendgebet öffnen sich die Kuppeldächer, und man sieht nach und nach den Mond, die Sterne und die Milchstraße aufleuchten. Die Gebetszeiten folgen dem natürlichen Tag- und Nachtrhythmus, sie sind eingestellt auf unsere innere Uhr. Mit den Tagen entsteht bei mir ein ganz neues, viel entspannteres Zeitgefühl. Ich gucke nicht mehr ständig auf die Uhr, schon, weil es sie nirgends gibt, ich stehe nicht mehr ständig unter Hochleistungsstrom. Es gibt offensichtlich so etwas wie eine innere Zeit, die unabhängig ist vom äußeren Zeitdruck. Sie folgt dem natürlichen Rhythmus der Tageszeiten von Abend bis Morgen, von Morgen bis Abend. Sie hat ein anderes Maß als zu Haus, wo es heißt, Zeit ist Geld. Allmählich wird mir klar, daß es bei der uns auf Erden gegebenen Zeit nicht auf die Länge, sondern auf das Gewicht ankommt. Am Ende unserer Tage wird Gott unsere Zeit nicht messen, sondern wägen. Ich höre nicht nur auf den Ruf des Muezzins, sondern folge meinem natürlichen Bedürfnis, wenn ich mich vor Gott stelle, mich vor ihm verbeuge, auf die Knie sinke, zu Boden werfe und wieder aufrichte. Mein Gebet ist keine Anstrengung, keine Pflicht, kein Verzicht. Es ist wie das Pulsieren meines Herzens. Ich fühle, wie mein Zentralorgan das Blut durch meine Adern pumpt und mich dadurch immer wieder neu belebt. Positive Energien durchfließen mich, ich spüre einen Hauch von Zuwendung und Zärtlichkeit, ich genieße Gottes Streicheleinheiten. Ich bete nicht allein, nicht für mich. Ich spüre, Gott selbst betet mit mir, in mir und durch mich. Meine Bewegungen im Gebet sind nichts anderes als die Atemzüge seiner Schöpfung. Meine Seele holt Luft, versenkt sich in Gott, wird eins mit der Bewegung des Lebens. Anders als in Mekka wird in Medina nicht sosehr auf Disziplin geachtet. Vor und in der Moschee geht es locker zu. Zwar sind die

Eingänge zur linken Seite für die Frauen und die zur rechten für die Männer gedacht, aber im Inneren mischen sich die Geschlechter, vor allem vor der Maksura, der alle möglichst nahe kommen wollen. Viele Frauen und Mädchen sind festlich und farbenfroh gekleidet. Sie tragen die buntesten und verschiedensten Kopftücher und scheinen weithin die Szene zu beherrschen. Sie wirken stolz und selbstbewußt, so wie die Frauen im Umkreis des Propheten, die dem Islam zumindest in seiner Anfangsphase das Gepräge gegeben haben.

Die Männer tragen durchweg Bärte, dicke oder dünne, lange oder kurze, wilde und frisierte, lockige oder glatte, schwarze, graue oder weiße Bärte, Bärte wie Che Guevara oder Ho Chi Minh, Marx oder Solschenizyn, wie Rübezahl oder der Weihnachtsmann. Als Bartloser errege ich Argwohn oder Mitleid. Zwei englisch radebrechende Pilger nehmen mich ins Visier und stellen mich zur Rede. Wo ist dein Bauch? fragen sie zuerst. Kein Bauch, gebe ich zu Protokoll. Wo ist dein Bart? Ich schüttle den Kopf. Einer greift mir an die Stirn. Keine Gebetsschwielen, stellt er mißbilligend fest. Betest du nicht? fragt er, und sein Begleiter setzt nach: Bist du Amerikaner? Ich verneine. Aber die beiden Männer glauben mir nicht. Sie schleifen mich zum Wachtposten. Der prüft meinen Pilgerchip und stellt fest, ich bin ein Deutscher. Alman. Alman, rufen die Männer, die mich gerade zur Polizei geschleift haben, Alman, rufen sie und umarmen mich stürmisch, als wäre ich der Kalif persönlich. Später frage ich meine Pilgergefährten, warum ein Mann unbedingt einen Bart brauche. Die Antwort ist klar: Weil die Engel dich an deinem Bart ins Paradies schleppen. Und die Frauen, frage ich, wie kommen die ins Paradies? Die werden an der Stirnlocke gezogen. Und warum, möchte ich von den Experten in meiner Runde wissen, braucht man einen Bauch? Die Antwort weiß allein Mahbabul: Damit die Würmer im Grab auch ihr Fett wegbekommen!

Die friedliche und meditative Atmosphäre bleibt nicht auf die Moschee beschränkt. Ganz Medina atmet den Geist des Propheten und seiner Gefährten. Die Stadt Mohammeds ist mittlerweile autofrei. Der Verkehr wurde unter die Erde verlagert. Unterhalb der großen Moschee befindet sich ein großer Busbahnhof, der von einem deutschen Firmenkonsortium unter Führung von Rheinstahl in Zusammenarbeit mit dem saudischen Bin-Laden-Baukonzern errichtet wurde. Unterhalb des Stadtgebiets verkehren die Busse kostenlos. Am Nordrand der Stadt stehen immer noch Reste von der Endstation der Bagdadbahn, die deutsche Ingenieure vor dem Ersten Weltkrieg von Istanbul aus quer durch die arabische Wüste bis hierhin gebaut haben. Sie wurde im Krieg von den Engländern und den aufständischen Arabern zerstört. Hätten die Europäer sich nicht in zwei barbarischen Weltkriegen selbst zerfleischt und sich selbst um den Rest ihres moralischen Kredits gebracht, dann wäre es heute vielleicht möglich gewesen, von Deutschland aus mit dem Zug zur Hadsch zu reisen. Der Kampf der Kulturen hätte dann vermutlich auch nicht stattgefunden.

Große Teile des Bodens sind mit Fliesen und Kacheln bedeckt. Sie sind so sauber und blank geputzt, daß man sich überall hinsetzen kann. Allerorten finden kleine Basare, Flohmärkte und Tauschbörsen statt, denn vor allem die Pilger aus den ärmeren Ländern Afrikas und Asiens haben Produkte und Schätze aus ihrer Heimat mitgebracht, um von dem Erlös ihre Wallfahrt zu finanzieren. Allerorten werden Edelsteine angeboten, die gegen den bösen Blick, gegen Kinderlosigkeit und gegen allerhand Krankheiten helfen sollen. Anderswo werden auf bunten Decken ganze Apotheken ausgebreitet: Pillen, Pulver, Krümel, Beeren und Samen gegen die verschiedensten Gebrechen, gegen Impotenz ebenso wie gegen weibliche Unfruchtbarkeit. Es gibt tausend verschiedene Kräutertees, Alraunen, Ingwerwurzeln, getrocknete Mangos und jede Menge Mesfak, kleine Kräuterbüschel zum Zähneputzen nach der Methode des Propheten. Aber ebenso selbstverständlich kann man auch die modernsten Elektro- und Elektronikgeräte aus Fernost kaufen, gegen Dollar, versteht sich. An Banken und Wechselstuben fehlt es nicht. Auch die Deutsche Bank ist vor Ort.

Der liebste Ort außerhalb der Moschee ist für mich der Dattelmarkt, nur ein paar Dattelkernspuckweiten entfernt von der Prophetenmoschee. Umfriedet von paradiesisch duftenden Jelängerjelieberspalieren, beschirmt von blaublumigen Jakarandabäumen, von zartrosa schimmernden Bougainvilleabüschen und mit Früchten überladenen Papayastauden, bietet er eine grenzenlose Fülle von Dattelfrüchten feil, reife und weniger reife, lange und schlanke, dicke und dünne, flache und rundliche, geriffelte und glattpolierte, honigfarbene, rötliche, auberginenbläuliche, ockergetönte, goldgelbe und tief dunkelbraune Datteln. Jeder Händler bietet kostenlose Probehäppchen und serviert dazu duftenden Pfefferminztee. Die

Menschen hocken auf dem Boden, kauen, spucken, reden, beten, lachen, beten, reden, spucken und kauen, als gäbe es nichts anderes auf der Welt. Vielleicht hat es hier zu Zeiten des Propheten nicht so sehr viel anders ausgesehen, nicht so sehr viel anders gerochen, nicht so sehr viel anders geklungen als heute. Am Rande des Dattelmarktes bestaunte ich einen Obst- und Gemüsekiosk, in dem nur die Früchte angeboten werden, die im Koran vorkommen: Datteln, Feigen, Nüsse, Trauben, Granatäpfel, Melonen, Maulbeeren, Äpfel, Affenbrotfrüchte, Bananen, Zwiebeln, Gurken, Ingwer, Oliven, Kürbisse, Knoblauch, Linsen, Weizen, Weihrauch und Manna. Dazu Honig in allen Farben, Festigkeitsgraden und Duftnoten. Der Händler präsentierte sich mit einem passenden Logo. Es stellte, der 16. Sure, „die Bienen", entsprechend, einen von honigbringenden Bienen umschwärmten Bienenkorb dar und glich damit auf verblüffende Weise dem Siegel meiner 1765 zur Zeit der Aufklärung gegründeten Hamburger Patriotischen Gesellschaft.

Der clevere Kioskbetreiber geht offenkundig mit der Zeit. Unter dem Tisch verkauft er klammheimlich amerikanisches „Teufelszeug", Cola, selbstverständlich eisgekühlt. Ich wage zu fragen, ob Coca-Cola auch im Koran vorkommt. Der schlaue Händler ist nicht auf den Mund gefallen. Er erzählt mir in gebrochenem Englisch von der Quelle Salsabil, die im Paradies entspringt. Sie soll einen erfrischenden Trank spenden, der weder einen Rausch verursacht noch Kopfschmerzen bereitet.

Und damit ist Coca-Cola gemeint?

Warum nicht? meint der clevere Koraninterpret. Er reicht mir ein Glas eisgekühlter Cola, und all meinen verflossenen Polemiken gegen die Coca-Kolonisierung der Kultur zum Trotz muß ich zugeben: Dieser Trank erfrischt Leib und Seele.

Die Kioske sind von Neugierigen umlagert, und es ist nicht immer leicht, einen Platz zum Ausruhen zu finden. Endlich finde ich eine Lücke, um mich im Schneidersitz niederzulassen. Neben mir hockt ein Kamel. Es zeigt mir zunächst die kalte Schulter, findet mit der Zeit aber doch Interesse an mir. Es beschnuppert mich und beginnt schließlich, mit seinen gebleckten Zähnen an meinem Haar zu zupfen, als wäre es Gras. Es ist ein weißes Kamel, es spuckt nicht und riecht nicht aus dem Maul, sondern verströmt einen leicht süßlichen Moschusduft. Über den Augen hat es schwarze Wimpern. Es scheint mich irgendwie zu mögen. Warum? frage ich den Kamelhalter. Wegen deiner blonden Haare, bekomme ich zur Antwort, es denkt, du wärst auch eine Art weißes Kamel.

Wie stellt sich der gläubige Muslim das Paradies vor? Ein Garten ist unabdingbar, Blumen, Früchte und sanfte Tiere, Bäche und Brunnen gehören dazu, aber auch Gesprächspartner beiderlei Geschlechts, mit denen sich die Bewohner des Himmels in entspannter Atmosphäre über Gott und vielleicht auch über die hinter ihnen liegende Welt austauschen. Einige dieser Voraussetzungen sind in Medina schon heute gegeben. Dazu gehört die Möglichkeit der Kommunikation mit Gleichgesinnten aus den verschiedensten Erdteilen. Zwischen den Gebetszeiten verabrede ich mich mit den Mitgliedern unserer Delegation zu kleinen Teegesprächen oder Spaziergängen. Einer meiner sympathischsten Gesprächspartner ist in meinen Augen Raschid, der im Vergleich zu mir armem Schlucker geradezu von einem anderen Stern stammt. Bei unserer ersten Vorstellung hatte er nur seinen Namen, seinen Beruf, Reporter, und sein Herkunftsland, Oman, genannt. Dabei hatte er verschwiegen, daß sein Vater kein Geringerer als der regierende Sultan des Landes war. Ich staune über seine Bescheidenheit, die nicht gespielt ist. Er macht auch im persönlichen Gespräch kein Aufhebens wegen seiner Abkunft und ist auch nur sehr zögernd bereit, über einzelne Stationen seines Lebensweges zu berichten. Nach einer Kindheit in märchenhaftem Reichtum hat ihn sein Vater zum Studium an die Harvard-Universität in den USA geschickt. Dort hat er Jura, politische Wissenschaften und Medienkunde studiert und zugleich versucht, seine Allgemeinbildung zu erweitern. Er hat sogar eine Vorlesung von Annemarie Schimmel zur indopakistanischen Mystik gehört und erzählte mir begeistert, daß er einmal von ihr zum Essen eingeladen war. Er war ein wenig überrascht, daß die verehrte Professorin bei dieser Gelegenheit für sich ein Glas Wein bestellt habe. Ein anderer Student wollte von ihr wissen, warum sie Wein trinke, und sie habe lächelnd geantwortet: Wenn ich schon auf einen Mann an meiner Seite verzichte, dann erlauben Sie mir bitte ab und zu ein Gläschen!

Wir sind wahrlich eine buntgemischte Pilgertruppe vor Allah. Am meisten in Erstaunen versetzt hat mich unser „russischer" Pilgergefährte Ruslan. Er ist in Wahrheit kein Russe, sondern Tartare, und kommt aus Kasan, der Hauptstadt der Autonomen Republik Tatarstan. Die Verständigung mit ihm ist schwierig. Er spricht weder Englisch noch Arabisch und sucht deshalb gern meine Nähe, weil ich aus meiner kommunistischen Periode noch ein paar Brocken Russisch im Hinterkopf behalten habe. Ich war tief im Gebet versunken, als er mir mitten in der Prophetenmoschee nicht gerade zartfühlend auf die Schulter klopfte. Es dauerte eine ganze Weile, bis ich verstanden hatte, was er von mir wollte. Er bat mich hinter vorgehaltener Hand, ihm den Wortlaut der islamischen Ritualgebete beizubringen. Er nahm einen Spickzettel und notierte darauf in kyrillischen Buchstaben den ungefähren Wortlaut der Gebete, die er fortan fünfmal am Tag sprechen wollte. Er beichtete mir, er habe die Einladung zur Hadsch nicht um des Glaubens willen angenommen, sondern aus purer Neugier und Abenteuerlust. Aber er habe jetzt begriffen, daß der Islam für ihn eine gute Sache sein könne.

Ein anderes Mitglied unserer auserwählten Pilgerschar hatte nicht in Harvard und nicht in Kasan, sondern ausgerechnet in Leipzig studiert. Ich bin sehr überrascht, als mir der Bruder Aliakhbar plötzlich beide Hände reicht und mich mit „Wie geht's?“ begrüßt. Du sprichst Deutsch? frage ich neugierig. Warst du in Deutschland? Ich war mehr als sechs Jahre in Leipzig, antwortet mein Pilgergefährte mit unverkennbar sächsischem Unterton. Ich habe am Herder-Institut Deutsch gelernt und danach an der Universität Journalismus und Politik studiert.

Du warst Kommunist?

Was für eine Frage! antwortet mein Pilgergefährte.

Ja und nein. In der DDR wurde ich als Nationalrevolutionär eingestuft. Ich habe zwar Vorlesungen in Marxismus-Leninismus besucht, aber viel interessanter waren für mich die Seminare über arabische Geschichte, Kultur und Philosophie. Da gab es gute

Leute, von denen ich eine Menge gelernt habe. Mein Glaubensbruder findet so viel Freude daran, mir seine deutschen Sprachkenntnisse vorzuführen – Lessings Ringparabel kennt er immer noch auswendig – und seine Erinnerungen aus seinen Lehrjahren in der DDR vor mir auszubreiten, daß ich gar nicht dazu komme, ihn zu fragen, woher er eigentlich kommt.

Ich erfahre es erst auf dem Weg zum Abendgebet. Aliakhbar kommt aus dem Jemen, aus einem Land, das wie Deutschland bis vor wenigen Jahren zweigeteilt war, in eine ärmere Volksrepublik und in einen etwas reicheren Feudalstaat. Nach dem Zusammenbruch des kommunistischen Blocks wurden beide Staaten wiedervereinigt, nicht dadurch, daß der eine Landesteil den anderen vereinnahmte, sondern dadurch, daß beide Regime ihre staatlichen Einrichtungen zusammenlegten. Aliakhbar stammte aus der Volksrepublik und wurde von der Regierung seines Landes zum Studium in die DDR delegiert. Nach seiner Rückkehr arbeitete er in der staatlichen Verwaltung als Koordinator für die Rundfunk- und Fernsehstationen in seinem Heimatland.

Wurdest du entlassen, als Jemen wiedervereinigt wurde?

Nein, ich hab meine Stelle behalten. Wir haben die beiden Verwaltungen einfach zusammengelegt, und ich habe die Arbeit zusammen mit meinem Kollegen aus dem anderen Teil Jemens gemacht.

Was tust du jetzt? frage ich, als wir schon den Eingang zur Prophetenmoschee erreicht haben.

Ich bin Informationsminister.

Von ganz Jemen? will ich wissen.

Vom ganzen wiedervereinigten Jemen.

22. Station

Arafat

Die Tage des Gebetes und des Gesprächs, der Andacht und der Einkehr, der Besinnung und der Begegnung sind nur eine kurze Rast vor dem Aufbruch zum zweiten, dem bedeutenderen und ungleich anstrengenderen Abschnitt der Pilgerfahrt. In aller Herrgottsfrühe, gleich nach dem Morgengebet, brechen wir von Medina auf. Unser Ziel ist nicht Mekka, ist nicht die Kaaba, wir fahren über Mekka hinaus nach Arafat. Sich auf den Weg zur Kaaba zu machen bedeutet noch keine Hadsch. Hadsch heißt nicht, zur Kaaba zu fahren, sondern, sie zu verlassen. Das eigentliche Ritual beginnt erst jenseits der Kaaba. In der Kaaba hast du höchstens zu dir selbst gefunden, jetzt geht es darum, Gott zu finden. Du pilgerst nicht mehr zum Haus Gottes, sondern zu seinem Besitzer. Die Kaaba war nur eine Zwischenstation, sie diente dazu, dir den Weg zu weisen, den Weg, der über dich selbst hinaus, zu Gott, führt. In der Oase Kuba erreichen wir die Grenze zum Heiligen Bezirk. Dort steht eine uralte Moschee, die schon zur Zeit des Propheten erbaut wurde. Sie ähnelt mit ihrem spiralförmigen äußeren Aufgang zum Minarett den altüberlieferten Darstellungen des Turmbaus zu Babel. Unterhalb der Moschee lassen wir unseren Bus und all unser Gepäck zurück. Jetzt heißt es, sich umzuziehen, so gründlich, wie du es noch nie vorher in deinem Leben getan hast. Du wäschst dich noch einmal von Kopf bis Fuß – es stehen genügend Duschen bereit –, und dann legst du dein Pilgerkleid an, deinen Ihram. Dein Ihram ist nichts anderes als dein Totenhemd. Du wirst ihn spätestens dann wieder tragen, wenn man dich ins Grab legt. Er besteht aus zwei ungenähten weißen Tüchern. Das eine bindest du dir um die Hüften, das andere legst du dir um die rechte Schulter, so daß die linke Brust frei bleibt. Dein Pilgergewand ist schlicht und ungemustert, ohne Hinweis auf deine Person und ohne daß du dich von anderen Pilgern unterscheidest. Es ist den Gewändern deiner Weggefährten zum Verwechseln ähnlich. Es dauert seine Zeit, bis ich die ungewohnten Kleidungsstücke (sie sind made in China) festgezurrt habe. Schließlich kommt mir Mahbabul zur Hilfe und bindet mir auf dem Rücken einen festen Knoten. Das ist notwendig, weil ich im Gegensatz zu den meisten Mitpilgern nicht einmal den Ansatz eines Bauches habe, der das Herunterrutschen verhindert. Dieser Kleiderwechsel macht aus dir einen anderen. Er verwandelt dich von Grund auf. Auch wenn du dich noch so bescheiden gekleidet hast, so war deine Kleidung doch eine Täuschung, eine Verhüllung der bloßen Wahrheit. Kleider sind Statussymbole. Sie verschleiern, sie täuschen vor und geben dir eine bestimmte Stellung innerhalb der Gesellschaft. Was du auf deinem Körper trägst, Farbe, Form und Qualität, hebt dein Ich hervor. Diese Ich-Bezogenheit trennt dich von all den anderen Menschen um dich herum. Mit dem Ich wird nicht der Mensch in dir herausgestellt, sondern deine Gruppe, deine Klasse, deine Herkunft, deine Zugehörigkeit, dein sozialer Rang und dein Ansehen. Die Kinder Adams sind beileibe nicht eines Wesens. Sie sind getrennt in Herrscher und Knechte, in Arme und Reiche, in Ausbeuter und Ausgebeutete, in Arbeitsplatzbesitzer und Arbeitslose, in Betrüger und Betrogene, in Starke und Schwache, in Weiße und Schwarze, Glückliche und Unglückliche, in Abend- und Morgenländer. Seit Eva und Adam die Weisung erhielten, ihre Scham zu bedecken, haben ihre Nachkommen die Kleidung dazu benutzt, um sich voneinander zu unterscheiden, um sich voneinander abzugrenzen und um Rangunterschiede kenntlich zu machen. Doch wenn du dich in deinen weißen Ihram hüllst, dann umgibt dich dein Leichentuch. Es akzeptiert keine Unterschiede und hat keine Löcher und Taschen, in denen du deine Schätze verstecken kannst. Du streifst das Ich von dir ab wie die Schlange ihre Haut, du wirst ein Strohhalm im Getreidemeer, du wirst ein Tropfen im Ozean. Du wirst zu einem Wesen, das seine Sterblichkeit spürt und sich seiner Sterblichkeit bewußt wird. Du lernst zu sterben, bevor du stirbst. Du mußt all deine Egos begraben, du mußt dein Selbst beerdigen, du mußt zu deinem eigenen Grab pilgern. Die Szene erinnert an den Tag des Gerichts. Überall, so weit das Auge reicht, bewegt sich ein Strom von Menschen in weißen Totengewändern. Keiner erkennt den anderen, keiner findet sich selbst wieder. Du hast dein

Ich zusammen mit den Altkleidern abgelegt. Alle Pilger sind Sinnbilder der auferstandenen Seelen, die keine Klassen-, Rassen- und Standesunterschiede mehr kennen. Jeder bewegt sich wie ein winziges Teilchen in einem Magnetfeld, dessen Anziehungskraft von Gott ausgeht. Alle Pilger verschmelzen in der Wüste zu einem Volk Gottes. Du streifst deine Unarten ab. Du begräbst deine Ego-Identität und wirst Teil der Glaubensgemeinschaft, der Ummah. Du wirst deinem Bruder ähnlich. Der Fremde ist dein Freund, der Unbekannte dein Verwandter. Jeder kann die Sandalen des anderen tragen, jeder Ihram kann deiner sein.

Ihram heißt verbieten. Wenn du dein Pilgergewand trägst, ist es dir verboten, in den Spiegel zu schauen, damit du dein Bildnis nicht siehst und vergißt, daß es dich gibt. Es ist dir nicht erlaubt, ein Parfüm zu benutzen, weil deine Sinne nur für den Wohlgeruch der Liebe empfänglich sein sollen. Du darfst keine Befehle erteilen, denn im geweihten Bereich des Miquat gelten allein die Gebote der Gleichheit. Du darfst kein Tier quälen, auch nicht das kleinste Insekt, und sollst dich sanft verhalten wie Jesus. Du darfst keine Pflanze beschädigen und nicht auf die Jagd gehen, um die Grausamkeit in dir zu besiegen. Du darfst nicht fluchen, schimpfen oder böse Worte in den Mund nehmen. Du darfst nicht rauchen oder irgendwelche anderen Drogen zu dir nehmen. Du darfst keine Waffe tragen und kein eigenes, noch fremdes Blut vergießen. Du darfst dir nicht einmal die Haare, den Bart oder die Nägel schneiden, weil du dazu einen scharfen Gegenstand benutzen müßtest. Du darfst kein festes Schuhwerk tragen, sondern nur einfachste Sandalen.

Die Riten, Regeln und Regularien der Wallfahrt werden den Pilgern auf arabisch, persisch, urdu, indonesisch, türkisch und englisch erläutert. In einem vielstimmigen Chor rufen wir mit vereinten Kräften: Labbaika! Hier bin ich! Ich bin bereit! Gott hat dich gerufen, du bist seinem Ruf in die Wüste gefolgt und antwortest ihm: Labbaika! Mein Schöpfer und Erhalter, hier bin ich. Nur Dir gebührt das Lob, von Dir kommt die Barmherzigkeit, und Dir gebührt das Reich. Du hast keinen Teilhaber. Hier bin ich!

Zur Mittagsstunde, rechtzeitig zum Gebet, erreichen wir unser Etappenziel Arafat. Das Sonnenlicht fällt senkrecht von oben auf uns herab. Es ist reines Himmelslicht. Es gibt keinen Schatten, keine Perspektiven, die Szene ist ganz ausgeleuchtet wie auf den Heiligenbildern der Alten Meister. Arafat ist der Ort, der am weitesten von der Kaaba entfernt ist. Es ist eine staubtrockene Ebene, bedeckt von graugetönten Sanddünen. In der Mitte steht der Fels Jabal al-Rahman, der Gnadenberg, von dem herab der Prophet seine Abschiedspredigt an seine Gefährten gehalten hat. Aber es hat mit diesem denkwürdigen Ort noch eine andere Bewandtnis. Arafat heißt erkennen, wiedererkennen. Hier haben sich Adam und Eva nach der Vertreibung aus dem Paradies wiedererkannt und haben sich von hier aus gemeinsam auf den Weg der Erkenntnis gemacht. Auf diesem Weg sind wir vielleicht ein paar winzige Schritte vorangekommen, aber wir sind immer noch ganz am Anfang. Das Affentheater unserer Menschwerdung hat gerade erst begonnen. Wir sind unseren animalischen Vorfahren nur wenige Entwicklungsschritte voraus. Gottes Evolution hat noch eine Menge mit uns vor.

Unsere Kinder und Kindeskinder werden ferne Sterne besiedeln und das Universum mit Lichtgeschwindigkeit durchstreifen. Vielleicht werden sie die Erde ganz und gar verlassen – und doch als Pilger immer wieder an den Ort zurückkehren, an dem die Reise begonnen hat, zu der sie Gott in die Welt hinausgesandt hat.

Nach islamischer Auslegung der Schöpfungsmythen hat es im Paradies keinen Sündenfall gegeben. Es war nicht Eva, die Adam verführte, und am Baum der Erkenntnis wuchs keine verbotene Frucht. Der Garten Eden unserer Ureltern war nicht das gelobte Land, sondern nur das Paradies auf Erden. Es war ein Garten mit üppigem Pflanzenwuchs, in dem die ersten Menschen ohne Arbeit und Verantwortung aßen, tranken und sich vergnügten, bis sie den Versuchungen von Iblis, dem einzigen Engel, der sich geweigert hatte, sich vor ihnen zu verneigen, ausgesetzt waren. Adam wurde von Iblis dazu überredet, seine Grenzen zu überschreiten, und wurde daraufhin zu Not und Verbannung in der Fremde verurteilt. Seither sind wir hier auf Erden nur Gäste und Fremdlinge und verspüren in uns eine unstillbare Sehnsucht, in die Arme Gottes zurückzukehren. Der Aufenthalt in Arafat führt uns unsere eigene Schöpfungsgeschichte vor Augen. Er versinnbildlicht uns unsere Trennung von Gott, unsere Verbannung in das irdische Jammertal und unsere schließliche Entscheidung zur Umkehr.

Die Wiederbegegnung von Adam und Eva in Arafat symbolisiert den Beginn des Menschenlebens auf der Erde. Er ist verbunden mit der Entdeckung der Vernunft, mit der Befreiung vom Zwang der Natur, mit der gegenseitigen Wahrnehmung der Menschen und mit der ersten Regung der Liebe zwischen Adam und Eva, mit der Erkundung der Schöpfung im Licht der Sonne.

Arafat ist ein seltsamer Ort, eine Stadt auf Wanderschaft. Innerhalb eines Tages wächst sie aus den Sanddünen. Nach dem Abendgebet verschwindet sie wieder. Eine Vielvölkerstadt ohne Führung, ein Staatenbund ohne Grenzen, weiße Zelte, die sich von einem Horizont zum anderen ziehen, eine Karawane, die einen halben Tag Rast macht auf dem Weg zu Gott. Früher war der Tag des Aufenthaltes in Arafat bestimmt für das Tränken der Tiere, sowohl der Opfertiere als auch der Last- und Reittiere. Jetzt bist du frei von solchen Aufgaben. Du kannst eintauchen in das uferlose Meer der Menschen.

Der Anblick ist feierlich. Als es mir gelingt, nach dem Nachmittagsgebet wenigstens ein paar Meter den von Pilgern übersäten Gnadenberg hinaufzuklettern, kommt es mir vor, als habe es mitten in der heißen Wüste geschneit. Die Pilger wohnen in weißen Zelten, sie tragen weiße Gewänder, und die Frauen schützen sich mit weißen Schirmen gegen die Sonne. Es sieht aus, als werde überall ringsum Hochzeit gefeiert. Dazu kommt das fast platinweiße Licht, das der Landschaft so etwas wie einen Heiligenschein verleiht. Plötzlich weichen alle Umstehenden zur Seite. Ein knallroter Skorpion krabbelt auf seinen schwarzen Stelzbeinen aus seiner Höhle hervor und genießt ganz offensichtlich seinen großen Auftritt. Heute lassen ihm die Menschen den Vortritt und geben ihm den Weg durch sein Revier frei. An anderer Stelle haben die Pilger einer Ameisenstraße Platz gemacht, die sich quer durch die Niederung schlängelt. Die Geschwisterlichkeit der Kinder Gottes ist nur dann vollständig, wenn wir darin alle Lebewesen einschließen. Jedes lebendige Wesen ist wie ich und hat Angst davor, gequält und getötet zu werden. Es strebt danach, glücklich zu sein. Alle Lebewesen sind gleichrangig, vor Gott bilden alle Tierarten eine eigene Ummah, heißt es im Koran.

Der Tag geht zur Neige. Das Licht fließt jetzt wie flüssiges Gold über die glühenden Steine. Die Pilger haben es plötzlich eilig. Sie folgen augenblicklich dem Aufruf zum Gebet, ziehen das Abend- und Nachtgebet zusammen und verrichten beide Gebete in der für Reisende verkürzten Fassung. Danach setzt der große Aufbruch ein. Eine ganze Stadt, eine Millionenstadt, so groß wie Hamburg, begibt sich auf die Wanderschaft. Alles, was Räder hat, kleine und große Busse, Lastwagen, Lieferwagen, Privatautos, vollgepackt mit zehn oder zwölf Pilgerinnen und Pilgern, versuchen, sich auf den Weg zu machen. Es geht westwärts, der untergegangenen Sonne nach, durch ein enges, steiniges Tal, in dem sich die Hitze des Tages staut, Richtung Muzdalifah. Bei Licht besehen, ist die Strecke nur zwölf Kilometer lang, aber in der Nacht, im Gedränge von Hunderttausenden vorwärtseilenden und -stoßenden Pilgern, wird der Weg zur Qual. Ich bin zunächst zusammen mit den meisten Mitgliedern unserer Delegation in einen Bus gestiegen, aber als der Bus nach Stunden des Wartens kaum vom Fleck gekommen war, habe ich mich an Mohammeds Zeigestock geheftet und versucht, zu Fuß das Ziel der nächtlichen Pilgerfahrt zu erreichen. Pilgern heißt schließlich nichts anderes als mit den Füßen beten.Wir haben es zu guter Letzt geschafft, Hand in Hand, Arm in Arm, Schulter an Schulter. Wenn wir zu müde waren, dann haben wir uns, sofern wir Platz gefunden haben, flach auf den Boden gelegt und uns den Nachthimmel von ganz unten angeschaut. Der Himmel über der Wüste ist nicht starr, er bewegt sich auf geordneten Bahnen. Die Sterne sind zum Greifen nah. Sie hängen wie Lichterketten vom Himmel herab: Sie leuchten wie Gold auf Lapislazuli. Man sieht die Himmelslichter gleichsam plastisch. Man kann sie nach ihrer Größe, ihrer Nähe und Ferne im Universum unterscheiden. Das Himmelszelt wölbt sich zu einer mächtigen Kuppel, die übersät ist mit den Schriftzeichen der Sternbilder. Gottes kosmische Botschaft an uns Erdlinge. Die Erde wird zum Raumschiff, das von seinem Schöpfer auf eine Reise durch Zeit und Raum entsandt wurde. Die Planeten ziehen ihre Bahn, die Fixsterne wandeln ihre Helligkeit, auf der Milchstraße herrscht lebhafter Verkehr. Sterne verglühen, neue werden geboren, schwarze Löcher tun sich auf. Der Mond klettert über den Horizont. Man sieht zuerst nicht mehr als einen hellen Tellerrand, dann die obere Hälfte des jetzt zu mehr als Dreiviertel vollen Mondes und schließlich seinen goldenen Teller fast in Gänze. So habe ich noch nie den Mond aufgehen sehen. Wie von selbst kommt mir das Lieblingslied aus meiner Kindheit über die Lippen, Claudius' unvergleichliches Loblied auf den Mond: „Seht Ihr den Mond dort stehen? / Er ist nur halb zu sehen / und ist doch rund und schön ..." Mit diesem Lied hat es eine besondere Bewandtnis. Es gleicht in seinen Bildern und Zeichen einem uralten arabischen Volkslied, jenem Hymnus, mit dem der Legende nach die Bewohner von Medina den Propheten bei seinem Einzug in die Stadt begrüßt haben. Gott, sagt der Koran immer wieder, sendet Euch seine Zeichen, um Euch Euren Weg zu zeigen. Zu den vielen Wegzeichen, die Gott mir auf meinem Lebensweg gesandt hat, gehört unzweifelhaft das Leitgestirn des Mondes.

Das Flutlicht des Mondes in der zweiten Hälfte der Nacht erleichtert uns die Erledigung der wichtigsten Aufgabe auf diesem Streckenabschnitt. Auf dem Schotterfeld von Muzdalifah gilt es, mindestens 49 Steine zu sammeln, Steine, die wenigstens so groß wie eine Pistazie, aber nicht größer als eine Walnuß sein sollten, Steine, die geeignet sind, um als Munition gezielt auf die drei Teufel gefeuert zu werden, die in Mina auf die Pilger warten. Obwohl schon Abermillionen hier ihre Wurfgeschosse eingesammelt haben, herrscht an Steinen keinerlei Mangel. Im Schein des Mondes und der Lampions glitzern sie nicht nur, sie fluoreszieren, phosphoreszieren und lumineszieren in tausend Farbsplittern. Aus der Fülle der Kieselsteine die richtigen zu finden mag noch leicht sein. Viel schwieriger ist es, in der Menge der Steinesucher die Helfer ausfindig zu machen, die jene Jutesäckchen bereithalten, in denen du deine Kollektion zum Ziel tragen kannst. Sonst bleibt dir nichts anderes übrig, als in deinen Ihram einen Beutel zu knoten. Keine Hand ist groß genug, um 49 Steine auf einmal greifen und tragen zu können.

Die Nacht ist lang, wenn man keinen Schlaf findet und gezwungen ist, rat- und ruhelos weiterzuziehen. Endlich beginnt es zu dämmern. Aber hier in der staubtrockenen Wüste gibt es kein Morgenrot. Statt dessen zeigt sich am östlichen Horizont zuerst ein hauchzartes Hellblau, das sich nach und nach in ein lichtes Grün verwandelt. Es ist das Erlebnis des ersten Schöpfungstages, als Gott sprach: Es werde Licht, und es ward Licht. Die Pilger richten sich auf. Plötzlich ertönen aus allen Richtungen, als ob die Hähne zu krähen begännen, Gebetsrufe. Sie durchbrechen die morgendliche Stille und hallen von den Berghängen wider. Hunderttausende weißgewandete Pilger beugen sich vor und verneigen sich im jungfräulichen Licht des anbrechenden Tages. Auf arabisch heißt dieser Tag das „Fest der Morgenröte".

Der große Augenblick ist gekommen. Die Hadsch nähert sich ihrem Höhepunkt. Es ist der zehnte Tag des Pilgermonats, der Tag des Opferfestes, das zwar von den Muslimen auf der ganzen Welt mitgefeiert, aber nur hier an diesem Ort vollzogen wird. Scharen von Pilgern strömen von überall aus den Tälern und von den Berghängen herbei und schließen sich wie unzählige kleine Bäche, die in einen großen Fluß münden, zusammen. Die endlose weiße Karawane bricht von neuem auf. Wieder geht es nach Westen. Zunächst gilt es, einen Berg hinaufzusteigen, dann, sich durch einen engen Paß hindurchzuzwängen, die Straße von Muhassar. Der Weg bleibt steinig, hart und schmal, und doch beginnen immer mehr Pilger zu rennen. Torschlußpanik kommt auf, doch dann kommt der ganze Menschenstrom noch einmal zum Halten. Vor einer unsichtbaren Linie bleiben alle wie gebannt stehen. Sie warten auf ein neues Startsignal.

Nur die Sonne kann ihnen den Weg freigeben. Solange sie nicht selbst auf der Bühne des großen Festes erschienen ist, stehen die Pilger ungeduldig hinter der unsichtbaren Grenzmauer und warten auf das Startzeichen. Das Morgenlicht hat die Nacht schon aus allen Tälern vertrieben, aber es bleiben noch einige Augenblicke, bis die Sonne im Osten die Bergkette endgültig überwindet. Nirgendwo sonst auf der Erde hat der Sonnenaufgang für eine große Menschenmenge eine solch herausragende Bedeutung. Hunderttausende Augen und Herzen sehnen in erregter Stille ihre ersten Strahlen und das Signal zum Aufbruch herbei. Und plötzlich überflutet das Sonnenlicht die Paßhöhe. Die Sonne klettert strahlend über den Berg. Das ist das Zeichen, auf das alle Pilger gewartet haben. Eine wahre Menschenflut ergießt sich mit Freudengeschrei hinunter ins Tal. Die Grenze von Nacht und Tag, die Grenze zwischen Muzdalifah und Mina, ist überschritten. Den Zeitpunkt des Grenzübertritts hat allein die Sonne bestimmt. Mina und Mekka liegen jetzt vor den Pilgern, Arafat hinter ihnen. Dort ist die Sonne aufgegangen und ergießt ihre Strahlen über das schmale Tal von Mina. Auch die Sonne ist auf der Hadsch. Sie geht in Arafat auf, wandert über Muzdalifah und betritt Mina.

23. Station

Mina

Der sekundengenaue Zeitpunkt des Sonnenaufgangs am zehnten Tag des Pilgermonats gibt den Startschuß zu einem Menschengedränge, dessen Wucht noch weit über das Gerempel beim Umkreisen der Kaaba und beim Hinundherhetzen zwischen den Hügeln al-Sarfa und al-Marwa hinausgeht. Alle wollen nur das eine, sie wollen dem Beispiel Ismails, des um ein Haar von seinem Vater geopferten Abrahamssohns, folgen und – koste es, was es wolle, und sei es das Leben – den Teufel steinigen. Mir war sofort klar: Dies ist der neuralgische Punkt auf der Hadsch. Beim kollektiven Steinwurf auf die Säulen, die die teuflischen Mächte symbolisieren, sind bei den vorangegangenen Wallfahrten Jahr für Jahr Dutzende, ja Hunderte Pilger zu Tode getreten worden. Ich bin erleichtert, als ich sehe, daß dieses Mal offenbar Vorkehrungen getroffen sind, um derartige Katastrophen zu verhindern. Eine dreifach gestaffelte Postenkette bewaffneter Soldaten versucht, den Menschenstrom zu regulieren und wenigstens etwas Ordnung ins allgemeine Chaos zu bringen.

Die drei Steinsäulen sind nicht zu übersehen. Von überall weisen Pfeile auf sie hin, leuchtende Pfeile wie auf der Hamburger Reeperbahn. Auf ihnen steht auf arabisch „schaitan“ und auf englisch „to the devil“. Die Teufelszeichen ragen wie phallische Obelisken über die unübersehbare Menschenmenge und werden von den Gläubigen von drei übereinandergestaffelten Brücken aus attackiert. Beim ersten Anlauf am Morgen des Opferfestes rennen die Pilger mit Absicht an der ersten und an der zweiten Steinnadel vorbei, um dann ihre ganzen Kräfte auf die dritte und mächtigste Steinsäule zu konzentrieren. Ich suche die größten Steine aus meinem Jutesack heraus und halte sie als Linkshänder in meiner Linken bereit, um sie im rechten Moment aufs Ziel zu lenken. Doch sofort werde ich von mehreren Mitpilgern zurechtgestoßen: Nicht mit der linken Hand, versuchen sie mir klarzumachen. Ich versuche, mich zu wehren und zu erklären, warum ich zur linken Hand greife, aber all meine Bemühungen, mich verständlich zu machen, sind umsonst. Als ich schließlich bis vor die Säule vorgerückt bin, versuche ich mein Glück mit der rechten Hand. Aber es will mir nicht gelingen. Von meinen sieben Wurfgeschossen treffen nur zwei die Säule, und sie treffen sie höchstens am Fuß. Die hinter mir warten, schauen mich mißbilligend an. Offenkundig halten sie mich für einen Feigling oder einen Schwächling im Kampf gegen das Böse. Auch wenn ich im Kampf gegen das Böse eine lächerliche Figur mache und im stillen über mich selbst lachen muß, kann ich mich der sinnbildlichen und tiefenpsychologischen Bedeutung dieser Handlung nicht entziehen. Der Teufel, gegen den ich mich auf steinzeitliche Weise zur Wehr setze, ist ein Teil von mir selbst, ist mein Alter ego, ein närrisches Double, das ich besiegen muß.

Du darfst nicht fluchen! Ich hatte dieses Gebot für die Hadsch nicht vergessen. Trotzdem begann ich, leise vor mich hin zu schimpfen: dieses geradezu steinzeitliche Ritual! Wer glaubt denn heute noch an den Teufel und daran, daß man ihn mit den simplen Methoden von Erzvater Abraham davonjagen kann? Und schon saß mir der Versucher im Nacken: Satan, der trickreiche Einflüsterer, der dich und deine Schwächen besser kennt als du selbst. Sei kein Frosch, versuchte er mir einzureden. Wenn du von diesem Theater in Hamburg zurück bist, dann ruf deinen alten Freund Aust vom *Spiegel* an. Sag ihm, was für dummes Zeug du hier gesehen hast. Mach ein Faß auf! Mach es auf die Wallraff-Manier! Schreib das auf! Haarscharf und haarklein! Du kommst groß raus – als Kronzeuge gegen den Islam. Sie werden dich überall auf die Titelseite bringen! Du kriegst alle Preise, die du haben willst. Sie werden dich hochjubeln. Du landest einen Bestseller, kommst in alle Talkshows, und selbst Alice Schwartzer wird dich umarmen. Deine Freunde im Iran werden gegen dich eine Fatwa loslassen, und dann bekommst du die Märtyrerkrone und wirst gefeiert wie Salman Rushdie!

Kein Zweifel, das war ein teuflisch treffender Gedanke! Es gibt ihn also doch noch. Und ich war erstaunt, wie aktuell, wie psychologisch geschickt und wie gut auf die individuellen Befindlichkeiten abgestimmt seine Angebote doch waren! Kleinlaut machte ich noch einmal kehrt. Da der Menschenandrang inzwischen ein wenig nachgelassen hatte, reihte ich mich unauffällig noch einmal in die Reihe der Steinewerfer ein. Ich suchte mir drei neue Steine aus meinem Vorratsbeutel heraus, nahm entschlossen meine linke Hand und wollte dieses Mal genauer treffen. Dreimal schleuderte ich den Stein auf die Teufelssäule, dreimal traf ich das Ziel, dreimal verwarf ich den teuflischen Gedanken, mich nach meiner Rückkehr an die Medien zu wenden. Mir war jetzt entschieden leichter, und ich sah meine Pilgergefährten jetzt mit anderen Augen. Das Steinewerfen war zu einem fröhlichen Ritual geworden. Die Pilger fluchten nach Herzenslust. Sie bauten Müdigkeit, Frust und Aggressionen ab und lenkten sie zurück auf den Verursacher.

Der Teufelssteinigung folgte ein nicht minder altertümliches, ebenso handfestes wie symbolträchtiges Ritual. Ich mußte Haare lassen. Ein stämmiger Hadschfriseur, ein Türke wie all seine Kollegen, griff mich wie ein abtrünniges Schaf. Mit der linken Hand preßte er meine Hände auf meinen Rücken, mit der rechten schnitt er mir mit wenigen zupackenden Scherenschnitten den Großteil meines Haarschopfes vom Kopf. Es gab immer noch keinen Spiegel, aber ich vermute, ich sah ziemlich gerupft aus, so wie die anderen Halbkahlgeschorenen auch. Das war der Sinn der Übung. Im Orient gilt das Kopfhaar als Sinnbild der Männlichkeit und der Stärke. Wer freiwillig auf seine Löwenmähne verzichtet, der bekundet dadurch seine Demut und seine Opferbereitschaft.

So gerupft und gerüstet, trifft dich der Befehl Gottes: Abraham, opfere Deinen Ismail! Das Tal von

Mina ist mit einem Male erfüllt vom Schlachtruf Allahs: Opfere Deinen Ismail! Der Appell der Muezzine hallt von allen Berghängen wider: Opfere Deinen Ismail! Das große Fest der Pilger, das die Muslime in aller Welt zusammen mit ihnen feiern, hat begonnen. Das Opferfest ist der höchste Feiertag der Muslime, vergleichbar dem Pessachfest der Juden und dem Osterfest der Christen! Dabei gibt es einen Unterschied: Der Islam kennt keine stellvertretende Opferleistung. Der Gläubige muß – zumindest, wenn er auf der Hadsch ist – das Opfer selbst bringen.

Opfere Deinen Ismail! Die Geschichte ist älter als die Bibel, steinzeitlich und dennoch brennend aktuell. Sie zeigt uns exemplarisch, wohin religiöser Fundamentalismus führen kann. Gibt es nicht auch heute Fanatiker, die sich berufen fühlen, um eines höheren Zieles willen selbst die eigenen Kinder in die Luft zu sprengen? Die Vorstellung, den eigenen Sohn der eigenen Religion zuliebe zu opfern, führt uns weit zurück in die heidnische Vorgeschichte der Menschheit, als Menschenopfer zum blutigen Ritual nahezu aller Religionen gehörten. Aber was ist mit Abraham, dem gemeinsamen Propheten der Juden, Christen und Muslime? Wo bleibt Hagar, die Mutter Ismails? Hat sie nichts unternommen, um den Vater ihres Sohnes von seinem mörderischen Vorhaben abzubringen? Warum hat Abraham, als Gott, der Teufel oder wer auch immer von ihm verlangte, das Sohnesopfer zu bringen, nicht einfach nein gesagt? Warum hat Abraham in dieser Situation das Messer nicht gegen sich selbst statt gegen den eigenen Sohn gerichtet? Lieber sich selbst zu opfern als den Menschen, der einem am nächsten steht: Das hätte der islamischen Ethik mehr entsprochen. Am Ende schlachtet Abraham weder sich selbst noch seinen Sohn, sondern einen Hammel. Aber was kann der arme Sündenbock dafür, daß er anstatt eines Menschen ans Messer geliefert wird? Zu Abrahams Zeiten ging es um ein einziges Schaf, heute geht es um Hunderttausende.

Beim *happy end* der Abrahamserzählung stimmen Thora, Bibel und Koran überein. Als Abraham schon sein Messer gewetzt hatte, um sein Traumgesicht zu erfüllen, griff Gott in letzter Sekunde ein und sandte anstelle des Sohnes ein Schaf, das der Erzvater dann an seiner Statt schlachtete. Damit betrat der Gott der Barmherzigkeit zum ersten Mal die Bühne der Weltgeschichte und entschied kategorisch: Keine Menschenopfer mehr! Aber für mich sagt diese Geschichte zugleich: Ein Tier zu schlachten ist für uns Menschen fast so schwer übers Herz zu bringen, wie das eigene Kind, das eigene Fleisch und Blut, über die Klinge springen zu lassen.

Wir sind Abrahams Kinder, und das bedeutet auch: Wir können unser Leben nur dadurch aufrechterhalten, daß wir anderes, tierisches oder pflanzliches Leben töten. Wir können leben nur auf Kosten anderer Lebewesen. Angesichts des Wüstenszenariums rings um mich begreife ich, daß Adam, Abraham oder Mohammed nicht als Vegetarier überleben konnten. Nur von Datteln, vertrockneten Feigen und gelegentlich vom Himmel herabregnendem Manna konnten sie nicht satt werden. Sie mußten Tiere jagen oder schlachten. Aber wenn ich den Koran richtig gelesen habe, dann schlachteten sie ihre animalischen Mitgeschöpfe nicht jeden Tag, sondern nur zu festlichen Anlässen. Sie schlachteten sie auf eine der Würde der Opfertiere angemessene Weise.

Bis vor wenigen Jahrzehnten war es noch üblich, daß jeder der von überall her angereisten Pilger vor Ort selbst sein Opfertier kaufte, schächtete, röstete, verzehrte, den Rest an die Armen verteilte und was dann noch übrigblieb, im Wüstensand liegen ließ. Der Gestank des faulenden Fleisches breitete sich über den ganzen Heiligen Bezirk aus und war selbst an der Kaaba noch zu spüren. Tausende Aasgeier kreisten über der Opferstätte. Mit diesen ekelerregenden und würdelosen Zuständen hat die saudische Hadschaufsicht nach langen Streitereien mit konservativen Geistlichen endlich und entschieden Schluß gemacht. Jetzt bleiben den opferwilligen Wallfahrern drei Alternativen. Wer das Schlachtopfer wörtlich versteht, der geht zum Schlachthof von Mina, sucht dort ein Schaf aus und läßt es vor seinen Augen von einem erfahrenen Schlachter schächten. Er bekommt einen geringen Teil des Fleisches selbst ausgehändigt, der größere Teil geht weiter ins Kühlhaus und wird von dort aus tiefgefroren an Bedürftige in aller Welt versandt. Wer das Opfer symbolisch verstanden wissen will, der begebe sich zu einem der vielen bereitgestellten Bankschalter der Islamischen Entwicklungsbank und löse dort für den Gegenwert eines Schafes – das waren während meiner Hadsch 375 Rial, umgerechnet 65 Euro – einen Opfercoupon. Das eingezahlte Geld wird für Hilfsprojekte eingesetzt, die der Pilger selbst auswählen kann. Ich entscheide mich für diesen Weg und bestimme meine Spende für ein Waisenhaus in Tschetschenien. Die dritte Möglichkeit, seinen Ismail zu töten, besteht in einer persönlichen

Selbstverpflichtung, die freilich nicht von allen Rechtsschulen anerkannt wird. Mein Reisebegleiter Mahbabul aus Dakka gelobt öffentlich und vor Zeugen, mich eingeschlossen, er werde in Zukunft darauf verzichten, sich mit dem Dienstwagen ins Büro fahren zu lassen. Er werde sich entweder zu Fuß oder mit dem Fahrrad auf den Weg zur Arbeit machen und das eingesparte Geld an die Minikreditbank seines Freundes Yunus überweisen. Unser Bruder Salim aus Nairobi verspricht, in Zukunft gänzlich das Rauchen einzustellen, und will statt dessen ein Jahr lang jeden Tag einen Arbeitslosen zu einer warmen Mahlzeit einladen.

Das Wichtige und das Nichtige, das Sakrale und das Banale, das Sinnliche und das Übersinnliche sind nicht streng voneinander getrennt. Unsere Delegation sammelt sich nach und nach in einem geräumigen Zelt. Dort legen wir unseren Ihram ab und erhalten die Möglichkeit, uns gründlich und kalt zu duschen, zu rasieren und umzuziehen. Meinen Ihram verpacke ich für die Heimreise. Ich werde ihn noch einmal gebrauchen. Er wird mir als mein Totenhemd dienen, wenn ich mich zu meiner Abschiedswallfahrt hinüber in die andere Welt aufmache. Kein Zweifel, man fühlt sich wie neu geboren, wenn man sich nach all den Strapazen der Pilgerfahrt mitten in der Wüste unter eine kalte Dusche stellen kann. Gleich nach dem Duschbad wird uns wunderbarer arabischer Kaffee serviert. Es gibt in Butter geröstete, mit Nüssen gefütterte Datteln, frische Feigen und Trauben. Ich fühle mich wie im Paradies. Jede Müdigkeit, jede Erschöpfung sind von mir gewichen. Zusammen mit all meinen Pilgergefährten sitze ich auf Diwanen unter einem ausladenden Zeltdach. Wir trinken, wir essen, wir reden, wir feiern, wir lachen zusammen und fühlen uns eins mit den Millionen, die rings um uns auf dem weiten Feld von Mina miteinander lachen, feiern, reden, essen und trinken. Wir zelebrieren „Abrahams Gastmahl“. Wir sind zu Gast bei Abraham, den die Muslime als Musterbild der Gastfreundschaft verehren. Hier gilt kein Geld – ganz wie im Paradies. Zu den Gästen unseres Erzvaters zählen nicht nur die Muslime, nicht nur die Angehörigen der Abrahamsreligionen. Alle Menschen guten Willens sind immer wieder eingeladen.

Nach dem Opferfest bleiben wir noch zwei volle Tage im Feldlager von Mina. Dreimal am Tag marschieren wir zu den Teufelssäulen, um sie jedesmal mit sieben Kieselsteinen zu bewerfen. Fünfmal am Tag reihen wir uns ein in die sanft gerundeten Reihen der Betenden. Mekka und die Kaaba sind in Sichtweite, aber die Pilger besuchen die große Moschee erst wieder, bevor sie endgültig ihre Heimreise antreten. Am zweiten Tag bekommen wir allerhöchsten Besuch. Unser Gastgeber, Prinz Turki, beehrt uns mit seiner Anwesenheit, setzt sich zu uns auf den Diwan und antwortet bereitwillig auf unsere Fragen. Und er erfüllt unsere Bitten. Wir besichtigen in Begleitung des saudischen Ministers für Staatssicherheit die zentrale Videoüberwachung des gesamten Hadschgeländes. Zwischen Arafat und Mekka sind weit über 1000 Kameras installiert, die jeden kritischen Punkt beobachten und Anschläge ebenso verhindern sollen wie die Ausbreitung von Feuer oder von Panik. Eine Flotte von zwölf Armeehubschraubern ist ständig einsatzbereit und kann im Ernstfall innerhalb weniger

Minuten eingreifen. Die besondere Sorge des Ministers gilt der iranischen Delegation. Er möchte unter allen Umständen verhindern, daß die 55000 Pilger aus der Islamischen Republik Iran den Aufenthalt in Mina dazu nutzen, um wie in früheren Jahren mit Sprechchören, Transparenten und militanten Losungen auf dem Gelände zu demonstrieren und Auseinandersetzungen mit anderen und andersdenkenden Hadschis zu provozieren.

Auf meinen besonderen Wunsch erhalten wir die Erlaubnis, den zentralen Schlachthof zu besuchen und uns über die Behandlung der Opfertiere zu informieren. Mein erster Eindruck ist geeignet, mein Gewissen zu beruhigen. Die Schafe sind in einem weitläufigen Auslauf vor dem Schlachthaus untergebracht. Sie zeigen keinerlei Anzeichen von Streß oder gar Todesangst. Ihnen stehen ausreichend Tränken und Heuhaufen zur Verfügung. Sie werden nicht gewaltsam vorwärtsgetrieben, sondern trotten äußerlich ruhig ihrem Ende entgegen. Auch wenn es mich Überwindung kostet, so bemühe ich mich doch, den Schlächtern bei ihrer Arbeit genau auf die Finger zu sehen. Alle kommen aus der Türkei und verstehen offenkundig ihr Handwerk. Noch während sie den Namen Gottes anrufen, durchtrennen sie mit einem einzigen schnellen Schnitt die Halsschlagader. Dabei steht das Tier aufrecht und erhöht, auf gleicher Höhe mit seinem Schlächter, der dem sterbenden Schaf ins Auge sehen soll. So bleiben die Würde und die geschöpfliche Ebenbürtigkeit des Opfertieres gewahrt. Das Schaf haucht auf der Stelle, noch im Stand, sein Leben aus. Im ganzen Schlachthaus ist kein einziger Schmerzensschrei zu hören. Der Leiter des Schlachthofes, Doktor Abdullahi, ist ein ausgebildeter Tierarzt, der in England promoviert hat, und ein studierter Theologe. Er zeigt aufrichtiges Verständnis für meine vom Tierschutzgedanken bestimmten Fragen und Bedenken und weist mich selbst darauf hin, daß seine Sorgen weniger den Schlachthof betreffen als vielmehr den langen Weg, den die Opfertiere zurücklegen müssen, bis sie dort ankommen. Tausende Schafe werden Jahr für Jahr auf großen Frachtschiffen von Neuseeland bis nach Arabien transportiert, andere werden mit Großraumflugzeugen herbeigeschafft oder kommen aus Syrien, Pakistan und dem Iran in vollgepferchten Lastwagen, die mehrere Tage lang bei sengender Hitze unterwegs sind. Doktor Abdullahi tritt für eine geduldige Umerziehung der Pilger ein, damit die Zahl der geschlachteten Schafe weiter zurückgeht und sich andere, zeitgemäßere Formen für das abrahamitische Opfer durchsetzen.

Ich habe die drei Tage Aufenthalt in Mina sehr genossen. Sie gaben mir Gelegenheit für einen einzigartigen Anschauungsunterricht in islamischem Brauchtum und islamischer Folklore. Als Sprache der internationalen Verständigung dominierte nicht das Arabische, sondern eindeutig das Englische. Es ging für orientalische Verhältnisse ausgesprochen entspannt zu. Die Geschlechter waren kaum voneinander getrennt. Die Frauen geizten nicht mit ihrem Rosenwasser und anderen Wohlgerüchen und machten der Züchtigkeit ihrer Bekleidung zum Trotz aus ihren Reizen keinen Hehl. Wenn es einer Frau gelingen sollte, sich auf der Pilgerfahrt einen Mann zu angeln, so sollen beide, wurde allenthalben erzählt, glücklich werden bis an ihr Lebensende und darüber hinaus vielen Kindern das Leben schenken. Die vielen Pilgergruppen aus aller Herren Länder besuchten einander in ihren Zeltlagern, lachten, lärmten, beteten, feierten, feilschten und diskutierten miteinander.

Auch wenn sich in meinem Herzen das Heimweh nach meiner Familie, vor allem nach den Kindern, zu rühren begann, so fiel mir doch der Abschied aus der Gemeinschaft von Mina schwer. Wir brachen am vierten Tag nach unserer Ankunft unsere Zelte ab, verrichteten unseren Abschiedstawaf und wiederholten noch einmal den Hinundherlauf zwischen beiden Hügeln. Danach verließen wir Mekka und fuhren zurück in unser Hotel in Dschidda. Dort gab es noch eine ganze Serie von Konferenzen und Konsultationen, aber eine Veranstaltung war so nichtssagend und so belanglos wie die andere. Wir alle vermißten schmerzlich den guten Geist, der uns während der gemeinsam erlebten Tage der Hadsch begleitet und erfüllt hatte, waren aber selbst nicht imstande, diese Hochstimmung in den Alltag mit hinüberzutragen. Und dennoch: Wie arm wären wir ohne unsere Höhepunkte! Wie könnten wir ohne sie die Mühen der Ebene ertragen!

Es war nicht leicht, nach den Höhenflügen der Hadsch wieder auf dem harten Boden der Fakten zu landen. Ich fühlte mich noch tagelang wie im Taumel, drehte mich regelrecht im Kreis. Ähnelt das Kreisen um die Kaaba nicht den Schleuderbewegungen in einer Waschmaschine?

24. Station

Ground Zero

Gott ist immer für eine Überraschung gut. Insofern ist auf ihn immer Verlaß. Mit ihm wird das Leben nie langweilig. Gott begegnet mir nicht nur im Mondlicht mystischer Erkenntnis und nicht nur in den ekstatischen Höhepunkten der Pilgerfahrt, sondern ebenso hautnah im grauen Alltag: als Retter in der Not, als Tröster, als Orientierungshilfe, als Wegweiser und als Warner, der plötzlich eine rote Ampel aufleuchten läßt, als klammheimlicher Strippenzieher, als Schmerztherapeut, mal als Ruhe- und mal als Unruhestifter, als bohrender Gewissenswurm, als Erschütterer und gnadenloser Zerstörer meiner Illusionen und nicht zuletzt als Lichtquelle erhellender Einfälle. Um nur einige der neunundneunzig Namen zu nennen, unter denen sich Gott mir zu erkennen gibt, falls er nicht lieber inkognito bleiben möchte. Aber Gott ist kein Sesam-öffne-Dich, der die Tore zu den Schätzen des irdischen Lebens weit offenhält. Er ist auch kein satellitengestütztes Navigationsgerät, das uns ohne Umwege sicher ins Ziel steuert. Nein: Dem, der fest auf Gott vertraut, bleibt nichts erspart, unvorhergesehene Prüfungen inbegriffen. Gott bleibt für uns Menschen unberechenbar. Er hat seinen eigenen Willen. Er läßt sich nicht einmal beknien. Uns bleibt nur das Prinzip Hoffnung. Er führt uns nicht an den Abgründen vorbei, aber er führt uns hindurch.

Vermutlich habe ich als Kind der Küste etwas zu nah am Wasser gebaut. Ich neige zu Tränen der Rührung. Aber ich halte dafür: Leid und Schmerz gehören zum Menschsein, zum Menschwerden untrennbar dazu. Genauso wie Glück und Freude. Ohne Leidenserfahrung, ohne die Fähigkeit, Schmerz zu empfinden, mitzuleiden, können wir die menschlichen Potentiale, die Gott uns eingepflanzt hat, niemals zur Entfaltung bringen. Ein Mensch, der keinen Schmerz kennt, der nicht leidensfähig ist und nicht die Erfahrung seiner Verwundbarkeit gemacht hat, ist kein Mensch, sondern nur ein seelenloser Apparat. Am Ende bleibt uns nur die Hoffnung, daß Gott zu guter Letzt all unsere Wunden heilt und am Jüngsten Tag in seiner Barmherzigkeit Gnade vor Recht ergehen läßt.

Der Absturz war tief. Als ich von meiner Pilgerfahrt aus Mekka zurückkehrte in das aprilkühle Hamburg, fiel ich zwar nicht wie so mancher heimkehrende Hadschi in ein geistliches Loch, aber dafür in eine regelrechte existentielle Krise. Während ich im fernen Mekka über den Wolken schwebte und schwelgte, hatte meine Frau erste Schritte unternommen, um den Niederungen ihres Ehealltags zu entfliehen. Sie hatte eine Anwältin aufgesucht und die Scheidung beantragt. Es begann ein erbarmungsloser Rosenkrieg, der sich über fast drei Jahre hinzog und fast alle meine physischen und psychischen Kräfte aufzehrte. Ich war ja nicht allein für mich verantwortlich, sondern trug die Hauptlast der Sorge für unsere Kinder. Rubin war 1996 sechs Jahre alt, Daria nicht einmal zwei. Beide litten zunächst sehr unter dem elterlichen Auseinandergehen. Rubin hatte Mühe, sich in der ersten Schulklasse zurechtzufinden. Daria war immer wieder krank und ließ mich nachts nicht schlafen. Ich mußte viele Termine absagen und konnte meine journalistischen Aufträge nur noch unzulänglich erledigen. Mein Konto sackte dadurch immer mehr ins Minus. Es wurde von Monat zu Monat schwieriger, das Geld für die immer höher steigende Miete aufzubringen. Ich habe vieles versucht, um der Kinder willen unsere Ehe zu retten. Wir haben Eheberatungskurse absolviert und Mediatoren zu Rate gezogen, ich habe meinen Lehrer Imam Razvi und die Verwandten beider Seiten um Vermittlung gebeten. Alles war vergebliche Liebesmühe. Am Ende mußte ich einsehen, es war gut, es war besser für alle Beteiligten, auch für die Kinder, daß unsere Ehe geschieden wurde. Eine gelungene Scheidung ist allemal besser als eine mißlungene Ehe. Dankbar erinnere ich mich daran, daß mir in dieser schwierigen Zeit lebenserfahrene Glaubensgeschwister aus meiner deutschsprachigen Muslimgemeinde mit Rat, Trost und praktischer Hilfe zur Seite gestanden haben. Allen voran Fatima und Abdulkarim Grimm, deutsche Muslime der ersten Stunde und Musterbilder islamisch-praktischer Nächstenliebe.

Die mir auferlegte Prüfung war nicht leicht, aber ich habe sie, hoffe ich, mit Gottes Hilfe bestanden. Meine Kinder waren für mich kein Fluch und keine Last, sondern wurden für mich zu wahren Jungbrunnen. Ich bin bei ihnen in die Lehre gegangen und habe von ihnen das Lernen neu gelernt. Ich hatte das gute Gefühl, gebraucht zu werden und gefragt zu sein, und trug keine angemaßte und eingebildete, sondern eine gänzlich reale Verantwortung. Kinder fragen unentwegt. Sie stellen alles in Frage und übernehmen keinen Gedanken ungefragt und ungeprüft. Sie haben vor nichts Respekt, nicht einmal vor der Religion des Vaters, und verlangen nicht nur richtige Antworten, sondern zuerst den Beweis, daß man tut, was man sagt. Rubin und Daria wachsen mittlerweile zu freien und mündigen Menschen heran. Sie haben, wie ich auch, ihre Macken. Sie haben auf jeden Fall ihre eigene Meinung, die sich nur in den seltensten Fällen mit meiner eigenen Meinung deckt. Sie können reden und tun, was sie wollen. Ich erwarte nicht länger von ihnen, daß sie dieselben Wege gehen wie ich. Sie müssen wohl oder übel sehen, wie sie selbst zurechtkommen. Helfe ihnen Gott – auch wenn sie ihre Zweifel haben!

Wo Gefahr ist, wächst das Rettende auch. Wenige Monate nach meiner Rückkehr von der Pilgerfahrt brachte Bernhard C. Wintzek in seinem MUT-Verlag meine Sammlung *Notlandung in Turkmenistan. Dreiviertelhundert Kurz- und Kleingeschichten* heraus. Für mich war dieses Buch ein neuer Anlauf und ein neuer Anfang. Bei Licht betrachtet, war es mein erstes Werk, das frei war von kommunistischer Besserwisserei und Weltveränderung. Erstaunlich genug: Dank der tatkräftigen Unterstützung meines mutigen Verlegers und seines ganzen Verlagsteams fand mein Buch seinen Weg und brachte mir neue

Leser, vor allem unter wertkonservativen Humanisten und Christen, jedoch kaum unter meinen muslimischen Geschwistern oder unter meinen linken Exgenossen. Auch im Privaten änderte sich vieles zum Besseren. Ich lernte Morassah kennen und lieben. Eine Iranerin und stolze Tochter eines Khan aus der Bergprovinz Luristan, von Beruf, in dem sie fast gänzlich aufgeht, Sozialberaterin. Sie ist mir die beste Ehefrau der Welt und mein leibhaftiger Migrationshintergrund. Mit ihr im Haus wurde vieles einfacher. Dem Gebot entsprechend, einer trage des anderen Last, kümmerte sie sich um die Kinder, als wären sie ihre eigenen.

Ich stand also nicht allein, als mich der Schock des 11. September 2001 traf. Unsere Kinder guckten gerade Kinderkanal, als sie riefen. Der Sender hatte sein Programm unterbrochen und zeigte Bilder vom brennenden World Trade Center in New York. Ungläubig verfolgten wir auf dem Bildschirm, wie sich ein zweites Flugzeug dem noch unversehrten zweiten Turm näherte und sich brennend in das Gebäude hineinbohrte. Später sahen wir, wie beide Zwillingstürme in sich zusammenstürzten. Ich erinnerte mich natürlich an meinen Besuch auf der Aussichtsplattform zwanzig Jahre früher und erzählte meinen Kindern, daß mein damaliger Begleiter fest davon überzeugt war, die Twin Towers würden ewig Bestand haben. Je bestürzender die Fernsehbilder wurden, desto mehr machte ich mir Sorgen um meine Stieftochter Ingrid, der ich am Tag vorher noch zu ihrem Geburtstag gratuliert hatte. Ich versuchte den ganzen Abend lang, sie anzurufen, erreichte sie aber erst weit nach Mitternacht. Gott sei Dank – ihr war nichts passiert. Sie war mit ihren drei Kindern zu Fuß unterwegs zum Kindergarten, als sie von der Brooklyner Uferpromenade aus das Geschehen auf der Manhattan-Seite beobachtete. Viel ärger hatte es ihre Mutter getroffen. Meine erste geschiedene Frau war auf ihrem Weg zu ihrer Anwaltskanzlei. Mehr als acht Stunden mußte sie in einer U-Bahn-Station in unmittelbarer Nähe des Katastrophenortes ausharren, ehe sie den überfüllten stickigen Schacht verlassen durfte und sich zu Fuß über die Brooklynbrücke auf den Heimweg machen konnte. Sie brauchte noch einmal fünf Stunden, ehe sie sicher zu Hause war.

Als ich zwei Tage später zum Freitagsgebet in meine Moschee kam, wurde mir auf einen Blick klar, daß die Auswirkungen des New Yorker Anschlages nicht auf die USA beschränkt bleiben würden. Inzwischen hatten die Ermittler die „Hamburger Terrorzelle" ausfindig gemacht und begonnen, überall an Alster und Elbe nach Spuren und Hintermännern zu suchen. Die Moschee war von einer Polizeikette umstellt, und Dutzende Fernsehkameras waren aufgefahren, um jeden Gläubigen danach zu fragen, ob er die Attentäter gekannt habe. Als ich von einem amerikanischen Team interviewt wurde, habe ich die Frage mit klaren Worten verneint. Erst als die Bilder der Terroristen über die Medien verbreitet wurden, habe ich mich an einen Vorfall wiedererinnert. Mohammed Atta, den Mann mit dem zugenähten Mund, hatte ich einige Male beim Freitagsgebet gesehen. Einmal, das muß im Herbst 1998 gewesen sein, bin ich mit ihm und seiner Truppe aneinandergeraten. Damals gab es im Islamischen Zentrum ein norddeutsches Regionaltreffen deutschsprachiger Muslime.

Verschiedene Gruppen waren angereist, um im Vorraum und im Keller ihre Broschüren und Bücher anzubieten. Eine von ihnen nannte sich *explizit* und warb für eine obskure Postille gleichen Namens, die in Wien herausgegeben wurde. Auf ihrem Tapetentisch lagen nur wenige Publikationen zur Auswahl, darunter eine Broschüre in arabischer Sprache mit deutschen Anmerkungen und Quellenangaben, die meinen Argwohn erregte. Es handelte sich um die *Protokolle der Weisen von Zion*, eine berüchtigte antisemitische Hetzschrift, die in Deutschland verboten ist. Ich merkte rasch, daß mit den drei oder vier jungen Brüdern, die das Pamphlet hochhielten, schwer zu diskutieren war, und hab mich deshalb, um Schaden von der Moschee und von der Veranstaltung abzuwenden, an den Leitenden Imam gewandt. Der zögerte nicht lange. Er wies unseren Gotteshausmeister an, die verbotenen Bücher einzusammeln und in den Müllcontainer zu werfen. Mohammed Atta und seine Gefolgsleute packten daraufhin wortlos ihre Sachen und zogen ab.

Nach den Anschlägen vom 11. September wurden allein in Hamburg rund neunhundert Ermittlungsverfahren eingeleitet. Nicht wenige von meinen muslimischen Freunden waren davon betroffen. Bis auf sechzehn wurden alle Verfahren innerhalb eines Jahres eingestellt. John le Carré hat in seinem Hamburger Agententhriller *Marionetten* ein anschauliches Bild von der Hysterie jener Monate vermittelt. Er hat für seinen Roman sehr sorgfältig recherchiert und sich in meiner Moschee einen ganzen Tag lang Zeit genommen, um uns „homegrown moslems" nach unseren Beweggründen zu befragen. Als ich ihm bei dieser Gelegenheit in dürren Daten meine Biographie darlegte, nannte er sie mit einem deutschen Wort „geradezu halsbrecherisch“. „Schade“, fügte er hinzu, „daß Sie nicht zu den Leuten dazugehört haben, sonst hätte ich Sie gern in mein Personal aufgenommen.“ Der Schaden, den die „Atta-Täter“ dem Islam zugefügt haben, ist unermeßlich, denn sie haben Allah in den Augen der Weltöffentlichkeit zum Chef einer Terroristenbande herabgewürdigt. Während der Verfassungsschutz in seinen Analysen um Sachlichkeit bemüht war, kannten die hanseatischen Printmedien, unter ihnen an vorderster Front die linksliberalen Gralshüter der Presse- und Gedankenfreiheit, keine Scham, nahezu jeden Muslim zum Sympathisanten des Terrorismus abzustempeln. Für mich wurde es in diesem Klima der pauschalen Verdächtigung immer schwieriger, meine moderaten Ansichten in den überregionalen Tageszeitungen zu publizieren. So manches Manuskript wurde mir kommentarlos zurückgesandt und blieb ganz einfach unbeantwortet. Wenn ich dann nachhakte, mußte ich mir am Telefon üble Beschimpfungen und Verdächtigungen anhören. Auch wenn sich die Mehrzahl der Bundesbürger nicht zum kollektiven Haß gegen den Islam hinreißen ließ, so waren doch die Auswirkungen von Nine-Eleven bis in die Niederungen des Alltags zu spüren. Als ich am ersten Jahrestag der Anschläge vor die Haustür trat, um meine Tochter zur Schule zu bringen, klebte an meinem Namensschild ein Zeitungsbild von Mohammed Atta. Darunter standen die Worte: „Hier wohnt Attas treuer Freund.“

In meiner Bedrängnis stand ich nicht allein, sondern konnte mich auf die tätige Solidarität nicht nur meiner muslimischen Mitstreiter, sondern auch auf die Unterstützung meiner Gesprächspartner aus den diversen Dialoginitiativen stützen. Die interreligiöse Gemeinde ist mir in dieser Zeit der Anfeindungen beinahe zu einer zweiten spirituellen Heimat geworden. In der Synagoge der liberalen jüdischen Gemeinde fühle ich mich fast so geborgen wie in meiner Hausmoschee, zumal ich dort einigen von meinen Exgenossen aus alten Kampfzeiten wiederbegegnet bin. Das babylonische Sprachengewirr kommt mir seltsam vertraut vor. Die hebräische Liturgie erinnert mich an den Klang des Arabischen, der holländische Akzent des Rabbiners und das jiddische Geschnatter der Alten klingen in meinen Ohren ein wenig wie Plattdeutsch, und das Russische der Zuwanderer weckt in mir mancherlei Reminiszenzen an meine Reisen ins Morgenrotland.

Unter den Hamburger „Interrelis" ist die ökumenische Osmose weit fortgeschritten. Für uns sind alle Religionen Himmelsleitern, die uns den Weg zu Wahrheit, Frieden und Glückseligkeit zeigen können. Im Gespräch und im Gebet können wir selbst antagonistische Glaubensgegensätze überwinden. Wenn ich mich mit Samy Satmetre, dem ranghöchsten Hindu-Priester in Hamburg, über die Frage „Ein Gott oder viele Götter?" austausche, dann spricht er von den unendlich vielen Attributen des Göttlichen, und ich erinnere mich an die 99 Namen Gottes. Wir begreifen dann, daß wir in unseren spirituellen Erfahrungen gar nicht so weit voneinander entfernt sind. Bruder Satmetre vertritt die Ansicht, daß die Menschen in Zukunft nicht mehr nur einer Religion angehören, sondern ihre religiöse Orientierung im Laufe ihres

Lebens mehrfach ändern werden und sich Elemente aus verschiedenen religiösen Kulturen und Gemeinschaften aneignen, um sie schließlich zu einer persönlichen Spiritualität zu vereinen. Doch in der Zeit der Bedrängnis habe ich nicht nur Hilfe und Zuspruch aus der frommen Ecke erfahren. Ich konnte und kann auf Menschen zählen, die ihr Herz auf dem rechten Fleck haben. Auf tüchtige und tapfere Frauen wie die Anwältin Erna Hepp, die bis in die Nacht arbeitet, um geschundenen Frauen aus dem Orient zu ihrem Recht zu verhelfen, oder wie die Ärztin Simin Kaschi, die auch dem hilft, der ohne Papiere kommt. Es sind ja nicht nur die Frommen, die in den Himmel kommen. Ich habe es mehrfach miterlebt: Menschen können über sich selbst hinauswachsen. Aus Narren können Heilige werden. Das Musterbeispiel ist für mich mein entfernter Freund Rüdiger Nehberg. Anfang der siebziger Jahre habe ich mit ihm über Probleme der Dritten Welt gestritten und hielt ihn eher für einen gernegroßen Globetrottel, dem Karl May näher stand als Karl Marx. Jetzt ziehe ich vor ihm, wenn ich ihn tatsächlich in Winterhude auf der Straße treffe, den Hut, den ich nie trage, und sage respektvoll: Gott segne Sie! Was er und seine Lebensgefährtin Annette namentlich in der islamischen Gemeinschaft im Kampf gegen die Barbarei der weiblichen Klitorisverstümmelung geleistet haben, gehört zu den großen Wohltaten der Menschheit in dieser Epoche und hat auf die Gesichter der beiden mittlerweile einen Glanz geworfen, wie ihn nur Menschen ausstrahlen, die von Gott in besonderer Weise gesegnet werden.

Das Warnsignal an der Haustür wäre nicht mehr nötig gewesen, denn inzwischen hatte ich mich fest entschlossen, meine Eppendorfer Altbauwohnung, in der ich seit über 35 Jahren gelebt hatte, zu räumen und nach einer neuen Behausung Ausschau zu halten. Der Umzug bot mir Gelegenheit, mich vom Ballast meiner abgelebten Vergangenheit zu trennen. Meinen literarischen Vorlaß aus den Werkkreiszeiten gab ich an das Dortmunder Fritz-Hüser-Institut für Arbeiterliteratur, meine politischen Materialien aus den sechziger und siebziger Jahren schenkte ich dem Archiv des Hamburger Instituts für Sozialforschung. Vieles andere wanderte entweder ins Antiquariat oder gleich in den Papiercontainer. Über das Großreinemachen hinaus erwies sich der Umzug aus dem Szeneviertel Eppendorf in den Nachbarstadtteil Winterhude als Glücksfall. Es gelang mir erstaunlich schnell, eine Lebensphase abzuschließen und unbelastet ein neues Kapitel aufzuschlagen.

Unser Wesselyring hat alle Züge eines globalen Dorfes. Die rund dreihundert Bewohner kommen aus 22 verschiedenen Ländern. Unsere Genossenschaftswohnung ist fast so groß wie die Eppendorfer, kostet aber weniger als die Hälfte. Im Hause wohnen zwölf Mietparteien, drei binationale Familien wie wir, Einheimische und Zugewanderte aus Polen, der Türkei, Iran, Ägypten, Armenien, dem Kosovo und Nigeria. Unser Nachbar auf der gleichen Etage, Maksor Sabanow, ist ein Multitalent der eigenen Art. Er kann zwar nicht richtig lesen und schreiben und bittet mich daher gelegentlich, für ihn einen amtlichen Brief aufzusetzen. Statt dessen spricht er mindestens sieben Sprachen Südosteuropas fließend, Romanes, Albanisch, Türkisch, Serbokroatisch, Bulgarisch, Rumänisch und Italienisch, und wird darum immer wieder als Dolmetscher und Streitschlichter zu Rate gezogen. Seine Frau Naila ist zwar vom Wuchs her ausgesprochen klein geblieben, aber sie leistet jeden Morgen im stillen, vor Tau und Tag, Großes. Sie leitet eine Putzkolonne von dreißig durchweg bekopftuchten Frauen und Mädchen und sorgt so in der Zentrale eines hanseatischen Kaffeekonzerns für perfekte deutsche Sauberkeit. Weil bei so viel Kopftuch keiner mehr so genau hinschaut, hat sie die Möglichkeit, auch mancher Frau, die vielleicht gar keine gültige Aufenthalts- oder Arbeitsberechtigung hat, einen Minijob zu geben.

Zu den Vorzügen meiner Wohnung gehört vor allem der nach Südsüdost, mithin nach Mekka, ausgerichtete, neun Quadratmeter große Balkon. Dort kann ich noch einmal versuchen, meine gärtnerischen Träume aus meinen Kindheitstagen zu verwirklichen. Ein Lorbeerstrauch, ein Oleanderbusch, eine winzige Feige samt Feigenblatt und Frucht, eine stattliche Yuccapalme, ein Weinstock, ein kleiner Pfirsichbaum und jede Menge Kräuter, dazu im Sommer Gurken, Zucchini, Paprika, Auberginen und Tomaten, geben meinem hängenden Garten einen subtropischen und orientalischen Hauch. Von den 99 Dattelkernen, die ich einem alten Pilgerbrauch entsprechend aus Mekka mitgebracht habe, sind immerhin drei aufgegangen. Obwohl ich die Palmenschößlinge liebevoll pflege, fristen sie im Sommer auf dem Balkon und im Winter in der Stube leider nur ein kümmerliches Dasein. Um so üppiger blüht im Spätsommer die Engelstrompete und kündet vom längst begonnenen Klimawandel. Daneben leuchtet karmesinrot eine prächtige Stockrose, die Lieblingsblume meiner

Mutter. Den Samen und Namen verdankt sie meinem bewährten Verlegerfreund aus Fischerhude, Wolf-Dietmar Stock.

Gleich gegenüber, auf der anderen Straßenseite, beginnt der Stadtpark, von dem aus an den Sommersonntagen die multikulturellen Rauchschwaden der Grillgemeinschaften bis an meinen Schreibtisch aufsteigen. Von meiner Balkonloge aus kann ich inzwischen mehr wilde Tiere beobachten, als ich in meiner Kindheit auf dem Lande zu sehen bekommen habe. Abends streichen nicht nur Hasen und Kaninchen durchs Gebüsch, sondern auch Füchse, Dachse und Marder. In den nahen Ahornbäumen nistet manche Vogelart, die längst auf der roten Liste der bedrohten Tiere steht. Eichhörnchen, Eichelhäher, Schnepfen, Bunt- und sogar Schwarzspechte sorgen für ständigen Szenenwechsel auf meiner Naturbühne. Wenn ich im Frühsommer das Fenster zum Frühgebet öffne, dann höre ich vielleicht nicht die Engel im Himmel trompeten, aber ich höre tatsächlich die Nachtigall trapsen. Im Brennessel- und Brombeergestrüpp am Rande des Parks fühlen sich die scheuen Sänger hörbar wohl und brüten dort von Jahr zu Jahr in größerer Zahl. Besonders gefreut hat es mich, daß Fridolin, der Spaßvogel aus meiner Kindheit, sich unvermutet wieder an unserem Küchenfenster gemeldet hat. Er gibt sich jetzt nicht mehr mit trockenem Brot zufrieden, sondern bevorzugt internationale Küche, persischen Reis, türkisches Fladenbrot und arabische Auberginenpaste. Seine Keckheit ist nicht mehr dorfdohlenhaft tollpatschig, sondern großstädtisch „krähativ“. Er hat eine Menge hinzugelernt und hat mich erst kürzlich mit einem erstaunlichen Beweis seiner Intelligenz überrascht. Ich hatte gerade unser Haus verlassen und ging über den gepflasterten Fußweg zur Straße, als Fridolin aufflog und direkt vor meinen Füßen eine Eichel fallen ließ. Zunächst dachte ich, mein Lieblingsvogel wollte mir einen Streich spielen, doch als ich ihn dann laut krächzen hörte, begriff ich, was er von mir wollte. Ich sollte ihm die Eichel zertreten, damit er sie leichter verzehren kann. Ich zerstampfte die grüne Frucht, und kaum hatte ich meiner Dohle den Gefallen getan, hüpfte sie herbei und verschlang die Splitter der Eichel. Die Tiere haben sich längst der städtischen Umwelt angepaßt. So wie das Turmfalkenpärchen, das gegenüber auf dem Dach des Eon-Hochhauses Position bezogen hat. Es macht längst keine Jagd auf Kaninchen mehr, sondern wartet geduldig, bis die Grillpartys im Stadtpark zu Ende gehen. Dann holen sich die Falken im Sturzflug die Fleischreste, die die Menschen für sie übriggelassen haben.

Vor unserer Haustür steht das Waschhaus, in dem eine Generation früher Waschautomaten für die Bewohner bereitstanden. Vor einigen Jahren hat die Genossenschaft das ungenutzte Gebäude zusammen mit unserer Mieterinitiative zu einem Anwohnertreff umgerüstet, in dem Kinder betreut, Bedürftige beraten und Familien- und Nachbarschaftsfeste gefeiert werden. In dieses Waschhaus lade ich schon seit sechs Jahren regelmäßig jeden Sonntagnachmittag zu literarischen Lesungen ein. An die 20 Stammgäste, die meisten aus der buntgemischten Nachbarschaft, unter ihnen das umtriebig wohltätige Ärzteehepaar Eva und Dieter Lehmann, habe ich inzwischen gewonnen. Die Autoren stehen mittlerweile bei mir Schlange, obwohl ich ihnen keinen Cent Honorar bieten kann, sondern nur wie allen anderen Teilnehmern auch Kaffee, Tee und Kuchen. Im Waschhaus trifft sich auch meine Literaturwerkstatt, die ich schon seit über zwanzig Jahren betreibe und aus Eppendorf mit hinüber in den Winterhuder Wesselyring genommen habe. Wir haben im Laufe der Jahre einige Sammelbroschüren herausgebracht, und einige Kolleginnen und Kollegen sind sogar mit eigenen Publikationen an die Öffentlichkeit getreten. Mit tatkräftiger Unterstützung meines Freundes Rolf von Bockel, der einen kleinen Verlag, aber großes verlegerisches Geschick besitzt, hat unsere Werkstatt vor einem Jahr ihr erstes richtiges Buch, eine bunte Blütenlese von Geschichten aus unserem literarisch bislang eher unterbelichteten Stadtteil, herausgebracht.

Mein zweites sammelsurisches Lesebuch mit arabesken Kurzgeschichten, *Allahs Sonne lacht über der Alster. 111 Geschichten aus der 1002. Nacht*, konnte zu keinem ungünstigeren Zeitpunkt erscheinen. Als Auslieferungsdatum war der 15. September 2001 vorgesehen, vier Tage nach dem Tag des Schreckens. Ich bin meinem Verleger sehr dankbar, daß er die Auslieferung meines Buchs, dessen Titel aufgrund der Geschehnisse wie Hohn klingen mußte, nicht gestoppt hat, sondern sich so, als wäre nichts geschehen, für seine Verbreitung eingesetzt hat.

Zu den besonderen Segenspfändern meines Buches gehört ohne Zweifel das Vorwort von Annemarie Schimmel, das für mich sehr viel mehr bedeutet als einen Kaufanreiz für die Leser. Die Einführung zu den *Entdeckungsreisen im Koran*, der wichtigsten Buchveröffentlichung meines Lehrers Imam Razvi, und die einleitenden Worte zu *Allahs Sonne* zählten zu den allerletzten Arbeiten Annemarie Schimmels. Nach ihrem Tod habe ich sie schon bald zu meiner Schutzheiligen erkoren. Ich habe mir ihre Lebenserinnerungen zum Vorbild und zum Ansporn genommen, meine eigene Lebensreise nachzuerzählen.

Allen Turbulenzen zum Trotz zeichnet sich meine literarische Karriere durch eine erstaunliche Kontinuität aus. Mit den Jahren häuften sich die Preise, die mir nicht verliehen wurden. Von den mehr als 1400 literarischen Preisen, Auszeichnungen und Stipendien, die Jahr für Jahr in Deutschland vergeben werden, habe ich bislang noch keinen einzigen abbekommen. Ich bin nicht käuflich, bin für keinen Preis zu haben! Dennoch bin ich einige Male haarscharf an einem Preis vorbeigeschlittert, wenn auch nur auf der untersten Ebene, in der Regionalliga. Ein Jahr, nachdem *Mein Niederelbebuch* erschienen war und auf den kulturellen Reichtum meiner Heimat aufmerksam gemacht hatte, beschloß die Kreisstadt meiner Region, Otterndorf, in Erinnerung an Johann Heinrich Voss alljährlich einen Stadtschreiber in das restaurierte Gartenhaus des Homer-Übersetzers einzuladen. Die Sozialdemokraten im Stadtrat schlugen mich als Kandidaten vor. Ich stellte mich dem Kulturausschuß vor, aber die CDU-Fraktion stimmte geschlossen gegen mich, weil ich in ihren Augen durch meine unklare Haltung im Fall Biermann untragbar geworden war. Zehn Jahre später gereute es die Konservativen, mich vor die Tür gesetzt zu haben, und sie setzten mich nun ihrerseits an die Spitze der Vorschlagsliste. Ich stand dem Kulturausschuß von neuem Rede und Antwort und fiel prompt wieder durch. Diesmal votierten die

Linken gegen mich, weil ich ihrer Meinung nach dank meines *Letzten Gefechts* zu einem antikommunistischen Renegaten mutiert war. Nichtsdestotrotz: Ich wurde ein drittes Mal vor den Otterndorfer Literaturgerichtshof geladen. Ich hatte inzwischen Befürworter in allen Stadtratsfraktionen, und der Ausschußvorsitzende versicherte mir, diesmal würde alles klargehen. Doch er hatte seine Rechnung ohne den 11. September gemacht. Dank dieses Datums war ich inzwischen aufgerückt in den Chor der tickenden Zeitbomben und stellte für die Otterndorfer ein unzumutbares Sicherheitsrisiko dar. Bei der Abstimmung bekam mein Gegenkandidat, ein unbeschriebenes Blatt aus Wien, eine Stimme mehr als ich. Als Literat bin ich nicht mehrheitsfähig. Ich bin und bleibe der notorisch Zweitplazierte, jedenfalls in meiner Kreisstadt Otterndorf. Da sollte ich doch tatsächlich den neugestifteten Johann-Heinrich-Voss-Preis des Landkreises bekommen, sozusagen als Wiedergutmachung. Den zweiten Voss-Preis, versteht sich. Der erste war, verdientermaßen, an Peter Rühmkorf gegangen. Doch bei der entscheidenden Abstimmung zauberten meine Kritiker in letzter Minute einen Gegenkandidaten aus dem Hut, gegen den ich keine Chance hatte, den Exbundespräsidenten Richard von Weizsäcker. Ihm war ich am Ende ehrenvoll mit einem Abstimmungsergebnis von elf zu eins unterlegen. Wenn ich so weitermache, bekomme ich vielleicht posthum meinen Ehrenpreis für die beste Nebenrolle – in der Otterndorfer Provinzposse!

Der Poet gilt bekanntlich nichts im eigenen Land. Ich tröste mich mit der Resonanz, die ich in meiner unmittelbaren Heimat, der Vieldörferstadt Hemmoor, erhalte: Hemmoor, so hat mein regionaler Sponsor Heiko van Dieken gesagt, ist, wenn man trotzdem lacht. Die Stadt, die verwegene Lokalpatrioten schon als das „Weimar des Nordens“ gefeiert haben, ist dank der inzwischen 100 Jahre alten Schwebefähre zum Ausgangspunkt für literarische Exkursionen auf der Oste geworden. Ich war schon einige Male mit von der Partie und erinnere mich besonders gern an unseren letzten Besuch bei Walter Kempowski auf seinem Kreienhoop in Nartum am Oberlauf des Flusses.

Der Gastgeber, der Grund genug gehabt hätte, mich draußen vor der Tür im Regen stehen zu lassen, empfing mich ausgesprochen versöhnlich. Was machen Sie jetzt, nach dem Ende Ihres Arbeiter- und Bauernparadieses? wollte er von mir wissen. Ich bin Muslim, gab ich zur Antwort. Kempowski konterte mit einem Wortspiel: Ein Muselmanc liebt die Karawane. Und fügte hinzu: Dann war der Kommunismus für Sie nur eine Zwischenstation auf dem Weg nach Mekka! Er führte mich daraufhin durch seine Bibliothek und zeigte mir nicht ohne Stolz die erste arabische Übersetzung seines Familienromans. Dann steht Ihrem Weg ins Paradies eigentlich nichts mehr im Wege, meinte ich. Kempowski fragte mich: Gibt es in Ihrem Paradies außer den Jungfrauen auch eine Bibliothek? Gewiß, konnte ich antworten, schließlich hat Gott selbst mehrere Bücher in Auftrag gegeben. Von meinem Propheten stammt der Ausspruch: Die Bibliotheken sind die Gärten der Weisen. Unser Besuch auf dem Kreienhoop war Kempowskis letzter öffentlicher Auftritt. Einige Monate später ist er an seinem Krebsleiden gestorben.

Trotz aller Heimatverbundenheit bin ich ebensowenig wie Walter Kempowski ein Dorfpoet. In der Weltstadt Hamburg bin ich jetzt seit einem halben Jahrhundert zu Haus, sofern man als Himmelssucher überhaupt einen irdischen Ort als sein Zuhause betrachten kann. Ich bin aller Reiselust zum Trotz zu einem überzeugten Hanseaten geworden. Hamburg ist für mich nicht nur die schönste, sondern auch die weltoffenste Stadt in Deutschland. In der Tat: ein „Tor zur Welt". Ich mag die Hamburger, ihren hintersinnigen Humor, ihren Freisinn, ihre Schnodderigkeit, und ich kann inzwischen auch den hanseatischen Tugenden eines ehrbaren Kaufmanns eine Menge abgewinnen, zumal der Prophet des Islam selbst seine Karriere als ehrlicher Händler begonnen hat. Wie gut der Islam mittlerweile nach Hamburg paßt, dafür hat der Konzeptkünstler Gregor Schneider gerade ein weithin sichtbares Zeichen gesetzt. Auf Einladung unseres Kunsthallendirektors Hubertus Gaßner hat er in der Nähe des Hauptbahnhofs mitten in der Stadt seinen Schwarzen Kubus errichtet, der in seiner Gestalt und in seinen Ausmaßen bewußt an die Kaaba in Mekka erinnert. Ich bin von dieser Installation so begeistert, daß ich meinen Malerfreund Phago gebeten habe, die Hamburgische Kaaba in den Entwurf für den Umschlag zu diesem Buch einzubeziehen, neben der heimischen Schwebefähre und der Isaakskathedrale auf dem Roten Platz in Moskau.

Ich gehe regelmäßig in meine Moschee, aber nicht nur zum Beten. Ebensooft und -gern halte ich mich in der Bibliothek auf, im Seminarraum, in der Küche, im Diskutierkeller oder in der Teestube. Dort sitzen wir Tee-ologen stundenlang zusammen, um unseren Kehlen- und Seelendurst zu löschen. Es gibt, so sagt der Koran, im Islam zwar keinen Zwang im Glauben, aber es gibt einen gewissen Gruppenzwang zum gemeinsamen Trinken und Essen. Da die abrahamitische Gastfreundschaft zu den wichtigsten Geboten zählt, begeht man eine schwere Sünde, wenn man ein angebotenes Mahl ausschlägt. Immerhin habe ich, wenn ich am Samstagmittag in die Moschee zum Arabisch- und zum Koranunterricht komme, die Wahl zwischen persischer, pakistanischer und arabischer Küche.

Ich bin mit Leib und Seele, mit Herz und Verstand Muslim, aber meine Identität erschöpft sich nicht in meinem Glaubensbekenntnis und in meiner Religionszugehörigkeit. So wenig, wie es sinnvoll war, den Menschen „marxologisch“ nur aufgrund seiner Klassenzugehörigkeit zu definieren, so wenig hilfreich ist es, den Menschen „huntingtonologisch“ allein nach seiner Religion bestimmen zu wollen. Ich lasse mich nicht in ein bestimmtes Schubfach pressen. Will einer partout von mir wissen, ob ich Sunnit bin oder Schiit, antworte ich ihm: Ich bin Herziit, ich folge der Linie meines mystischen Zentralorgans. Ich nehme für mich in Anspruch, frei zwischen meinen verschiedenen Zugehörigkeiten zu wählen. So bin ich zwar dem Glauben nach bekennender Muslim, aber zugleich bin ich auch mit ganzem Herzen ein Deutscher. Ich bin Lokalpatriot und Weltbürger in einem. Ich bin Linker, aber auch Wertkonservativer. Ich bin Ehemann, Vater und Stiefgroßvater, bin Radfahrer und Naturfreund, ich bin westlicher Demokrat und Morgenlandfahrer im Verbund. Nicht selten löse ich ungläubiges Staunen aus, wenn ich mich als „Mohammeds Mutant“, so mein Spötter Henryk M.

Broder, zu erkennen gebe: „Dabei sind Sie doch so nett!“ Ja, antworte ich dann, mein Prophet hat mir geboten, zu allen Leuten nett und freundlich zu sein.

Ich bin Muslim aus Vernunfts- und Glaubensgründen. Nicht aus irgendeiner Tausendundeinernachtschwärmerei, nicht, weil ich die arabische Hocktoilette für gesünder halte als den europäischen Hochsitz, nicht, weil ich die Silhouette von Dubai für imposanter halte als die mittlerweile von Mohammed Atta entstellte Skyline von New York, und auch nicht, weil ich die Burka für aufreizender halte als den Bikini. Ich bin nicht wie in den zwanziger Jahren Essad Bey aus Lust an der orientalischen Verkleidung und am Rollentausch zum Islam gekommen. Mein „Weg nach Mekka“ ist auch anders verlaufen als der meines bewunderten Vorgängers Mohammed Assad alias Leopold Weiss. Ich habe weder Tonnen von arabischem Wüstensand inhaliert, noch bin ich in ein härenes Beduinengewand wie in eine zweite Haut geschlüpft, um ein authentischer Muslim zu werden. Ich habe den Islam angenommen und bin trotzdem mit Haut und Haaren ein blondes Bleichgesicht mit Sommersprossenresten geblieben. Für mich ist der Islam keine arabische Wüstenreligion, sondern eine universale Weltreligion. Im Gegensatz zu meiner einstigen Rolle in der kommunistischen Bewegung habe ich es bisher konsequent abgelehnt, innerhalb der islamischen Gemeinschaft irgendwelche Ämter, Posten oder Funktionen zu übernehmen. Mit einer einzigen Ausnahme: Mir wurde vor kurzem von der Schura, dem Rat der islamischen Gemeinden in Hamburg, das Ehrenamt angetragen, Mitglied einer neu zu gründenden Mondsichtungskommission zu werden.

Nachdem bisher jede der 42 Hamburger Moscheen ihre eigenen Daten für den Beginn und das Ende der Fastenzeit ermittelt hat, weil sie sich an den Mondphasen in Djakarta, Teheran, Istanbul, Kairo oder Marrakesch ausgerichtet hat, soll dieser Ausschuß von Mondkundigen künftig dafür Sorge tragen, daß nicht der Mond von Alabama, sondern der über Hamburg sichtbar gewordene Mond den Gläubigen den genauen Zeitpunkt vorgibt, wann sie zu fasten anfangen und wann sie damit aufhören sollen. Es versteht sich von selbst, daß ich als Mondsichtiger und Mondsüchtiger eine solche Aufgabe schwerlich ausschlagen kann. Auch wenn als Eignungskriterien keine Teilnahme an einer Mondexpedition, sondern Glaubensfestigkeit, Verläßlichkeit und ein vorbildlicher Lebenswandel verlangt werden. Mein Beitrag zur bevorstehenden Konstituierung soll sein: Ich werde das Abendlied von Matthias Claudius vortragen und den Text des vor mehr als zweihundert Jahren in Hamburg entstandenen Gedichtes als Zeugnis dafür nehmen, daß bei uns an der Elbe durchaus eine genaue Mondbetrachtung möglich ist – im Gegensatz zu den orthodoxen Skeptikern, die meinen, der hanseatische Himmel sei viel zu wolkenverhangen, um dem Mond auf die Schliche zu kommen.

Mein Islam ist nicht fremdbestimmt. Er ist nicht importiert und nicht implantiert wie so manche pralle Brust, sondern am eigenen Stamm gewachsen. Er wurzelt bei aller Hingezogenheit zum Orient nicht im Rausch der tanzenden Derwische, nicht in arabischem Wüstensand und nicht im Petrodollarsumpf, sondern in deutscher Dichtung, in den Büchern von Niebuhr, Claudius, Lessing, Hebel, Goethe, Heine, Rückert,

Rilke, Annemarie Schimmel und Navid Kermani. Allah ist mir kein Fremdkörper. Er ist mir näher als meine Halsschlagader. Als Muslim denke ich positiv. Ich brauche kein Feindbild, weil ich mich lieber an Freunden als an Feindschaften orientiere. Ich fühle mich als Knoten in einem weltweit gespannten Netzwerk von geschwisterlichen Verbindungen zu Menschen unterschiedlichster Couleur, zu Muslimen und Christen, zu Juden, Atheisten und Buddhisten. Per Post, Telefon oder Internet – dabei muß mir mein Sohn allerdings noch technische Hilfe leisten – halte ich Kontakt zu Freundinnen und Freunden auf der halben Welt, gleich, ob sie in der Blankeneser Bahnhofsstraße, in Halberstadt am Harz oder im fränkischen Neidharswinden, in Löffingen oder in Hemmoor leben, in Husum oder Tönning an der Nordsee, in Rostock an der Ostsee, in Atlanta oder in Samarkand, in Asen- oder Oberndorf, in New York oder Kairo, in Jerusalem oder Teheran, in Dakar oder Dhakka.

Meine Lebensmitte liegt längst hinter mir. Und manche Mühsal ist leichter zu ertragen, wenn man weiß, daß man sich längst auf der Rückreise befindet und das vorläufige Ziel der Erdenfahrt näher rückt. Ich habe nicht den geringsten Grund zu klagen. Im Gegenteil: Ich bin meinem Gott dankbar für mein unverschämtes und unverdientes Lebensglück. Er hat mich durch alle Fährnisse hindurch rechtgeleitet, mich vor Katastrophen bewahrt und mich mit Freuden überhäuft. Er hat mich zum Zeugen bemerkenswerter Vorgänge gemacht, mir ein waches Auge geschenkt und mich in einer Zeit zur Welt gebracht, die geprägt ist von Veränderungen unvorstellbaren Ausmaßes.

Auch wenn diese vorläufige Lebensreisebeschreibung jetzt zu Ende geht, so ist mein Erdenleben, so Gott will, noch nicht abgeschlossen. Ruhe und Frieden hat meine Seele bislang nicht gefunden. Sie ist weiter auf der Suche. Meine Arbeit ist noch nicht getan: Zwei oder drei Bücher sind noch nicht geschrieben, meine Kinder sind noch nicht erwachsen. Ein Happy-End ist nicht in Sicht, höchstens ein open end. Die Reise geht weiter. So oder so. In dieser und in der nächsten Welt. Mich treibt mein angeborenes Heimweh nach der Zukunft. Mit zunehmendem Alter entwickelt man ohnehin Sehnsüchte, die nur auf einem anderen Stern in Erfüllung gehen können. Der Übergang in eine andere Dimension wird nicht leicht sein, aber ich fürchte mich nicht vor dem Tod. Ich bin ein Pilger. Ein Wanderer zwischen den Welten. Eben ein Hadschi. Mein Ihram, mein aus Mekka mitgebrachtes Totenhemd, liegt bereit für die nächste große Reise. Ich bin für mein Leben gern gereist, von Basbeck am Moor über Moskau bis Mekka, und ich bin gespannt auf die nächsten Stationen meiner unendlichen Pilgerreise nach dorthin zurück, von wo ich auf diese Welt gekommen bin. Zurück zu Gott. Meinem Schöpfer und Erhalter.

*　　　*

*

Personenregister

Zur Person des Autors

Peter Schütt wurde 1939 in Basbeck an der Niederelbe geboren und wuchs zu Füßen der legendären Schwebefähre über die Oste auf. Er studierte in Göttingen, Bonn und Hamburg Deutsch und Geschichte und schrieb seine Doktorarbeit über den Barockdichter Andreas Gryphius. 1968 gehörte Peter Schütt zu den Aktivisten der Studentenbewegung und verlor seine Assistentenstelle wegen seiner Beteiligung am Sturz des Hamburger Kolonialdenkmals. Lange Jahre war er Mitglied des Parteivorstandes der *Deutschen Kommunistischen Partei*, aus dem er wegen seiner Parteinahme für den Reformkurs Michail Gorbatschows ausgeschlossen wurde. Er verließ darauf die Partei und bekennt sich seit 1991 öffentlich zum Islam. Er gehört der Hamburger „Patriotischen Gesellschaft von 1765“ an und leitet dort den interreligiösen Dialog.

Peter Schütt hat sich als Lyriker, aber auch als Autor literarischer Reisereportagen über Vietnam, Sibirien, Mittelasien, Iran, Afrika und das „andere“ Amerika einen Namen gemacht. Seit 1995 ist er regelmäßiger Mitarbeiter der Zeitschrift *MUT* und hat im MUT-Verlag in Asendorf bisher zwei erfolgreiche Erzählbände veröffentlicht: *Notlandung in Turkmenistan. Dreiviertelhundert Kurz- und Kleingeschichten* (1996) und *Allahs Sonne lacht über der Alster. 111 Geschichten aus der 1002. Nacht* (2002).

Allahs Sonne lacht über der Alster

Einhundertelf Geschichten aus der 1002. Nacht

von Peter Schütt

320 Seiten, geb., 21,- €, ISBN 978-3-89182-079-7

Peter Schütt breitet in seinem neuen Buch ein buntes Bild möglicher Begegnungen vor dem Leser aus und rührt dabei die Saiten der Herzen an. Daher wird das Buch, wie zu hoffen ist, viele Menschen ansprechen und auch ein wenig dazu beitragen, daß wir uns der Begegnung mit unseren muslimischen Nachbarn freuen und hinter der scheinbaren Verschiedenheit, hinter den „Schleiern der Unwissenheit", erkennen, wieviel wir aus solchen Begegnungen lernen können. Ein verständnisvolles Lächeln erleichtert das Zusammenleben.

Annemarie Schimmel

Notlandung in Turkmenistan
Dreiviertelhundert Kurz- und Kleingeschichten
von Peter Schütt
302 Seiten, geb., 19,80 €, ISBN 978-3-89182-067-4

Der Hamburger Schriftsteller Peter Schütt, rastloser Wanderer zwischen den ideologischen Welten, hat Wende und Wandel in seinem 1996 erschienenen Buch „Notlandung in Turkmenistan" aus nächster Nähe verfolgt.
DeutschlandRadio

Schmunzeln, nachdenken und vor allem entspannen kann, wer dieses Lesebuch in die Hand nimmt.
Ev. Gemeindebücherei in Hessen